촛불과
등대

사이에서
쓰다

지은이

이경재(李京在, Lee, Kyungjae)_ 서울대 국문학과를 졸업하고, 동대학원에서 석사와 박사를 받았다. 평론집 『현장에서 바라본 문학의 의미』, 『여시아독』, 『문학과 애도』, 『재현의 현재』, 연구서로 『한국 현대소설의 환상과 욕망』, 『다문화 시대의 한국소설 읽기』, 『한국 현대문학의 공간과 장소』, 『한국 현대문학의 개인과 공동체』 등이 있다. 현재 숭실대 국문학과 교수로 재직 중이다.

촛불과 등대 사이에서 쓰다

초판인쇄 2018년 9월 5일 **초판발행** 2018년 9월 14일
지은이 이경재 **펴낸이** 박성모 **펴낸곳** 소명출판 **출판등록** 제13-522호
주소 06643 서울시 서초구 서초중앙로6길 15, 1층
전화 02-585-7840 **팩스** 02-585-7848 **전자우편** somyungbooks@daum.net **홈페이지** www.somyong.co.kr

값 21,000원
ISBN 979-11-5905-324-5 03810

촛불과 등대 사이에서 쓰다

I wrote between the candle and the lighthouse

소명출판

머리말

이 평론집을 만들어 나가는 과정에는 두 개의 불빛이 갈 길 몰라 하는 나를 비춰주었다. 첫 번째 불빛은 2016년부터 2017년에 걸쳐 광장을 환하게 밝혀 주었던 바로 그 촛불이다. 처음 어둠의 바닥이 드러나기 시작하던 때를 떠올리면, 지금도 살얼음 위를 밟고 서 있는 듯한, 바닥을 알 수 없는 불안과 몸 둘 바를 모르던 분노로 가슴이 떨린다. 그 무렵엔 과연 내 자신이 무엇을 할 수 있을까라는 무력감과 그렇더라도 가만히 주저 앉아 있을 수만은 없다는 책임감이 거의 같은 무게로 어깨를 짓눌렀다. 그 때 내가 할 수 있는 것은 고작 작은 촛불 하나에 의지해 광장에 나가는 일이었다. 그 때 광장에서 서로의 얼굴을 비춰주던 수백만의 작은 불빛들은 모두 어떤 마음이었을까? 개인의 고독한 수군거림은 그렇게 거대한 광장을 채웠고, 그것은 다시 한번 역사의 물줄기를 바꿔 놓았다. 그 때의 불빛은 개인과 공동체의 관계를 고민하는 나에게 언어 이전의 선명한 감각으로 글 쓰는 내내 나를 비춰 주었다. 이 평론집에 수록된 몇 편의 글에는 촛불의 문제의식이 보다 직접적으로 담겨져 있다.

또 하나의 불빛은 만리 타국에서 바라보았던 등대의 불빛이다. 객원연구원으로 1년간 UC Berkeley에 머물면서 틈만 나면 포인트 레이스 국립 해안공원의 서쪽 끝에 서 있는 등대를 찾아가고는 했다. 공원의 초입에서만 1시간을 달려가야 만날 수 있는 등대는 1870년경에 지어진 빨간

타일의 지붕과 하얀 원통을 가진 4층 높이의 평범한 모습이였다. 수시로 시속 45마일 이상의 강풍이 부는 그 곳에서, 몸을 낮춘 채 그 작지만 흐린 불빛에서 그토록 보고자 했던 것은 무엇이었을까? 어쩌면 나는 그 불빛에서 내가 지향해야 할 비평가로서의 운명을 조금은 엿보았던 것은 아니었을까? 가장 험한 바닷가에 서서 알 수도 없는 누군가를 향해 생명의 메시지를 발신하는 사랑의 불빛. 바다와 육지라는 경계에서 두 세계의 평화로운 조우를 가능케 하는 소통의 불빛. 그 낯선 타국에서 내가 그토록 매혹되었던 등대의 불빛은 아마도 고독과 경계의 극한에서 보내는 사랑과 연대의 의미였을 것이다.

일곱 번째 평론집이 된 『촛불과 등대 사이에서 쓰다』는 이전의 평론집과는 달리 폭이 조금 넓다. 시기상으로는 문단에 처음 얼굴을 내민 2006년부터 이 서문을 쓰고 있는 2018년에 쓰인 글들까지가 함께 모여 있다. 대상이 된 문인들도 1950년대 등단한 원로부터 21세기에 갓 등단한 젊은 작가들까지가 망라되어 있다. 또한 이전의 평론집이 본업인 소설 비평에 초점을 맞춘 것이었다면, 이번 평론집에서는 미숙한 대로나마 시나 에세이 나아가 문학이론서에 대한 비평도 시도해 보았다. 여러 작품이나 작가를 대하는 나의 태도도 시간과 대상의 넓은 폭을 반영하듯이 조금은 다양하다. 이제 막 첫사랑에 빠진 소년마냥 주체할 수 없는 애정으로 작품을 대하는 평론도 보이고, 조금은 냉정하기까지 한 자세로 작품의 기본적인 특징만을 구석구석 짚어보는 평론도 보인다. 그 모든 비평의 얼굴은 부끄럽지만 어느 하나 버릴 수 없는 나의 모습임을 고백하고 싶다.

1부는 주제론에 해당하는 글들로서, 현재 한국문학계에서 중요한 논점이 되는 현상들을 살펴보고자 노력하였다. 최근 작가들의 작품을 통하여 개인과 공동체의 올바른 관계 맺기 양상을 고찰하였고, 최근에 창간된 『Axt』, 『Littor』, 『문학과사회 하이픈』, 『문학3』의 잡지를 통하여 새롭게 전개되고 있는 현단계 문학의 구체적인 양상을 살펴보기도 하였다. 이외에도 문학사적인 시선을 바탕으로 하여 한국소설에 나타난 음식의 의미를 음미하거나, 여공이라는 문제적인 형상이 과거부터 오늘에까지 형상화되는 방식을 탐구하기도 하였다. 나름의 깨달음을 얻을 수 있었다면, 그것은 모두 여기서 다룬 권여선, 김미월, 김숨, 김애란, 김윤영, 김재영, 김중혁, 박상우, 박진규, 신경숙, 안덕훈, 윤영수, 이기호, 이인휘, 이현수, 정이현, 조해진, 천정완, 최은영, 허혜란, 황정은 등의 작가들 몫이다.

2부는 작품론에 해당하는 글들이다. 여기서는 권여선의 『안녕 주정뱅이』, 방민호의 『대전 스토리, 겨울』, 박형서의 「외톨이」, 정용준의 「선릉 산책」, 김민정의 「세상에서 가장 비싼 소설」, 최은영의 「한지와 영주」와 같은 최근작들 뿐만 아니라 최인호의 『별들의 고향』이나 김소진의 「자전거 도둑」과 같이 이미 고전의 자리를 차지한 작품들도 함께 고찰해 보았다. 이러한 통시적인 읽기를 통하여 한국소설이 지나온 발자취를 보다 구체적으로 감각할 수 있었다.

3부는 작가론에 해당하는 글들로서, 정연희, 현길언, 우한용, 구자명, 최옥정, 이경희, 김가경, 구자인혜, 윤이주 등의 작품세계를 살펴보았다. 원로와 중진과 신인이 한데 섞여 있는 이 명단에는 낯익은 이름과 더불어 낯선 이름도 보일 것이다. 그러나 단언컨대 여기에 언급된 작가들 개개인은 세속적 명성과는 무관하게 자신의 고유한 문학세계를 치열한 예술혼으로 밀고 나가는 소중한 한국문학의 자산임을 말하고 싶다.

4부는 정현종, 김윤식, 김서은 시인의 시세계와 고명철 평론가의 비평 세계, 그리고 의미 있는 세계의 소설론과 미학의 쟁정들을 밝힌 『다시 소설이론을 읽는다』에 대해서 논한 글들을 모아 보았다.

William Marx가 2015년에 출간한 *The Hatred of Literature*(원제 *La haine de la littérature*)에는 흥미로운 통찰이 가득하다. 그는 문학이 이 사회로부터 꽃다발을 받은 적은 그 시작부터 단 한번도 없었다고 주장한다. 문학은 찬사를 바치는 문학추종자와 함께 시작된 것이 아니라 시인추방론을 주장한 플라톤과 같은 문학적대자와 함께 시작되었으며, 지난 2500년 동안 끊임없이 공격받고 야유 당하고 저주받았다는 것이다. 흥미로운 것은 바로 그 문학적대자들의 야유와 공격과 저주를 통해서 문학은 자신의 정체성을 창조했으며, 시대에 따른 갱신의 에너지를 얻어 오늘날까지 사라지지 않을 수 있었다는 점이다. 반대자들은 권위, 진리, 도덕, 사회의 이름으로 문학을 비하하고 내쫓는데 열을 올리지만, 문학자들은 끊임없이 권위를 이야기하고, 진리를 제시하고, 윤리를 언급하고, 개인의 의견을 표현함으로써 자신의 존재근거를 확보한다는 것이다. 반대가 없는 문학은 애당초 없으며, 그렇기에 문학반대자들은 반대를 통하여 역설적으로 문학에 경의를 표한다고도 볼 수 있다. William Marx의 주장에 일말의 진실이 있다면, 지금 우리 사회의 문학이야말로 가장 큰 도약의 시기를 맞이하고 있는지도 모르겠다. 앞으로는 문학에 대한 여러 논의들에도 적극적으로 대응하며 앞으로의 비평세계를 펼쳐 나가고 싶다. 이번에도 변함없이 멋진 책을 만들어주신 소명출판 여러분들께 진심으로 감사드린다.

2018년 여름

호두골에서

차례

제3부

제4부

제1부

제1장

개인과 계급을 넘어선 자리

김애란, 최은영, 황정은

1. 개인과 한국문학

대한민국 초유의 탄핵을 이끌어낸 직접적인 동력은 2016년부터 2017년 초까지 광화문 광장을 환하게 밝힌 촛불집회였다. 촛불집회는 개인의 고유한 율동이 살아 숨 쉬면서도 공동체의 숭고한 대의가 훼손되지 않는, 그야말로 고유성과 보편성의 아름다운 조화를 시연한 일대 사건이었다. 우리의 삶 한복판에서 개인주의의 파편화된 소외와 전체주의의 획일적인 독재를 벗어난 황홀한 축제가 벌어졌던 것이다. 그 이후 우리의 과제는 촛불집회라는 사건의 진실성을 정치의 영역은 물론이고 일상의 영역에까지 어떻게 육화시키느냐에 놓여 있었다고 해도 과언이 아니다.

이것은 개인의 고유성과 공동체의 보편성을 조화시키는 문제일 수 있으며, 더욱 근본적으로는 바람직한 인간의 존재방식을 탐구하는 문제로 연결된다고도 볼 수 있다. 소설이 여타의 문학 장르와 구별되는 중요한 지점 중에 하나는 근대적 개인의 내면을 탐구하는데 탁월한 힘을 발휘한다는 것이다. 이것이야말로 탄생으로부터 수백 년이 지난 지금까지도 변치 않는 소설의 고유한 장기라고 볼 수 있다. 따라서 소설을 통해 그 시대 개인의 모습을 살펴보는 것은 효과적이고도 타당한 접근법이다.

1920년대 초반 염상섭 등이 전시대의 계몽적이고 공리적인 문학관에 반발하여 병리적 근대인의 내면을 치밀하게 탐구한 이후, 한국문학사에서 개인(개성)에 대한 탐구와 의미부여는 하나의 상수였다고 할 수 있다. 이때의 개인은 집단에서 분리된 자아를 나타내는 폭넓은 개념의 개인이 아니라,[1] 독립성과 자율성을 핵심적인 특징으로 하는 근대적 개인에 가까운 것이었다.[2] 그러나 곧이어 등장한 KAPF(조선프롤레타리아예술가동맹)의 강력한 영향력에서도 알 수 있듯이, 개인에 대한 탐구는 늘 공동체에 대한 탐구와 밀접한 관계를 맺으며 시대에 따라 각기 다른 모습을 펼쳐왔다. 최근의 사례로 좁혀 보면, 1980년대의 강렬했던 공동

1 아론 구레비치는 집단에서 분리된 자아라는 폭넓은 의미로 개인(個人)이라는 개념을 사용하여, 고대 북유럽 신화에서도 개인의 모습을 찾아내고 있다. (아론 구레비치, 이현주 역, 『개인주의의 등장』, 새물결, 2002, 120~164쪽)

2 로크는 독립성과 자율성의 개념을 개인의 절대적 권리라는 기본적 가치 속에서 처음으로 결합시켰다. 이때 독립성은 인간의 본성이 분리되고 개별화되어 각자가 자기 보존에 필요한 특수한 이익을 추구하게 되었음을 의미하고, 자율성은 각자가 천부적으로 지닌 합리적 이성의 힘으로 자신의 삶을 결정할 수 있게 되었음을 의미한다. (알랭 로랑, 김용민 역, 『개인주의의 역사』, 한길사, 2001, 51~52쪽) 알랭 르노에게 독립성이란 개인이 자기 자신 외에 그 어떤 다른 것에도 복종하려 하지 않는 상태를 의미한다. 완전한 독립성, 완벽한 자기 충족성은 어떻게 보면 결국 자유로운 혹은 자발적인 의지를 제한할 수 있는 모든 규제를 거부하는 것과 일치한다. 자율성은 자유와 양립할 수 있는 종속성에 의해 탄생한다. 자율성이란 인간의 규칙, 다시 말해 자동 설립된 규칙에 대한 종속성인 것이다. 알랭 르노는 근대 민주주의 개념을 구성하는 것은 독립성이 아니라 자율성이라고 주장한다. (알랭 르노, 장정아 역, 『개인』, 동문선, 2001, 40~51쪽)

체 지향의 문학이 휩쓸고 지나간 자리에는, 온통 진정성의 고백만으로 자신의 몫을 다한 듯이 보였던 1990년대 문학이 있었고, 2000년대에는 이념이 아닌 윤리를 통해 다시 개인들의 관계를 탐구하려는 시도가 꾸준히 지속되었다.

문학사에서 개인이 문제되는 것은 특정한 역사철학적 상황에서이다. 특정한 이념이나 담론이 지배적인 상황에서 개인의 존재방식은 문제되지 않는다. 권위적인 대타자의 가장 큰 역할은 총체성의 우주 속에 개별 인간들의 자리를 배치하는 것이기 때문이다. 이때의 문제는 그 주어진 자리에서 살아가는 개별 주체의 신의나 능력에 대한 것이지, 존재방식 그 자체일 수는 없다. 그러나 상징계적 효력이 소멸하고 대타자가 부재한 상황에서는 삶의 주체로서의 개인이라는 문제가 중요하게 부각될 수밖에 없다. 따라서 오늘 다시 개인을 묻는다면, 그것은 개별적 존재자의 삶에 대한 성찰인 동시에 새로운 공동체의 전망에 대한 탐구일 수밖에 없을 것이다. 이 글은 최근에 출판된 김애란의 『바깥은 여름』(문학동네, 2017), 최은영의 『쇼코의 미소』(문학동네, 2016), 황정은의 『아무도 아닌』(문학동네, 2016)을 통해 최근 소설에 나타난 개인과 공동체에 대한 상상력과 사유의 면모를 살펴보고자 한다.

2. 타자로서의 개인

2000년대 들어 개인은 역시나 절대적인 기표 중의 하나였다. 수많은 소설에서 타자로 호명되고는 했던 개인은 '신神의 얼굴을 한 존재'로서 알 수도 없고 동화할 수도 없는 불가사의한 존재로 등장하고는 했다. 최근 소설에서도 이러한 경향은 쉽게 발견되며, 김애란의 소설집 『바깥은 여름』은 그 대표적인 경우라고 할 수 있다.

「입동」은 여러 가지 의미와 정서를 담고 있는 이미지와 비유들을 통해 소통불가능하고 대체불가능한 개인의 단독성을 형상화한 작품이다. 젊은 부부는 후진하던 어린이집 차에 치여 52개월밖에 살지 못한 영우를 잃어버린다. 이들 부부의 고통은, 아내가 "영우가 있는 곳 말이야, 여기보다 더 좋을 것 같아. 왜냐하면 거기는 영우가 있으니까"[3]라고 말할 정도로 심각하다. 아내는 주변 사람들의 시선 때문에 장조차 보지 못한다. 아내는 직장을 그만둔 지 오래이고 매달 통장에선 아파트 대출금과 이자가 빠져나가지만, 이들 부부는 영우의 죽음으로 생긴 보험금 통장에서 1원도 꺼내 쓰지 않는다. 그럼에도 동네에는 '내'가 보험회사 직원이라는 이유로 차마 입에 담지 못할 소문이 돌기 시작한다. 이처럼 주변에서는 깊은 슬픔에 빠진 이들 부부를 위해 어떠한 배려도 보여주지 않으며, 오히려 그들의 말할 수도 없는 슬픔을 더욱 증폭시킬 뿐이다.

이들 부부는 복분자원액으로 더럽혀진 벽지를 떼어내고 도배를 한

3 김애란, 『바깥은 여름』, 문학동네, 2017, 269쪽. 앞으로 본문 중에 이 작품을 인용할 때는 쪽수만 표시하기로 한다.

다. 이들이 도배를 하게 된 이유는 시어머니가 실수로 올리브색 벽지에 복분자액을 쏟았기 때문이다. 시어머니가 쏟은 복분자원액은 어린이집에서 실수로 이들 부부에게 보낸 선물이다. 그 복분자원액은 영우 일로 나빠진 평판을 바꿔보려는 의도에서, 보험회사를 통해 민사상 손해배상을 했기에 자신들은 모든 일을 마무리했다고 생각하는 어린이집이 동네 사람들에게 보낸 것이다. 그러한 선물이 '나'의 집에 도착했다는 것은 "알고 보냈으면 나쁜 거고 모르고 보냈음 더 나쁜 거라고"(270)밖에 생각할 수 없는 일이다. 가해자의 무감각함과 무책임함을 상징하는 복분자원액으로 더럽혀진 벽지는, 이 가정의 모욕당한 현재를 감각적으로 보여준다.

더럽혀진 벽지를 떼어내고 새로운 벽지로 도배를 하는 일은 영우와 관련된 상처에 대한 애도의 행위로 새겨볼 수 있다. 그러나 도배가 거의 끝나갈 무렵, 이들 부부는 영우가 자신의 성인 '김' 자와 '이응'만을 서투르게 써놓은 낙서를 발견한다. 완성되지 못한 이 이름은 영우의 그 짧았던 삶을 상징하기에 모자람이 없다. 결국 아내는 "처마 밑에서 비를 피하는 사람마냥 내가 받치고 선 벽지 아래서 훌쩍"(279)인다. 그 벽지에는 흰 바탕에 이름을 알 수 없는 아이보리색 꽃이 촘촘히 박혀 있는데, 그 꽃은 "누군가 아내 머리 위에 함부로 던져놓은 조화弔花처럼 느껴"(279)진다. 동시에 이러한 아내의 모습은 동네 사람들로부터 이들 부부가 "꽃매"(279)를 맞고 있는 모습으로 표현되기도 한다. 동네 사람들은 "내가 이만큼 울어줬으니 너는 이제 그만 울라"(36)며 꽃매를 때리는 것이다. 그 꽃매를 맞으며 아내도 '나'도 함께 "다른 사람들은 몰라"(37)라는 말을 반복한다. 이 마지막 모습 속에서 우리는 '슬픔의 공유 불가능성'과 그에 이어진 '타인과의 소통 불가능성'을 가슴 아프게 확인할 수밖에 없다. 김애란의 「입동」은 감각적인 이미지를 통해서 개인이 통약불가능한 존재임을 보여주는 것이다.[4]

「풍경의 쓸모」도 신의 얼굴처럼 도저히 이해할 수 없는 타자의 형상으로 가득하다. 정우의 아버지는 본래 "한겨울, 방 한쪽에 잘 개어놓은 이불 같은 사람. 반듯하고 무겁고 답답한 사람"(155)으로 주위에 알려졌지만, 추문醜聞으로 인해 교단을 떠나 심판 일로 생활을 꾸려나간다. 엄마와도 이혼한 아버지는 새로운 여인과 함께 살고 있다. 아버지가 오랜만에 만나자고 했을 때 정우는 자신의 아내가 임신한 것을 기념하기 위해서라고 생각하지만, 실제의 아버지는 자신이 살고 있는 여인이 암에 걸리자 돈을 융통하기 위해 찾아온 것이다. 또한 정우가 시간강사로 나가는 B대학의 곽 교수 역시 알 수 없는 사람이기는 마찬가지이다. 정우는 음주운전으로 사고를 낸 곽 교수의 죄를 뒤집어쓰면서까지 곽 교수의 신임을 얻었다고 생각하지만, 실제 교수 임용에서 정우를 가장 강력하게 반대한 이는 다름 아닌 곽 교수이다.

「가리는 손」은 교감과 소통의 불가능성이, 일상에서 가장 가까운 사이라 여겨지는 모자母子간에도 마찬가지로 적용될 수 있음을 보여준다. 이 작품의 서사는 엄마가 아들 재이의 열다섯 번째 생일상을 차리는 과정을 기본 줄기로 하여, 중간에 여러 가지 생각과 최근의 사건에 대한 회상이 끼어드는 것으로 되어 있다. '나'는 아들과 단둘이 살아간다. 지금은 헤어진 남편이 동남아 출신이기에 재이는 사람들에게 "다문화"(191)라 일컬

4 김애란의 「입동」에 대한 보다 상세한 논의는 졸고, 「세월호 참사의 소설적 형상화」(『문학과 애도』, 소명출판, 2016)를 참고할 것.

어지며 차별적 시선을 받는다. 이 아들이 얼마전 노인이 살해된 사건에 연루되고, 동영상에까지 촬영되어 사람들의 입에 오르내린다. 그러나 재이는 일관되게 그 살해 사건과 자신이 무관하다고 말해왔으며, '나' 역시 그런 아들을 믿어왔던 것이다.

그러나 'K시 중학생 노인 폭행 동영상 노모 버전'은 '나'에게 많은 의문을 불러일으킨다. 여기에 등장하는 재이는, 사소한 시비로 폐지 줍는 노인이 아이들의 발길질에 맞아 죽자 약 오십 초쯤 지난 뒤에 다시 등장하여 인형뽑기 기계 앞에 있는 라이언 인형을 들고 자리를 뜬다. 여기서 초점은 손으로 입을 가린 재이의 모습이 의미하는 것이 무언인가에 맞춰져 있다. 당연히 '나'는 그것이 "그 장면만으로도 재이가 얼마나 놀랐는지 짐작할 수 있다"(219)는 말처럼, 재이가 노인의 죽음에 크게 놀란 것을 드러낸 몸짓으로 이해한다. 그러나 다른 아이들이 그 노인을 보며 한 "틀딱"(220)이라는 말을 듣고서는 애써 웃음을 참는 동작일지도 모른다는 암시가 강하게 드러나는 것으로 작품은 끝난다.

> 불현듯 저 손, 동영상에 나온 손, 뼈마디가 굵어진 손으로 재이가 황급히 가린 게 비명이 아니라 웃음이었을지도 모른다는 생각에. 정말 그런다면 그동안 내가 재이에게 준 것은 무엇이었을까. 이윽고 눈뜬 아이가 맑은 눈망울로 나를 바라본다. 그러곤 가슴팍을 크게 부풀려 숨을 모은 뒤 초를 향해 훅 입김을 분다. 초가 꺼지자 주위가 순식간에 어두워진다. 그 어둠 속에서 잘 보이지도 않는 재이 얼굴을 찾으려 나는 꼼짝 않는다. (220~221)

재이의 얼굴은 정성 어린 생일상의 따뜻한 촛불 앞에서도 희미할 수밖에 없다. 여기에는 또한 21세기 한국소설의 중요한 흐름이었던 다문화 소설의 맥락도 깔려 있다. 다문화 소설에서 이주민들은 약자弱者와 선인善人의 위치에 그들의 자리를 배당받고는 했던 것이다. 이 소설에서도 재이가 교회 성가대에서 조용하게 받는 차별을 통해 역시나 약자이나 선인으로서의 이주민상이 등장한다. 그러나 이러한 공식 역시도 이 소설에서는 큰 충격과 함께 와해되고 있다.

타인을 신과 같은 미지未知의 타자로서 바라볼 때, 우리는 동일성의 폭력으로부터 저 멀리 벗어날 수 있다. 그러나 동시에 타자와 교감하거나 소통하는 일은 상상하기 어렵다. 신과 어깨동무를 하고 손을 잡을 수는 없는 노릇이기 때문이다. '타자로서의 개인'이라는 맥락에서 「노찬성과 에반」은 무척이나 흥미로운 작품이다. 이 작품에서는 초등학생인 노찬성과 노년에 접어든 개 에반이 감동적인 교감을 나누기 때문이다. 할머니와 단둘이 사는 노찬성은 할머니가 일하는 고속도로 휴게소에서 철제 울타리에 묶여 있는 개를 발견하여 자신의 집에 데려와 기른다. 에반은 노화로 인해 암에 걸리고, 노찬성은 고통을 줄여주기 위해 에반을 안락사시키고자 한다. 노찬성은 전단지 배포 아르바이트로 안락사시킬 돈을 마련하지만, 휴대폰에 그 돈의 일부를 써버리고 만다. 에반의 고통은 점점 심해지고 노찬성의 고통도 그에 따라 커져 간다. 그러다 에반은 스스로 집을 나가 마치 자살을 하듯이 고속도로에 뛰어들어 죽는다. 더군다나 에반은 죽기 전날 밤에 "작별 인사라도 하는 양"(76) 찬성의 얼굴에 자기 머리를 비비기까지 했던 것이다.

찬성과 에반의 이 진한 유대는 오히려 개인 사이에 놓인 심연의 폭을 더욱 확장시킨다. 찬성은 여지껏 엄마를 한 번도 본 적이 없으며, 아버지마저 두 해 전에 죽었다. 스마트폰이 없어서 "친구들 사이에 커뮤니티가 작동하는 원리와 어휘로부터 소외돼"(61) 있지만, 설령 스마트폰이 있더라도 "너, 대학에는 안 갈 거지? 그렇지?"(44)라는 확인을 할머니로부터 받아야 하는 찬성이 또래 집단에 섞이는 것은 거의 불가능하다. 스마트폰을 개통한 후에도 "찬성이 아는 번호도, 찬성 번호를 아는 사람도 없"(73)기에 찬성은 누구와도 통화하지 못한다. 이런 상황에서 벤치에 모인 엄마들이 육아 정보를 공유하며 자기 자식을 애정 어린 눈으로 바라볼 때, 찬성이 떠올릴 수 있는 대상이 에반뿐이라는 사실은 어찌 보면 자연스럽다. 인간 사이의 교감과 애정이 동물로 확대된 것이 아니라 오히려 인간 사이의 교감과 애정이 불가능해진 상황에서 어쩔 수 없이 선택된 것이 동물이라는 점을 고려할 때, 노찬성(인간)과 에반(동물)의 교감은 인간과 인간 사이의 이해불가능성과 소통불가능성의 심연을 더욱 크게 확대시킨다.

3. 거리가 만들어 낸 개인간의 소통과 교감

최은영의 소설은 크게 '타인의 타자성을 가슴 아프게 되새기는 전반부'와 '그럼에도 끝내 개인 사이의 공감을 이루어내는 후반부'로 이루어져 있다. 전반부는 2000년대 한국소설의 중요한 특징 중의 하나였으며, 그것은 김애란의 『바깥은 여름』과 같은 최근 소설에서도 확인할 수 있었다. 그러나 '그럼에도 끝내 개인 사이의 공감을 이루어내는 후반부'는 최은영이 성취해낸 득의의 영역이라고 할 수 있다. '타인의 타자성을 가슴 아프게 되새기는 전반부'와 '그럼에도 끝내 개인 사이의 공감을 이루어내는 후반부'라는 이원적 구조는 표제작인 「쇼코의 미소」에서부터 선명하게 드러난다.

「쇼코의 미소」에서 일본인 쇼코와 한국인 소유는 고등학교 시절 한일 학생들의 문화 교류 행사를 통해 만났다. 쇼코는 한국에 머무는 일주일 동안 소유의 할아버지와도 좋은 인간관계를 유지하며 지냈다. 그러나 작품의 마지막에 이르기까지 소유와 쇼코는 진정한 이해보다는 오해로 일관한다. 쇼코는 고등학교만 졸업하면 할아버지가 있는 고향을 떠나 도쿄로 가서 살 계획이었다. 그러나 쇼코는 고등학교를 졸업하고 신부전증으로 고생하는 할아버지를 돌보며 고향에 남았다. 그 시절의 쇼코를 찾아간 소유는, 자신이 "쇼코보다 정신적으로 더 강하고 힘센 사람이 되었다는 것"을 느끼고, "마음 한쪽이 부서져버린 한 인간"을 보며 "이상한 우월감"[5]에 휩싸인다.[6] 그러나 쇼코가 도쿄로 가고자 한 것은 자신의 꿈을 위한 것이 아니라 "보다 쉽게 죽을 수 있으리라"(40)는 생각 때문이었다. 또

5 최은영, 『쇼코의 미소』, 문학동네, 2016, 26쪽. 앞으로 본문 중에 이 작품을 인용할 때는 쪽수만 표시하기로 한다.

6 이러한 우월감은 쇼코와 소유가 서울에서 만났을 때도 다시 한번 확인된다. 소유는 "나는 일본에 갔을 때 쇼코에게 느꼈던 우월감을 기억했다. 너의 인생보다는 나의 인생이 낫다는 강한 확신이 들었던 때. 집에 틀어박혀서 어디로도 갈 수 없었던 쇼코를 한심스럽게 생각했던 일. 넋이 나간 것처럼 내게 기대서 팔짱을 끼던 모습에 알 수 없는 소름이 돋았던 기억. 그리고 쇼코의 아픈 할아버지를 보며 나의 할아버지의 건강을 다행스럽게 생각했던 일도"(59)라고 회상하는 것이다.

한 쇼코는 할아버지에게 붙잡힌 것이 아니라 오히려 할아버지로부터 돌봄을 받는 상태였다는 것이 나중에 밝혀진다.

또한 소유가 쇼코에게 느꼈던 우월감은 실체가 없는 허위의식에 불과했음이 드러난다. 소유는 영화감독이 되기를 꿈꾸지만, 그 꿈의 실현은 나날이 어려워지고 결국에는 포기하기에 이른다. 그 과정은 일본에서 쇼코를 보며 했던 생각이 소유 자신에게 그대로 실현되는 과정이기도 하다. 소유는 "매일매일 괴물 같은 자의식만 몸집을 키웠"(33)고, "친구라고 부르던 사람들을 거의 다 잃어갔"(34)으며, "나를 사랑해주는 사람들과도 거리를 두"(34)게 되었던 것이다. "나의 삶이 속물적이고 답답한 쇼코의 삶과는 전혀 다른, 자유롭고 하루하루가 생생한 삶이 되리라고 믿었던 것"(31)은 완벽한 착각이었던 것이다. 소유는 자신이야말로 "불확실함에 두 발을 내딛고 있는 주제"(57)라는 것을 확실히 깨닫는다. 그리하여 옛날 쇼코가 소유를 외면했듯이, 전화로나마 소유는 "내가 몰랐던 비밀을 할아버지와 공유했다는 질투, 내게 내내 연락하지 않았던 일에 대한 미운 마음, 일본에서 본 쇼코의 태도에 대한 거부감, 나의 불안정한 처지에 대한 방어심"(58)으로 쇼코를 보지 않겠다고 말하는 지경에 이른다.

최은영 소설의 반전은 바로 이 타인의 타자성이 분명해지는 순간에 갑자기 도래한다. 서울에 온 쇼코와 다시 만났을 때, 쇼코는 미소가 감도는 얼굴로 소유를 바라보며 할아버지의 일은 유감이라고 말한다. 이 순간 소유는 스스로 "당혹했다"(59)고 하면서도 소쿄의 손짓과 표정에서 "위안을 느"(59)낀다. 둘은 "우린 이제 혼자네"(63)라는 말에서 알 수 있듯이, '혼자'라는 단독자로서 '우리'라는 연대를 이루게 된 것이다.

「씬짜오, 씬짜오」에서도 비슷한 구도가 읽힌다. 독일의 작은 도시 플라우엔에 머무는 동안 호 아저씨 가족과 '나'의 가족은 사이좋게 지낸다. 호 아저씨와 아빠는 같은 회사에서 일하는 동료였고, 아저씨의 아들 투이와 '나'는 같은 반이었다. 특히 호 아저씨의 아내 응웬 아줌마는 매우 친절하여, 호 아저씨 가족과 '나'의 가족은 사이좋게 지낸다. 그러나 응웬 아줌마는 베트남전 당시 가족이 모두 한국군에게 살해당한 아픔을 간직한 채 살아왔다. 그럼에도 '나'의 아버지는 한국이 "다른 나를 침략한 적 없"(78)는 평화의 나라이며, 베트남전에서도 또 다른 피해자에 불과하다는 인식만 드러낸다. 이러한 상황에서 '나'의 가족과 호 아저씨 가족이 멀어지는 것은 예정된 수순일 수밖에 없다. 그리하여 두 가족이 헤어지는 순간에는 "그 흔한 포옹도, 입맞춤도, 구구절절한 이별의 수사도 없"(89)었다.

그러나 역시 공감과 소통은 벼락처럼 혹은 축복처럼 다가온다. 이후 '나'는 독일로 출장을 가면서도 플라우엔에는 들르지 않는다. "그곳에는 서로를 경멸하는 부모 밑에서 영혼의 밑바닥부터 떨던 아이가 있었고, 단 한 번의 포옹도 없었던 차가운 이별과 혼자 울던 길거리가 있었"(90)기 때문이다. 그러나 엄마가 돌아가신 다음해에 플라우엔에 갔을 때 응웬 아줌마는 너무도 반갑게 '나'를 맞아주며, 그 환대 속에서 '나'의 엄마마저 부활한다. 그 부활의 대목은 이 작품의 절정이기도 한데, 그것은 다음처럼 환상적으로 처리되어 있다.

> 아줌마의 눈에서 나는 나와 함께 여기에 서 있는 엄마를 본다. 응웬

> 씨, 반갑게 이름 부르며 저쪽 길로 건너가는 엄마의 모습을. 씬짜오, 씬자오. 우리는 몇 번이나 그 말을 반복한다. 다른 말은 모두 잊은 사람들처럼. (93)

「언니, 나의 작은, 순애 언니」에서 처음 엄마와 순애 이모는, 이모가 엄마를 향해 "너처럼 날 좋아해준 사람은 없었어"(101)라고 말할 정도로 절친한 사이였다. 그러나 이모의 남편이 "나라"(109)가 조작한 이념사건으로 인해 오랜 감옥생활을 하고, 그 결과 폐인이 되어 버리자 둘의 사이는 점차 멀어진다. 엄마는 처음 이모와 이모의 남편을 위해 노력하지만 결국에는 왕래를 끊어버린다. 그것은 "상상할 수조차 없는 큰 고통을 겪은 사람을 있는 그대로 바라보기가 왜 그리도 어려웠는지 엄마는 생각"(115)했다는 말처럼, 특별한 일이 있어서가 아니라 '나'와는 너무도 다른 타자를 받아들이는 일의 어려움에서 비롯된다. 결국 엄마는 "이모와 관계없는 사람으로 평생을 살아왔"(120)던 것이다. 결국 순애 이모는 죽고, 엄마와 순애 이모는 영원한 이별을 하게 된다. 이 이별 역시 누군가의 잘잘못 때문이라기보다는 타인의 타자성에서 비롯된 것이다. 그러나 이모의 영혼은 작품의 마지막에 엄마가 있는 병실에 찾아온다. 그리고 그것을 통해 엄마는 이모에게 오래전부터 용서받았다는 것이 선포되고, 그 용서는 죽은 이모의 가죽지갑 속에 있는 이모와 해옥의 사진을 통해서 다시 한번 확인되며 작품은 끝난다.

「먼 곳에서 온 노래」에서도 소은은 남성중심적이고 권위주의적인 동아리에서 "개인의 자율적 선택과 평등한 관계맺음, 여성주의 교육을 주장하는"(200) 미진 선배와 친하게 지낸다. 그러나 미진 선배의 러시아행과 소은의 우울증 등으로 인해 둘은 멀어진다. 소은이 미진 선배를 멀리한 이유가 제시된 다음의 인용문에는 근대적 개인의 금과옥조인 독립성과 자율성을 침해받는 것에 대한 두려움이 고스란히 드러나 있다.

> 나에 대한 선배의 끝없는 관심과 조언이 고마웠지만 그 고마움만큼이나 불쾌감도 커졌다. 선배가 '나'의 테두리를 짓밟고, '나'라는 공간을 무례하게 침입하는 것 같았기 때문이다. 선배는 멀리에 있으면서도 내게 너무 가까웠다. 나는 나의 가장 추한 얼굴까지도 거부하지 않는 선배의 마음을 견딜 수 없었다. 나는 애초부터 사랑받는 것을 두려워하는 인간이었으니까. (206)

그러나 곧 소은은 미진 선배가 머물던 러시아에 가서, 미진의 친구였던 율랴를 만난다. 이 작품에서는 소은과 미진 선배의 직접적인 화해와 소통은 등장하지 않는 대신 미진 선배를 매개로 하여 율랴와 소은이 새로운 관계를 맺는다. 소은과 율랴가 맺는 관계 속에는 이미 소은과 미진은 물론이고, 율랴와 미진과의 소통까지도 포함되어 있다.

이처럼 최은영 소설은 타인의 타자성에 따른 이별과 그럼에도 반드시 이어지는 교감과 소통의 서사 단락으로 이루어져 있다. 이러한 급전이나 반전은 최은영에게 하나의 진실 이전에 하나의 당위로 보인다. 특히 교감과 소통은 반드시 이루어져야 하는 것으로서, 이를 위해 「씬짜오, 씬짜오」와 「언니, 나의 작은, 순애 언니」에서는 현실의 논리를 초월하는 환상적인 장면이 동원될 정도이다.

이번 소설집에는 '타인의 타자성을 가슴 아프게 되새기는 전반부'와 '그럼에도 끝내 개인 사이의 공감을 이루어내는 후반부'라는 최은영 소설의 서사규칙에서 벗어난 작품인 「한지와 영주」도 존재한다.[7] 「한지와 영주」는 케냐인 한지와 한국인 영주의 사랑을 통하여 타인의 타자성만을 강조하다가 끝나는 소설이다. 대학원에서 지질학을 공부하던 스물일곱 살의 영주는 프랑스의 시골에 위치한 수도원에서 7개월을 보낸다. 영주는 이곳에서 케냐의 수도 나이로비에서 수의사로 일했던 한지와 수많은 이야기를 나누며 친밀한 사이가 된다. 그러나 한지가 나이로비로 돌아가기 2주 전부터 한지는 영주를 외면한다. 이러한 외면의 이유는 분명하게 제시되지 않는다. 사소한 의사소통의 문제나 영주의 열등감 정도를 생각해 볼 수 있지만 그것도 진짜 이유로는 결코 제시되지 않는다.

「한지와 영주」에서 둘의 이별은 영주의 잘못 때문이라기보다는 모든 인간관계에 뒤따르는 극복할 수 없는 타인의 타자성에서 비롯된 것이기 때문이다. 침묵 주간을 신청하고, 영주는 침묵의 집에서 지내며 여러 가지 생각을 한다. 처음 든 생각은 자신이 "과거에 어떤 행동을 했다면 현재에도 한지와 잘 지낼 수 있었을까 하는 망상"(174)이다. 그러나 그것을 '망상'이라고 표현하는 것에서도 알 수 있듯이, 그러한 생각은 모두 "나의 헐벗은 마음"(174)에서 비롯된 헛것이며 "가장 한심한 생각"(173)일 뿐이다.[8] 작품에는 할머니의 목소리가 권위적인 음성으로 등

7 「한지와 영주」가 타인의 타자성을 강조하고 있다면, 「미카엘라」는 타인의 동일성을 부각시킨 작품이다. 「미카엘라」에 대한 보다 상세한 논의는 졸고, 앞의 글을 참고할 것.

8 둘의 사이가 환하게 연결되었던 때에도 영주는 "그애의 세계를, 그애의 손길이 닿을 때마다 조금은 더 따뜻해지고 밝아지는 세계를 알지 못했다"(155)고 고백한 적도 있다.

장하는데, 불교도인 할머니는 "사람들은 떠난다"(166)며 "그 사실을 있는 그대로 받아들이기만 하면 돼"(166)라고 말해왔다. 이처럼 한지와 영주의 이별은, 모든 인간은 만난 이후에는 헤어질 수밖에 없다는 진리의 차원에 놓여 있는 일이다. 동시에 둘의 멀어짐은 타인의 타자성에서 비롯되는 불가피한 삶의 과정이기도 하다.

그렇다면 「한지와 영주」(공감에 실패하는 소설)와 그 외의 다른 작품들(「쇼코의 미소」, 「씬자오, 씬짜오」, 「언니, 나의 작은, 순애 언니」, 「먼 곳에서 온 노래」-공감에 성공하는 소설)의 차이는 어디에서 비롯되는 것일까? 그것은 교감과 소통을 나누는 개인들 사이의 거리에서 찾아볼 수 있다. 교감과 소통을 나누는 사람들은 일상이나 운명의 공유가 불가능한 먼 거리에 놓여진 개인들이었던 것이다. 「쇼코의 미소」에서 소유와 쇼코는 편지를 주고받거나 가끔 서로의 나라를 방문할 뿐인 동성同性의 친구이며, 「씬짜오, 씬짜오」에서 '나'와 응웬 아줌마는 특별한 수 없는 한 만날 일이 없는 사이이며, 「언니, 나의 작은, 순애 언니」의 엄마와 순애 이모 사이에는 요단강이 흐르며, 「먼 곳에서 온 노래」에서도 죽은 미진 언니로 인해 이제 관계를 시작한 소은과 율랴는 동성同性의 이국 친구에 불과하다.

「쇼코의 미소」에서 쇼코는 "어떻게 다른 사람들과 내밀한 우정을 쌓는지 알지 못하는 부류의 사람"(17)으로 가까운 친구도 없다. "만약 내가 일본인이었고, 쇼코의 주변에 있는 사람이었다면 쇼코는 내게 관심조차 보이지 않았을 것이다"(17)나 "자신의 삶으로 절대 침입할 수 없는 사람, 보이지도 들리지도 않는 먼 곳에 있는 사람이어야 쇼코는 그를 친구라 부를 수 있었다"(18)라는 말에는 소통과 교감의 전제조건으로서의 거리가 오롯이 새겨져 있다. 쇼코와 소유가 "우린 이제 혼자네"라고 말할 수 있는 사이가 되더라도, 그리하여 찜질방에서 유두 근처에 새겨진 연둣빛 애벌레 타투를 보는 사이가 되더라도, 쇼코는 결국 보딩패스와 함께 출국장을 빠져나갈 외국인인 것이다. 그러나 「한지와 영주」에서 한지와 영주는 비록 국적이 다르지만 관계의 지속이 부부라는 형식으로 이어질 수도 있는 사이이다. 실제로 영주는 한지와 하나처럼 지낼 때, 나이로비에서 한지의 아내가 되어 살아가는 삶을 상상하기도 한다. 이 가까운 거리야말로 강박적으로까지 등장하는 새로운 연대와 교감의 시도를 불가능하게 한 것일 수도 있다.

'타인의 타자성을 가슴 아프게 되새기는 전반부'에서 '그럼에도 끝내 개인 사이의 공감을 이루어내는 후반부'로의 급전(반전)은 어찌보면 하나의 진실이나 사실 이전에 작가의 믿음이자 신앙이다. 그런데 끝내 공감과 소통이 이루어지기 위해서는 하나의 조건이 필요하다. 그것은 바로 적당한 거리이다. 여기서의 적당한 거리란 지금의 일상과 삶의 공유를 불가능하게 만드는 조건이라고 할 수 있다. 이 거리야말로 1984년생 최은영이 선보이는 이 선량한 윤리감각의 의의와 한계까지를 고스란히 비춰주는 하나의 중핵으로 새겨볼 수도 있을 것이다.

4. 개인도 공동체도 될 수 없는 프레카리아트라는 신新계급

김애란과 최은영이 독립성과 자율성에 바탕한 개인들의 관계라는 윤리의 문제에 초점을 맞추었다면, 황정은은 윤리 너머 혹은 이전이라 할 수 있는 계급의 관점에서 개인의 문제를 사유한다. 지난 세기 한국문학사에서 개인을 관계 맺어주는 가장 핵심적인 범주는 민족과 계급이었다고 할 수 있다. 두 가지 개념 모두 21세기 한국문학에서는 사어死語가 되었다고 할 정도로 찾아보기 힘들었다. 황정은의 이번 작품집에서는 직접적으로 '계급'이라는 말이 등장하기도 하고, 자연스럽게 계급적 상상력을 떠올리게 하는 작품들도 여러 편이다. 그러나 여기서 주목해야 할 것은, 황정은의 계급은 연대나 공동체의 성립을 위해 동원되는 것이 아니라 오히려 그 불가능성을 드러내기 위해 동원된다는 점이다.

황정은 소설에서 개인은 생존의 극한으로 내몰리며, 그러한 특징은 「양의 미래」의 주인공 '나'를 통해 잘 드러난다.[9] '나'는 여상女商(여자상업

9 최저선으로 내몰린 삶은 소설집 『아무도 아닌』에 등장하는 인물들의 기본적인 존재방식이다. 부모들은 늙거나 병들었고, 자식 세대는 비정규직으로 힘겨워한다. 「上行」에서 오제의 아버지는 폐암 수술을 받아 오른쪽 폐를 잘라냈고, 오제는 육 개월 단위로 계약서를 쓰며 일하는 처지이다. 「상류엔 맹금류」에서 제희의 부모들은 평생을 갚아도 못 갚을 빚을 지고 있으며, 제희의 아버지는 몸도 아프다. 「누가」에서 금융권의 도급으로 전화 상담을 하며 연체금 독촉을 하는 그녀는 언제든지 고용 계약이 해지될 수 있다. 「웃는 남자」에서도 '나'의 아버지는 건축된 지 삼십육 년된 아파트 오층에서 우울증과 가벼운 치매를 앓고 있는 어머니를 돌보며 간신히 살아간다. 「복경」의 어머니는 진통제도 없이 "내내 구토를 하고 오줌과 피거품을 흘리며 정신이 혼미한 채로 죽어갔"(193)으며, '나'는 백화점 판매원이다.

고등학교)을 졸업하고 각종 비정규직을 전전하는 프레카리아트precariat이다. 프레카리아트는 '불안정한precario'과 '노동자 계급proletariat'을 합성한 말로, 파견, 하청, 아르바이트 등의 일에 종사하는 비정규직 노동자층을 가리킨다. '나'는 "중학교에 다니던 때나 고등학교에 다니던 때를 생각하면 어딘가에서 일하고 있는 순간들"[10]이 떠오를 정도로, 햄버거 체인점, 패밀리 레스토랑, 도서 대여점, 길거리, 마트 등에서 줄기차게 일을 해왔다. '나'는 엄연히 한국사회에 살고 있는 젊은이지만, 그동안의 무수한 담론 속에서 제대로 논의조차 되지 못한 존재인 서발턴subaltern에 해당한다.

'나'에게는 '악몽'과도 같은 삶이 끝없이 주어져 있을 뿐이다. '나'는 "병신 같은 걸 남기고 죽는 건 싫다. 걱정이 될 테니까 말이다. 세상에 남을 그 병신 같은 것이"(130)라며 아이를 낳을 생각은 하지도 못한다. 호재와 헤어진 이후에는 남자와 교제하는 "기회를 더는 상상"(135)할 수조차 없다. '나'에게는 미래도 없지만, 동시에 믿고 의지할 과거도 없다. 어머니는 십 년째 간암 투병 중이고, 어머니를 돌보는 아버지는 남성성이 완전히 제거된 채 "아버지라기보다는 할머니 같은 모습"(132)을 하고 있다. 그들이 이 사회에서 차지하는 몫을 보여주는 것처럼, '나'의 부모는 "왜소하고 말이 없"(129)이 늘 조용하다. 사회로부터 어떠한 보호도 받지 못하며, 스스로도 자신들의 존재의미를 알지 못하는 아버지와 어머니는 말 그대로 벌거벗은 생명이다. '내'가 "이제 죽었으면 좋겠어"(133)라고 말하는 아버지와 어머니, 그리고 '나'는 개인이 될 수 없는

10 황정은, 『아무도 아닌』, 문학동네, 2016, 127쪽. 앞으로 본문 중에 이 작품을 인용할 때는 쪽수만 표시하기로 한다.

비인非人들인 것이다.[11]

이러한 인물들은 전통적인 의미의 계급과는 거리가 멀다. 황정은이 그려낸 프레카리아트는 "노동자이면서 충분히 노동자이지 못한 존재자들, 계급에 속하지만 동시에 거기서 이미 '반쯤' 벗어난 존재자들"로서, "노동자계급 안에서 불안정성을 담보하는 새로운 계급의 이름"[12]이기 때문이다. 이번 황정은 소설집에서 가장 기억해야 할 것은, 그가 프레카리아트라는 계급을 한국문학사에 분명하게 각인시켰다는 점이다.

황정은의 소설집 『아무도 아닌』처럼 '계급'이라는 말이 빈번하게 등장하는 경우는 최근 소설에서 찾아보기 힘들다. 「누가」는 도시 변두리의 다세대 주택을 배경으로 하고 있다. 이 곳에서 서로간의 연대를 가로막는 불화의 매개는 다름 아닌 소음이다. 그녀가 이 곳으로 이사를 온 것도 소음을 피해서이다. 이전에 살던 곳의 휴대폰 매장에서는 아이돌 그룹의 최신곡들이 끝도 없이 들려왔으며, 그녀는 그 "소음들 때문"(123)에 미열이 날 만큼 힘들어했던 것이다. 그러나 이사를 가서도 그녀는 다른 종류의 소음으로부터 벗어나지 못한다. 그 벗어날 수 없는 소음에서 그녀는 다음의 인용문에 나타나듯이 자신이 속한 계급을 분명하게 인식한다.

> 어떻게 막을 도리가 없었다. 그녀는 그때 자신이 계급적 인간이라는 것을, 자신이 속한 계급이라는 걸 알았다. 이런 거였구나. 이웃의

11 황정은의 「양의 미래」에 대한 보다 자세한 논의는 졸고, 「터널이 있든, 없든」(『여시아독』, 푸른사상사, 2014)을 참고할 것.
12 이진경, 『불온한 것들의 존재론』, 휴머니스트, 2011, 335쪽.

> 취향으로부터 차단될 방법이 없다는 거. 계급이란 이런 거였고 나는 이런 계급이었어. 왜냐하면 (…중략…)
>
> 왜냐하면 더 많은 돈을 가져서 더 많은 돈을 지불할 수 있다면 더 좋은 집에서 살 수 있을 테니까. 더 좋은 집에서 산다는 것은 더 좋은 골목, 더 좋은 동네에 살게 된다는 것이고 더 좋은 동네라는 것은 이웃의 소음과 취향으로부터 차단될 수 있는 방법이 있는 동네일 테니까. (123)

그녀가 "어쩔 수 없게도 계급에 속하는 계급적 인간으로서의 나"(124)라는 것을 깨닫는 대목이다. 그녀는 부인하고 싶지만, 자신이 속할 수밖에 없는 계급이라는 것을 끊임없이 의식한다. 문제는 그녀가 그 계급을 부끄러워하며 끝없이 벗어나려 하지만, 그럴수록 계급의 규정력은 강력하게 그녀를 옥죈다는 것이다. 그녀는 윗집의 소음으로 고통을 겪지만, 결국에 그녀 역시 또 다른 소음을 만든다. 그녀가 거의 정신이 나가 위층에 찾아가고 싶었듯이, 나중에는 누군가가 그녀의 집에 찾아와 "아래층이야 씨발 년아"(135)라는 말을 던질 수밖에 없는 것이다.

이처럼 벗어날 수 없는 계급에 대한 인식은, 그녀가 이사 간 집에 살았던 노인과 자신을 동일시하는 것에서도 확인할 수 있다. 그 노인은 "한 사람이나 두 사람이 들어가 누울 수 있는 관"(127)과 같은 방에 살았으며, "연체금이 있을 때나 호명되는 사람"(125)으로 고독사하기에 좋은 조건을 가지고 있다. 그녀는 그 노인을 떠올리며, 다음의 인용문처럼 자신과 노인을 동일시한다.

> 나는 그 노인보다 낫지만 지금의 나하고 그 노인 사이엔 거의 아무것도 없다. 아무것도 없으니까 언제고 나는 그 노인이 있었던 곳에 스무스하게 당도할 것이다. 그 거리를 최대한 유지할 수 있는 방법은 돈뿐인데 나는 돈이 없지. (134)

황정은 소설은 넘을 수 없는 문턱 안에 갇혀 있는 인간들로서의 계급을 이야기한다. 그것은 개인의 노력으로는 조그마한 흠집도 낼 수 없는 강고한 굴레이다. 계급이 '공통의 물질적 상황에서 탄생한 공통적 이해관계에 대한 집단적 의식'과 '적이 누구인가에 대한 공통된 생각'의 결합으로 탄생한다고 할 때, 황정은은 전자에 대한 분명한 인식을 보여준다. 그러나 모순된 이해관계에 의해 다른 계급에 대한 적대의식을 드러낸다는 점과 관련해서는 매우 독특한 모습을 보여준다. 황정은 소설에서 적대의식이 드러난다면, 그것은 다른 계급을 향해서가 아니라 바로 자기 스스로의 계급을 향해서이기 때문이다. 따라서 황정은이 형상화하고 있는 계급은 한국문학사에서 보아온 연대와 실천의 공동체와는 별다른 관계가 없으며, 본원적으로 불화와 적대가 내재되어 있는 분열의 공동체에 가깝다.

「누가」에서 다세대 주택의 사람들은 친구는커녕 서로가 서로에게 적일 뿐이다. 그렇기에 "서로가 서로에게 고객이면서, 시달리면서"(134) 살아간다. 「복경」에서는 '서로가 서로에게 고객이면서, 시달리면서' 살아가는 모습이 전면적으로 그려지고 있다. 「복경」의 '나'는 백화점의 판매원으로 근무하며 "몸에 와 닿는 최악"(196)은 대부분 "우리끼리에서 비롯되는 것"(196)이라고 생각한다. 백화점의 최하층 노동자들은 다음의 인용문처럼 서로가 서로를 괴롭히고 모욕하면서 살아가는 것이다.[13]

> 이처럼 미화원은 판매원과 계산원을 증오하고 판매원과 계산원은 미화원을 미워하고 그들 모두는 음식을 맛없게 만든다고 직원식당의 조리사들을 미워하고 조리사들은 다 처먹지도 않을 음식을 더 달라고 조르는 것들이라고 판매원과 계산원과 미화원을 두루두루 미워하는데 뭔가 영원한 돌림노래처럼, 네? 고객은 스쳐가지만 나와 이들은 한 개의 주머니에 담긴 채 뒤섞이는 존재들입니다. (196)

그 계급이라는 칸에 갇혀서 서로가 서로를 괴롭히는 그 관계 속에서는 공동체도 탄생할 수 없지만, 개인도 탄생할 수 없다. 이 뒤섞임 속에서는 아래의 인용문에서 볼 수 있듯이, 어떠한 독립성이나 자율성도 존재할 수 없기 때문이다.

> 견딜 수가 없는 게 아닐까요? 내 맛인데 니 맛이기도 해. 니 맛인데 내 맛이기도 하고. 내가 왜 너하고 같지? 같지 않은데 같은 맛이라면 결국은 같은 건가? 이런 생각을 하게 되는 우리끼리, 라는 관계보다는

13 이러한 불화는 인간의 기본적인 삶의 조건으로까지 형상화된다. 백화점의 판매직원이 다른 매장에 가서 자신이 당한 굴욕을 다른 판매직원에게 강요하는데, 그러한 굴욕의 강요는 "인간이 인간의 발 앞에 무릎을 꿇고 머리를 숙이는 자세"(201)인 "도게자[土下座]"(200)로 상징된다. 인간은 "꿇으라면 꿇는 존재 있는 세계. 압도적인 우위로 인간을 내려다볼 수 있는 인간으로서의 경험"(201)을 필요로 하기 때문에 이 자세는 결코 사라질 수 없는 것으로 이야기된다.

고객과의 관계가 훨씬 산뜻하다고 나는 생각합니다. (197)

"웃고 싶지 않은데 웃어요. 자꾸 웃거든요. 나는 매일 웃는 사람입니다"(189)라는 문장으로 시작되는 「복경」에서 언제나 웃을 수밖에 없는 '나'의 웃음이야말로 사라진 고유성의 명백한 표지라고 할 수 있다.

그렇다면 계급이라는 말과는 거리가 느껴지는 여타의 관계, 대표적으로 가족 같은 범주에서 새로운 공동체의 가능성을 사유할 수는 없을까? 황정은의 여러 소설은 가족이야말로 본원적 균열의 공간임을 반복해서 강조한다. 「웃는 남자」에서 나와 아버지, 아버지와 할아버지, 나와 할아버지 사이에는 아무런 공감도 없으며, 그러한 불통과 단절은 아버지의 "알아?"(174)라는 말에 압축되어 있다. 「누구도 가본 적 없는」에서 부부의 첫 번째 해외여행은 불화 끝에 아내와 남편이 헤어지는 것으로 끝난다. 「상류엔 맹금류」는 따뜻한 연대의 공간으로 보이는 외양과는 달리 가족이라는 것이 얼마나 분열적인 공간인지를 평범한 야유회를 통해 차근차근 보여주는 작품이다. 처음 '나'는 "역경을 함께 이겨내고 살아남은 사람들"(67)이자 부러워할 만한 따뜻한 포옹을 나누는 사람들로 보이는 제희네 가족들을 부러워하며 그들의 일원이 되기를 갈망한다. 그러나 평범한 수목원 나들이에서 드러나는 것은, 가족이 사실은 민망하기까지 한 불화의 벌거벗은 현장 그 자체에 불과하다는 점이다.

이처럼 황정은의 소설에는 개인을 뛰어넘는 차원의 어떠한 공동체도 존재하지 않는다. 그렇기에 이들은 떠밀리듯 사회로부터 소외된 개별적인 존재자가 된다. 황정은표 인간들이 도달한 것은 암굴 속에 존재하는 '나'(「웃는 남자」)이다. '나'는 "디디를 먹어치운 거리"(185)와 병든 부모가 사는 본가本家, 즉 "의미도 희망도 사랑도 없어, 죽은 것이나 다름없"(185)는 곳으로부터 떨어져 자기만의 공간에 머문다. 그 공간은 '나'의 표현처럼 "암굴이나 다름 없"(169)는 곳이다. 이 곳에는 근대적 의미의 독립성과 자율성을 갖춘 개인과도 무관한, 그저 '아무도 아닌' 존재가 머물 뿐이다.

> 벌거벗은 벽이 있고 내가 있고 의자가 있고 내 잡동사니가 있다. 나는 이것들과 더불어 이곳에서 먹고 자고 이따금 눈살을 찌푸리며 기묘한 욕을 내뱉는다. 공중에 대고 침을 뱉듯이, 그리고 그 침은 대개 내 눈썹과 내 턱으로 떨어지지.
> 내가 여기 틀어박혔다는 것을 아는 이 누구인가.
> 아무도 나를 구하러 오지 않을 것이다.
> 아무도 나를 구하러 오지 않을 것이므로 나는 내 발로 걸어나가야 할 것이다. (185)

아무도 없는 그 곳에서 '나'는 광막한 외로움과 절망 속에서 사물화된 상태로 존재한다. 이때의 '나'는 근대적 개인일 수도 없고, 그렇다고 전통적인 의미의 계급일 수도 없다. 이 비인非人적 형상은 기존의 모든 보편화를 넘어서는 부정적 힘으로만 존재하는 것이다. 그러나 바로 이 정직한 절망으로 인하여 '나'는 "내 발로 걸어나가야 할 것이다"라는 다짐에 이른다. 암굴에서 걸어 나와야 한다는 것, 더군다나 '내 발로' 걸어 나가야 한다는 다짐 속에는 기존의 개인과 계급에 대한 동시적 부정의 결연한 자세를 읽어낼 수 있다. 이것이 하나의 포즈로 끝날지? 아니면 새로운 감각과 상상력으로 무장한 개인과 공동체의 탄생으로 이어질지는 조금 더 지켜볼 일이다.

5. 우린 이제 혼자네

촛불집회는 피 한 방울 흘리지 않고 진행된 느린 혁명이었다. 특히 개인의 숨결이 살아 있으면서도 공동체의 지향이 흩트러지지 않았다는 점에서 그 의미가 더욱 크게 다가온다. 촛불집회는 개인과 공동체를 대립적인 것으로 파악해 온 기존의 논의를 되돌아보게 만드는 하나의 사건이다. 이 글은 촛불의 정신에 비추어, 김애란의 『바깥은 여름』, 최은영의 『쇼코의 미소』, 황정은의 『아무도 아닌』에 나타난 개인과 공동체에 대한 상상력과 사유의 면모를 살펴보았다.

김애란의 『바깥은 여름』은 개인의 고유성에 대한 집중적인 탐구를 보여준다. 이때의 개인은 2000년대의 수많은 소설에서 타자로 호명되었으며, '신神의 얼굴을 한 존재'로서 알 수도 없고 동화될 수도 없는 불가사의한 존재로 의미부여 되고는 하였다. 김애란은 특유의 작가적 기량을 발휘하여 안정된 서사와 인상적인 이미지를 통해 개인의 심연을 감동적으로 형상화하고 있다. 최은영의 『쇼코의 미소』에 수록된 소설들은 크게 '타인의 타자성을 가슴 아프게 되새기는 전반부'와 '그럼에도 끝내 개인 사이의 공감을 이루어내는 후반부'로 이루어져 있다. 전반부가 최근 소설에서 흔히 발견되는 특징이라면, '그럼에도 끝내 개인 사이의 공감을 이루어내는 후반부'는 최은영의 개성이 빛나는 영역이라고 할 수 있다. 유의할 점은 끝내 공감과 소통이 이루어지기 위해서는 일상의 공유를 불가능하게 하는 개인 사이의 거리가 필요하다는 점이다. 이 거리야말로 최은영이 선보이는 이 선량한 윤리감각의 의의와 한계까지를 고스란히 비춰주는 하나의 중핵으로 새겨볼 수 있을 것이다.

김애란과 최은영이 독립성과 자율성에 바탕한 개인들의 관계라는 윤리의 문제에 초점을 맞추었다면, 황정은은 윤리 너머 혹은 이전이라 할 수 있는 계급의 관점에서 개인의 문제를 사유한다. 황정은의 소설에는 '계급'이라는 말이 빈번하게 등장하지만, 이때의 '계급'은 일반적인 의미의 계급과는 다르다. 황정은이 즐겨 그리는 프레카리아트precariat는 "노동자이면서 충분히 노동자이지 못한 존재자들, 계급에 속하지만 동시에 거기서 이미 '반쯤' 벗어난 존재자들"로서, "노동자계급 안에서 불안정성을 담보하는 새로운 계급의 이름"이다. 황정은의 '계급'은 한국문학사에서 보아온 연대와 실천의 공동체와는 별다른 관계가 없으며, 본원적으로 불화와 적대가 내재되어 있는 분열의 공동체에 가깝다. 생존의 극한에 내몰려 개인이 될 수도 없고, 연대와 실천의 한 구성원으로서의 계급이 될 수도 없는 인물들은 광막한 외로움과 절망 속에서, 기존의 모든 보편화를 넘어서는 부정적 힘으로서의 비인非人이 된다.

개인이 지닌 심연深淵에 대한 탐구(김애란), 당위로서의 타자와의 공감(최은영), 개인과 계급의 동시적 부정(황정은) 등이 오늘의 한국문학이 개인과 공동체를 사유하는 대표적인 방식이라고 볼 수 있다. 다시 촛불집회로 돌아가 보자. 촛불집회에 참석한 연인원 1,700만명은 특정한 지도자나 조직에 의해 동원될 수 있는 숫자가 아니다. 역사를 바꾼 촛불의 힘은 조직과 이념에 의해 계몽된 개인이 아니라 자신의 독립성과 자율성에 의해 조직된 개인들의 연대에서 비롯되었다. 이것은 개인과 공동체의 관계에 대한 발본적인 재검토를 요구하는 사건일 수밖에 없다. 이러한 촛불집회의 정신에 비추어 본다면, 오늘의 문학은 아직도 많은 고민이 필요해 보인다. 이와 관련해 최은영의 「쇼코의 미소」에서 쇼코와 소유가 나누는 "우린 이제 혼자네"(63)라는 말은 깊이 음미해볼만하다. 이 말 속에는 '우리'라는 공동체의 감각과 '혼자'라는 개인의 의식이 너무나 자연스럽게 공존하기 때문이다. 개인과 우리의 위계화되지 않은 공존에서부터 새로운 삶과 사회를 위한 '차가운 혁명'은 가능할 것이다.

(2017)

제2장

잡지의 관점으로 바라본 한국문학의 이전과 이후

『Axt』, 『Littor』, 『하이픈』, 『문학3』

1. 세월호와 표절

한국 현대문학사는 문학잡지의 역사였다고 해도 과언이 아니다. 처음으로 문단이라는 개념을 형성시킨 『창조』(1919~1921)나 『폐허』(1920~1921) 등은 말할 것도 없고, 문학장을 넘어 지성계 전반에까지 큰 영향을 끼쳤던 1920년대 『개벽』(1920~1926)과 『조선지광』(1922~1930), 1930년대 완숙한 한국 근대문학의 위용을 보여준 『문장』(1939~1941)과 『인문평론』(1939~1941) 등을 제외하고 한국문학을 논한다는 것은 사실상 불가능하다. 해방 이후에도 이러한 상황은 크게 달라지지 않았다. 문협정통파들의 기관지격인 『현대문학』(1955~), 1960년대 이후 진보적 문학을 대변해온 『창작과비평』(1966~), 문학적 자율성과 실험성을 고집해온 『문학과지성』(1970~), 문학주의를 간판처럼 내세운 『문학동네』(1994~) 등은 한국 현대문학사의 기본적인 무대로서 기능했다고 해도 과언이 아니다. 가장 실감나는 차원에서 보자면, 등단이란 것도 여러 문학잡지들로부터 청탁을 받을 수 있는 위치에 서게 되었다는 의미에 가깝다. 이토록 영향력과 의의가 컸던 문학잡지가 지금 '계승의 대상'이 아닌 '청산의 대상'으로 새롭게 부각되고 있다. 이러한 큰 변화에는 눈에 보이는 사건이나 계기가 존재하게 마련이다.

이러한 변화의 근본적인 이유로는 매체 환경의 변화나 문학 독자의 감소 등을 꼽을 수 있다. 그러나 보다 직접적인 원인으로는 세월호와 신경숙 표절 사건을 들어야 할 것 같다. 전자가 한국사회의 커다란 암흑을 실시간으로 중계했다면, 신경숙 표절 사건은 한국 문단의 실상을 있는 그대로 보여주었기 때문이다. 신경숙 표절 사건은 2015년 6월 16일 이응준이 『허핑턴포스트코리아』에 「우상의 어둠, 문학의 타락—신경숙의 미시마 유키오 표절」이라는 글을 발표하면서 시작되었다. 이 글에서 이응준은 신경숙의 「전설」이 미시마 유키오의 「우국」을 "의식적으로 도용"한 "명백한 절도행위—표절"이라고 단정적으로 주장했다.

여기서 주목해야 할 것은 신경숙의 표절에 대한 이야기가 이번이 처음은 아니었다는 사실이다. 따라서 문학 환경의 변화는 이미 그 이면에서 뜨겁게 요청되어 왔다고 보는 것이 타당할 것이다. 신경숙 소설의 표절 양상에 대해서는 2000년 무렵부터 간간히 문제제기가 되었으며, 정문순은 『문예중앙』 2000년 가을호에서 이번에 문제가 된 1995년 "「전설」이 일본 극우 작가 미시마 유키오의 「우국」(김후란 역, 학원사, 1984)의 표절작"[1]이라고 지적한 바 있기 때문이다. 따라서 표절 사건을 기점으로 이루어진 문학계의 대변화에서 표절 사건은 하나의 표면적 계기로 보아야지, 그것에 모든 이유를 돌려서는 현상의 진상을 제대로 파악하지 못할 수도 있다.

신경숙 표절 사건 이후 SNS를 비롯한 여러 매체는 이에 대한 관심으로 뜨겁게 달아올랐다. 주요 문예지인 『창작과비평』, 『문학동네』, 『문학과 사회』, 『실천문학』 등이 좌담을 통해서 활발하게 논의를 벌였다. 이러한 좌담 등에서는 이전부터 문제시되어 온 문학장의 폐쇄성과 그에 늘 따라다니는 문단권력이라는 문제를 중요하게 제기하였다. 이러한 비판은 기존의 주요매체가 가진 부정적 기능과 맞닿아 있는 논의이기도 했으며, 그것은 구체적으로 문학잡지와 그것을 주도하는 편집위원들을 중심으로 해서 이루어졌다. 이와 동시에 이전에는 발견할 수 없었던 새로운 매체적 실험이 그야말로 한밤의 폭죽처럼 동시다발적으로 펼쳐졌다. 이 글에서는 지면과 능력의 한계로 인하여 『Axt』, 『Littor』, 『하이픈』, 『문학3』의 창간호를 중심으로 하여 그 가능성과 한계를 논의해보고자 한다.[2]

1 정문순, 「통념의 내면화, 자기 위안의 글쓰기」, 『문예중앙』, 2000.가을, 294쪽.

2 이외에도 젊은 시인들이 주축이 된 독립 잡지 『더 멀리』, 웹진 『소설리스트』, 이인성 김혜순 정과리 성민엽이 주도한 '문학실험실'의 『쓺』, 춘천에서 활동하는 청년들이 결성한 '인문학 카페 36.5°'에서 출간한 『진지』 등을 새로운 문학잡지의 사례로 들 수 있다. (고영직, 「문학장 바깥에서 이우(異友)를 만나다」, 『작가들』, 2016.봄, 118~119쪽) 또한 단 한 번 발행된 『Analrealism』(2015.10)도 있다. 이 잡지는 정지돈, 박솔뫼, 오한기, 이상우, 강동호, 금정연, 황예인, 홍상희 총 8명이 구성원인 후장사실주의가 발행하였다. 이 잡지는 이 8명이 "편집위원인 동시에 작가이기도 하고 곧 우리가 독자이기도 한 잡지" (정지돈, 「후장사실주의, 함께 만들기」, 『지금 다시, 문예지』, 미디어버스, 2016, 22쪽)이다.

2. 소설의 소설에 의한 소설을 위한

『Axt』는 배수아, 백가흠, 백다흠, 정용준이 주도해 2015년 7월 창간되었다. 잡지명 Axt는 'Art&Text'의 줄임말이자 "책은 우리 안의 얼어붙은 바다를 깨는 도끼여야 한다"는 프란츠 카프카의 말에 등장하는 Axt(도끼)에서 온 것이다. 잡지의 맨 마지막 「outro」에는 도끼로 깨고자 하는 얼어붙은 바다가 다름 아닌 "문학이 지루하다는 편견"[3]임이 밝혀져 있다. 이 편견과의 투쟁이라는 측면은 원고지 10매가 되지 않는 「outro」에서 집중적으로 다루어진다.

> 우리는 우리이기 위해 도끼를 들었습니다. 조금 덜 지루하고 재미있는 일을 하고 싶은 것뿐입니다. 책 읽는 것 좋아하고 글 쓰는 것 좋아하는 사람들의 놀이터를 만들어보고자 합니다. 끝까지 살아남은 책의 운명을 존중하고자 하는 것입니다.
>
> 우리가 들고 있는 도끼가 가장 먼저 쪼갤 것은 문학이 지루하다는 편견입니다. 『Axt』는 지리멸렬을 권위로 삼은 상상력에 대한 저항입니다.
>
> 우리는 매혹당하기 위해 책을 읽습니다.
>
> 나눌 수 있는 쾌락을 나누고 싶습니다.

3 백가흠, 「outro」, 『Axt』, 2015.7, 256쪽. 앞으로 본문 중에 이 글을 인용할 때는 쪽수만 표시하기로 한다.

> (…중략…)
>
> 문학은 그냥 즐거운 겁니다. 『Axt』가 쾌락을 위한 도구가 되었으면 합니다. 문학의 즐거운 도끼가 되면 좋겠습니다. 더불어 오브제로서 매력도 갖추도록 노력하겠습니다. 문학을 시각적으로도 즐길 수 있는 도끼를 만들겠습니다. (256)

도끼가 되기 우해 『Axt』가 신경 쓰는 것은 세 가지이다. 먼저 눈에 띄는 것은 그 이전의 어떠한 문학잡지에서도 본 바 없는 디자인이나 사진과 같은 시각적 요소라고 할 수 있다. 일단 시각자료가 책의 중심으로 느껴질 만큼 양적으로 팽창했을 뿐만 아니라 그 질도 이전과 같은 장식적 차원에서 완전히 벗어나 있는 것이다. 이것은 '오브제로서의 매력'과 '시각적으로도 즐길 수 있는 도끼'의 창간동기가 훌륭하게 구현된 결과이다.

다음으로는 리뷰의 대폭적인 확대를 들 수 있다. 전체의 25% 정도가 리뷰에 할애되어 있으며, 리뷰 형식도 정형화된 기존의 관습을 가볍게 뛰어넘는다. 기존 문학잡지에서의 리뷰가 따끈따끈한 문학도서를 대상으로 평론가들이 쓰는 글이었다면, 『Axt』에서는 이러한 관습이 거의 무시되고 있다. 1983년에 출판된 이인성의 『낯선 시간 속으로』부터 당시 막 출간된 황현진의 『달의 의지』가 동시에 다루어지며, 나아가 존 쿳시의 『추락』이나 조르주 페렉의 『잠자는 남자』와 같은 외국서도 서평의 대상이 되고 있는 것이다. 거기에 평론가는 물론이고 소설가, 시인, 서평가, 번역가, 학자 등이 모두 서평의 필자로 등장한다. 리뷰 대상 작품의 출판

시기, 리뷰 대상 작품의 국적, 리뷰 필진의 소속 등에 있어 기존의 암묵적인 규칙을 거의 모두 파괴하고 있는 것이다.

다음으로 『Axt』는 절반이 훨씬 넘는 분량을 다양한 형식의 픽션 창작에 할애하고 있다. 정용준의 "『Axt』는 소설을 중점적으로 다루어보고 싶은 마음과 의지로 출발하는 소설전문잡지"(101)라는 말이나 백다흠의 "비평 아젠다가 삭제된 채 만들어지는 문학잡지"[4]이며 "소설가들이 참여하고, 소설에 대해 얘기하는 것, 출간된 소설책에 대해서 이야기하는 것에 방점을 찍"(33)은 잡지라는 의도가 실제로 구현되고 있다.

창간호에서 표지인물인 천명관을 인터뷰한 커버 스토리 「육체소설가의 9라운드」는 속된 말로 표현하자면, '신의 한 수'라고 할 수 있다. 이 인터뷰를 통해 『Axt』는 기성 문단에 대해 강렬한 문제의식을 지닌 잡지로 인정받을 수 있었기 때문이다. 비록 그러한 비판이 인터뷰이interviewee의 입을 통해 나온 것일지라도, 그러한 메시지를 담아낼 인물을 커버 스토리의 인터뷰이로 선택한 것은 잡지 『Axt』의 역량이라고 보아야 할 것이다. 천명관은 이 인터뷰에서 한국문단의 '선생님들'을 강하게 비판한다. 한마디로 한국 문단의 작가들이 선생님들의 시선에서 자유롭지 못하다는 것이다. "등단을 할 때 심사위원 선생님들의 심사, 청탁을 받을 때도 편집위원 선생님들의 평가, 문학상 후보에 오를 때 또 심사위원의 평가"(94) 등에서 자유로울 수 없기에 "문단생활을 한다는 건 내내 선생님들의 평가와 심사를 받는다는 의미"(94)라는 것이다. 그 결과로 "작가들의 상상력과 취향이 공장에서 생산된 것처럼 다

4 백다흠, 「문예지의 변신은 문학의 변신인가? ―『Axt』의 사례」, 『지금 다시, 문예지』, 미디어버스, 2016, 32쪽.

비슷"(95)해지는 자멸의 길을 걷고 있다는 진단이다. 이러한 현상의 해결책으로 천명관은 "등단제도니 청탁제도니 문학상이니 다 때려치우고 문을 활짝 열어젖혀야 한다. 대중 위에 군림하는 대신 대중과 소통해야 한다. 모든 걸 시장에 맡겨야 한다. 그리고 평가는 당연히 독자의 몫이어야 한다"(103)고 주장한다.

이 발언과 진단은 2015년 이후 무수한 좌담 토론회 등에서 언급된 문단 폐쇄성의 문제에 그대로 맞닿아 있다. 그동안 우리는 한 줌도 안 되는 사람들에 의해 문단이라는 전체판이 좌지우지 되는 상황에서는 공론이라 할 것도, 엄정한 판단이나 성찰도 이루어지기 어렵다는 논의를 적지 않게 들어왔다. 그러한 폐쇄성을 천명관은 작가적 감각으로 '선생님'이라는 단어 속에 효율적으로 압축시켜 놓은 것이다. 그러나 그 해결책으로 내세우고 있는 "모든 걸 시장에 맡겨야 한다"는 것은, 설령 그것이 말 그대로의 시장이 아니라 하더라도 그 교환 논리의 부정성에 대한 충분한 고찰이 이루어지지 않는다면 맹목적으로 받아들이기는 어려운 주장이다.

3. 문학은 아닌 그러나 문학이어야 하는

『Axt』가 소설로의 집중을 보여준다면, 『Littor』(2016.8)는 인문사회 담론으로의 확장을 보여준다. 이러한 느낌은 『Littor』가 한국문학계의 주요한 문학잡지였던 『세계의 문학』(1976년 창간)을 잇는 잡지이기에 더욱 강화된다. 『세계의 문학』은 외국문학 전공자들이 편집위원을 맡아 서구의 창작과 문학이론을 발빠르게 한국 독자들에게 소개해 온 문학전문잡지였다.

새로운 잡지명인 'Littor'는 명사 문학literature과 접사 하는 사람-or을 결합한 신조어로서, 이 말 속에는 문학을 어떤 가치보다도 상위에 두는 문학주의의 흔적이 묻어난다. 이것은 "『릿터』는 문학잡지"이며, "릿터는 문학을 하는 사람이고, 이는 '자부심을 느낄 만한 일'이다"[5]라는 부분 등에서도 확인된다. 그러나 주의해야 할 것은 이때의 '문학을 하는 사람'에는 글을 쓰는 작가, 글을 읽는 독자, 그 둘을 연결하는 출판인이 모두 포함된다는 점이다. 이 잡지는 생산의 과정에서부터 '문학을 하는 사람'을 모두 참여시키고 있다. 편집위원이 없는 대신 여러 편집자와 디자이너가 힘을 합해 잡지를 만드는 것이다. 이것은 모든 사보, 패션잡지, 헤어 잡지, 헬스 잡지 등과 비슷한 모습이라고 할 수 있다.

동시에 『Littor』에는 문학 너머로 확장되려는 원심력도 강하게 작용한다. 그것은 커버 스토리를 '뉴 노멀'로 잡고 주요 필자들을 조형근, 홍기빈, 장시복, 박해천과 같은 사회학자에게 맡기고 있는 것에서도 확인된다. 더욱 놀라운 것은 커버 스토리이기도 한 '뉴 노멀'을 모티브로 한 짧은 소설을 세 편이나 게재하고 있는 대목이다. 일정한 담론적 주제를 정해주고 이에 맞춰 작가가 창작을 하도록 하는 것은 매우 드문 사례라고 할 수 있다. 이러한 원심력과 포용력은 잡지의 분량을 매우

5 『Littor』, 2016.8・9, 3쪽. 앞으로 본문 중에 이 글을 인용할 때는 쪽수만 표시하기로 한다.

얇게 만든 것에서도 드러난다. 꽁트에 해당하는 flash fiction은 물론이고 issue난의 글들도 자신이 맡은 주제를 간명하게 개관하는 방식으로 쓰이고 있음을 확인할 수 있다.

이외에도 『Littor』는 에세이를 대폭 보강하였다. 무려 다섯 명(장강명, 이영훈, 박태하, 이응준, 서경식)의 작가, 편집자, 에세이스트가 나서서 나름의 문제의식을 담은 에세이들을 발표하고 있다. 이러한 에세이의 보강에서도 최대한 많은 것들을 포괄하고자 하는 잡지의 기본방향을 확인할 수 있으며, 그러한 글들 역시 짧은 분량으로 사태를 선명하게 스케치하는데 치중하는 모습이다.

창작소설과 창작시, 그리고 세 편의 리뷰를 수록한 것은 이전의 문학잡지와 유사하다. 그러나 그 세부를 살펴보면 나름의 차이가 발견된다. 창작소설로는 김애란과 미국작가 조너선 사프란 포어의 데뷔작을 함께 수록하여, 국적이 다른 두 명의 작가가 서로 대화하는 듯한 모양새를 취하고 있는 것이다. 또한 세 편의 리뷰도 각각 영화, 소설, 과학(사회과학과 우주과학) 등으로 나뉘어져 있어, 『Littor』의 기본 편집방향이라고 할 수 있는 다양성이 강화되었다.

『Axt』가 천명관과의 인터뷰로 화제가 되었다면, 『Littor』는 아이돌 그룹 샤이니의 멤버인 종현과의 인터뷰가 단연 화제였다. 첫 책 『산하엽』을 출간한 샤이니는 화보만으로도 시선을 잡아끌기에 충분하다. 샤이니의 화보 옆에는 “글 허윤선(『얼루어 코리아』 피쳐디렉터) / 사진 곽기곤 / 스타일리스트 원영은 / 헤어 서진경by아우라뷰티 / 메이크업 김주희”라는 기다란 설명이 붙어 있다. 흥미로운 것은 종현이야말로 누구보다 문학과 글에 대한 근대적 동경을 간직하고 있다는 점이다. “여전히 제게 글의 형태로 된 예술은 엄청난 동경의 대상이자 판타지로 남아 있어요. 그래서 글도 음악 같은 존재가 되었으면 하는 생각을 해요"(97)라고 말하는 것이다. 이 꼭지의 의도를 "문학Literature의 바깥에서 새로운 Littor(문학하는 사람)를 찾는다. 문학의 바깥은 없으며, 문학의 가능성은 이만큼이나 커다랗다고 바로 당신이, 이야기해 주었으면 좋겠다"(98)라고 설명하였는데, 종현은 이러한 의도에 부합한다. 『Littor』의 핵심은 이전의 문학 잡지에서 벗어나고자 하는 원심력이라고 할 수 있다. 그 힘은 잡지의 구석 구석을 겨냥한다. 이러한 원심력이 가져온 성과는 적지 않지만 동시에 『Littor』의 문학정신을 조금 흐리게 하는 문제점도 발견된다.

4. 세대론을 통한 과거와의 연속성 찾기

문학과지성사는 2016년 9월 혁신호로 기존의 『문학과 사회』 이외에 별책부록 『하이픈』을 발간하였다. 『문학과 사회』의 편집동인인 강동호는 머리말에 해당하는 「새로운 싸움을 모색하며」에서 기성 문예지와 비평에 대한 통렬한 비판으로 글을 시작한다. 1990년대 이후의 변화된 출판 환경 속에서 "문예지는 문학의 종말을 연기하는 수단이자 출판사의 이익을 위한 기관지로 전락했다는 비판을 면하기 어렵게 되"었으며, "비평 역시 정치성을 잃은 채 문학장의 제도적 질서에 순응한다는 혐의를 받게 된 것이 냉정한 현실"[6]이라는 것이다.

이러한 현상의 원인을 "세대의 몰락 혹은 몰락한 세대론"(33)에서 찾는다. "잡지를 통한 이념적 논쟁이 사라지고 미래를 내건 싸움이 소실된 현상은 근본적으로 세계의 붕괴에 따른 세대론의 불가능성과 긴밀하게 관련"(33)된다는 것이다. 이와 같은 논리에 따를 경우 문예지의 성패는 그 잡지를 주도하는 세대의 역량에서 비롯된다. 강동호가 "한국 문예지의 역사적 기점의 풍경"(32)이라 호명하는, 김현 세대의 문예지는 "우리가 아는 한 역사상 가장 진보적인 세대"(김현, 「한국 비평의 가능성」)인 4·19세대의 역량으로부터 비롯된 것으로 규정되는 것이다.

그러나 강동호가 보기에 '현재 세대의 몰락 혹은 몰락한 세대론'은 오히려 기성세대의 몰이해나 편견에 가깝다. 흥미롭게도 강동호는 지금까지 현재 세대 몰락의 조건으로 언급된 것을 모두 새로운 반전反轉의 근거로서 활용한다. 대표적으로 현재 세대에게는 토대가 없다는 비판을 새롭게 전유하여, 다음의 인용에서처럼 "새로운 재현적 자유의 계기"(35)라고 주장하는 것을 들 수 있다.

> 공통의 토대가 없다고, 단일한 이름으로 불릴 수 없다고 해서 우리 세대에게 욕망이 부재하거나, 현실을 변화시킬 의지가 없는 것은 아니다. 우리가 욕망하는 것은 전혀 다른 방식의 싸움, 그리고 전혀 예상치 못한 저항의 장소니 말이다. (35)

6 강동호, 「새로운 싸움을 모색하며」, 『하이픈』, 2016.9, 33쪽. 앞으로 본문 중에 이 글을 인용할 때는 쪽수만 표시하기로 한다.

실제로 이화여대 학생들의 시위 등을 예로 들어, 기성세대의 상상력으로는 포착될 수도, 평가될 수도 없는 "국지적이고 탈영토적인 싸움들은 새로운 세대가 앞으로 펼쳐나갈 세계가 전혀 다른 전망과 기획 속에서 태동한다는 점을 예고"(35)한다고 주장한다. 그리하여 느슨한 연대를 구성하며, 기성세대가 물려준 현실에 저항하는 창의적인 싸움을 계속하는 "새로운 세대가 형성 중"(36)이라는 것이다. 다음의 인용문에서는 새로운 문학과 새로운 비평을 이야기하기 위해서 먼저 새로운 세대를 말해야 한다는 선명한 의식을 읽어낼 수 있다.

> 우리들이 실천해나갈 작은 혁명은 앞선 세대의 것보다 민주적이고 수평적인 방식으로 수행될 수 있을 것이며, 이를 통해 우리가 여전히 자율적으로 싸울 수 있다는 것을, 아니 싸우고 있음을 다양한 방식으로 증명할 것이다. 어쩌면 세대라는 개념은 이미 도착한 집단을 가리키는 명명이 아니라 늘 형성 중인 것, 그리고 마침내 도래할 어떤 비정형의 에너지를 가리키는 이름에 가까울지도 모른다. 우리 세대는 김현이 자신하듯 스스로를 일컬어 가장 진보적인 세대라고 자임할 수 없을지도 모른다. 그러나, 우리 세대는 우리가 아는 한 가장 민주적이고, 창의적인 방식으로 이타주의와 지성적 연대를 희망하는 세대이다. 이를 실천하는 국지적이고 창발적인 싸움은 앞으로도 더욱 다양한 세대론적 전선들을 긋게 될 것이며, 그 전선 안에서 삶-정치가 실험될 것이고, 문학이 실험될 것이다. (36)

여기서 가장 중요한 것은 '세대론적 전선 → 삶-정치의 실험 → 문학의 실험'이라는 선조적 구도이다. 이 구도 속에서는 자신의 세대적 정체성을 분명하게 정립하는 것이 무엇보다 중요한 과제가 될 수밖에 없다. 이때 자신의 세대는 "책임은 없지만 의무를 느끼는, 말하자면 끼어 있는 세대"(37)이며, 이러한 조건이야말로 이들 세대의 "윤리적/정치적 근거지"(37)이다. 나아가 "연결과 매개가 되어야 할 세대"(37)로서 "새로운 문학과 비평을 더욱 창조적으로 실천해나갈 세대를 위한 터전을 마련하는 세대"(37)여야 한다고 자부한다.

이를 위해서 직접적으로 혁신호의 주제로 '세대론'을 크게 내세우고 있다. 별책에 해당하는 『하이픈』에서는 산문과 인터뷰 그리고 좌담을 통해, 주로 1980년대생 작가/비평가들의 여성혐오, 젠더 불평등, 새로운 문학과 예술에 대한 세대적 입장을 다루고 있다. 강동호, 박인성, 오혜진, 이우창, 황현경이 참여한 「우리 세대의 비평」이란 제목의 좌담에서는 새로운 세대의 문학적 입장이 잘 드러난다. 모두 다섯 꼭지로 이루어져 있는데, 그 꼭지의 소제목은 이 좌담의 핵심내용을 요령 있게 정리하고 있다. 그 제목은 1. '하나인 동시에 여럿인 세대론', 2. '한국 문학 안의 혐오의 징후들', '3. ''젊은' 비평가라는 수사의 정치학', 4. ''한국 문학비평' 이라는 이상한 장르', 5. '새로운 세대의 비평을 위하여'이다.[7]

7 오혜진은 이 좌담에서 "1980~90년대 문학의 기율과 존재 방식에 붙들려 있는 현 문학담론의 시대착오성"(55)을 이야기한다. 시대착오적인 "주류 문학/비평의 기율과 규범"(57)에는 어떠한 것이 있을까? 한국문학은 아주 오랫동안 "'이성애자–비장애–남성–지식인'들의 전유물"(63)이었다는 것을 우선적으로 들고 있다. 오혜진은 젠더 불평등에 민감하다. "남성의 자기 각성과 가부장 공동체의 번영을 위해 여성에 대한 물리적 · 상징적 폭력과 타자화를 경유하는 건 근대문학 초기부터 지금까지 결코 철회되지 않는 오래된 역사적 상상력"(56)이라는 것이다. 또 하나의 시대착오적 문학 기율로는 '주체'나 '재현'의 기율을 당위적으로 복창"(85)하는 것을 꼽는다.

결국 이들이 내세우는 '새로운 세대의 비평'이란 "문학에 대한 문학적 해석"(황현경, 95), "서로 다른 주체가 온갖 방식으로 만들어내는 온갖 종류의 새로운 앎과 감수성을 수용하면서, 그것들이 생산적인 방식으로 공동체의 공통감각 형성·갱신에 기여하도록 하는 것"(오혜진, 97), "비평이 '안다고 가정된' 위치에서 벗어나 마땅히 누려야 할 불안을 드러내면서 문학 텍스트와 교차하는 방식으로 '함께' 말할 자율성을 확보"(박인성, 98)하는 것 등으로 정리할 수 있다.

그런데 왠지 이 화려한 담론들 속에는, 혁신이 필요했던 근본적인 이유가 빠져 있다는 느낌을 지울 수가 없다. 그 이유는 문예지가 '출판사의 이익을 위한 기관지로 전락'했다는 것과, '비평이 정치성을 잃은 채 문학장의 제도적 질서에 순응한다는 혐의' 등으로 정리해 볼 수 있다. 이러한 문제의식에서 출발한 혁신에는 일정 정도 책임의 윤리가 등장할 수밖에 없을텐데, 세대론에서는 책임과 그에 따른 비판적 사유가 등장할 여지가 적다. 지금의 문학이 부진하다면 그것은 '늘 형성 중인 것, 그리고 마침내 도래할 어떤 비정형의 에너지'로서의 현재(혹은 미래) 세대의 몫이기 때문이다. 이를 통해 혁신이라는 사태를 불러온 책임의 문제는 증발되어 버린다. 결국 각 세대에게는 각 세대의 몫이 있으며, 이러한 세대론적 사고는 기존 세대에 대한 인정과 순응으로 이어질 수도 있다. 다음의 인용에서는 이번에 제기된 세대론이, 예각화된 지금의 (문학) 현실에 바탕한 것이라기보다는 구조적 차원에서의 근본적 세대론을 반복한다는 의심을 지울 수 없다.

> 만약 우리가 포기하게 된 것이 세계에 대한 전망이 아니라, 기성세대의 상상력이라면? 새로운 세대의 싸움이 부재하는 것이 아니라, 단지 기존의 상상력으로 포착될 수 없는 종류의 것이라면? 그렇다면, 우리가 체감하고 있는 위기는 어떤 새로운 시작을 알리는 징후가 될 수는 없을까? (34)

이와 관련해 이번 혁신호가 제시하는 또 하나의 주제인 '잡지'도 주목할 필요가 있다. 기획 '잡지란 무엇인가?'는 『문학과사회』가 추구할 잡지의 방향을 간접적으로 살펴볼 수 있는 기회를 주기 때문이다.

이 꼭지에는 이경진의 「잡지에 대한 반시대적 고찰—『아테네움』」, 이상길의 「계몽의 시각적 수사학—『악트』의 성공담 혹은 성장담」, 조효원의 「언어 외과의사의 편지」가 수록되어 있다. 이경진이 다루고 있는 『아테네움』은 1798년에서 1800년까지 단지 3년간 존속했던 잡지이다. 이 잡지는 "'반대중적'이라는 잡지만을 가지고 서가만을 꾸며본다면 가장 앞줄에 당당히 놓일 잡지"(219)이다. 이상길이 주요한 대상으로 삼은 『악트』는 피에르 부르디외가 1975년 창간하여 오늘날 세계적인 권위를 인정받고 있는 프랑스의 『사회과학연구논집』을 말한다. 이 잡지는 '엄밀성'과 '가독성', '이론적인 것'과 '시각적인 것'의 조화를 추구한 비판적 계몽주의의 성공적 모델이라고 할 수 있다. 조효원의 글은 카프카, 폴 발레리, 발터 벤야민 등의 글을 통하여 새로운 잡지의 방향성을 모색한다. 이들 글에서 강하게 읽어낼 수 있는 것은 『문학과 사회』의 서구중심주의이다. 기존의 잡지를 반성하고 출발하는 잡지의 미래 역시도 서구에서 그 전범을 찾으려고 시도하는 것이다.

5. 소통의 또 다른 방식

『문학3』은 창비에서 나온 신생잡지로서 표절 사건과 관련해 특히 주목할 필요가 있다. 문제가 된 신경숙의 「전설」이 수록된 작품집은 창비에서 출판되었으며, 창비는 이응준의 폭로 당시 즉각적으로 해명을 내놓았는데 이것이 문제를 더욱 심화시켰기 때문이다. 따라서 창비가 과연 어떻게 변모된 모습을 보일 것인지는 문단의 큰 관심을 끌 수밖에 없다.

2017년 1월에 출판된 『문학3』의 창간사는 "『문학3』은 '문학은 무엇인가'라는 질문을 뒤로하고, '문학은 무엇일 수 있는가' 그리고 '문학은 무엇을 할 수 있는가'라는 질문과 만나고자 합니다"[8]라는 문장으로 시작된다. 이것은 고정된 상태의 문학이 아니라 운동하는 문학을 지향한다는 의미로 읽혀진다. 그 구체적인 내용을 옮겨보면 이렇다.

> 문학은 고정된 실체라기보다 역사적·당대적 관계의 산물입니다.

8 「문학은 모두의 말이 모두의 것이 되는 순간입니다」, 『문학3』, 2017.1, 2쪽. 앞으로 본문 중에 이 글을 인용할 때는 쪽수만 표시하기로 한다.

그 시대의 조건 및 사람들의 감수성과 역동적으로 뒤섞이며 구체적인 '삶'에 의미와 상상력을 제공해왔습니다. 그러나 언제부턴가 문학은 작가와 작품, 언어와 매체, 생산과 소비로 짜여진 시스템 속에서 안정적으로 재생산되었다고 말할 수 있습니다. 제도로서의 문단 혹은 문학장의 구조 속으로 들어간 문학은 그 구조의 지속성에 기여하는 방식으로 스스로를 변형시키곤 하기 때문입니다. '문학—삶'의 관계는 '문학시스템—문학'의 관계로 바뀌는데, 이때 소외되는 것은 구체적인 삶일 것입니다. 『문학3』은 이러한 주객전도를 반성적으로 사유하는 일에서부터 시작하고자 합니다. 시장에서 개별적으로 소비되고 마는 문학을 경계하고, 각자의 취향만을 확인하거나 옹호하는 것에 그치는 문학을 지양하며, 현실 바깥으로 뚫고 나오기를 기다리는 잠재성과 활력으로서의 삶의 자리를 겨냥하고자 합니다. '문학3'은 언제나 '문학 삶'으로 잘못 읽혀지기는 원합니다. (2)

여기서 드러나는 것은 문학에 대한 삶의 우선성, 문학시스템에 대한 문학의 우선성, 역동적이며 새롭게 생성되는 문학에 대한 강조라고 할 수 있다. 삶으로서의 문학을 강조하기 위해 가장 신경쓰는 것은 바로 소통이다. 이러한 강조는 '현장 에세이'라는 코너의 신설로 이어지고 있다. 이것은 1980년대만 해도 시, 소설, 비평 못지않게 문학장 내에서 큰 활력을 지니고 있었던 르포, 수기, 기타 논픽션 등의 글쓰기를 이어받겠다는 의식의 결과로 보인다. 르포, 수기, 기타 논픽션과 같은 글쓰기를 이어받아야 하는 이유는, 현장에 보다 밀착한 글쓰기에는 어떤 규범화된 공정과정들을 거치기 이전의 생생함과 구체성이 존재하기 때문이다. 또한 이러한 글쓰기는 "늘 움직이고 변화하는 역동적인"(241) 삶과 세계를 드러내기에 편하다. "삶은 늘 시대 속에서 움직이고 유동하고 있는 더없이 구체적인 것이며, 글쓰기는 언제나 그 삶에서 시작된다는 점에서 '현장'란의 에세이들이 『문학3』의 중요한 목소리가 되길 바랍니다"(241)라는 발언 속에는 『문학3』에서 현장에세이가 차지하는 중요한 위상이 잘 나타나 있다. 이번 호에서는 사가미하라 장애인 학살사건과 그 이후를 다룬 신지영의 「'타자' 없는 듣고-쓰기」가 이러한 기획의도를 잘 살려주고 있다.[9]

『문학3』에서 가장 새로운 점을 찾자면, 그것은 일반독자들의 적극적인 참여를 끌어낸 점이다. 보통 문학잡지에 수록된 작품에 대한 논의는 그 다음호에서 이루어지기 마련이다. 그러나 『문학3』에서는 창작된 작품을 같은 호에서 좌담의 형식으로 리뷰하는 형식을 취하고 있다. 시와 소설로 나누어 '중계'라는 코너를 마련하고 있는 것이다.

보통 문학작품에 대하여 논의하는 좌담에는 비평가들이나 작가 혹은 시인들이 참여하기 마련이다. 그러나 『문학3』에서는 소위 말하는 '일반독자들'도 적극적으로 참여하여 자신의 의견을 개진한다. '시 중계'에는 김주온(녹색당 공동운영위원장), 신헌창(서점 '책과생활' 운영), 이영광(시인), 장은정(문학평론가), 한희정(뮤지션)이 참여하였으며, '소설 중계'에는 김정환(글쓰기와 대학입시 준비를 병행 중인 고등학생), 부지영(영화감독), 이해인

9 활동보조인이 장애인 시설에 침입하여 19명을 찔러 죽이고 26명에게 중경상을 입힌 사가미하라 장애인 학살사건을 다루고 있다. 이를 통해 "늘 타자와 함께 있음을 기억하는 것이자 스스로가 타자임을 잊지 않는 것이기도 하다"(258)는 결론을 끌어내고 있다.

(이화여대 국문과 재학생), 전성태(소설가)가 참여하였다. 그토록 지적되어 온 문단의 폐쇄성을 직접적으로 허무는 참신한 시도라고 할 수 있다. 소설 좌담의 경우, 가장 재미있었던 작품으로 4명 중 3명이 윤이형의 「작은 마음동호회」를 선정하기도 하였다. 영화로 만들면 좋을 것 작품으로는 세 명이 투표하여 세 명 모두 「고마워요」를 꼽는 모습도 볼 수 있다. 이러한 사례는 그동안 엄격하게 구분된 문인과 일반독자의 벽이 그렇게 두터운 것이 아닐 수도 있다는 것을 보여준다.

다음으로 소통에 대한 강조는 종이잡지인 '문학지', 온라인 매체인 '문학웹web', 문학적 행동 '문학몹mob'으로 구현되는 '문학플랫폼'을 지향하는 것으로도 나타나고 있다. 또한 소설 매수를 원고지 40매로 대폭 줄인 것도 달라진 매체 환경에서 독자와의 소통을 강화하기 위한 의도로 읽힌다. 기획자는 "청탁 분량을 바꿔 달라진 독서환경에도 적응하고 작가들에게도 색다른 창작을 시도하도록" 하였다고 기획취지를 이야기하는데, 이때의 달라진 독서환경은 "소설을 종이책뿐 아니라 스마트폰이나 모니터를 통해 읽기도 하"(212)는 것을 의미한다고 할 수 있다.

6. 변한 것과 변해야 할 것

이상으로 세월호와 신경숙 표절 사태 이후 본격화된 잡지의 창간과 혁신의 흐름에 대하여 간략한 검토를 해보았다. 이를 통해 먼저 공통적으로 잡지가 이전과는 달리 매우 다양한 꼭지를 담아내는 방향으로 나아가고 있음을 확인할 수 있다. 이러한 변화의 포문을 열었다고 할 수 있는 잡지 『Axt』의 편집위원인 백다흠은 『Axt』가 "문학잡지로서의 '잡성'을 추구"했다고 말하는데, 이 잡성은 "기획의 참신성, 소재의 다양성, 디자인적인 잡스러움"을 의미한다.[10] 이러한 특징은 모든 잡지에 해당한다고 말할 수 있다. 이것은 문학장의 지나친 폐쇄성을 극복하고 다양한 목소리를 추구한다는 점에서 경청할 측면이 적지 않다.

동시에 이러한 '잡성'의 추구는 대중과의 소통을 강화하려는 측면에서도 발생한 것으로 볼 수 있다. 대중과의 소통 강화는 『Axt』와 『Littor』가 특히 많은 관심을 기울이는 지점이다. 『Axt』의 편집위원인 백다흠은 "문학이 사실은 읽는 자의 즐거움에 따라서 움직여야 한다는 것에 대해 아직까지 저는 신뢰하고 있습니다. 쓰는 자의 즐거움을 따르는 시대는 막을 내리고 있습니다"[11]라고 말한다. 『Littor』도 "『릿터』는 조금 더 독자에게 가까이 가려 합니다. 독자가 있는 곳에 닿았으면 합니다"[12]라고 선언한다. 때로 이러한 시도는 상업적인 것으로 오해받을 수도 있다. 그러나 이들은 "최근의 한국문학은 혹시 비상업이라는 그럴싸한 태도 속에서 불필요한 금욕에 갇힌"[13] 것으로 생각하기 때문에, 이러한 오해를 결코 두려워하지 않는다.

대중과의 소통을 위해 가장 신경 쓰는 것은 사진, 디자인, 판형과 같은 시각적 이미지이다. 이에 대한 관심은 매우 지대해서 그동안 한국

10 백다흠, 앞의 글, 34쪽.
11 위의 책, 37쪽.
12 위의 책, 73쪽.
13 위의 책, 73쪽.

문예지의 문제는 결국 디자인이나 종이질의 문제였나 하는 생각을 불러일으킬 정도이다. 대중과의 소통이라는 측면에서 『문학3』은 직접적으로 문학담론의 생성에 적극적으로 일반독자를 끌어들이는 방식을 채택하고 있다. 『문학과사회』는 여전히 실험성과 전위성의 상징이라는 문학적 포지션을 고수하며 대중과의 소통에 있어서 뚜렷한 변화를 꾀하지는 않는다. 『하이픈』과 『문학3』은 사진이나 디자인과 같은 시각적 이미지에는 상대적으로 신경을 덜 쓰고 있다.

문학비평의 비중이 대폭 감소한 것도 중요한 특징으로 들 수 있다. 비평은 그동안 고담준론에 머문다는 비판을 받으며 문단 권력의 온상이자 문학장의 폐쇄성을 지탱시키는 중요한 동력으로 인지되어 왔다. 나아가 비평은 대중과의 소통도 가로막는 가장 핵심적인 장르로서 인식되기도 하였다. 최근에 나타난 잡지들의 변화는 기본적으로 문학 전문가들(비평가, 작가, 시인)의 영역에 일반독자들의 참여를 적극 끌어들이는 맥락에서 이루어지고 있다. 이것은 문단의 폐쇄성을 극복한다는 면에서 그 긍정적 의의가 매우 크다. 그러나 동시에 소통을 단순하게 소비와 연결짓는 태도가 지닌 문제점에 대한 성찰 역시 지속되어야 할 것이다.

(2017)

제3장

한국소설과 음식

신경숙, 김숨, 이현수, 권여선, 천정완

1. 거시적 관점에서 미시적 관점으로의 변화

구체적인 형상을 통해 인간과 세상의 진실을 다루는 특성으로 인해 소설은 음식과 밀접한 관련을 지닐 수밖에 없다. 생명체로서의 인간이 음식 없이는 단 하루도 존재할 수 없다는 사실을 생각한다면 이것은 너무나 당연한 일이다. 한국소설사에서 음식 자체가 전경화되는 현상은 아무래도 1990년대 이후부터라고 볼 수 있다. 이와 같은 현상을 가장 두드러지게 보여준 대표적인 작품으로는 신경숙의 「풍금이 있던 자리」(1992)를 꼽을 수 있다. 이것은 신경숙이 이념 대신 일상을, 역사 대신 기억을 전면화 한 1990년대의 대표작가라는 점을 고려할 때, 적지 않은 의미를 지닌다.

「풍금이 있던 자리」는 유부남과 해외 도피를 앞둔 주인공이 자신이 살던 고향에 돌아와 어린 시절을 회고하는 내용의 소설이다. 회고의 핵심에는 아버지가 데려와서 열흘쯤 '나'의 집에 살다간 한 여인이 존재한다. 이 작품은 '그 여자'와 어머니의 이분법으로 되어 있다. 그 여자는 전형적인 시골 아줌마인 어머니와는 달리 화사하고 세련된 여인이다. '나'는 "그 여자처럼 되고 싶다"[1]와 '그 여자처럼 될 수 없다'는 양갈래 사이에서 고민한다. '그 여자'는 점촌 아주머니를 혼자 살게 한 "점촌 아저씨의 그 여자"(23), 중년 여인으로 하여금 울면서 에어로빅을 하게 만든 "그 여자"(23)에 이어진다. 그러나 결국에 '내'가 선택하는 것은 '그 여자'가 되지 않는 것이다. '나'는 위의 인용에서처럼 흙이 덕지덕지 붙은 고향마을의 엄마를 선택한다. 소설의 대부분은 '그 여자'의 세련됨을 형상화하는 것으로 채워져 있다. 이때 '어머니'와 '그 여자'를 구분짓는 핵심적인 기호로서 등장하는 것이 바로 음식이다.

"그 여자는 마치 우리집에 음식을 만들러 온 여자 같았다"(25)는 말처럼, '그 여자'는 집에 와서도 김치 담그는 일부터 시작한다. '그 여자'는 열흘이라는 짧은 시간 동안 밥, 만둣국, 경단, 진달래 화전, 찹쌀 약식, 칼국수, 선지해장국, 두릅적, 미나리, 물쑥나물, 칡수제비 등을 계속해서 만드는 것이다. '그 여자'가 만든 음식과 어머니가 만든 음식의 차이는 도시락에서 가장 분명하게 드러난다.

> 어머니께서 싸주시는 도시락 반찬 그릇은 들여다볼 것도 없었지요. 과묵하던 큰오빠까지도 또 염소똥이야, 할 만큼 검정콩자반이 주

1 신경숙, 「풍금이 있던 자리」, 『풍금이 있던 자리』, 문학과지성사, 1993, 24쪽. 앞으로 본문 중에 이 작품을 인용할 때는 쪽수만 표시하기로 한다.

를 이루었고, 집에서 담근 단무지, 된장 속에 묻어놓았던 오이장아찌, 어쩌다 밥물 위에 얹어 쪄낸 계란찜이었으니까요. 그 여자의 음식 만드는 멋은 특히나 오빠들 도시락에서 이루어졌습니다. 맨밥에 반찬 싸가는 것이 도시락인 줄만 알았는데, 그 여자는 당근과 오이와 양파를 종종종 썰어 밥과 함께 볶아서 그 위에 계란 후라이를 얹어주었습니다. 푸른콩, 붉은 강낭콩, 검정콩 등을 섞어 설기떡을 만들어서 밥 반쪽 콩설기 떡 반쪽을 싸주기도 했습니다. 아버지께 쇠고기를 사오라 하여 양념해서 볶고, 시금치도 데쳐서 기름에 볶고, 달걀도 풀어 몽올몽올하게 볶아서, 이 세 가지를 밥 위에 덮어주기도 했습니다. 꽃밭, 꽃밭을 연상시키더군요. (27)

1980년대 한국소설에서 인간은 주로 그가 처한 사회계급적 상황같은 거시적 시각을 통해 규정되고는 하였다. 음식과 같은 개인의 미시적 취향을 통해 인간을 묘사하는 것은 1990년대 이후의 사회 변화와 결코 무관하다고 볼 수 없다. 이것은 욕망, 일상, 문화 등이 의식, 역사, 이념 등을 대체하던 역사적 상황과 밀접한 관련을 지닌다. 「풍금이 있던 자리」는 초기 신경숙의 대표작으로 인정받을 만큼 그 문학적 성과를 크게 인정받았다. 그러나 '그 여자'의 화려한 음식 솜씨는 실제라기보다는 낭만적 허구에 가깝다고 보아야 한다. 특정 유형의 요리법이나 식사법이 "개인적 취향이 아니라 계급문화와 생활양식에 그 토대를 두고 있"[2]다는 말이 사실이라면, 애까지 여러 명이 딸린 시골의 평범한 농부

2 밥 애슬리 · 조안 홀로스 · 스티브 존스 · 벤 테일러, 박형신 · 이혜경 역, 『음식의 문화학』,

를 찾아와서 그토록 화려한 음식 취향을 뽐낼 '그 여자'와 같은 인물이 실제로 존재하기는 어렵기 때문이다. 이러한 특징은 신경숙의 초기 소설이 지닌 낭만적 성격을 증명하는 하나의 사례로도 볼 수 있다.

2. 국수라는 관계의 끈

「풍금이 있던 자리」의 '그 여자'는 '어머니'와는 음식 만드는 폼이 기본적으로 다르다. 그 차이점은 "국수에 고명을 넣는 그 여자와, 넣지 않는 나의 어머니"(27)로 간명하게 정리되어 있다. 「풍금이 있던 자리」로부터 20년이 지난 시점에, 김숨은 「국수」(2011)라는 작품을 통해 '국수에 고명을 넣지 않는 어머니'의 삶을 집중적으로 그려낸다.

김숨의 「국수」는 일종의 요리소설이라고 부를 수 있을 정도로 국수라는 음식을 만드는 과정이 작품의 기본 서사가 되고 있다. 새어머니에게 대접할 국수를 만드는 과정은 '반죽 만들기－숙성 시키기－양념장 만들기－국숫발 뽑기－국숫발 삶기－상 차리기'로 이루어져 있는데, 국수를 만드는 일은 다음의 인용문에서처럼 다른 음식을 만드는 것과는 완벽하게 구분되는 특별한 체험이다.

한울, 2014, 94쪽.

반죽의 시간은 나물을 다듬는 시간과는 다를 테지요. 반쯤 언 조기의 몸뚱이에서 비늘을 긁어내는 시간과도, 쟁반에 김을 펴놓고 들기름을 바르는 시간과도요. 불린 미역을 바락바락 주물러 치대는 시간과도, 한움큼의 마늘을 빻는 시간과도, 무를 채 치는 시간과도, 우엉 껍질을 벗기는 시간과도, 프라이팬에 들깨를 볶는 시간과도요.[3]

국수가 이렇게 특별한 음식이 된 이유는 새어머니와의 특별한 관계 때문이다. 어머니가 집을 나가자 아버지는 새어머니를 데려왔고, 그녀는 처음 아이들에게 국수를 만들어주었다. 그때 '나'는 국수를 맛있게 먹기는커녕 숟가락으로 모두 토막내 버린다. 그런 '내'가 수십 년의 시간이 지난 지금 새어머니를 위해 국수를 만드는 것이다. 국수 만들기는 "반죽을 그대로 놔두기만 해도 당신의 얼굴을 똑 닮은 형상을 저절로 띨 것 같아요"(62)라는 말에서 알 수 있듯이, 새어머니를 이해하는 과정이기도 하다. 나아가 국수를 만들며, "오른손이, 내 손이 아니라 당신의 손인 것만 같아요"(64)라고 말하는 것에서 알 수 있듯이, '나'는 새어머니와 동일시되기도 한다. 그러고 보면 지금 국수를 만들고 있는 '나'의 나이는 새어머니가 처음 국수를 만들어주었던 나이와 같은 마흔 세 살이다.

새어머니는 처음 "알고명은커녕 감자나 호박, 파 한조각 들어 있지 않"(54)은 국수를 '나'에게 해주었다. 음식에 대한 취향이 "우리의 정체

3 김숨, 「국수」, 『국수』, 창비, 2014, 52쪽. 앞으로 본문 중에 이 작품을 인용할 때는 쪽수만 표시하기로 한다.

성을 반영할 뿐만 아니라 우리의 문화적 정체성을 구성"[4]한다는 점을 염두에 둘 때, 새어머니의 국숫발과 국물만으로 되어 있는 국수는 그녀의 고생스러운 삶과 너무나도 잘 어울린다. 아이를 낳지 못해 쫓겨나 여러 명의 의붓자식을 기른 새어머니는 "호적에도 오르지 못하고 유령처럼 살아"(67)왔던 것이다. 남편이 죽은 후에 그녀가 살고 있는 집조차도 자신의 의붓아들 명의로 되어 있을 정도이다. 그것도 모자라 그녀는 지금 설암舌癌으로 차라리 혀를 끊어버리고 싶을 정도의 고통을 느끼고 있다.

그동안 무슨 일이 있었기에, 새어머니가 정성스럽게 만든 국수를 숟가락으로 뚝뚝 끊어대던 '내'가 새어머니를 위한 국수를 만들게 된 것일까. "빚을 갚는 심정으로 난 반죽의 시간을 견디고 있는 것인지도 모르겠어요"(56)라는 말에서 알 수 있듯이, '나'는 새어머니에게 부채감(죄의식)을 느낀다. 이것은 '내'가 새어머니를 이해하고 공감하게 되었기에 가능한 감정이다. 30여 년 전 새어머니가 '나'의 집에 온 이유는, 그녀가 애를 낳지 못해 이혼당했기 때문이다. 그때의 새어머니와 같은 나이가 된 지금의 '나' 역시 새어머니처럼 아이를 가지지 못해 고생한다. 국수를 만들고 있는 오늘은 "인공수정 시술을 받기 위해 병원에 입원하기로 한 날"(65)이다. '나'는 스스로 새어머니의 혀가 아직 온전할 때, "여자로서 자기 속으로 난 자식 하나 없이 평생을 산다는 것이 어떤 것인지"(69) 듣고 싶었는지도 모르겠다고 말한다. 아이를 갖지 못하는 체험은 똑같은 고통을 이미 겪어온 새어머니와의 공감을 가능케 하는

4 밥 애슬리 · 조안 홀로스 · 스티브 존스 · 벤 테일러, 박형신 · 이혜경 역, 앞의 책, 93쪽.

것이다.

이 국수는 새어머니와 의붓자식들을 연결해 주는 하나의 매개였다. 이것은 '내'가 자식이 "남편과 자신을 이어주는 끈일 뿐 아니라 세상과 이어주는 끈"(69)이라는 말을 한 직후에, 바로 "당신이 뽑아낸 국숫발들은 끈이 아니었을까요"(69)라고 자문하는 것에서도 드러난다. "결코 국숫발을 이로 끊어 먹지 않"(69)던 새어머니의 모습은 새로운 가정에서 좋은 인연을 만들고자 하는 새어머니의 염원이 얼마나 간절한 것이었는지를 드러내기에 모자람이 없다. 새어머니가 만든 국수는 가정에서의 음식이 "가족생활의 경험과 가족 내 관계들을 창출하는 하나의 수단일 수 있다"[5]는 학자들의 견해에 그대로 들어맞는다.

지금 '내'가 자신을 위해 국수를 만들고 있는 것이나 서울 생활에서 '내'가 괴로울 때마다 새어머니의 국수를 떠올리는 것은, 새어머니의 국수(관계) 만들기가 성공했다는 것을 증명한다. 심지어 같은 피가 흐르는 외할머니의 모습은 진작에 잊어버린 것과 달리, '나'는 새어머니의 어머니가 집에 와서 국수를 먹던 모습은 여전히 기억할 정도이다.

'나'는 지금 새어머니의 마음 그대로가 담긴 국수를 다시 새어머니에게 돌려주려고 한다. 알지단이라도 부쳐 생색을 내고 싶은 마음을 억누르고 "애당초 당신이 끓여 내놓던 국수와 별다르지 않은 국수를 한그릇 대접"(79)하고 싶은 것이다. 30여 년이 세월이 담긴 국수를 완성하여 새어머니에게 대접하지만 그녀는 설암으로 인해 젓가락으로 국수를 먹지 못한다. 작품의 마지막은 30년 전 처음 어머니를 보았을 때 그러했

5 위의 책, 94쪽.

듯이, 국숫발들을 뚝뚝 끊는 것이다. 물론 30년 전의 국숫발 끊기가 관계의 거부를 위한 것이었다면, 지금의 국숫발 끊기는 설암에 걸린 어머니가 먹기 편하도록 하기 위한 마음에서 비롯된다. 30년이라는 시간이 만들어낸 뚝뚝 끊어진 국숫발을 통해 삶의 진실은 보다 깊고 넓게 드러나는 것이다.

3. 부엌 없는 요리의 달인

김숨이 국수를 통해 인간 사이의 갈등과 화해의 아름다운 서정시를 매끄러운 국숫발처럼 뽑아내었다면, 이현수는 「토란」(2003)에서 우리 부엌의 흔한 여러 음식물을 통해 인간사의 박물지를 간명하게 그려내고 있다.

이 작품의 주요한 배경은 별거 중인 시부모를 결합시키기 위해, 며느리가 가족 잔치를 준비하는 부엌이다. 잔치를 위해 등장하는 음식들은 하나같이 인물들이나 인생살이의 한 고비씩을 비유적으로 드러내는 데 활용된다. 시금치는 "지 성질을 못 이겨 파르르 넘어가는 자발없는 사내"[6]에, 고들빼기는 "시집살이"(20)에, 좋지 않은 음식 재료는 "애저녁에 싹수없는 인간"(20)에 비유되는 것이다. 시어머니는 취나물을 유독 좋아

6 이현수, 「토란」, 『토란』, 문이당, 2003, 10쪽. 앞으로 본문 중에 이 작품을 인용할 때는 쪽수만 표시하기로 한다.

하는데, 이유는 "취나물의 씁쓰레한 맛이 우리네 인생살이 맛"(27)에 가깝기 때문이다. 이 작품에서는 올케와 시누이가 요리(오징어와 죽순 요리에 곁들일 소스)를 통해 대화를 나누는 장면이 맛깔나게 그려지기도 한다.

「토란」에는 차별 받으며 살아온 여성의 삶이 비교적 분명하게 드러난다. "요리의 달인"(9)인 시어머니에게 요리는 "종교"(11)이다. 그녀는 먹는 사람의 편의를 위해서는 어떤 노고도 아끼지 않으며, 어떠한 경우에도 상을 차릴 때는 "마지막 남은 한 줌의 힘과 시간과 정성을 알뜰히 긁어모"(12)은다.[7] 또한 요리에 대단한 관심을 갖고 있으며, 지금도 요리를 할 때면 신바람이 나는 것이다. 그러나 그녀는 평생 자기의 부엌을 가져본 적이 없다. 젊어서는 시집살이를 했고, 이후에는 셋집을 전전하며 살아왔기 때문이다. '나'는 시어머니와 시아버지를 화해시키고 그녀만의 부엌을 만들어줄 생각이다.

요리와 부엌이 여자에게, 특히 시어머니처럼 요리를 중요시하는 여자에게 가지는 의미를 생각한다면, 부엌을 가져본 적 없는 시어머니의 삶이 얼마나 고통스러운 것인지는 쉽게 이해할 수 있다. 시어머니가 "요리 박사"(30)가 된 이유는 남편이 귀한 재산을 날릴 때마다 그 스트레스를 오직 요리로만 풀어왔기 때문이다. 시아버지는 평생 사업에 실패하여 시골의 재산을 없앨 정도로 무능하고 무책임하였다. 이 작품에 등장하는 여러 가지 음식 중에서도 제일 중요한 토란이야말로 시어머니의 신산스러운 삶을 나타내기에 가장 적합한 음식이다.

7 음식을 대접하는 방식, 즉 음식을 준비하고 차리고 권하는 방식이 심지어 사용된 식재료의 속성보다도 훨씬 더 많은 것을 보여준다. (밥 애슬리 · 조안 홀로스 · 스티브 존스 · 벤 테일러, 박형신 · 이혜경 역, 앞의 책, 102쪽)고 한다.

> 여전히 친해지지 않는 토란 뿌리. 쌀뜨물에 가라앉은 토란의 외양만 보고 만만히 다뤘다가는 큰코다치기 십상이다. 토란 뿌리를 다룰 때는 먼저 면장갑을 끼고 팔목까지 올라오는 긴 고무장갑을 덧낀 다음에 만져야만 그 독한 성깔을 이겨 낼 수가 있다. 보잘것없는 알뿌리라고 우습게 여기고 맨손으로 만지면 쐐기에 쏘인 것처럼 손이 화끈거리고 가려워 밤잠을 설치게 된다. 토란 요리를 하면서부터 인생을 조금씩 알게 되었다. (16)

결국 그 날의 잔치(화해자리)는 남편과의 말다툼 끝에 시어머니가 교자상을 와장창 뒤엎는 것으로 끝난다. 이것은 "상이 뒤집어진 게 아니고 내 눈엔 그녀의 부엌이 산산조각 나는 것으로 보였다"(38)는 말에서 알 수 있듯이, 시어머니가 자기만의 부엌을 가지지 못하게 된다는 의미이기도 하다. 이러한 결말은 '토란'이 가진 "독한 성깔"에 부합하는 것이다. 시어머니에게 삶은 결코 만만하게 다룰 수 없는 토란과 같은 성질의 독한 것이었음이 분명하다. 결국 남편과의 화해도 자기만의 부엌도 시어머니의 몫으로는 주어지지 않는다. 그리고 엎어진 "토란 독이 손가락 틈새로 속속들이 파고들어 살갗을 베어 내도 가려움증은 멈추지 않을"(38) 정도로 '내'가 괴로워하는 모습을 보여줌으로써, 시어머니의 고통은 '나'에게도 이어지고 있음을 드러내며 작품은 끝난다.

집에서 요리한 식사는 온정, 친밀성, 개인적 접촉이 스며들어 있으며, 자연스럽게 음식의 공유는 긴밀한 관계를 나타내는 것으로 인식된다. 데버러 럽톤은 "가족식사와 식탁은 가족 그 자체의 강력한 상징, 심지어는 환유어換喩語"[8]라고 주장할 정도이다. 사이가 좋지 않은 가족이 결코 식사를 함께 하지 않는다는 점을 미루어볼 때, 음식의 공유가 파탄나지 않은 가족생활의 한 지표라는 점은 누구나 인정할 수 있는 사실이다.[9] 「토란」의 마지막에 시어머니와 시아버지가 함께 식사하는 것을 중단하는 것은, 둘이 다시 가족 공동체를 형성하는 것이 불가능한 일이라는 점을 암시한다. 토란의 독한 맛과 같은 시어머니의 삶은 계속 진행될 수밖에 없는 것이다.

4. 김치볶음밥과 미끌미끌한 미역

권여선은 누구보다 자신의 소설에 음식을 많이 등장시키는 작가이다. 음식은 단순한 소도구로 등장하기도 하지만, 작품의 기본적인 주제의식에 육박하는 경우도 적지 않다.[10] 권여선의 소설에서 드러난 음식의 의미를 알기 위해서는 로널드 르브랑이 러시아 문학에 나타난 음식에 대해 연구한 『음식과 성』을 참고할 필요가 있다. 르브랑은 러시아

8 위의 책, 197쪽.

9 N. Charles, "Foos and Family Ideology", S. Jackson · S. Moores eds., *The Politics of Domestic Consumption*, Hemel Hempstead : Harvester Wheatscheaf, 1995, p.101. (위의 책, 195쪽에서 재인용)

10 권여선의 두 번째 장편소설 『레가토』(창비, 2012)에 등장하는 음식의 의미에 대해서는 졸고, 「하숙집에서의 하룻밤이 가르쳐 준 삶의 윤리」(『여시아독』, 푸른사상, 2014, 127~128쪽) 참조.

문학에서는 "먹는 행위와 성행위를 폭력, 침략, 지배의 행위로 보는 도스토옙스키적인 '육식성'과 먹는 행위와 성행위를 리비도적 쾌락, 즐거움, 희열의 행위로 보는 톨스토이적인 '관능성'"[11]의 양극을 설정할 수 있다고 보았다. 이러한 이분법에 비춰볼 때, 권여선 소설에서 음식과 먹는 행위는 세상의 육식성에 저항하는 하나의 관능성을 의미하는 경우가 대부분이다. 권여선은 산해진미가 아닌 우리 주위의 평범한 음식에서 느껴지는 감각적 희열을 묘사하는데 큰 장기를 발휘하고는 한다. 이러한 감각적 희열은 폭력, 공격성, 지배에 대한 비판적인 의미를 구축하는 경우가 대부분이다.

권여선의 「가을이 오면」(2005)은 음식이 소설의 주제의식을 절묘하게 부각시키는 작품이다. 하루 왕복 버스비를 아껴서 먹는 학생식당의 밥을 다 먹고도 한 번 더 받아먹을 정도로 잘 먹는 그녀이지만, "미끌미끌한 미역국이나 미역초무침"[12]만은 먹지 않는다. 미역은 그녀의 어머니가 그녀에게 보내는 "반질하고 끈적한, 녹즙과 계란과 오일을 섞어놓은 듯한 미역 같은 눈빛"(15)을 연상시키기 때문이다.

이 작품은 두 종류의 음식이 선명한 대비를 이룬다. 한쪽에는 그녀가 잠시나마 좋은 관계를 유지했던 남자가 만들어준 '김치볶음밥'이 있고, 다른 쪽에는 어머니를 연상시키는 '미역국이나 미역초무침'이 있다. 전문대에 다니며 학교에서 멀리 떨어진 시장통 너머의 4층 옥탑방에 사는 그녀에게 여름은 차라리 형벌에 가깝다. 기대한 것에도 훨씬 못 미

11 로널드 르블랑, 조주관 역, 『음식과 성』, 그린비, 2015, 17쪽.

12 권여선, 「가을이 오면」, 『분홍 리본의 시절』, 창비, 2007, 10쪽. 앞으로 본문 중에 이 작품을 인용할 때는 쪽수만 표시하기로 한다.

치는 아르바이트비를 받고 돌아오던 길에 그녀는 결국 시장에서 쓰러지고 만다. 이때 한 남자가 그녀를 병원까지 데려다주고, 그 남자는 지갑을 전달하기 위해 그녀의 끔찍하도록 더운 옥탑방을 방문한다. 그 남자는 인간 사이에 격식이나 거리 등은 필요하지 않다는 듯 처음부터 반말로 일관하며 밥이라도 한번 사라고 태연하게 이야기한다. 그리고는 스스로 자신이 가장 좋아하는 "김치볶음밥!"(22)을 옥탑방에서 만들어 그녀와 나누어 먹는다.

그 요리와 식사 과정은 다섯 페이지에 걸쳐 상세하게 묘사되어 있다. 그 집에는 어떤 종류의 기름, 김, 깨, 계란도 없으며, 심지어는 냉장고나 후라이팬도 없다. 음식에도 예의와 격식이란 것을 혹시 상정할 수 있다면, 이 옥탑방에는 그것에 비견될 만한 어떠한 것도 준비되어 있지 않은 것이다. 남자가 햇반과 김치만으로 만든 김치볶음밥을 사이에 두고 둘은 마주앉는다. 김치볶음밥이 담긴 냄비에는 일회용 숟가락 두 개가 꽂혀 있고, 옆에는 수돗물이 담겨진 햇반 용기가 놓여 있다. 한냄비의 밥을 함께 먹으며, 그녀는 "경이로운 맛"(25)을 느낀다. 그리고 함께 떠먹은 수돗물에는 "밥알 찌끼가 돌고 고운 고춧가루가 한들거리며 흰 용기 바닥에 가라앉"(25)아 있다.

이러한 남자의 단순한 요리법은 남자가 처한 사회적 위치를 반영하는 것이기도 하다.[13] 본래 요리 기술은, 한 사회와 그 구성원들의 심리

13 부르디외는 사회적 계급에 따라서 음식이나 요리법이 다르다고 보았다. 노동계급의 식탁은 음식으로 풍성하게 잔뜩 채워지는 것이 특징이고, 이것은 부르주아 문화의 특징인 자제와 허식을 거부한다는 것을 세상에 알리는 것이다. 이에 반해 부르주아는 먹기의 즉각적인 만족과 먹기라는 생물학적 욕구를 벗어나서, 생선이나 야채와 같은 가볍고 세련된 음식을, 그리고 양보다는 질을 선호하는 음식성향을 창출한다. 부르주아는 음식의 스타일, 표상, 심미적 질에 보다 관심을 기울인다는 것이다. 부르주아의 취향이 노동계급

상태와 무관하지 않다. 생활이 여유롭고 근심이 없는 곳, 미래가 확실하게 보장되는 곳, 운명의 장난으로부터 안정하게 보호받는 곳에서 요리법은 발전하게 마련이다. 반면 생활이 바쁘고 먹고사는 데 얽힌 수천 가지 근심 때문에 있는 힘을 다 소모해야 하는 곳에서는 음식에 대한 사치란 상상할 수 없다.[14] 동시에 이 남자의 요리법은 그녀에게 평소에 맛보지 못하는 행복감을 안겨주는데, 거기에는 '우아'의 세계와는 구분되는 건강함과 솔직함이 담겨 있기 때문일 것이다.

「가을이 오면」에서 '남자'와 '김치볶음밥'의 반대편에는 '어머니'와 '미끌미끌한 미역'이 위치해 있다. 어머니는 한마디로 "상대방의 어떤 비명도 아우성도 듣지 못하는 그런 여인들의 무아지경적 우아"(15)를 대표하는 존재이다. 그 우아의 세계는 철저한 거짓과 위선의 세계라고 할 수 있다. 또한 그것은 "타인의 고통에 대해 진정으로 초연할 수 있는 우아함"(15)등의 말에서 알 수 있듯이, 철저한 나르시시즘의 세계이기도 하다. 동시에 "그녀가 그들을 어떻게 보는지는 중요하지 않았다. 그들이 그녀를 어떻게 보는지가 중요했다"(16)는 말에서 알 수 있듯이, 어머니는 자신의 우아를 오직 타인의 시선에 의해서만 인정받을 수 있다는 점에서 철저한 속물이다.

어머니와 달리 그녀에게는 "애초부터 우아의 능력이 결여"(15)되어 있다. 그녀와 남자는 집까지 빚으로 모두 날린 어머니가 "신도이자 가정부이자 자원봉사자"(27)로 머물고 있는 한적한 변두리 교회를 찾아간다. 그

의 취향을 특징짓는 단순하고 통속적인 즐거움을 거부한다면, 노동계급의 아비투스 또한 부르주아 문화를 특징짓는 자제력을 거부한다고 볼 수 있다. (밥 애슬리 · 조안 홀로스 · 스티브 존스 · 벤 테일러, 박형신 · 이혜경 역, 앞의 책, 102~105쪽)

14 위의 책, 50쪽.

녀의 이름은 로라인데, 실제의 외모와 현격한 차이를 보이는 이러한 작명作名 역시 어머니의 '우아'가 가져온 비극이라고 할 수 있다. 어머니는 교회에 자리를 잡은 이후 매년 가을이면 그녀를 불러 배춧국을 끓여 먹이고는 한다. 남자와 함께 찾아간 날도 "텃밭에서 갓 뽑아낸 햇배추를 빗금 치듯 툭툭 칼로 내리쳐 된장 푼 쌀뜨물에 살캉하게 끓"(28)인 배춧국을 내놓는다. 거기에는 마늘 한쪽이나 멸치 한 마리도 들어가지 않으며, "순하고 깊고 구수하고 달큰한 맛"(28)을 낸다는 점에서, 배춧국은 '미끌미끌한 미역'보다는 김치볶음밥의 세계에 가까워 보인다. 그러나 사실 그것은 최근 어머니가 추구하는 '우아'의 한 방식인 "무욕을 연기"(31)한 것에 불과하다. 그렇기에 로라는 "배춧국을 먹으러 오라고 우아한 초청을 해대는 어머니에 대한 맹렬한 증오"(29)를 느꼈던 것이다.

남자와 함께 찾아가서도 어머니는 그녀의 고통에 전혀 응답하지 않는다. 남자가 자리를 비우자 "좋은 사 년제 대학에 갔더라면 남 보기에도 좋을 것을"(33)이라는 식의 기분 나쁜 말을 스스럼없이 던지고, 치료법도 없는 알레르기로 울긋불긋 달아오른 그녀의 얼굴조차도 자신의 우아를 위해서 귀엽고 예쁘다고 이야기할 정도이다. 그것은 마치 재수생 시절 빚쟁이들이 밀어닥치자 "온다 간다 말도 없이 혼자 도망간"(33) 모습과 별반 다름없다. 어머니는 남자 앞에서 "차분한 얼굴에 미역같이 매끄러운 어떤 우아의 냉기"(35)를 내뿜으며 연극적인 몸짓을 계속한다. 결국 그녀는 어머니가 그토록 목격되기를 바라는 애절한 작별의 포옹도 없이 교회를 빠져나간다. 결국 그녀는 어머니의 '미역같이 매끄러운 우아'로 인해 병리적인 상태에 빠져들고, 남자마저 "학을 떼겠네"(39)라며 그녀를 떠나간다.

권여선의 「가을이 오면」은 '김치볶음밥'과 '미끌미끌한 미역'이라는 음식의 대비를 통해 인간을 파멸로 몰아가는 위선, 나르시시즘, 속물적 세계와 그에 대항할 수 있는 건강하고 단순한 세계의 대비를 효과적으로 수행하고 있다.

5. 육식의 평범성 혹은 악의 평범성

천정완의 「육식주의자」(『창작과비평』, 2013.여름)는 음식과 관련하여 가장 많은 논의가 이루어진 육식肉食의 문제를 다룬 소설이다. 철기는 처음 "양배추 쌜러드"[15]나 "양송이 수프"(155)와 같은 채식에 집착하는데, 이것은 소극적인 태도"(153)와 연관된다. "평평한 인물"(154)로서의 철기는 무언가 "결여"(154)된 인물로 설명되는 것이다.

그러나 생고기만을 먹는 진정한 육식주의자인 팀장은 넘칠 정도로 철기의 '결여'를 채워준다. 능력자인 팀장은 철기를 강원도 산속에 있는 도축클럽으로 데려 간다. 그 곳에서 사람들은 야구방망이로 온 힘을 다해 소대가리를 후려친다. 이 도축에 철기도 참여하고, 이를 통해 조금씩 변해 간다. 도축클럽의 끔찍함은 단순히 야구방망이로 직접 소를 죽이는 것으로 끝나지 않는다. 다음의 인용에서처럼 자신이 직접 죽인

15 천정완, 「육식주의자」, 『창작과비평』, 2013.여름, 154쪽. 앞으로 본문 중에 이 작품을 인용할 때는 쪽수만 표시하기로 한다.

소를 날로 먹는 일이 남아 있는 것이다.

> 어느 순간 너는 양손을 이용해 고기를 먹는다. 고기를 채 씹어 넘기기도 전에 다른 고기를 집고 있다. 고기를 가득 물고도 너는 접시에서 눈을 떼지 않는다. 너는 팀장이 너의 고기를 빼앗을까봐 두렵다. 팀장이 너를 말렸을 때, 네 얼굴은 피범벅이었고 입속에는 씹지도 못할 만큼 커다란 고깃덩어리가 있었다. (166)

도축과 육식을 통해 철기의 '결여'는 비로소 채워진다. 이제 철기의 눈빛과 행동 어디에서도 과거의 모습을 찾아볼 수 없을 정도이다. 심지어 세 번째로 도축클럽에 다녀온 날은 팀장보다 많은 생고기를 먹는다. 철기는 드디어 초식주의자에서 육식주의자가 된 것이다. 이후 철기는 평소 자신을 무시하고 약육강식의 원리를 훈계하던 장 대리의 서류를 위조해 장 대리가 6개월 감봉 처분을 받도록 한다. 철기는 반복되는 꿈속에서도 육식동물로 살아간다. 꿈속에서 알몸의 상태로 거대한 초원 위에 선 철기는 "나의 말은 본래의 말뜻과 멀어져 나는 결국 사람의 말을 잊겠지"(168)라고 중얼거리는 것이다. 얼마 후 팀장마저 배신하여 팀장을 회사에서 쫓아내고, 스스로 팀장이 된다.

이러한 상황에서 철기는 작가인 '나'를 향해 "네가 나를 애초에 초식동물이었다고 생각한 게 잘못 아닐까?"(170)라고 말한다. '나'는 아무런 대답도 하지 못하고, 작품은 "나는 이제 너를 통제할 수 없다"(170)는 문장으로 끝난다. 천정완의 「육식주의자」는 육식동물/초식동물이라는 이분법을 보여주지만, 작품의 주제의식은 그 이분법이 결코 선험적이거나 절대적인 것이 아니라는 점을 드러내는데 있다. 이를 통해 모든 존재 속에 내재되어 있는 육식성(폭력성)에 대한 성찰의 계기를 만들어 준다. 인간들은 육식동물을 증오하는 만큼이나, 조건만 주어진다면 바로 그 증오하는 육식성에 매혹당할 수도 있는 존재임을 보여주는 것이다. 이런 면에서 「육식주의자」는 우리 안에 내재된 악의 보편성에 대하여 이야기한다고 말할 수도 있다.

천정완의 「육식주의자」는 육식에 대한 부정적인 인식을 보여준다. 본래 고기는 음식과 관련한 "모든 문화에서 금기, 제한, 기피의 가장 공통적인 중심 대상"[16]이다. 육식에 대한 거부는 일반적으로 육식이 "육욕과 타락"[17]이라는 내포적 의미를 지니고 있는 것과 관련된다. 「육식주의자」에서도 육식은 이러한 부정적 의미의 연속선상에 있으며, 특히 이 작품에서 육식은 폭력과 직접적으로 연결되어 있다.

16 밥 애슬리·조안 홀로스·스티브 존스·벤 테일러, 박형신·이혜경 역, 앞의 책, 285쪽.
17 그리스의 채식주의적 평화주의 철학에서는 육식과 폭력이 긴밀하게 연결된 것으로 보았으며, 기독교에서는 고기를 쾌락주의적이고 그리하여 과도한 성욕으로 이어지는 것으로 보았다. (위의 책, 285쪽) 고대 그리스의 사상가인 플루타르코스는 육식이 "신들에게 버림받은 것처럼 행동"(플루타르코스, 이은영 역, 「육식에의 혐오」, 『맛의 유혹』, 2009, 169쪽)하는 것이며, 다른 짐승의 고기를 먹는 것은 죽은 부모의 살을 먹는 것과 다름없다고 주장하였다. (위의 책, 169~171쪽)

6. 남는 문제들

서두에서 말한 바와 같이 소설과 음식은 뗄레야 뗄 수 없는 관계를 맺는다. 그렇기에 밤하늘의 별처럼 많은 작품들 중에서 음식이 등장하는 소설을 찾는 것보다는 음식이 등장하지 않는 소설을 찾는 것이 더 쉬운 일인지도 모른다. 이러한 한계를 염두에 두고, 이 글에서는 음식이 전경화되어 독특한 문학적 성취를 이룬 다섯 편의 작품(「풍금이 있던 자리」, 「국수」, 「토란」, 「가을이 오면」, 「육식주의자」)을 선택하여 논의를 펼쳐 보았다.

마지막으로 생각해 볼 문제는 음식을 다룬 소설들이 주로 여성의 문제를 다룬 경우가 대부분이라는 사실이다. 「풍금이 있던 자리」, 「국수」, 「토란」에서 음식을 만드는 주체는 여성들이다. 이것은 자연적인 것이라기보다는 사회적으로 형성된 젠더적 특성으로 이해하는 것이 타당할 것이다. 여성적 관행으로서의 급식은 어린 시절에 되풀이해서 가르쳐지고 양육담론을 통해 생산되고 아내와 어머니가 되는 경험과 관행을 통해 강화된다. 음식을 제공하는 것은 여성성을 뒷받침하는 하나의 규범이라고 볼 수 있다. 음식을 제공하는 것은 "구조화된 그리고 구조화되고 있는 성향들의 체계로서의 여성적 아비투스를 재생산"[18]하는 일에 해당하는 것이다.

이처럼 음식을 통해 형성된 여성적 아비투스는 여성 억압적인 기제

18 P. Bourdieu, *The Logic of Practice*, Stanford University Press, 1990, p.52.

로 작용하고는 한다. 그것은 「국수」와 「토란」에서 가장 선명하게 드러난 사실이기도 하다. 「국수」에서 여성은 국수를 만들거나, 아이를 출산하거나, 그것도 안 되면 의붓자식이라도 기르는 것이 주어진 일의 전부라고 해도 과언이 아닌 삶을 살고 있다. 「토란」의 잔치를 준비하는 부엌에는 오직 여자들만이 존재하며, 그들은 주로 자신들이 아닌 남자들(남편이나 아들)을 위해 음식을 준비한다. 여자들이 부엌에 머무는 동안 남성들은 사업을 말아 먹거나 시를 외우거나 악기를 연주할 뿐이다. 더욱 비극적인 것은 평생 동안 남자들을 위한 요리를 준비하면서도 자기의 부엌 하나를 가질 수 없었다는 점이다.

이와 관련해 신경숙의 「풍금이 있던 자리」는 여성이 요리의 주체가 되면서도 억압적인 여성적 아비투스habitus와는 거리가 먼 것처럼 보인다는 점에서 관심을 끈다. 이 작품에서 '그 여자'는 얼핏 보기에 전통적인 가정을 파괴시키는 존재로 등장하기 때문이다. 그러나 그녀야말로 자신의 존재 증명을 오직 자신이 만드는 음식으로만 할 수 있는 '요리하는 여성'이다. 이 작품을 꼼꼼하게 읽어보면 '어머니'와 '그 여자'의 이분법 역시 그렇게 선명한 것은 아니다. '그 여자'가 집을 떠나며 마지막으로 '나'에게 남긴 말은 "나…… 나처럼은…… 되지 마"(33)인 것에서 알 수 있듯이, '그 여자'는 스스로 자신의 존재방식을 부정하는 것이다. 실제로 '나'는 유부남과 사랑의 도피행을 포기하는데, 그것은 "저는 그 여자와 무슨 약속인가를 했다고, 지금이 그 약속을 지킬 때라고……"(39) 생각했기 때문이다. 이를 통해 볼 때, 「풍금이 있던 자리」의 심층에서는 가부장제 사회의 권력자인 '남성' 대 가부장제 사회의 희생자인 '여성'이라는 이분법이 성립하고 있음을 알 수 있다. 결과적으로 과거의 '어머니'와 '그 여자'는 물론이고, 수십 년 후의 '나'까지도 남성 중심의 가부장제 사회가 만들어낸 피해자들인 것이다.

그렇다면 권여선이 등단작인 「푸르른 틈새」(살림, 1996)에서부터 시작하여, 「가을이 오면」(『문예중앙』, 2005.겨울), 「웬 아이가 보았네」(『문학과사회』, 2009.가을), 「진짜 진짜 좋아해」(『황해문학』, 2010.겨울), 「층」(『문장웹진』, 2015.11) 등에서 반복해 보여주고 있는 '요리하는 남자'는 적지 않은 사회적 의미를 지닌 것으로 새롭게 읽어볼 수도 있을 것이다.

제4장

교감하는 인간

조해진

1. 외국과 외국인

널리 알려져 있듯이 소설은 근대의 국민국가와 긴밀한 관련을 맺고 있다. 소설은 신문과 더불어 민족이라는 상상의 공동체를 재현하는 기술적 수단을 제공하는 것이다.[1] 가라타니 고진은 소설이 지적 능력과 감성적 능력을 연결하는 상상력을 적극적으로 활용하여 타자들과의 공감 능력을 배양함으로써 네이션nation의 형성에 기여했다고 주장한다.[2] 특히 한국문학은 세계문학 중에서도 문학의 국민화nationalization를 전형

1 소설에 등장하는 수많은 인생들은 동일한 시기에 동일한 사회에 살고 있다는 사실에 의해서 동시에 등장한다. 이러한 소설을 읽는 독자들은 실생활에서의 접촉 여부와는 무관하게 같은 시간대에 존재하는 사람들이 있으며 자신과 이들이 동시대인으로서 동일한 사회적 실재 안에 있다는 상상을 하게 되는 것이다. 이처럼 소설은 민족과 그 근원에서부터 깊이 결부되어 있는 문학장르이다. (베네딕트 앤더슨, 윤형숙 역, 『상상의 공동체』, 나남출판사, 2002, 46~58쪽)

2 가라타니 고진, 조영일 역, 『근대문학의 종언』, 도서출판b, 2006, 51쪽.

적으로 보여주는 사례라는 주장[3]이 있을 정도로 민족국가와의 관련성이 매우 크다. 근대소설은 특정한 나라를 배경으로 하여 그 나라 사람들의 이야기를 그 나라 말로 표현하는 문학 장르이다. 이러한 규칙에 의해 소설은 그 소설이 유통되는 지역에 사는 사람들로 하여금 같은 공동체(국민국가)에 속한다는 상상을 가능케 하는 것이다. 요컨대 국민국가 혹은 민족주의라는 하나의 상상된 공동체를 만들어내는 가장 핵심적인 도구가 바로 소설이다.

특정한 민족국가를 배경으로, 그 나라의 국민만이 등장하는 이야기를 특정한 민족어로 표현하는 것은 지금의 관념으로 볼 때 너무나 자연스럽다. 그러나 조금만 시야를 넓히면 이러한 근대소설의 기본조건은 매우 특이한 사례라고 할 수 있다. 전근대 서사문학은 외국을 기본배경으로 삼아 외국인을 등장시키는 것이 일반적이었다. 조선 시대에 널리 읽혀진 영웅소설과 같은 장르는 말할 것도 없고, 전근대 지식인으로는 드물게도 한글(문학)의 중요성을 강조한 선구적 문인 김만중金萬重(1637~1692)의 경우만 보아도 이는 분명하게 드러난다.

김만중은 「서포만필」에서 우리말과 우리말로 된 문학의 중요성을 매우 강하게 주장하였다.

> 지금 우리나라의 시문은 자기 말을 버려두고 다른 나라의 말을 배워서 표현하므로, 설령 아주 비슷하다 하더라도 이는 단지 앵무새가 사람의 말을 하는 것에 불과하다. 민간의 나무하는 아이나 물 긷는

3 Pascale Casanova, *The World Republic of Letters*, MA : Harvard UP, 2007.

> 아낙네들이 소리 내어 서로 주고받는 노래가 비록 비루하다 할지라도, 그 참과 거짓을 논한다면, 정녕 학사(學士) 대부(大夫)들의 이른바 시부(詩賦)와는 두고 논할 수 없다.[4]

한문만이 참된 글이고 한글은 언문으로 취급받던 이 시절에 한글(문학)의 중요성을 강조한 김만중의 주장은 민족어문학론의 선구로서 그 의의를 매우 높게 평가받아 마땅하다. 그러나 이처럼 한글(문학)의 중요성을 강조한 김만중마저도 자신의 대표작인 「구운몽」과 「사씨남정기」는 각각 중국 당나라와 중국 명나라를 시·공간적 배경으로 삼고 있을 정도이다.

근대로의 이행기라고 할 수 있는 개화기에 창작된 신소설만 해도 주요 등장인물들은 매우 쉽게 나라를 넘나든다. 신소설에 들어와 이전 시대의 중국 편향은 사라졌다 해도 일본이나 미국을 배경으로 한 소설은 많이 창작되었다. 일본은 말할 것도 없고, 주인공의 미국 유학을 다룬 소설도 여러 편이다. 이인직의 「혈의 누」(1906), 「은세계」(1908), 이해조의 「원앙도」(1909), 「모란병」(1911), 「월하가인」(1911), 박건병의 「광악산」(1912), 이상춘의 「서해풍파」(1914), 신구영의 「원앙의 상사」(1916) 등이 모두 주인공의 미국 유학을 다루고 있는 것이다.

최초의 신소설로 일컬어지는 이인직의 「혈의 누」 상편(『만세보』, 1906.7.22~10.10)과 하편(『제국신문』, 1907.5.17~6.1)은 청일전쟁으로 부모를 잃은 옥련이 일본군 군의관인 이노우에井上의 도움으로 일본 오사카에 가 심상소학

4 김만중, 심경호 역, 『서포만필』 下, 문학동네, 2010, 665~666쪽.

교(오늘날의 초등학교)를 졸업하며, 이후 구완서를 만나 미국 워싱턴으로 유학을 가고, 마지막에 워싱턴에서 모든 가족이 재회하는 이야기이다. 옥련의 여로는 평양—인천—오사카大阪—이바라키茨木—요코하마橫濱—샌프란시스코桑港—워싱턴華盛頓으로 이어진다. 하편에 등장하는 "태평양에서 불던 바람이 북아메리카로 들이치면서 화성돈 어느 공원에서 단풍 구경을 하던 한국 여학생 옥련이가 재채기를 한다"는 문장처럼, 「혈의 누」는 아시아와 북아메리카를 한데 아우르는 국제적 스케일을 보여준다.

본격적으로 근대와 근대문학이 시작되면서, 이러한 외국배경과 외국인이 등장하는 소설은 거의 사라져버린다. 근대문학은 '이곳의 현재', 즉 작가가 자신의 나라에서 일어나는 현재의 일들을 다루는 것으로 시·공간이 변모하는 것이다. 그러나 가라타니 고진이 근대문학의 종언을 선언하는 것에서도 알 수 있듯이, 소설은 더 이상 국민국가의 범주로만 수렴될 수 없다. 오늘날 한국소설도 더 이상 국민국가라는 경계 안에서만 작동하지 않으며, 이것은 국민국가의 한계를 벗어나는 사회적 현상에서 비롯되는 것이기도 하다. 이러한 탈脫국민국가적 현상을 가장 선명하게 보여주는 존재는 한국사회에 무시할 수 없는 속도로 증가하고 있는 이주민들과 해외에 나가서 활동하는 수많은 한국인들이다. 지금의 우리 문학이 감당할 수 있는 연대와 공동체의 범위는 민족을 훌쩍 뛰어넘어 지구적 범위로 확대되고 있는 것이다.

조해진의 소설집 『빛의 호위』(창비, 2017)처럼, 이러한 지구적 차원의 소통과 교류를 선명하게 보여주는 경우도 드물다. 여기 수록된 9편의 작품에는 모두 외국과 외국인이 등장한다. 「빛의 호위」의 다큐멘터리 감독 헬게 한센, 유대인 여성 알마 마이어와 그의 아들 노먼, 호른

연구자 장 베른, 「번역의 시작」의 아르헨티나 출신 청소부 안젤라, 아르헨티나에서 미국 국경을 넘다 실종된 안젤라의 남동생, 안젤라의 남자친구 벤지, 「시간의 거절」의 재미 교포 제인과 부유한 미국인 해럴드, 「문주」의 한국계 프랑스인 나나(한국명 문주)와 프랑스인 부모 앙리와 리사, 「산책자의 행복」의 중국인 메이린, 쿠르드족 출신 독일인 루카스, 「동쪽 백伯의 숲」의 독일인인 한나와 발터, 「잘 가, 언니」의 인도계 미국인, 「사물과의 작별」의 재일교포 서군, 「작은 사람들의 노래」의 필리핀 소녀 앨리 등이 이들 소설에 등장하는 외국인 명단이다. 이외에도 「빛의 호위」, 「번역의 시작」, 「시간의 거절」, 「잘 가, 언니」는 미국을, 「산책자의 행복」과 「동쪽 백의 숲」은 독일을, 「문주」는 프랑스를 주요한 공간적 배경으로 삼고 있다. 이 글은 『빛의 호위』에 나타난 외국과 외국인의 모습을 통해서, 오늘날 국민국가의 상상력을 넘어서려 하는 한국문학의 특징을 살펴보고자 한다.

2. Homo Empathicus(공감하는 인간)

조해진의 소설 속 인물들은 소통하고 유대하기 위하여 존재한다. 이러한 특징은 표제작이기도 한 「빛의 호위」에서부터 뚜렷하게 나타난다. 시사잡지사의 기자였던 '나'는 분쟁지역에서 보도사진을 찍는 젊은 사진작가 권은을 만났을 때 초면이라고 생각하지만, 사실 둘은 이십여 년 전에도 인연을 나눈 바 있다. "권은을 망각하는 일은 그렇게, 거의 성공할 뻔했"[5]지만 결국 다시 되살아난다. 열세 살의 소년이었던 '나'는 나흘이나 무단 결석을 한 권은을 방문하라는 담임선생님의 지시로 권은을 찾아간 적이 있는 것이다. 이후 나는 자발적으로 고아와 다름없는 권은의 집을 몇 번 더 방문하고, 안방 장롱에서 돈뭉치가 될 수도 있겠다는 생각에 후지사의 필름 카메라를 가져다 준다. 권은은 그 카메라로 방안의 사물들을 찍다가 더 많은 풍경들을 찍기 위해 집 밖으로 나오고 결국 다시 학교도 다니게 된다. '내'가 권은에게 카메라를 가져다 준 일은 권은을 '살리는 일'이었던 것이다.

또 하나의 이야기는 권은이 '나'에게 추천한 헬게 한센의 다큐멘터리 〈사람, 사람들〉을 통해 펼쳐진다. 이 다큐멘터리의 감독인 헬게 한센은 2009년 1월 이집트에서 팔레스타인으로 향하던 구호품 트럭이 피격되었을 당시 살아남은 사람들 중 한 명이다. 이 사건은 전시라 해도 구호품은 피격하지 않는다는 불문율이 깨진 충격적인 일이며, 이 당시 살해된 노먼은 유대계 미국인으로 전 재산을 털어 구호품을 구입했던 것이다. 헬게 한센은 구호품 트럭의 피격으로 사망한 노먼과 그의 어머니 알마 마이어에 대한 다큐멘터리를 촬영 중이다.

알마 마이어는 유대인 여성으로서 1916년에 태어났다. 그녀는 2차 대전 중 나치에 의해 죽을 위기에 처하지만, 같은 오케스트라에서 호른을 연주하던 장 베른의 도움으로 살아남는다. 장은 알마 마이어가 지하 창고에 숨어지낼 때 자신이 작곡한 악보를 가져다 주었다. 그 악보를

5 조해진, 『빛의 호위』, 창비, 2017, 18쪽. 앞으로 본문 중에 조해진 작품을 인용할 때는 쪽수만 표시하기로 한다.

바이올린으로 연주하는 것은 "그 악보들이 날 살렸다"(23)는 알마 마이어의 말처럼, '사람을 살리는 일'에 해당한다. 노먼은 바로 알마 마이어와 장 베른 사이에서 태어난 아이이다.

'나'가 권은에게 카메라를 가져다 준 일과 장 베른이 알마 마이어에게 악보를 가져다 준 일은 모두 "사람을 살리는 일"(27)이었던 것이다. 그리고 '사람을 살리는 일'은 또 다른 '사람을 살리는 일'을 연쇄적으로 발생시킨다. 노먼은 장 베른이 "인생에서 한 가장 위대한 일을 내 삶에서 재현해주자는 다짐"(30)을 하고, 실제로 이를 실천하다가 목숨을 잃는다. 권은은 역시 보도사진을 찍으러 봉사단체를 따라 시리아를 방문했다가 다리에 포탄 파편이 박히는 중상을 입는다. 이 작품에서 '나'와 장 베른, 그리고 권은과 알마 마이어 사이에는 의미론적 동일시가 일어난다. 나아가 '내'가 뉴욕의 중심인 맨해튼까지 가서 「사람, 사람들」의 특별 상영을 보는 행동을 통해, 「사람, 사람들」을 통해 인생의 전환점을 맞이한 권은과 '나'의 동일시 역시 발생한다고 볼 수 있다.

「번역의 시작」은 각각의 언어처럼 고유한 개성을 지닌 개인들이 조금씩 타인들의 언어를 번역하는 내용의 소설이다. '나'는 돈을 떼먹고 달아난 남자친구 태호가 있는 뉴욕으로 간다. 그러나 뉴욕에 간 더욱 중요한 이유는 그곳에 '나'의 아버지 영수의 유골이 묻혀 있기 때문이다. 영수는 큰 돈을 벌려면 외국으로 나가야 한다고 믿던 시절, 뉴욕 플러싱에 한인마트를 개업한 친척을 돕겠다며 혼자 비행기를 탔다. 삼 년 뒤 그는 사라졌고, 영수는 뉴욕의 센트럴파크 벤치에서 시신으로 발견된다.

'나'는 뉴욕에서의 외롭고 소외된 삶을 통해 아버지의 삶을 공감한다. 무책임하고 몰인정한 태호를 제외하면 "내가 그곳에서 살고 있다는 것을 증언해줄 사람도, 뜻하지 않은 사고로 실종되거나 소멸된다면 그 상황을 세상에 알릴 사람도"(38) 없다. '나'는 "계좌를 열고 휴대전화를 개통"(43)하는 것도 하지 못하고, "시립도서관 대출증과 백화점의 할인 카드"(43)도 만들지 못한다. '내'가 텔레비전에서 들을 수 있는 것은 "예스와 노, 그리고 오케이가 전부"(39)이다. 이런 생활이 이어질 무렵부터 영수가 다 찢긴 우산을 들고 '나'를 찾아오기 시작한다. '나'는 아버지 영수의 외로움과 절망을 공감하게 된 것이다.

뉴욕에서 '나'는 아르헨티나 출신의 청소부인 안젤라와도 공감의 통로를 확보한다. '나'는 현관문 열쇠를 잃어버려 일주일 동안 건물 밖으로 한 발자국도 나가지 못하는데, 이때 안젤라가 열쇠를 가져다 준다. 이후에도 안젤라는 환한 웃음을 나에게 안겨주고, '나'는 그 환한 웃음을 "내게 찾아온 두 번째 열쇠"(45)로 받아들인다. 그 열쇠는 신분증이 없어도 불안하지 않고 아무 데나 전화를 걸어도 소통이 되는 "고향"(45)을 열어준다. 이 외로운 만리타국에서도 안젤라는 "마술사"(46)처럼 "언어를 초월하는 교감능력"(47)으로 새로운 고향을 창출하는 것이다.

아르헨티나에서 힘들게 국경을 넘어왔으며, 그 와중에 남동생까지 잃어버린 안젤라는 영수와 동일시되기도 한다. 이러한 동일시는 안젤라가 노래를 부르는 동안 내 눈에는 "찢긴 우산을 든 영수 씨"(49)를 떠올리는 것에서 간접적으로 드러난다. 또한 영수와 안젤라의 남동생이 동일시되기도 한다. '나'에게 영수가 상처의 근원이라면, 안젤라에게는 아르헨티나를 떠나 미국으로 올 때 잃어버린 남동생이 상처의 근원이다. "안젤라의 남동생과 나의 영수 씨도 어딘가에서 이 바람을 맞으며 걷고 있을 거라고 생각하자 나는 춥지 않았다”(57)는 말처럼, 영수 씨와 안젤라의 남동생은 동일시되는 것이다.

조해진의 소설에는 서사시학이 있다고 할만큼 작품마다 일정한 패턴이 반복된다. 모든 작품에는 각각의 개인들, 특히나 한국인과 외국인이 끊임없이 소통하고 교감하며 끝내는 동일시되는 것이다. 「번역의 시작」에서도 안젤라와 ‘나’는 동일시되고, 안젤라의 동생과 ‘나’의 아버지인 영수가 또한 동일시된다. 심지어는 안젤라의 남자친구 벤지와 ‘나’의 남자친구 태호도 동일시된다. 안젤라는 삼류 격투가인 벤지를 진심으로 위해줬지만 돌아온 것은 피가 고여 있는 입가와 멍든 팔뚝과 흉하게 부풀어 오른 눈이다. ‘나’의 남자친구였던 태호는 자기 앞가림에는 철저하지만 적금까지 깨서 자신의 등록금을 내준 ‘나’를 배신하고, 미국까지 찾아온 ‘나’에게도 폭언을 서슴없이 내뱉는다.

「시간의 거절」은 나라를 넘어 공감과 연대가 나타나는 방식을 직접적으로 보여주는 작품이다. 기자인 석희가 사옥 옥상에서 농성하는 모습을 촬영한 사진을 보고, 뉴욕에서 활동하는 재미교포 제인은 감동을 받아 작품을 완성한다. 나아가 제인이 보낸 이메일에는 석희의 사진이 “용기를 대여해”(193) 주었으며, 그 사진을 통해 “사람을 이용하여 얻은 기회를 내 의지로 저버렸”(193)다는 내용이 담겨 있다. 아홉 살 때까지 한국에서 살았던 제인은 미국의 “보이지 않는 벽”(179)에 부딪치며 살아왔던 것이다. 그녀는 미국인들에게 굽실거리는 아버지를 경멸하며 자랐지만, 그녀도 지금 미국(인)의 눈치를 보며 예술가로 살고 있다. “국적을 뛰어넘는 보편적인 주제, 혹은 윤리적 가치판단이 제거된 절대적인 예술성은 이민자의 몫”(179)이기에 다루지 않으며, 이민자로서 “미국 사회에 편입하지 못하는 소외감을 표현하거나 떠나온 고국의 역사라든지 문화를 다양성이라는 명분을 앞세워 진열"(179)해 가면서 평단과 언론의 관심을 받고 있는 것이다.

"뉴욕 여행책자에서 본 화려한 건축물이나 세련된 상점들과는 거리가 먼, 오히려 낙후된 지방 소도시가 연상되는 분위기"(192)의 플러싱에 사는 제인은, "이스트강이 내려다 보이는 렉싱턴 거리의 고급 아파트에 사는"(176) 해럴드에게 의지하며 예술가로 버텨온 것이다. 그러나 석희의 사진을 보고 용기를 얻은 제인은 해럴드에게 전화를 걸어 그가 주도하는 가을분기 전시회에서 자신의 이름을 빼달라고 말한다. 제인은 석희를 자신의 전시회에 초대하고, 석희는 뉴욕의 플러싱까지 직접 오기도 한다. 사진 한 장을 통해 태평양을 사이에 둔 제인과 석희는 국민국가라는 범주를 훌쩍 뛰어넘어 서로 공감하는 것이다.

「문주」에서 서영은 독일에서 극작가로 활동하는 한국계 프랑스인이라는 문주(프랑스명 나나)에 대한 기사를 읽은 뒤, 문주에 대한 다큐멘터리 형식의 단편영화를 찍으려고 한다. 문주는 이에 응해 한국에 오고, 문주(문기둥과 먼지라는 두 가지 의미를 지니고 있음)라는 이름의 의미를 중심으로 하여 자신의 기원을 찾고 있는 중이다. 문주는 한국에서 단 한번 복희식당에서 밥을 먹었지만, 복희식당 할머니의 임종을 지키게 된다. 이때 할머니는 자신의 자식과 문주를 혼동하는데, 사실 할머니의 자식 이름도 문주였으며 할머니는 자식을 버린 상처가 있었던 것이다. 문주 역시도 "버린 건 아니라고, 언제 죽어버릴지 모르는 철로 같은 곳엔 더더욱 버리지 않았다"(217)라고 복희식당 할머니가 말해 주기를 바란다. 이 순간 복희식당의 할머니는 자신을 버린 어머니가 되고, 문주는 복희식당 할머니의 딸이 된다.

3. 공감과 애도의 만남—산 자와 죽은 자의 공동체

조해진의 소설에서 공감의 상상력과 더불어 핵심적인 요소를 또 하나 꼽자면 그것은 애도의 윤리라고 할 수 있다. 「문주」에서 서영은 문주에게 "뭐든지 너무 빨리 잊"는 세상에서, "이름 하나라도 제대로 기억하는 것이 사라진 세계에 대한 예의라고 믿습니다"(202)라는 이메일을 보낸다. '이름 하나라도 제대로 기억하는 것'은 조해진에게는 '세계에 대한 예의'에 해당한다. 이러한 인식은 여러 작품에 나타난다. 「번역의 시작」에서 '나'는 '망각을 거부하는 것'이 "안젤라가 내게 선물해준 마지막 마술"(58)이라고 고평한다.

나아가 과거의 기억은 주체의 자발적 의지를 뛰어넘는 절대적 힘으로 작용하기도 한다. 「빛의 호위」에서 "태엽이 멈추고 눈이 그친 뒤에도 어떤 멜로디는 계속해서 그 세계에 남아 울려퍼지"며, "다른 세계로 넘어와 사라진 기억에 숨을 불어넣기도 한다"(31)는 문장이 등장한다. 실제로 이 작품에서 선행의 멜로디는 수십 년('나'와 권은)은 물론이고 세대(장 베른과 노먼)를 뛰어넘어서까지 울려 퍼진다.

개인의 일상적 삶이 그려놓은 파문波紋이 지속되는 것만큼이나 역사적 대사건에서 파생된 개인의 상처도 그 지속력이 강하다. 「산책자의 행복」에서 메이린의 하숙집 주인할머니는 러시아 출신의 이민자로서, 그녀의 큰언니는 독일의 러시아 침공 당시 간호병으로 입대했다가 종전과 함께 일 년 만에 귀가한다. 참전 당시 열일곱 살이었던 언니는 할머니가 되어서 "늙어서, 잊어가고 있어서, 곧 죽을 수 있어서 다행"(126)이라고 말한다. 「산책자의 행복」에서 어머니는 홍미영에게 새벽에 전화를 해서 예닐곱 살에 고향 산청에서 경험한 6·25 이야기를 하고는 한다. 그것은 "청년들이랑 경찰들이 떼로 와서 사람들을 많이 죽였다"(129)고 요약되는 양민학살사건에 대한 것이다. 생의 종착역에 다다라서 어머니는 "외할머니와 살았던 고향으로 되돌아가는 여정을 반복"(129)하는데, 어머니는 이 기억을 이야기할 때면 눈물을 흘릴 정도로 어린 시절의 비극을 생생하게 추체험한다.

「동쪽 백의 숲」은 독일 시인과 한국 시인이 편지를 통해 50여 년 전 과거를 되돌아보는 형식으로 되어 있으며, 이러한 형식은 공감과 애도의 절대성을 강조하는 작품의 주제의식과 긴밀하게 맞닿아 있다. 한국의 시인 희수와 독일의 시인 발터는 베를린 예술대학교에서 마련해준 독일 작가들과 아시아 작가들의 교류의 밤 행사에서 만났다.

베를린 예술대학에서 작곡을 공부하던 한나(발터의 할머니)는 베를린 자유대학을 다니는 철학과 학생 안수 리를 유명 작곡가의 집에서 1964년 가을에 처음 만난다. 한국 유학생인 안수 리는 세상과 담을 쌓고 살던 한나의 친구가 되었으며, 한나에게 "역사를 준 사람"(93)으로 기억된다. 그러나 안수 리는 1967년 베를린에서 갑자기 사라지고, 그의 실종 두 달 후부터는 서독 내 한국 유학생 및 광부 열여섯 명이 사라진다. 이로 인해 안수 리는 한국정부의 스파이라는 오해를 받는다. 한나의 아버지는 나치에 협력한 전범이었으며, 이로 인해 한나는 "관계의 시작부터 차단해버리는"(90) 메마른 규칙을 지니고 살았다. 그렇기에 안수 리를 둘러싼 오해는 한나에게 매우 치명적인 것이다.

평생 한수 리에 대한 그리움과 의문을 갖고 산 한나가 죽자, 한나의 손주인 발터는 안수 리의 안부를 확인하고자 한다. 조해진 소설의 주요 인물들이 대개 그러하듯, 발터는 "안수 리가 한나의 죽음을 알고 애도하는 순간에야 한나는 살았고 사랑했고 슬퍼했던 흔적을 가진 온전한 존재가 될 수 있을 거라고"(94) 믿는 것이다. 희수는 "삶이 죽음으로 완성되듯이 죽음 또한 다른 살아 있는 자들의 애도 속에서 봉합될 수 있는 것"(95)이라고 확신한다.

희수는 발터의 부탁을 받아 안수 리의 삶을 추적한다. 희수는 안수 리가 '동쪽 백의 숲 사건', 즉 동백림東伯林(독일 민주 공화국의 수도였던 베를린의 동쪽 지역을 부르던 이름) 사건에 연루되었다는 증거를 어디에서도 찾지 못한다. 안수 리는 수철로 이름을 바꾸고 철학과에서 시간강사를 전전하며 순수한 연구자로 인생을 꾸려 나갔을 뿐이다. 동백림 사건이 조작되었다는 것을 폭로하려는 계획만 세우다 말았던 안수 리는 그동안 한나를 비롯한 작곡가와 함께 공부했던 동료들을 마주할 용기가 없었다. 발터의 연락을 받고서야 안수 리는 "한나의 묘지를 찾아가 정식으로 애도를 표하겠"(114)다는 뜻을 밝힌다. 끝내 공감과 애도는 국적과 시간을 뛰어넘어서까지 이루어지는 것이다.

이러한 공감과 애도가 중요한 것은, 그것이 '지금-이곳'의 삶에도 커다란 영향을 주기 때문이다. 그동안 희수는 정치적 폭력이 재현되는 한국에서 자신이 어떻게 살아야 할지를 고민해 왔으며, 이러한 고민으로 인해 시조차 쓰지 못했다. 희수는 자신의 삶이 대단할 것도 없고, 떳떳하지도 않은데 어떻게 자신이 다른 이의 고통을 대변하거나 잿빛 거리에 서 있을 수 있느냐며 "나만의 의식적 함몰구역"(98)에 웅크리고 있었던 것이다. 그러나 한나와 안수 리의 공감과 애도를 통해 희수는 "시를 다시 쓰기 시작"(115)한다. 과거와 현재의 소통이 이루어질 때, 산 자가 죽은 자를 적절하게 애도할 때, 비로소 새로운 미래는 개시되는 것이다.

「잘 가, 언니」는 조해진이 추구하는 애도의 윤리가 병적인 우울증과는 구별되는 것임을 보여주는 소설이다. 이 작품은 자신을 '저'라고 부르는 화자가, '당신'으로 호칭되는 죽은 언니에게 쓰는 편지 형식으로 되어 있다. 어릴 태부터 약한 심장을 타고난 '나'는 부모의 특별한 보호를 받았고, 아홉 살이 많은 언니는 늘 '나'를 돌봐야 했다. 언니는 그림을 전공하고 싶었으나, '나'의 치료비도 버거웠던 부모님은 이를 허락하지 않았다. 언니는 사회생활을 시작한 지 삼 년 만에, "사랑의 확신보다는 그저 그림이 없는 삶으로부터 멀리 달아나고 싶다는 욕망"(160)으로 결혼을 하고 형부와 함께 미국으로 간다. 미국에서 가족들 모르게 이혼한 뒤 비자 갱신을 못하여 불법체류자 신분이 된 언니는 로스앤젤레스 한인타운에서 힘들게 살다가 강도의 총에 맞아 죽는다.

'나'와 언니(정희)는 사실상 합체incorporation된 상태이다. 이는 '나'가 언니를 만나러 공항에 갔을 때 아버지가 언니의 이름인 정희로 '나'를 부르는 것에서도 드러난다. "당신이 완성하지 못한 꿈을 기억하고 말하고 기록하며 살겠다고 결심"(161)한 '나'는 미국에 도착하자마자 언니의 흔적을 찾기 시작한다. '나'는 미국에 온 지 두 달만에 언니와 언어 교환 수업을 했다는 인도계 미국인을 만나 결혼한다. 그와 가까워진 뒤 결혼하여 미국에 정착하기로 마음먹은 것은 "당신(언니–인용자)의 자력磁力으로밖에는 설명되지 않"(166)는 일이다. 언니와 합체가 되어 현재의 자신을 끊임없이 타자화하는 삶이기에, '내'가 보낸 미국에서의 십칠 년이 "고독과 불안의 연속"(167)인 것은 당연하다. 그러나 마지막 순간 언니의 환영에서 벗어난 '나'는 "잘 가, 언니"(169)라고 외친다. 이처럼 우울증에서 벗어날 수 있었던 것은, '내'가 차학경과 그녀의 동생(차학은)을 통해 자신과 언니의 삶을 객관화 할 수 있었기에 가능했던 일이다.

이 작품에서 '나'는 그레이하운드 버스를 타고 로스앤젤레스에서 샌프란시스코로 가고 있다. 캘리포니아대학교 버클리 캠퍼스에 있는 박물관에 '차학경 아카이브'가 설립되었다는 정보를 우연히 접한 이후, 그것을 보기 위해 샌프란시스코로 가는 것이다. 로스앤젤레스가 무의미하게 보이는 언니의 고통스런 미국에서의 삶을 의미한다면, 샌프란시스코는 차학경으로 대표되는 주체적인 여성의 삶을 의미한다. '나'의 언니는 차학경처럼 유명한 예술가가 되지는 못했지만, 그녀 나름대로 주체적인 삶을 살기 위해 최선을 다한 것일 수도 있다. 따라서 로스앤젤레스에서 샌프란시스코(버클리)로 가는 길은 새롭게 언니의 삶을 이해하는 과정으로 새겨볼 수도 있다. 이것은 우울에서 애도에 이르는 과정에 해당한다. 조해진은 맹목적인 과거와의 합일이 아닌 과정으로서의 상징화를 동반하는 애도를 추구하는 것이다.

차학경(1951~1982)은 미국으로 이민간 후 제3세계 여성으로서의 정체성을 기반으로 다양한 장르에서 활동하다가 불의의 사고로 숨진 전위적 예술가이다. 이 작품에서 '나'와 언니의 관계는 차학은(차학경의 동생)과 차학경의 관계와 병렬된다. 차학은도 차학경에게 쓴 "지금까지 /

어떤 말이든 / 어떤 언급이든 / 난 당신을, 당신의 생각, 당신의 말, 당신의 행동, 당신의 소망들을 말해 왔어요"(151)나 "난 당신을, 당신의 말, 당신의 지식, 나의 목소리, 나의 피를 구분할 수 없었어요"(160)와 같은 문장에서 알 수 있듯이, 우울증의 상태였기 때문이다. 그러나 마지막에 등장하는 차학은의 "잘 가, 언니"라는 말에서 알 수 있듯이, 결국 차학은도 언니와의 합체된 상태에서 벗어난다. 이 작품에서 차학은의 말은 이탤릭체로 표기되고, '나'의 말은 정상적으로 표기되었다. 그러나 마지막 순간 '나'의 말 "잘 가, 언니"도 이탤릭체로 표기됨으로써, '나'와 차학은의 동일시가 선명하게 드러난다.

4. 소통과 공감의 실패

공감은 하나의 당위이자 절대이지만, 너무나 당연하게도 그것이 늘 상 성공하는 것은 아니다. 「사물과의 작별」은 역사의 폭력이 너무나 거대하여 공감도 애도도 불가능해진 경우라고 할 수 있다. '나'의 고모 장태영은 알츠하이머병을 앓고 있으며 5년째 요양원에서 생활하고 있다. 고모는 1960년대 중반에 청계천 근처의 레코드 가게에서 재일조선인 서군을 알게 된다.

"이렇게나 늙고 병들었는데도, 아침에 눈을 뜨면 내가 있는 곳은 여전히 그 봄밤의 태영음반사야"(69)라고 말할 정도로 고모는 서군과 관련된 과거에 결박되어 있다. 지금 의식과 기억을 잃어가는 상황에서도 고모는 오직 서군과의 일들을 떠올릴 뿐이다. "서군을 향한 고모의 모든 회한과 정념이 수렴되는 단 하나의 사물"(71)은, 어느 날 서군이 레코드점에서 고모에게 맡긴 일본어 원고 뭉치이다. 고모는 그 원고를 서군이 찾아가지 않자 서군이 다니던 K대 법학과 사무실에 가서 한 청년에게 전달했던 것이다. 보름 후에 서군이 포함된 일본 유학생 간첩단 조직 사건이 보도되고, 고모는 서군이 보관해달라고 했던 원고 뭉치를 자신이 기관원에게 건네주었기 때문에 서군이 간첩으로 몰렸다는 죄책감을 한 평생 짊어진 채 살아간다. "서군이라는 이름의 영토 한가운데엔 상상의 법정이 있었고 고모는 수사관과 피고인, 증인의 역할을 모두 떠맡으며 한평생을 살았"(77)던 것이다.

그로부터 수십 년이 지난 지금 '나'는 고모와 서군을 다시 만나게 하려 노력한다. 지금 서군도 근육이 서서히 마비되는 병을 앓고 있으며, 딸의 가족을 따라 한국에서 살고 있다. 수십 년 만에 고모와 서군은 병원에서 다시 만나지만, 둘은 나란히 앉아 물끄러미 텔레비전만 올려다볼 뿐 아무런 말도 하지 못한다. 이 모습을 보고 '나'는 가슴 아프게도 "어쩌면 그들은 정말로 세계로부터 분실된 존재들인지도 몰랐다"(81)고 생각한다. '온전한 존재도 심지어는 죽음도 애도를 통해서 가능하다'(「동쪽 백의 숲」)는 조해진의 입장에서 보자면, 고모와 서군은 그야말로 "분실된 존재들"일 수밖에 없는 것이다. 유실물 센터에서 일하는 '나'는 "누군가를 잃어버린 유실물은 선반의 고정된 자리에서 과거의 왕국을 홀로 지켜가는 것"(73)이라고 말한 바 있는데, 고모와 서군은 애도와 공감의 기회를 잃어버린 채 "국경도 여권도 없는 땅, 이민과 망명이 봉쇄된 독재의 나라, 아름답지도 않고 따뜻한 적도 없던 불모의 유형지……"(85)에 갇혀 버린 '유실물'이 된 것이다.

「작은 사람들의 노래」는 시대와 같은 외부적 요소가 아닌 우리 안에 내재된 허위의식과 무능으로 인해 공감과 애도에 실패하는 소설이다. 균은 악질 보육원의 "표본처럼 회자"(228)될 정도로 학대와 폭력이 만연한 보육원에서 자랐다. 보육원에서의 일들은 "망각의 권리를 앗아가는 강렬한 감각들"(229)이기에, 균은 성인이 된 지금도 보육원의 기억에서 벗어나지 못한다.

특히 보육원과 결연을 맺은 교회의 주부 성가대원들은 가장 큰 상처를 준다. 이들은 보육원을 찾아오는 거의 유일한 외부인들이다. 아이들은 그들이 "옷 안에 감춰진 푸른 멍과 앙상하게 마른 몸통을 발견해주기를 간절하게 기다리고 또 기다렸"(240)지만, 그런 일은 결코 일어나지 않는다. 심지어 은밀하게 폭력을 고백하거나 부모나 친척의 이름을 밝혀도 성가대원들은 어떤 응답도 하지 않았다. 균도 성가대원 중 한 명을 따라가 "그저 어디든 데려가기만 해달라고 부탁할 계획"(241)이었지만, 준비한 말을 꺼내기도 전에 치맛자락을 붙잡았다는 이유만으로 뺨을 얻어맞는다. 성가대원들에게 "균의 상처, 균의 증오심, 균의 기억"(243) 등은 "의식조차 되지 않는 제로"(243)일 뿐이다. 상황이 이 지경이지만, 성가대원들은 "그 가엾고도 무서운 아이들에게 일 년에 두 번씩 노래를 불러줌으로써 교회에 헌신했다는 자부심"(243)을 느끼며, 심지어는 아이들에게 배정된 국가보조금 중 일부가 성가대원들이 속한 교회의 신축공사 자금으로 흘러들어갔다는 추문까지 나돈다.

균은 고등학교를 졸업한 후 U시로 내려와 작업장을 전전하는 용접

공으로 살아간다. 균은 성가대원들로부터 전혀 벗어나지 못한다. 그것은 조선소에서 함께 일하던 송이 이십 미터 높이의 크레인에서 추락사했을 때 드러난다. 최변호사는 송의 죽음과 관련하여 조선소의 문제점을 파헤치려 하지만, 균은 회사의 요구가 아닌 자신의 의지로 "송을 위해 사고 현장을 증언해달라"(231)는 최변호사의 부탁을 들어주지 않는다. 균은 "송의 추락을 가장 가까이서 목격"(244)했음에도 불구하고, 송의 죽음에 "관여한 것이 없으니 자신에겐 증언할 자격이 없"(231)다고 말하는 것이다. 균이 송의 죽음과 관련한 증언을 거부하는 것도, 성가대원으로부터 받은 상처의 기억과 긴밀하게 연결되어 있다. 다음의 인용문처럼 균은 결코 성가대원이 되고 싶지 않은 것이다.

> 관여하지 않았는데, 그저 눈앞에 던져진 송을 볼 수밖에 없어 본 것뿐인데도, 증언의 과정을 거친 뒤 비정하고도 게으른 방관자로 오해를 받는 상황이 균으로선 끔찍하리만치 부당하게 여겨졌다. 모든 걸 알고도 모른 척하며 노래 따위나 불렀던 그들과 같은 인간으로 치부된다면 추악한 벌레로 추락하는 스스로를 그 어떤 의지로도 방어하거나 보호할 수 없을 것 같았다. (246)

그러나 의식적인 차원에서는 성가대원 되기를 그토록 거부하면서도, 송의 죽음에 대한 증언을 거부하는 그의 행위는 타인의 불행을 무시하는 성가대원의 행동과 같은 것이다.

또한 그는 필사적으로 자신의 상처를 극복하고자 선행을 하는 듯 보이지만, 그것 역시 다분히 가식적이다. 겉으로 보기에 균은 두 가지 선행을 하고 있다. 첫 번째는 송이 죽은 후에 송의 어머니를 찾아가 남몰래 보살펴 주는 것이고, 두 번째는 필리핀에 사는 앨리라는 소녀를 지원하는 것이다. 그러나 이것은 송의 어머니와 앨리를 위한 행동이라기보다는 자신의 욕망을 이루기 위한 위선적인 행동에 가깝다. 균은 자신이 꿈꾸는 이상적인 가족의 어머니 자리에 송의 어머니를, 그리고 딸의 자리에 앨리를 위치지우고 있을 뿐이다. 그것은 다음과 같은 문장에 잘 드러난다.

> 어머니는 아니지만 어머니에 근접한 사람과 식탁에 마주 앉아 시시콜콜한 이야기를 나누며 저녁을 먹는 장면을 상상하자 마음 한켠이 뭉클해지기도 했었다. 먼 훗날엔 필리핀에서 온 앨리가 동석하게 될 식탁이었다. (234)

균도 이러한 점을 의식하여, "자신의 선의가 송의 빈자리를 은근슬적 차지하려는 계산된 행동이라는 데까지 생각이 미치지 않도록 조심"(238)할 정도이다.

균이 앨리를 후원하는 동기에도 불순물이 너무 많이 함유되어 있다. "뒷모습으로만 남은 여자"(235)인 균의 친엄마는, "서울역 지하도 쓰레기통 옆"(236)에서 알코올중독과 저체온증으로 사망한 채 발견된다. 그 날 균은 지하철 안에서 "제삼세계 아동의 부모가 되어달라는 문장과 흑인 남자아이를 안고 있는 인자한 인상의 노부부 사진을 뚫어지게 올려다"(236)보고, 다국적 후원단체에 전화를 걸어 앨리라는 일곱 살의 필리핀 아이를 배정받은 것이다. 앨리가 보내는 편지는 "아빠의 건강과 평화를 죽을 때까지 기도할게요"(237)라는 문장으로 끝나고, 그 문장은 "지하도 쓰레기통 옆에서 혼자 맞이한 익명의 죽음과 가장 먼 곳에 있다는 안도감을 주었고 균은 그것으로 충분"(237)하다고 여긴다.

마지막에 균은 "친애하는 앨리의 후원자들께"(247)로 시작되는 구호단체의 편지를 받는다. 균은 지금껏 앨리의 사랑이 다수의 부모들에게 균등하게 분배되었다는 사실에 충격을 받는다. 균은 "호되게 버림받은 사람"(248)처럼 외로움을 느껴서 앨리가 보낸 편지들과 사진들을 모두 불태워버린다. 이 순간 균은 귓가로 다시 보육원 시절의 성가대원들이 부르는 노랫소리를 듣는다. 아마도 균은 자신이 앨리에게 배신당했으며, 그러하기에 앨리는 어린 시절의 성가대원과 마찬가지라고 생각할지 모른다. 그러나 진정 앨리를 배신한 것은 불순한 환상(자기만을 사랑해주는 딸이라는 환상)을 위해 앨리에게 돈을 보낸 균 자신이다. 그렇기에 균의 귓가에 울려퍼지는 성가대원들의 노랫소리는 균 스스로가 부르는 것이라고 볼 수도 있다.

이 작품에서 균은 앨리와 교감을 나누고 그녀를 돕고자 한다. 이것은 어린 시절 보육원에서 지낼 당시 가장 큰 상처를 주었던 성가대원 같은 사람은 되고 싶지 않기 때문이다. 그러나 균은 앨리와 교감하는데 실패한다. 오히려 균이 동일화하는 것은 그토록 거부하는 성가대원이다. 이 지점에서 이 작품은 긍정적 공감과 관련하여 처음으로 심각한 균열을 드러낸다. 역사의 심각한 상처도 공감과 애도를 불가능하게 하지만(「사물과의 작별」), 동시에 개인의 위선과 허위도 공감과 애도를 불가능하게 하는 것(「작은 사람들의 노래」)이다.

5. '진짜 타인'의 타자성

근대소설은 국민국가와 긴밀한 관련을 맺고 있다. 특정한 나라를 배경으로 그 나라 사람들의 이야기를 민족어로 표현함으로써, 그 소설이 유통되는 지역에 사는 사람들로 하여금 같은 공동체(국민국가)에 속한다는 상상을 가능케 하는 것이다. 요컨대 소설은 국민국가 혹은 민족주의라는 하나의 상상된 공동체를 만들어낸다. 그러나 지금의 시대는 국민국가라는 경계를 넘어서는 삶의 흐름이 뚜렷해지고 있으며, 국민국가라는 경계 안에서만 공감과 연대의 상상력이 작동하면 그것은 오히려 문제가 될 수 있다. 따라서 오늘날의 소설은 국민국가가 아니라 세계라는 범주 내에서 교류와 소통을 지향하는 경향을 보여준다. 이를 가장 잘 보여주는 작가 중의 하나가 조해진이다. 근대소설이 국민국가라는 경계 안에서 상상력을 바탕으로 공감과 소통을 가능케 했던 것처럼, 조해진의 소설은 지구라는 큰 경계 안에서 새로운 공동체의 창출을 상상하게끔 하는 것이다. 이것은 칸트식으로 말하자면, 도덕에서 윤리로의 지평이동이라고 부를 만하다.

이러한 지구적 상상력 혹은 윤리적 상상력은 조해진 소설의 서사시학을 통해 매우 선명하게 드러난다. 그것은 각각의 개인들, 특히나 한국인과 외국인이 끊임없이 소통하고 교감하며 하나로 융합되는 상상력과 인식의 반복에서 확인된다. 「빛의 호위」에서 '나'와 권은 그리고 장베른과 노먼이 20년의 시간과 세대를 격해서 교감을 나누고, 권은과 '나'는 노먼의 헌신적 행위에 깊은 감동을 받는다. 「번역의 시작」에서는 '나'와 영수가 오랜 시간을 뛰어넘어 공감을 나누고, '나'는 아르헨티나 출신의 안젤라와도 깊은 인간적 소통과 교감을 나눈다. 「문주」에서도 짧은 만남이지만 한국계 프랑스인 문주는 복희식당의 할머니와 끈끈한 정을 나눈다. 「동쪽 백의 숲」에서는 반세기가 지나 한나와 안수리가 진심을 나누고, 이 와중에 독일 시인인 발터와 한국 시인인 희수도 인간적으로 교류한다. 「잘 가, 언니」에서는 '내'가 미국까지 가서 죽은 언니를 애도하고, 이러한 애도는 미국에서 크게 인정받은 차학경 자매와의 깊은 이해를 통해 가능해진다.

이러한 공감과 교류가 늘 성공하는 것은 아니다. 「사물과의 작별」이나 「작은 사람들의 노래」는 실패의 기록이라고 할 수 있으며, 그러한 실패는 역사적 상처의 무게와 개인의 허위의식에서 비롯된다. 그러나 이러한 실패 역시도 참된 공감과 교류가 얼마나 절실한 것인가를 상기시킨다는 점에서 그 의의가 작지 않다. 조해진에게 이러한 공감과 연대는 하나의 당위이자 신념으로 보인다. 「작가의 말」에서 조해진은 다음과 같이 진술하고 있는데, 이것은 그녀에게 소통하고 연대해야 할 진정한 타인은 "시대와 지역을 초월"한 곳에 위치한 존재들이라는 것을 보여준다.

> 나와 나의 세계를 넘어선 인물들, 그들은 시대와 지역을 초월하여 소통했고 유대를 맺었다. 그들은 나보다 큰 사람들이었고 더 인간적이었다.
>
> 이제야 나는,

> 진짜 타인에 대해 쓸 수 있게 된 건지도 모르겠다. (267)

이처럼 '시대와 지역을 초월한 소통과 유대'는 조해진에게는 너무나 절대적인 명제인 것이다. 조해진 소설의 성공과 실패는 철저하게 이 공감의 설득력 여부에 달려 있다. 대부분의 소설은 국적을 초월한 등장인물들의 공감이 독자의 공감까지 불러일으키지만, 언제나 그러한 것은 아니다.[6] 조해진이 일관되게 그리는 것이 '시대와 지역을 초월'한 인물들 사이의 소통과 공감이라면, '진짜 타인'의 타자성에 대한 고민은 아무리 깊어도 모자라지 않을 것이다.

(2018)

6 일테면 「시간의 거절」에서 뉴욕에 사는 제인이 서울에 사는 석희의 사진을 우연히 본 후에, 용기를 얻어 지금까지와는 다른 삶을 살기로 결심하는 장면은 독자가 공감하기에는 조금 설득력이 떨어진다.

제5장

여공女工의 어제와 오늘

이인휘

1. 가려진 것을 드러내기

「공장의 불빛」은 "공장은 끝없이 펼쳐진 논 한쪽에 섬처럼 떠올라 있습니다"[1]라는 문장으로 시작된다. 한때 공장은 도시의 상징이었고, 현대인의 삶 한복판에 있었다. 그러나 공장이란 이 사회로부터 보이지 않는 곳이 되었다는 슬라보예 지젝의 진단처럼, 어느새 공장은 사람들의 시야(관심)로부터 벗어나 마치 존재하지 않는 것처럼 여겨지게 되었다. 그렇기에 '섬'처럼 고립된 "공장은 거대하게 펼쳐진 벌판에 갇힌 교도소처럼 을씨년스러"(61)워 보이기까지 한다. 그러나 너무나 당연하게도 현대인이 누리는 어마어마한 물질의 세계는 수많은 공장과 그곳에

1 이인휘, 「공장의 불빛」, 『폐허를 보다』, 실천문학사, 2016, 59쪽. 이 작품집에는 「알 수 없어요」, 「공장의 불빛」, 「시인, 강이산」, 「그 여자의 세상」, 「폐허를 보다」가 수록되어 있다. 앞으로 본문 중에 이 작품들을 인용할 때는 쪽수만 표시하기로 한다.

서 일하는 사람들에 의해서만 지탱될 수 있다. 그렇기에 '안 보이는 것'이 곧 '없는 것'을 의미한다고 볼 수는 없다. 어쩌면 지금 우리에게 가장 필요한 것은 엄연히 존재하지만 '보이지 않는 것으로 간주되는 세계'를 '볼 수 있는 세계'로 옮겨놓는 것인지도 모른다. '있는 것'을 '안 보이는 것'으로 만드는 것이야말로 정치적으로나 윤리적으로 가장 큰 폭력이기 때문이다.

이인휘의 『폐허를 보다』(2016)와 『건너간다』(2017)는 이 시대의 가장 중핵이면서도, 사람들의 시야 밖으로 밀려난 공장과 그 안의 사람들을 우리의 가시권 안으로 옮겨왔다는 사실만으로도 그 의미가 큰 작품이다. 특히 공장의 노동자들 중에서도 여공女工들의 삶에 초점을 맞춘 것은 정밀한 주목을 요구한다. 흔히 노동자는 남성으로 젠더화되어 인식된 결과 여공은 그 실제의 중요성과는 달리 오랫동안 사회적으로나 문학적으로 배제되어왔던 것이다.

그러나 여공은 공장의 시작과 함께 존재하였다. 여공은 1910년대부터 한국사회에 등장하기 시작하여 1920~30년대에는 섬유산업 등에서 핵심적인 역할을 맡았다. 이미 1923년에는 경성고무에서 여공들이 고용주와 경찰에 맞선 싸움을 벌였으며, 1934년에는 전체 임금 노동자의 34퍼센트를 여성이 차지할 정도였다.[2] 1960~70년대에 들어 여성 노동자들은 산업화에서 중요한 역할을 맡게 되어, 1980년대에는 무려 100만 명 이상의 여성들이 의류, 장난감, 사탕과 제과류, 전기 제품 등을 생산하는 공장에서 일했다.[3]

2 이효재, 「일제하의 여성 노동문제」, 김윤환 편, 『한국 노동문제의 구조』, 광민사, 1978, 144쪽.

이처럼 중요한 비중을 차지하면서도, 문학에서 여공은 남성 노동자에 비해 그 비중이 미약하게 취급되었다. 이것은 일반적으로 노동계급의 정체성이 남성적인 것으로 구성되어 있는 것과 관련된다.[4] 여성 노동자가 주요한 인물로 등장한 것은 1920~30년대의 프로문학과 1970~80년대의 리얼리즘 소설 정도를 들 수 있을 뿐이다. 1990년대 이후 여공을 본격적으로 다룬 사례로는 신경숙의 「외딴 방」(문학동네, 1995) 정도가 존재한다. 이러한 문학사적 상황에서 이인휘는 2010년대 후반에 여공을 소설의 전면에 불러들여 그 과거와 현재까지를 넓고도 깊게 조망하고 있다.

2. 과거의 여공

「그 여자의 세상」은 1970~80년대 산업화 시기 여공들의 삶을 매우 정확하게 재현하고 있는 소설이다. 여홍녀는 열여섯 살에 봉제공장에서 시다로서의 삶을 시작한다. 여홍녀의 삶은 "여공문학에서 계급 갈등은 공장에서 자행되는 성폭력의 형태로 다루어지"며, 시간이 지나면서 "프롤레타리아 여성에 대한 재현과 성폭력에 대한 재현은 상호 구성적인 것이 되었다"[5]는 진술을 증명하는 사례이다.

3 루스 배러클러프, 김원 · 노지승 역, 『여공문학』, 후마니타스, 2017, 15쪽.
4 팸 모리스, 강희원 역, 『문학과 페미니즘』, 문예출판사, 1997, 310쪽.

여홍녀가 처음으로 성적 학대를 경험하는 것은 전자공장에서이다. 봉제공장보다 두 배나 많은 월급을 준다는 이야기를 듣고, 아는 언니에게 세 달치 월급을 찔러주고 취직한 전자공장에서는 수시로 인원감축의 소문이 돈다. 이때 여홍녀는 아는 언니의 제안대로 공장장에게 몸을 팔아 공장에 남고자 한다. 이미 아는 언니는 여홍녀를 입사시켜주는 조건으로 공장장에게 몸을 팔기도 했던 것이다. 공장에 남기 위해 여홍녀는 수차례 몸을 팔며 두 차례나 낙태를 하지만 결국 인원감축의 대상이 된다.

이후 여홍녀는 버스 안내양이 되지만 성폭력은 지속된다. 버스요금을 "삥땅 치는"(223) 것으로 오해받아 온몸이 거의 벌거벗겨져서 학대당하기도 하며, 중년의 기사로부터 노골적인 성희롱을 당하기도 한다. 그 기사는 여홍녀에게 온갖 불이익을 주어서 끝내 그녀를 성폭행한다.[6] 여홍녀는 결국 버스 안내양 생활도 더 이상 하지 못하고 스물두 살에 술집에 취직한다. 그녀는 자신의 삶을 한탄하다가 "창녀면 어때"라며 "현재적 삶이 창녀보다도 못한 것처럼"(228) 느끼고, 결국 공단 근처의 술집에서 몸을 팔게 된 것이다. 이러한 경로는 작품 속에서 동료들이 "안내양을 그만두고 술집으로 떠난 여럿 이름을 거론"(224)하는 장면에서도 알 수 있듯이 일반적인 현상으로 묘사된다.

5 루스 배러클러프, 김원 · 노지승 역, 앞의 책, 22~23쪽.

6 안내양과 버스 기사 사이에 존재하는 불온한 공모의 흔적도 언급된다. "안내양들은 기사들의 눈치를 보면서 친하게 지내려고 애썼다. 어떤 안내양은 매일 기사에게 음료수를 제공하고 윙크를 던지기도 했다. 그 대가로 기사들은 요금을 삥땅 치는 걸 눈감아줬다. 그런 관계가 깊어지다 보면 일 없는 날 외출증을 끊어 같이 술도 마셨다. 20대 초중반인 안내양들은 거칠고 힘든 일 속에서 쌓인 외로움과 사랑에 대한 갈증을 기사들과의 불륜으로 풀면서 울고불고하기도 했다."(222)

여홍녀는 '공원—버스 안내양—창녀'의 경로를 밟는다. 이러한 과정은 산업화 시기 배운 것도 없는 가난한 집안 출신 여성이 진출하는 사회적 영역을 압축해놓은 것이다. 모든 곳에는 성폭력이 만연해 있으며, 이 과정은 크게 보아 몰락의 과정에 해당한다. 당시 가난한 집안 출신의 여성들이 공장에 취업하려는 욕망은 매우 강렬했다. 공장은 "그들을 기존 제도 안에 견고하게 안착시키는 노동계급의 직종을 상징한 동시에, 성매매 등의 위험이 도사린 불확실성으로 가득 찬 거리로부터 가장 멀리 떨어진, 상대적으로 안전한 일자리"[7]로 여겨졌던 것이다. 이에 반해 버스 차장은 "가장 모욕적인 방식으로 계급 차별을 당하는 직종이라는 오명"[8]을 얻었다. 「그 여자의 세상」에도 나타나듯이, 당시 버스 차장들은 승객들로부터 온갖 모멸적인 대우를 받았을 뿐만 아니라, 버스 요금 삥땅을 방지하기 위해 사측으로부터 몸수색을 당하기도 했던 것이다. 이러한 여성들이 몸담을 수 있는 사회적 영역의 최하층에는 성매매가 놓여 있었다.[9]

여공에서 성매매 여성으로 전락하는 여홍녀의 삶이 극단적으로 느껴지기도 하지만, 나름의 보편성을 지닌 경로이기도 하다. 당시에 공원과 성매매 여성 사이의 경계가 뚜렷한 것은 아니었다. 여공들의 위상은, "1970~80년대에 호황을 누렸던 성매매 지역에서 일했던 여성들과 사회적으로 유사한 것으로 간주"[10]되었기 때문이다. 1989년 노동하

7 루스 배러클러프, 김원·노지승 역, 앞의 책, 179쪽.
8 위의 책, 172쪽.
9 「시인, 강이산」에도 "80년대는 동생의 학비를 벌기 위해 누이가 창녀가 되기도 하던 시절이었습니다. 버스 안내양들이 동전을 숨긴다며 그들을 발가벗겨 검사하던 시절이었습니다. 가난한 사람들이 야간 작업을 위해 잠 안 오는 약 '타이밍'을 먹으며 일해야 하는 절대 빈곤으로 내몰린 시절이었습니다"(132)라는 진술이 등장한다.

는 여성 가운데 4분의 1이 넘는 여성들이 성산업에 종사했다는 통계도 남아 있다.

성매매 여성으로 13년을 산 여홍녀는 "때가 돼서 죽으면 그만"(233)이라는 체념적 삶을 산다. 이때 변화가 찾아오는데, 그것은 여홍녀가 어머니가 됨으로써 가능해진다. 여홍녀는 자신이 아이를 가졌다는 사실을 알고서는, 최라는 손님을 통해 새로운 삶을 시작할 마음을 갖는다. 최와의 관계에서도 여홍녀는 일종의 어머니이다. 최는 처음 만난 날부터 돈도 없이 술집에 찾아와 "아이가 어미를 찾듯"(235) 여홍녀의 가슴만 쓰다듬었던 것이다. 이러한 최의 모습은 이후에도 계속 이어진다. 이후 여홍녀는 어머니로서의 삶에 충실하고자 한다. 창녀에서 어머니로 변신한 여홍녀의 삶은, 여성을 창녀와 어머니로 이분하여 상상하는 남성 중심적 젠더 인식에 부합한다고 볼 수 있다.

그런데 여홍녀에게 좋은 엄마란 무엇보다 '가난하지 않은 엄마'이다. 이것은 자본으로부터 가장 큰 피해를 받은 여홍녀가 자본의 논리를 내면화한 결과라고 할 수 있다. 여홍녀는 "돈만이 아이의 행복을 지켜주고 키워줄 수 있"(242)으며 "가난 속에서 아이가 행복해질 수 없을 거라는 걱정"(243)에 매몰되어 있는 것이다. 남편의 생각처럼 "그녀의 머릿속을 지배"하는 것은 오직 "돈"(257)뿐인 것이다. 결국 여홍녀는 돈을 벌기 위해, 아이를 낳은 후에도 여전히 술도 팔고 몸도 파는 지경에까지 이른다. 그녀의 죽음 역시도 철저하게 자본의 논리에 복속된 모습이다. 치료를 하기 위해 모아놓은 돈을 내놓으라고 하자 그녀는 "소용없는 일

10 루스 배러클러프, 김원 · 노지승 역, 앞의 책, 269쪽.

이라고 고개를 저"(261)으며 치료를 거부한다. 지금 그녀는 돈과 생명을 맞바꾸고 있는 것이다. 결국 그녀는 "나 죽으면 우리 딸 어떡해요? 무서울 때마다 하나씩 들어놓은 거예요. 돈 없어서 우리 딸 고생시키면 안 되잖아요"(263)라며 한 개의 적금 통장과 일곱 개의 생명보험 통장을 남편에게 남기고 죽는다.

그러나 여홍녀에게 내면화된 자본주의는 그녀의 삶을 지켜봐온 이들에게는 당연한 일로 받아들여질 수도 있다. 그녀가 몸담아온 공장, 버스 회사, 술집은 말할 것도 없고, 여홍녀의 가족까지도 여홍녀를 착취하는 사회적 단위에 불과했기 때문이다. 태어날 때부터 아버지는 여홍녀가 "계집애"인 데다가 "한쪽 눈언저리에 벌건 점을 박고 나오자 망연자실"(215)해한다. 열여섯 살의 봉제공장 시다 시절부터 월급은 모두 어머니 주머니로 들어간다. 그러나 여홍녀는 "가족을 위해 돈을 번다는 것만으로도 뿌듯"(216)해한다. 그녀는 봉제공장보다 월급이 많은 전자공장에 취직한 후에는 "남동생을 대학까지 보내야 한다는 어머니의 간절함"(218)을 이루어 주겠다는 꿈을 꾼다. 안내양이 되어서도 돈은 꼬박꼬박 어머니에게 보낸다. 이 가족에게 여홍녀는 돈을 벌어오는 사람으로서의 의미만을 지닐 뿐이다.

안내양을 그만두고 그녀가 술집까지 가게 된 것도 "더 이상 통장으로 돈이 들어오지 않게 되었을 때, 어머니가 상심하다 못해 노여워할 얼굴"(228)이 큰 영향을 미친 결과이다. 이전에 여홍녀가 전자공장에서 해고되어 집에 머물자 어머니는 "그녀의 등짝을 후려치며 내쫓았"(220)던 것이다. 술집에서 일할 때도 명절날만 찾아가 봉투를 주고 오면, 어머니와 동생들은 그 이상 아무것도 궁금해하지 않는다. 여홍녀가 청양에서 부유면으로 이사하여 어머니에게 돈을 보내지 않자, 그녀와 가족들 사이에는 모든 연락이 끊어진다. 김원은 "노동계급 남성에게 노동은 경제적 자립과 전문 지식의 표현이었지만, 여성, 특히 어린 미혼 여성에게 노동은 그들이 부양해야 할 가족에 대한 의무를 상징했다"[11]고 말하는데, 여홍녀와 가족의 관계는 이러한 설명에 그대로 부합한다.[12]

이인휘는 「그 여자의 세상」에서 여홍녀의 삶을 통해 1970~80년대 산업화 시기 여공들의 삶과 그 후일담까지를 설득력 있게 재현하고 있다. 한 가지 아쉬운 점은 여홍녀의 삶을 재현하는 과정에서 그녀가 지나치게 성적으로 대상화되며 나아가 그녀의 육체는 사물화되기까지 한다는 점이다. 물론 이러한 모습이 나름의 사회적 진실에 바탕한 것이기도 하겠지만, 필요 이상의 지나친 성적 묘사는 그 자체로 또 하나의 폭력이 될 수도 있다는 점도 잊지 말아야 한다.

11 김원, 『여공 1970, 그녀들의 반역사』, 이매진, 2006, 195쪽.
12 여기서 한 가지 주목해야 할 사항은, 여홍녀의 남편인 최는 내면화된 자본의 논리로 목숨조차 내놓는 여홍녀와는 너무나 다른 고결한 존재로 형상화된다는 것이다. 그는 공사판을 전전하면서 "돈이 행복의 척도가 아니라는 것"(240)을 배웠으며, "그녀와의 삶 속에서 오래전 잃어버렸던 사유의 세계를 돌아다보는 것도 기뻤고, 책을 다시 손에 쥐게 된 것도 고마웠다"(247)고 느낀다. "대학을 나온 남편은 책과 가깝게 지"(253)내며, 여홍녀는 그러한 남편을 "세상에서 가장 위대하고 고마운 남자"(257)라고 생각한다.

3. 오늘의 여공

1) 현실에의 매몰과 죽음

식품공장이야말로 이인휘의 단편집 『폐허를 보다』와 장편소설 『건너가다』를 관통하는 우리 시대의 노동 현장이다. 이곳에서 여공들은 수십 년 전과 똑같은 열악한 노동 환경에 시달리지만, 그것을 극복하기 위한 의식이나 투쟁은 찾아보기 어렵다. 그녀들은 자신들의 처지를 체념적으로 수용할 뿐이다.

단편 「공장의 불빛」에서 '나'는 식품가공회사에 다니다가 합판회사로 공장을 옮긴다. 식품가공회사를 떠난 이유는 사장과 싸우고자 했지만 직원의 대부분을 차지하는 평균 나이 60세인 아주머니들의 지원을 받지 못했기 때문이다. 식품가공회사에서는 "하루 열 시간 노동이 끝나면 땀과 기름에 범벅이 돼 초죽음"(84)이 될 정도로 노동 강도가 세고, CCTV가 모든 것을 감시하며, 턱없이 적은 돈을 받는다. 아주머니들이 "우린 노예여, 노예!"(85)라고 한탄하는 것도 자연스러운 일이다. '나'는 "혼신의 힘을 다해 일하는 사람들을 유린"(88)하는 사장에 맞서 싸우고자 하지만, 아주머니들은 이를 반기지 않는다. 아주머니들은 "우리 같은 사람을 어디서 써주겠어요"(89)라거나 "일자리를 잃을지 모른다는 두려움에 휩싸"(90)여 차가운 목소리로 "우린 괜찮으니까 그만두려면 아저씨만 조용히 그만둬주세요"(90)라고 말한다. 이런 상황에서 '나'는 식품공장을 떠날 수밖에 없었던 것이다.

「폐허를 보다」의 핫도그 공장도 「공장의 불빛」에 등장하는 식품공장과 상황은 비슷하다. 핫도그 공장은 이윤만이 절대적으로 고려되는 곳이며, 늙은 아주머니들을 향한 막말이 가득한 곳이기도 하다. 특히 막말이 심했던 어느 날, 여공들은 사장에게 공식적으로 사과를 요구한다. 그러나 오히려 사장은 사과 대신 "회사에 대한 불만 불평을 늘어놓으며 작업장 분위기를 해치는 사람은 퇴사 조치한다"(282)와 같은 더욱 강경한 내용으로 가득한 각서를 나눠주며, 거기에 사인할 것을 요구한다. 아주머니들은 화가 나서 절대 출근하지 말자고 말은 하지만 곧 불안해하며 "각서 종이는 다 챙겨 넣"(291)는다. 비인간적인 노동 상황은 지속되지만 그에 대한 저항의 의지는 거세되어 있는 것이다. 주인공 정희도 현실에 무력하게 순응하는 노동자 중의 한 명이다.

그러나 정희에게는 노동운동에 헌신하다가 암으로 별세한 남편 이해민이 있다. 정희는 울산에 와서 해민과 함께 노동운동을 하던 동료들의 아내를 만난 후 "해민의 목소리가 함께 선명하게 되살아"(304)나는 것을 느낀다. 정희의 남편 이해민은 울산의 자동차 공장에서 강력하게 노동운동을 하다가 울산을 떠난다. 1998년 자동차 정리해고 반대 파업은 위원장의 직권조인으로 만 명이 넘는 노동자가 퇴출되면서 끝나고, 이해민은 해고된 동료들에게 미안하다며 울산을 떠났던 것이다. 이후 이해민은 택시 운전을 하다가 암으로 죽고, 해민의 아내인 정희는 식품공장 여공이 된다.

이해민은 "정규직 임금 노예"(292)가 된 현재 노동자들 사이에서 제대로 이해받지 못한다. 정희 자신도 울산을 떠났던 "해민을 원망"(303)하기도 했던 것이다. 정희는 "나 역시 당신이 울산을 떠날 수밖에 없었던 고통을 진정으로 알지 못했던 거야"(311)라고 자책한다. 남편을 향한 자책감과 죄의식은 죽음으로 이어질 만큼 너무나도 강렬하다.[13] 결국 정희는 "승리를 염원하는 희망의 상징이자 죽음도 불사하겠다는 마지막 투쟁의 보루"(316)인 굴뚝 위로 올라간다.[14] 그러나 희망을 찾아 올라간 굴뚝에서 정희가 발견하는 것은 "황폐해져버린 인간의 삶"(319)뿐이다. 핫도그 공장은 남편의 대의가 오늘날에도 절대적으로 필요함을 증명하는 오늘의 장소임에도 불구하고, 정희는 투사가 되는 대신 남편의 대의가 빛나던 과거의 현장에서 죽음을 선택한다.

'숭고한 대의로 빛나던 과거'와 '비루한 이해로 가득한 현재'의 이분법은 이인휘의 『폐허를 보다』와 『건너간다』의 기본적인 구도이다. 그러나 이에 대응하는 남성과 여성의 태도에는 큰 차이가 발견된다. 「폐허를 보다」에서 정희가 남편의 죽음으로 상징되는 과거의 대의를 이어받는 방식이 죽음으로 이어진 것과 달리, 「알 수 없어요」나 「시인, 강이

13 통곡과 절규에 가까운 그 자책의 말들을 몇 가지만 정리하면 다음과 같다. "미안해. 미안해요, 정말! 보석같이 소중한 당신을 그렇게 사랑했는데, 난 도대체 뭘 사랑했던 걸까요. 난 도대체 어떤 사람인가요."(309), "더러운 음식을 만들면서 죄책감도 못 느끼게 된 나. 남편이 10년을 노동운동에 몸 바치고 죽을 때까지 죄책감으로 살았는데 난 무슨 생각으로 살아온 것일까. 도대체 난 누구냔 말이야!"(313), "미안하다고, 한 번도 제대로 당신 눈물을 닦아주지 못해서 미안하다고 통곡했다"(317), "더러운 음식을 만드는 걸 묵인하고 목숨을 연명하기 위한 돈 몇 푼에 매달린 인생. 평생을 그렇게 살아온 공장 언니들. 희망은 어디에도 보이지 않고 존재에 대한 물음은 달아나버렸다."(317)

14 굴뚝을 올라가는 정희의 마음은 다음과 같이 서술된다. "한 인간으로서 존재의 의미를 찾아 끊임없이 나아간 남편. 거짓 없이 모든 사람들이 따뜻한 평등을 나눠 가질 수 있기를 바라며 그 빛을 쫓아간 남편. 하지만 그와 동고동락한 사람들에게조차 울산을 떠난 그의 마음은 왜곡되고 그의 정신은 패배의 연기에 그을려 무참히 짓밟혀 찢긴 깃발처럼 버려졌다. 정희는 해민의 영혼이라도 불러내 용서를 빌고 싶었다. 그를 또다시 죽게 만들 수 없다는 절박함이 밀려들었다. 그녀는 굴뚝을 향해 걸었다. 굴뚝 꼭대기로 올라가면 작은 희망이라도 만날 수 있을지 모른다는 간절함이 그녀의 등을 떠밀었다."(316)

산」에서 남성들이 과거의 대의를 상징하는 죽음을 이어받는 방식은 글을 쓰거나 각성된 존재가 되는 것이다.

「알 수 없어요」에서 '나'의 머릿속을 채우는 것은 참된 삶을 위해 목숨을 버린 이들이다. 이 목록에는 한용운, 전태일, 박영진, 윤상원, 이용석 등이 포함된다. 지금의 세상은 그러한 죽은 자들이 꿈꾸던 세상으로부터 멀리 떨어져 있다. "세월이 흘러갈수록 이 세상을 아름답게 만들고자 했던 정의로움은 사라지고 있"(27)는 것이다. 이것이야말로 '알 수 없는 세상'의 진면목에 해당한다. 이런 상황에서 "비정규직 철폐를 외치며 분신한 사람"(10)에 대한 글을 쓰기 위해 만해마을에 입주한 것에서 알 수 있듯이, '나'는 글을 쓴다. '내'가 글을 쓰게 된 동기도 1986년 신흥정밀 공장에서 파업 중에 분신한 박영진의 삶을 조금이나마 세상에 알리고 싶어서이다.

「시인, 강이산」에는 죽음을 끌어안고 사는 두 명의 남성, 시인 강이산과 화자 '나'가 등장한다. 그들이 죽음을 대하는 방식 역시 「폐허를 보다」의 정희와는 구별된다. "초월적 존재의 환희가 아니라 인간과 인간이 더불어 사는 세계에 대한 희망"(204)을 노래한 강이산의 시 근원에는 자신의 몸이 불꽃이 된 순간에도 "노동자가 앞장서서 노동 해방 쟁취하자!"(149)고 외쳤던 박영진, 80년 광주의 수많은 시민들, 친구 윤세진 등의 죽음이 놓여 있다. '나'의 앞에도 박영진의 죽음이 놓여 있다. 그러나 박영진의 죽음으로부터 20여 년이 지난 무렵, '나'는 "이미 내 안에서 혁명이니 노동 해방이니 정권 타도라는 말이 희미해진 지 오래됐습니다"(153)라는 고백에서 알 수 있듯이, 혁명과는 거리가 먼 사람이 되어버렸다.[15] 그러나 "희망에 목말라 책을 읽으며 변혁을 꿈꾸던 우리가 머무른 자리"(201)인 공단의 벌통집에서 죽은 강이산을 보며, '나'는 각성된 존재로서의 새로운 삶을 다짐한다.[16] '나'는 이제 박영진과 더불어 시인 강이산의 죽음도 끌어안고 새로운 세상을 향해 힘찬 발걸음을 시작하는 것이다.

2) 투쟁하고 쟁취하는 여공, 그러나 ……

장편 『건너간다』는 작품집 『폐허를 보다』의 후일담에 해당한다고 볼 수도 있다.[17] 식품공장의 여공들도 「공장의 불빛」과 「폐허를 보다」에 이어서 등장한다. 『건너간다』에서도 이전 소설과 마찬가지로 '나'는 공장에서 일하는 아주머니들이 각성된 노동자와는 거리가 멀 것이라고 단정한다. 소설에 전념할 것인지 공장과 전면적인 싸움을 할 것인지 고민하는 것도, 공장의 아주머니들이 각성되지 못한 존재라는 선입견이

15 "빈부로 세상을 바라보지 않고 서로 다가설 수 있는 마음의 지혜와 자비에 대해서도 가르"(153)치고, 소련이 망하는 것을 보며 "세상이 사회구조를 바꾼다고 해서 달라지지는 않는다는 확신"(170)을 하기도 하며, "인간이 세상에 존재하면서부터 힘이 센 존재가 약한 존재를 지배했듯이 구조가 달라져도 그 관계는 새롭게 형성될 수밖에 없는 게 인간 사회의 숙명이라고 단정"(170)짓기도 한다.

16 해당 부분을 옮겨보면 다음과 같다. "강이산의 상처가 내 몸에 달라붙어 흐느꼈습니다. 삶을 완전히 바꿔냈다는 믿음도 신기루가 되어 사라지고 있었습니다. 기억에서 지워진 줄만 알았던 얼굴들이 주마등처럼 스쳐 지나갔습니다. (…중략…) 노동자도 인간이기 때문에 인간의 존엄과 권리를 되찾아야 한다고 주장하던 내가 결국은 기득권을 향해 돌아섰습니다. (…중략…) 벌통집을 걸어 나오는데 눈에 보이는 모든 것이 들어올 때와는 다른 모습이었습니다. 빨간 스프레이 글씨도 철거촌을 지나칠 때마다 예사롭게 보던 것과는 달리 벌통집 안에서 살고 있을 사람들의 고통을 담고 맹렬하게 두 눈으로 파고들었습니다."(202~203)

17 식품공장 사장은 '나'를 불러서 "소설 속 공장이 우리 공장이던데? 아주 악랄하게 묘사했던데"(13)라고 말하기도 한다.

있기 때문이다. '나'는 사장이 자신을 간첩으로 몰아 해고시키는 것에 맞서 싸울 때도, "몇몇 아주머니들은 미심쩍은 눈빛을 던지며 나에게 등을 돌릴 것이고 어떤 아주머니들은 참고 다른 일자리를 찾아보라고 할 게 분명했다"[18]고 상상하는 것이다. 나아가 혹시라도 언론이나 SNS에 공장 비리가 알려져 공장 가동이 중단되면, "아주머니들이 결사적으로 사장의 편에 서서 방어를 할지도 모를 일이었다"(190)고까지 생각한다. 그러나 실제로 아주머니들은 사장에 맞서 싸우고, 그것도 매우 유능하게 잘 싸워 자신들의 목표를 달성한다.

문제는 직원들에게 월급을 차등 지급하면서 불거지기 시작한다. 이 와중에 공원들은 추석과 설날 보너스를 올려달라고 요구한다. 그런데 남자들은 금방 월급을 올려주지만, 아줌마들은 바로 월급을 올려주지 않는다. 이러한 성차별은 공장의 아주머니들을 자극하고, 이때부터 여공들만의 투쟁이 시작된다.[19] 그러나 경제적 차원의 돈 문제는 금방 해결된다. 사장은 곧 추석과 설날 보너스로 월급의 30프로씩 지급하겠다고 약속하는 것이다.

그러나 진짜 문제는 존재의 인정이라는 차원에서 펼쳐진다. 월급의 차등 지급 문제로 왕언니가 사장에게 항의하자, 사장은 "저 아줌마가? 그만둬요, 당신! 당신, 칠십이 다 돼가죠? 머리가 그렇게 안 돌아가요?"(254)라는 막말에 이어, "나이든 여자 일하게 해준 것만 해도 고맙다고 해야지 뭐가 잘났다고 대드는 거야? 나가봐, 누가 칠십이 다 된

18 이인휘, 『건너간다』, 창비, 2017, 189쪽. 앞으로 본문 중에 이 작품을 인용할 때는 쪽수만 표시하기로 한다.

19 이러한 투쟁은 "남자 작업자들이 출근해 눈짓으로 응원을 보내면서 창고 정리를 했다"(264)는 문장에서 알 수 있듯이, 여공들에게 한정된다.

여자를 일하게 해주는지. 나 같으니까 해주는 거야, 이 아줌마야!"(254)라는 막말까지 덧보태는 것이다. 오히려 "왕언니에게 사무실로 와서 허리 굽혀 사과하라"(258)고 말하는 사장에 맞서 왕언니는 막말에 대한 사과를 받아내겠다는 투쟁을 시작한다.

그날부터 왕언니는 박스에 하고 싶은 글을 써서 그것을 들고 CCTV 앞에 앉는다. 그 박스에는 "사장님이 인간이듯 나도 인간입니다"(258), "우리를 무시하지 말아주세요", "카메라로 감시하지 말아주세요", "우리도 집에 가면 사랑받는 부모랍니다"(270) 등의 말이 써 있다. 왕언니의 투쟁은 사장과 노동자, 남공男工과 여공이라는 분할의 질서를 깨고 근원적 평등을 추구하는 행위라고 할 수 있다. 정치는 서로 다른 세계의 충돌과 대립이며, 랑시에르는 이것을 불화라고 부른다. 이 불화의 무대는 스스로 사유할 능력이 없고 따라서 말할 자격이 없다고 간주되었던, 따라서 들리지도 보이지도 않았던 사람들이 자신들도 스스로 사유하고 말할 수 있는 능력을 가지고 있음을 드러내 보임으로써 구성되는 무대이다. 요컨대, 그것은 분할의 논리에 맞서 평등을 가시화하는 무대이다.[20] 왕언니가 박스 조각을 들고 있는 CCTV 앞이야말로 근원적인 정치의 무대인 것이다. 무식하고 가난하고 돈밖에 모르는 여공이 사실은 남공이나 사장과 똑같이 인간으로서의 자존과 의지를 지닌 존재임을 보여줌으로써 진정한 평등을 얻고자 하는 것이다. 사흘 동안 박스 시위를 하다가 넷째 날 사장에게 쓴 장문의 편지도, "오랜 세월 노동에 시달리면서 글을 읽을 필요도 글을 쓸 시간도 없었기 때문"(260)에

20 박기순, 「포스트-알튀세르주의자들, 주체 개념을 중심으로」, 『다시 쓰는 맑스주의 사상사』, 오월의봄, 2013, 369~370쪽.

"글자들은 삐뚤빼뚤했고 표기도 많이 잘못돼 있"(260)지만, 인간으로서의 평등을 회복하려는 시도에 해당한다.[21]

사장이 문제를 해결하는 방식도 철저하게 남성중심주의적이다. 사장은 왕언니를 만나는 대신 왕언니의 남편을 따로 불러내서 "왕언니에게 잘못한 것을 사과"(259)하는 것이다. 그러나 존재의 증명을 시도하는 왕언니에게 이러한 방식은 아무런 효과도 없다.

그런데 여공들의 투쟁에서 결정적인 역할을 하는 것은 다름 아닌 '나'(남성)이다. '나'는 공장 안의 소식을 전해주는 명섭 언니에게 왕언니의 투쟁에 동참할 것을 요구한다. '나'는 "명섭 언니의 마음만 돌려세우면" 투쟁의 성공이 "충분히 가능한 일"(261)이라고 생각한 것이다. 무엇보다 '나'는 평소에 정리해놓은 공장 비리에 대한 글을 명섭 언니에게 보여준다. 구체적으로 '나'는 자신이 써놓은 글을 토대로 "반드시 명섭 언니의 말투로 직접 새로"(261) 쓸 것과 "아주머니들에게 보여주면서 그들이 함께할 수 있도록 해보라"(261)고까지 "권유"(261)한다. 나아가 "편지를 쓰게 되면 똑같이 하나 더 적어두고 왕언니가 쓴 편지도 사장에게 보내기 전에 베껴놓으라"(262)는 말까지 덧보탠다.

실제로 명섭 언니는 그 다음날 '나'의 '권유'를 그대로 실천한다. 왕언니의 투쟁에 동참하며, 사장에게 두 통의 편지를 전달하는 것이다. 그 권

21 그 편지의 내용은 다음과 같다. "나는 살면서 누구를 무시하거나 욕하지 않았습니다. 그런데 사장님은 우리를 너무나 많이 무시했습니다. 우린 돈을 벌어야 했기 때문에 그 무시를 고스란히 받아들였습니다. 사장님이 나보다 나이가 많나요? 사장님이 많이 배우셔서 그런가요? 못 배운 사람을 이렇게 취급해도 되나요? 가난한 사람은 사람 취급도 받지 못해야 하나요? 무슨 권리로 이렇게 막말을 하시는지 도저히 참을 수가 없어요. 이 나이에 왜 내가 무시를 당해야 합니까. 나는 죽는 한이 있어도 사장님의 사과를 반드시 받아야겠습니다."(260)

유는 곧바로 효과를 발휘하여 공장 내 다른 여성 노동자들의 공조를 이끌어내고, 사장은 반응을 보이기 시작한다. 특히 명섭 언니가 따로 마련해 둔 두 통의 편지를 근로감독관과 거래처에 보낼 거라고 하자 사장은 "마침내 현장으로 부리나케 달려 내려"(263)온다. 그 다음날 바로 사장은 백기투항을 한다. 사장은 "나이 많으신 분들이 내 부덕의 소치 때문에 고생했으니 사과드려야죠. 아줌마들 모두에게 사과드립니다"(267)라며 사과하는 것은 물론이고, 그동안 인격침해의 핵심적 도구였던 CCTV까지 없앨 것을 약속한다.

결국 왕언니를 중심으로 한 여공들의 투쟁은 성공으로 끝나는 것이다. 이것은 매우 의미가 있다. 그것은 소설가 '나'의 다음과 같은 반성을 가능케 할 만한 성공에 해당하기 때문이다.

> 나는 소설 속에서 두 번이나 아주머니들을 멋대로 해석했다. 「공장의 불빛」에서는 돈 몇 푼에 목을 매며 죽은 듯이 지내는 사람들로 묘사했고, 「폐허를 보다」에서는 한 여인이 절망적인 세상을 봤음에도 다시 공장으로 쉽게 돌아갈 수 없을 거라는 생각을 하면서 썼다. 나의 주관적인 오만한 생각이 그들을 나약하고 무력한 존재로 규정했던 것이다. (271)

이러한 반성이 어울릴 만큼 왕언니는 돈 몇 푼이 아닌 자신의 존재를 인정받기 위해 결연한 투쟁을 벌이고, 목적한 바를 달성한다. 그러나 이러한 투쟁과 성공 이면에는 '나'의 '권유'가 너무나 큰 역할을 하고 있다. 그녀들은 이 모든 문제가 해결된 후에 바로 '나'에게 전화를 하여 그동안의 경과를 알린다. '나'는 "이길 거라고 예상은 했지만 생각보다 빨리 끝났다 싶었다"(269)고 생각하는 것에서 알 수 있듯이, 그 모든 것을 예상하고 있는 것으로 그려진다. 남성인 '나'는 현장이 아닌 초월적인 위치에서 그 모든 전개과정과 결말을 조망하고 있었던 것이다. 이번 투쟁의 주인공인 왕언니는 자신이 "해운 씨한테 물든 것 같애"(270)라고 말하고, "내가 쓴 소설들을 보며 많이 생각했다"(270)고 말한다.[22] 분명 남성인 '나'와 남공들이 제외된 여공들만의 투쟁이지만, 그 이면에는 '나'의 커다란 영향력이 자리 잡고 있는 것이다.

무엇보다도 '나'는 "「폐허를 보다」에서는 한 여인이 절망적인 세상을 봤음에도 다시 공장으로 쉽게 돌아갈 수 없을 거라는 생각을 하면서 썼다"(271)고 반성하였는데, 안타까운 것은 『건너간다』에서도 그러한 문제가 변함없이 지속된다는 것이다. 왕언니는 "CCTV 떼어내면 그 다음날 공장을 그만둘"(273) 생각이다. 왕언니는 "사장이 나쁜 짓 하면 또 싸워야 할 텐데 애끓는 짓은 더 이상 하고 싶지 않"(273)은 것이다. 공장을 그만둔 후에는 "농사를 짓고 싶"(273)어 한다. 먹거리를 사다 먹는 자식들에게 용돈을 얼마씩이라도 받고 "좋은 음식을 먹이면서 살고 싶"(273)기 때문이다. 심지어 여공의 존엄을 상징하던 매개물과도 같았던 박스 조각은 "망령 들었느냐고 했던 남편과 공장을 그만두라고 다그쳤던 자식들에게 자신이 옳았다는 것을 보여주면서 자랑"(271)하기 위해 방 벽에 붙여질 예정이다. 『건너간다』에서도 여성 노동자는 투쟁의 성공에도 불구하고, 어머

22 이전에도 왕언니는 「공장의 불빛」을 읽고 "아유, 우리도 평생 그렇게 살았으니 얼마나 바보예요. 우린 노예예요. 그렇죠?"(82)라고 말했다. "왕언니는 눈물까지 흘려가며 고맙게 읽었다고 말했"(82)던 것이다.

니의 자리에 주저앉고 마는 것이다. 왕언니는 각성된 노동자로 현장에 남는 것이 아니라 자애로운 할머니로 공장을 떠난다. 자신의 존재를 인정받기 위해 치열한 투쟁을 벌인 결과는 아이러니하게도 공장에서 벗어나는 것으로 귀착되고 있음을 볼 수 있다.

4. 오래전부터 요청된 과제, 여전히 요청되는 과제

이인휘는 단편집 『폐허를 보다』와 장편소설 『건너간다』를 통해서 여공이라는 한국사회의 핵심적 존재들을 입체적으로 보여주고 있다. 그 몫을 부인당한 채 보이지 않는 취급을 받은 존재들에 대한 조망이라는 사실 하나만으로도 분할 논리의 중지와 보편성의 구성으로서의 정치를 서사화한 작업으로 고평할 수 있다. 거기에 덧보태 이인휘가 재현한 여공의 모습에는 과거와 현재라는 시간의 통시성과 그 내면의 진정성과 허위의식까지를 아우르는 공시성의 광장이 밀도 있게 펼쳐져 있다. 1970~80년대 리얼리즘 문학 이후로 맥이 끊기다시피 한 여공문학의 한 이정표를 세웠다고 해도 과언이 아닌 성취를 보여주고 있는 것이다.

「그 여자의 세상」은 지나친 성적 대상화의 문제가 있기는 하지만, 여홍녀를 통해 1970~80년대 가난하고 못 배운 여공의 삶을 역사적 실제에 부합하는 모습으로 형상화하고 있다. 「공장의 불빛」과 「폐허를 보다」에서는 생계의 극한지점으로 내몰린 여공들이 부당한 현실과 타협하고

자 하는 나약한 정신을 비판적으로 그리기도 하였다. 그러나 이인휘가 그려낸 여공들은 자신들의 인간됨을 부정하는 자본가에 맞서 자신의 존재 근거를 확보하는 데 성공한다. 그것은 「폐허를 보다」에서는 비장한 자진自盡의 방식으로 드러나기도 하고, 『건너간다』에서는 맞춤법도 틀린 글씨로 쓴 박스 위의 결연한 문구를 통해서 이루어지기도 한다.

그러나 우리의 여공들이 젠더적으로 진정 평등한가 혹은 평등하게 재현되었는가에 대한 의문은 여전히 남는다. 「폐허를 보다」의 정희는 이인휘의 소설에 등장하는 수많은 남성 인물들처럼 과거의 대의를 상징하는 사자死者와 한 몸이 된다. 그러나 남성 인물들이 사자와의 일체화를 통해 새로운 시대를 열어가는 각성된 존재가 되는 것과 달리 정희는 남편의 꿈을 상징하는 굴뚝 위로 올라가 자신의 삶을 마감한다. 또한 『건너간다』에서 왕언니를 비롯한 늙은 여공들의 결연한 투쟁에는 '나'의 그림자가 너무 진하게 드리워져 있다. 더군다나 사장에게 사과까지 받아낸 투사 왕언니가 동료 여공들과의 우애와 연대를 벗어나 어머니의 길을 선택한다는 것은 무척이나 안타까운 일이다. 우리는 이미 실제 역사와 여공들의 여러 수기를 통하여 여공들이 얼마나 주체적이며 강인한 존재인지를 확인해온 바이다. 따라서 여공들에 대한 이러한 형상화에는 여전히 여공을, 남성 노동자들의 지도가 필요한 주변적인 존재로 파악하는 인식이 드리워진 것은 아닌가 생각해볼 수도 있다. 여공들 역시 스스로 해방을 가져올 수 있는 존재라는 사실, 이에 대한 분명한 자각은 아주 오래전부터 요청된 것이지만,[23] 지금도 여전

23 노동(운동)과 관련하여 여성을 주변적인 존재로 파악하는 문제점은 식민지 시대 최고의 노동소설로 꼽히는 한설야의 『황혼』(1936)에도 나타난다. 『황혼』은 도제식 구성방식

히 요청되는 여공문학의 중요한 과제이다.

(2018)

(Structure of Apprenticeship)을 취하고 있으며, 이러한 구성방식은 여순을 중심으로 한 '경재-여순-준식'의 삼각관계 서사에서 선명하게 드러난다. 여순은 부동하는 지식인에서 각성된 노동자로 변모하며, 이 과정의 내적인 갈등과 번민이 소설의 상당 부분을 차지한다. 자본가의 하수인으로 전락하는 경재와 자본가와 맞서 싸우는 노동자 준식이 사이에서 여순이 느끼는 갈등은 곧 계급 갈등의 상징적 반영이다. 결국 여순은 경재와의 사랑 대신 준식을 선택하며, 이러한 선택은 이념적 선택과 결부되어 있다. 이러한 여순의 변화에는 준식의 도움이 결정적인 역할을 한다. 이러한 도제식 구성에서 눈여겨볼 것은 스승과 제자가 철저하게 성별화(스승-남성, 제자-여성)되어 있다는 점이다. 여성 인물들의 의식화 과정은 긍정적이든 부정적이든 남성인물을 매개로 해서만 이루어진다. 『황혼』에서 여성인물과 남성인물의 사제 관계를 보여주는 대표적인 소재는 '책'이다. 『황혼』에서 남녀 관계의 구체적인 풍경으로 등장하는 것은 여성들이 남자로부터 받은 책을 읽는 모습이다. 여순은 경재가 준 책을 읽거나 준식이 준 책을 애써서 읽을 뿐이다. 경재와 여순, 준식과 여순 관계뿐만 아니라 분이와 준식 사이에서도 그 매개가 되는 것은 책이다. 가르치고 배우는 자, 이것이 여순과 다른 남성인물 사이의 기본 관계이다. 여순(여성)은 정치적으로 각성된 존재가 되지만, 그것은 어디까지나 준식(남성)의 지도에 의한 것이다. 『황혼』에는 성별화된 도제 관계에서 벗어난 여성인물인 정님도 등장한다. 자율적인 존재로서의 정님이 지니는 성격은 자신을 향해 '더럽다'는 욕설에 가까운 충고를 하는 학수를 향해 던지는 정님의 "내게는 학수 씨 같은 깨끗한 사람이라도 척척 쓰레기통에 내던지는 자유"가 있으며, "어떠한 사람에게 매달리는 그런 따위 인간과는 철저히 다르"다는 말에 잘 나타나 있다. 그녀는 도제 관계에서 벗어나 자율적인 의지와 욕망을 지닌 존재인 것이다. 그러나 『황혼』의 이념적 중심인물인 준식은, 정님을 "고학생훤가 여성운동인가에도 삐쳐본 일이 있"는 "상당히 말썽 많은 괴물"로 규정한다. (졸고, 「한설야 소설에 나타난 여성 표상 연구」, 『현대소설연구』 38, 한국현대소설학회, 2008, 245~267쪽 참조)

제6장

종언론에 맞서는 새로운 작가들

김중혁, 김애란, 김재영, 이기호, 김미월

1. '문학의 죽음'이라는 괴물

'문학의 죽음'을 선고하는 유령이 문학판을 서성이고 있다. 마치 문학의 죽음에 대해 논하는 것이 문학에 대한 가장 수준 높은 논의인 것처럼 행세하는 아이러니한 시기를 지나고 있는 중이다. 지금은 그러한 논의마저 힘을 잃은 느낌이다. 이는 한국문학이 새롭게 활성화되었기 때문이라기보다는, 이제 '문학의 죽음'이라는 테마는 어느 정도 문학을 업으로 하는 이들에게 내면화되었기 때문이 아닌가 한다. 문학의 권능이라든가 위의威儀를 핏대 세우며 말하는 이들도 우리 주위에서 좀처럼 찾아볼 수 없다. 그러한 빈 자리는 낯설지만 화려하기 이를 데 없는 각종 문화담론이 채우고 있는 느낌이다.

그럼에도 문학은 죽지 않았다. 그렇게 말할 수 있는 것은, 문학의 죽음을 선언하는 최종 판정은 대중(이 말 역시 민족이나 계급이라는 말만큼 추상적이다)과 자본의 논리가 내리는 것이 아니라, 작품의 질과 그것을 담보하기 위해 자신의 운명과 자존을 걸고 있는 치열한 예술혼만이 내릴 수 있는 것이기 때문이다. 그러한 치열함의 한 영역을 차지하고 있는 이들이 2000년대 이후에 등장한 신세대 작가들이다. '전통 지향성'과 '새 것 지향성'의 길항을 통해 발전하는 것이 문학이라면, 새로운 에너지와 의식으로 문학에 활기를 불어넣어주는 것은 언제나 신세대들의 몫이다. 한 유명 계간지(『창작과비평』, 2006.여름)에서 이들에 대한 특집을 묶어내는 것을 보더라도, 이들은 자신들만의 고유한 색깔과 몸짓을 조금씩 확보해 나가고 있는 것으로 보인다.

이 계절에 발표된 신세대들의 작품 중에는 현실의 문제에 대하여 발언한 것들이 여러 편 있었다. 그동안 많은 평자들[1]이 문학의 죽음에 대한 주요한 논거로 현실과의 단절을 꼽아왔던 것을 생각한다면 조금 이례적인 일이 아닐 수 없다. 신세대들이 현실에 대하여 사유하고 발언하는 방식은 소재에 있어서나 문학적 기법에 있어서나 이전의 소설과는 다르다. 이 글에서는 비교적 젊은 작가들이 창작한 소설들에 나타난 새로움과 그것의 의미에 대하여 살펴보고자 한다.

1 김명인(「단자, 상품, 그리고 권력」, 『자명한 것들과의 결별』, 창비, 2004, 239~240쪽)은 2000년대 문학의 특징으로 "파편화, 왜소화, 쇄말화로 요약될 수 있는 문학의 자기위축 혹은 자기모멸"을 들고 있다. 이광호(「혼종적 글쓰기 혹은 무중력 공간의 탄생-2000년대 문학의 다른 이름들」, 『문학과사회』, 2005.여름, 167쪽)도 "2000년대에 와서 공식적인 글쓰기를 시작한 작가들의 경우는, 상대적으로 정치적 죄의식과 역사적 현실의 중력과는 무관한 자리로부터 글쓰기의 존재를 설정할 수 있게 된 것으로 보인다"고 말하고 있다. 이러한 견해들은 모두 현실과의 구체적인 관련성을 상실했거나, 설령 관련성이 있더라도 그것이 개인의 내면적인 차원에서만 이야기되고 있는 것을 2000년대 소설의 주요한 특징으로 꼽고 있는 것이다. 다른 평론가들의 입장도 여기서 크게 벗어나지는 않는다.

2. 백수들의 세계

지금까지의 2000년대 신세대 소설들은 현실과의 구체적인 관련성 속에서 쓰인 것이었다기보다는 상상 공간 속에서 순수한 감각이나 실재, 혹은 욕망의 세계를 탐구하는 것들이 대부분이었다. 정신분석학적 용어를 빌려 말하자면, 현실과 조우하기 이전의 상상계the Imaginary에서 자신들만의 상상지도를 맘껏 펼치고 있었다고 말할 수도 있다. 김중혁의 「유리방패」(『창작과비평』, 2006.여름)는 그러한 상상계를 벗어나 상징계the Symbolic로 나아가는 과정의 우여곡절을 그리고 있다는 점에서 작가 개인에게서나 2000년대 소설사에서나 의미 있는 작품이다.

청년실업 문제를 다루고 있는 「유리방패」는 "우리는 지하철 의자에 앉아서 헝클어진 실타래를 풀었다"[2]라는 문장으로 시작된다. 이 작품의 기본적인 주어는 '나'와 'M'을 포함하는 '우리'이다. 모든 생활을 함께 하는 둘의 관계는 자아와 거울상specular image간의 이자관계dual relation라 부를 만 하다. 나(a)에게 M(á)은 상상적 타인이며, M(a)에게 나(á) 역시 상상적 타인이다. 면접장에도 반드시 함께 들어가야 하는 둘은 "분리될 수 없는 사이"이며, "동전의 앞면과 뒷면이거나 한 사람의 앞모습과 뒷모습"(96)이다. 두 사람의 대화는 둘의 사이를 가장 선명하게 보여주는데, 그것은 대화라기보다는 하나의 독백이다.

30번이 넘는 입사시험에서 떨어진 스물일곱 살의 청년들은 컴퓨터

2 김중혁, 「유리방패」, 『창작과비평』, 2006.여름, 94쪽. 앞으로 본문 중에 이 작품을 인용할 때는 쪽수만 표시하기로 한다.

게임 회사에서의 면접에서 실타래를 푸는 이벤트를 펼치다 실타래가 엉켜 진땀만 뺀다. 그들은 돌아오는 지하철에서 그 색실을 펼쳐놓았다가 순식간에 "거리의 예술가들"(110)이 되어 버린다. 이들의 예술은 고작 상상계에서의 장난 정도에 머물고 마는데, 지하철에서 예술전문기자와 인터뷰를 할 때는 라면 대신 구입한 플라스틱 칼과 방패를 들고 칼싸움을 할 정도이다. 유명인사가 된 그들은 광고회사의 신입사원 면접관이 되지만, 그들의 행동은 폭죽을 터뜨리게 하거나, 응원가를 부르게 하게나, 자신들을 웃길 것을 주문하는 것과 같이 이전의 행동에서 달라지지 않는다.

이들은 실패에 중독된 입장에서 실패중독자들을 위로해주는 입장이 되었다고, 즉 "누군가의 방패"(118)가 되었다고 기뻐하지만, 곧이어 그 방패가 단지 "떨어뜨리기만 해도 깨지는", "앞은 환하게 볼 수 있지만 적의 공격을 막을 수는 없는", "매일매일 깨끗하게 닦아줘야 하는"(111) 유리로 만들어진 방패임을 깨닫게 된다. 현실의 강고한 논리와 시스템은 면접받는 자에서, 면접하는 자의 위치로 변했다고 해서 변할 수 있는 것이 아니었던 것이다. '우리'는 면접장에서, 혹은 지하철에서 펼쳐왔던 그 많은 예술들이 하나의 '유리방패'에 불과했음을 깨달았다고 볼 수 있다.

이제 그들은 더 이상 상상계에서의 놀이만으로는 해결할 수 없는 극점에 다다른 것이다. M과 이렇게 버스를 타고 가는 것도 마지막일지 모른다는 생각"이 들고, "발목에 묶여 있던 끈이 우리도 모르는 사이 스르르 풀어져버린 것 같은, 그런 기분"(120)을 느끼는 것도 이러한 깨달음에서 비롯된다. 「유리방패」는 "정확히 이름붙일 수 없는, 언제부터 언제까지라고도 말할 수 없는, 내 삶의 어떤 한 시절이 지나가는 중이라고, 나는 생각했다"(120)라는 문장으로 끝난다. '우리는'으로 시작했던 소설이, '나는 생각했다'로 끝나는 것이다. 이 '나'를 상상계적인 타인들과 맺는 나르시시즘적인 관계를 끊고, 현실과 구체적으로 맞대응하기 위해 첫걸음을 뗀 존재로 새겨볼 수는 없을까?

김애란의 「성탄특선」(『문학과사회』, 2006.여름)은 풍요와 행복의 상징인 크리스마스 날을 배경으로 하여, 젊은이들의 궁핍을 그려내고 있는 작품이다. 소설은 오누이 사이인 여자와 사내가 겪는 각각의 이야기로 이루어져 있다. "집안 사정이 어려워서"[3] 몇 년째 함께 살고 있는 이들의 방은 "사랑해"라는 사랑 고백에 "씹탱아! 그게 아니잖아! 저 새낀 항상 저래"(182)라는 아이들의 소음을 들어야 하는 생존만이 가능한 공간이다. 사내는 여자친구와 그런 방만을 전전하다가 지금은 혼자 크리스마스를 맞는 처지가 되었고, 동생은 남자친구와 네 번째 크리스마스를 함께 보내고 있는 중이다. 그러나 함께 보내기는 이번이 처음인데, 첫 번째 크리스마스에는 입고 나갈 옷이 없어서 여자가 낙향을 했고, 두 번째 크리스마스에는 남자가 돈이 없어 여자를 피했으며, 세 번째 크리스마스에는 헤어져 있었기 때문이다. 헤어졌던 이유가 여자는 취업 준비로 힘들고, 남자는 야근과 과로 때문에 마음을 쓸 수 없었기 때문이라는 것을 생각한다면, 이들이 크리스마스를 함께 할 수 없었던 것은 결국 모두 가난 때문이다.

처음으로 함께 보내는 네 번째 크리스마스지만 가난의 그림자는 여

3 김애란, 「성탄특선」, 『문학과사회』, 2006.여름, 181쪽. 앞으로 본문 중에 이 작품을 인용할 때는 쪽수만 표시하기로 한다.

전히 무겁게 드리워져 있다. 그들은 함께 머물 모텔을 찾아 종로에서 시청으로, 다시 서울역에서 영등포로 갔던 것인데 그곳에는 모두 방이 없다. 정확하게 말하자면, 최첨단 시설의 'LOVE'라는 모텔을 발견하기는 하지만 남자의 한 달 월세와 맞먹는 삼십만 원이라는 하루치 숙박료 때문에 그들은 습관처럼 나올 수밖에 없었다. 이때 모텔 이름이 그토록 그들이 원하는 'LOVE'라는 것은 의미심장하다. 결국 그들은 신길을 지나 구로 공단 근처까지 와서 동남아 근로자들이 주로 애용하는 여인숙에 이르지만, 그 곳의 불결함에 차마 사랑을 나누지 못하고 여자는 다시 오빠가 자는 방으로 돌아오게 된다.

집요하다고 할 정도로 궁핍의 세목들이 나열되고 있는 「성탄특선」은 독자를 비애나 억울함의 정조로 이끌지는 않는다. 궁핍한 현실을 철저히 객관적인 시선에서 바라볼 뿐이다. 그러한 객관적인 시선에는 유머가 동반되어 있다. 이들이 나누는 가난한 사랑에는 "가난하다고 해서 외로움을 모르겠는가"로 시작되는 신경림의 「가난한 사랑 노래」에서 볼 수 있었던 애달픔과 서러움의 정서는 물론이고, 이청준의 「눈길」이 보여주었던 '가난은 수치스러운 것'이라는 근대적인 인식도 없다. 김애란의 「성탄특선」은 궁핍을 말하되, 쿨cool하게 말하고 있는 것이다. 이러한 쿨함은 어디에서 기인하는 것일까? 그것이 세상을 달관한 자의 여유에서 온 것이 아니라면, 그것은 어떻게 해도 벗어날 수 없이 견고해진 현실의 가난에 대한 21세기적 절망의 표현으로 새겨볼 수도 있다.

김재영의 「십오만 원 프로젝트」(『실천문학』, 2006.여름)의 '나'는 처자가 딸린 처가살이하는 가장(?)이다. 이로 볼 때, 똑같은 실업의 문제를 다루더라도 이 작품이 미혼의 청년들이 주인공이었던 앞의 작품들과는 다른 차원에서 현실의 세부를 파고 들게 되는 것은 당연하다. 병원에서 시체와 함께 보내는 일을 하다 해고당한 '나'는 소방공무원이라도 되겠다며 고시원 계단을 오른 지 3년이 되도록 시험에 합격하지 못한다. 간호조무사였던 아내마저 자신의 블라우스 안으로 손을 들이미는 수간호사의 손길을 거부하다가 직장에서 쫓겨난다. 아내는 대신 학습지일을 시작하지만, 그것은 시취尸臭가 날 만큼 힘든 일이며, 끊임없이 유령회원들을 만들기까지 해야 하는 일이다. 제목인 '십오만 원 프로젝트'란 처가살이를 하는 '나'가 어렵게 장만한 십오만 원으로 시장통에서 정육점을 하는 장인의 허영과 자존심을 만족시키기 위해 이벤트를 벌이는 것을 말한다. 그것은 장인과 장인의 친구 몇 명을 모시고 하루 동안 관광을 시켜드리는 일이다.

그 이벤트 도중 잠시 잠이 들었을 때, 주인공이 꾼 꿈을 통해 작가는 처참하다고까지 할 현실에 대한 자신의 메시지를 살짝 드러낸다. 그 꿈의 배경은 앙코르와트의 사원인데, 그곳은 "끝도 없는 혹독한 노동과 살을 가르는 매서운 채찍이 이어"[4]지는 곳이다. 그곳의 일꾼이 된 '나'는 "아무리 노예라도 쉬어야 또 일할 거 아냐!"(435)라며 항의를 해보지만, 돌아온 대답은 그들은 노예가 아니라 선택받은 자들이라는 것이다. 오히려 '나'는 "이 일자리 기다리다 굶어죽는 사람 천지잖아"(435)라는 말을 듣는다. 「십오만 원 프로젝트」는 "순간 세상이 지진 난 것처럼 심하게 흔들렸고, 자동차는 중앙선을 침범해 질주하고 있었다"(438)는 문장으로 끝난다. 과연 그러한 침범이 단순한 '나'의 죽음을 의미하는 것

4 김재영, 「십오만 원 프로젝트」 2006.여름, 435쪽. 앞으로 본문 중에 이 작품을 인용할 때는 쪽수만 표시하기로 한다.

인지, 기존의 현실을 뛰어넘는 탈주의 새로운 신호탄이 될지는 좀더 두고봐야 할 것이다.

3. 할머니의 방, 할머니의 고량주

젊은 작가들이 이 시대를 바라보는 또 하나의 창은 노인들이다. 이기호의 「할머니, 이젠 걱정 마세요」(『창작과비평』, 2006.여름)는 일종의 액자소설이다. 내화는 할머니가 들려주는 이야기이고, 외화는 현재 글쟁이인 '나'의 이야기이다. 보통의 액자소설과 다른 것은 외화의 인물인 '내'가 내화 속에 수시로 개입해서 할머니와 함께 새로운 서사를 만들어 나간다는 것이다. 이것을 가능케 하는 것은 환상이다.

치매에 걸린 할머니가 손자인 '나'에게 반복해서 들려주는 이야기의 골자는 이렇다. 어느 날 사라진 형부가 6·25 때 좌익 우두머리가 되어 백마 타고 동네에 나타나 그 덕에 몇 달간 굶지 않고 살았는데, 그 후 전세가 역전되어 언니와 조카들이 몰살당했다는 것. 그런데 아홉 살 된 조카 덕용이 숨겨달라고 찾아오고, 민보단원들이 들이닥쳐서는 조카를 숨긴 아궁이에 불을 지피게 했다는 것이다. 그런데 덕용이의 얘기는 환상적 수법을 통해 오늘로 연결된다. 귀신이 된, 덕용의 누나들은 '내'가 덕용이인지 알고, 오늘까지도 '나'에게 들러붙어 있는 것이다. 분단의 상처가 오늘까지 이어지고 있음을 나타내는 이러한 설정으로 인해, 덕용이의 존재는 '나'에게도 중요한 문제가 된다.

덕용이의 삶이 할머니에게는 엄청난 부담으로 남아 "이제는 사라져 버린 '갸'를 위로하기 위해 그렇게 같은 이야기를 하고, 또 하고, 또 반복"[5]한다. '나'는 이제 자신이 할머니를 위로하기 위해 둘의 연극에서 아궁이 역할을 하는 장롱과 벽 사이에 들어가 "이제 다 괜찮다고, 하나도 뜨겁지 않다고, 그러니 이제 걱정 마시라고"(92) 말하려 한다. 이 소설에서 서사가 이루어지는 공간인 "화로와 요강과 벽장이 있는 방"(76)은 할머니와 손자, 산 자와 죽은 자, 과거와 현재가 어우러지는 일종의 축제적 공간이다. 그 곳은 해원解冤의 광장이자, 위로의 밀실이다. 결국 위로로서의 말하기는 할머니의 서사인 동시에 이야기로 밥을 벌어먹고 사는 "(77) '나'의 글쓰기였던 것이다. 거창하게 말하자면, 전쟁의 참상을 전하는 것도 아닌, 어느 한 쪽의 이데올로기를 전파하는 것도 아닌, 그렇다고 진실의 복원을 꿈꾸는 것도 아닌, 단지 한 상처받은 영혼의 위로를 위한 분단소설이 바로 이기호의 「할머니, 이젠 걱정 마세요」인 것이다.

김미월이 쓴 「유통기한」(『창작과비평』, 2006.여름)의 그는 좋아하는 선배의 뒤를 이어 위안부 출신 할머니 두 명을 돌보는 봉사활동을 시작한다. 봉사활동의 구체적 내용은 셋째 주의 목요일 오후 두시, 위안부 할머니 두 명을 찾아가서 『반야심경』을 읽어주고, TV를 보고, 저녁을 함께 먹고 돌아오는 일이다. 그런데 '위안부 할머니'라는 무거운 소재를 다루는 작가의 태도는 발랄하다. 소녀 시절 고국을 떠나 중국에서 오십여 년

5 이기호, 「할머니, 이젠 걱정 마세요」, 『창작과비평』, 2006.여름, 85쪽. 앞으로 본문 중에 이 작품을 인용할 때는 쪽수만 표시하기로 한다.

을 살다가 돌아온 두 명의 할머니는 "팔다리에 일본군에게 난자당한 흉터를 가지고 있지"도 않으며, "악명 높은 606호 주사 자국이 있는 것도 아니"[6]다. 현재의 모습도 위안부 출신 할머니에 대한 일반적인 표상을 벗어나는데, "십오 년째 매주 수요일마다 진행되어 왔다는 일본대사관 앞 시위에도 관심이 없을뿐더러, 하다못해 독도 영유권 문제로 매스컴이 떠들썩할 때에도 홈쇼핑 채널 따위에 멍한 눈을 주고 있기 일쑤"(194)이다. 이 작품에서 위안부 할머니들은 어떠한 공식화되고 엄숙한 표상에서도 벗어나 독한 고량주와 기름기로 번들거리는 비계와 함께 존재할 뿐이다.

그런데 왕 할머니가 장충단 공원에 가자고 하면서, 할머니들의 과거가 서사의 전면에 등장한다. 장충단 공원은 67년 전 한 소녀가 이웃 아저씨에게 속아 위안부로 끌려간 곳이다. 왕 할머니는 예쁘게 생긴 열세 살 소녀를 보자, "오지 마, 오지 마라. 여긴 오면 안돼"(201)라며 소녀의 전 생애를 가로막을 듯한 단호한 눈길로 팔을 휘젓는다. 왕 할머니는 "왜놈들이 자신의 허파를 떼어내고, 콩팥도 도려냈다고 식식"(201)거리는데, 이때의 허파와 콩팥은 잃어버린 청춘에 대한 하나의 비유일 것이다. 조 할머니도 "나는, 죽는 것보다, 더하다"(202)고 말한다. 이 순간 그 어떤 표상으로도 포착되지 않던 할머니들의 고통이 현재 속에서 새롭게 살아나며, "모든 물건에는 유통기한이 있다. 그러나 사람이 살아가는 데에는 유통기한이 없는 것도 있을 것이다"(202)라는 깨달음에 이른다. 마트에서 유통기한을 조작하는 아르바이트를 하면서 깨달은 것이지만, 본래 "유통기한에는 과거가 없"(191)기 때문이다.

6 김미월, 「유통기한」, 『창작과비평』, 2006.여름, 194쪽. 앞으로 본문 중에 이 작품을 인용할 때는 쪽수만 표시하기로 한다.

그럼에도 이 소설은 희망과 밝음의 끈을 놓지 않는데, 고통의 유통기한만 없는 것이 아니라 희망에도 유통기한이 없다는 가능성이 암시되기 때문이다. 그것은 할머니들의 삶과 함께 다루어지는 '그'의 삶을 통해서이다. '그'는 2년 전만 해도 다재다능함을 보이던 뛰어난 소년이었다. 그러나 아버지의 바람, 교통사고로 인한 어머니의 죽음 등을 거치며 점점 무능력한 인간이 되어 간다. 그런 그에게 놀라운 일이 벌어진다. 한달이 넘게 자신의 집 앞에 신문을 놓고 간 사람이, 이 년 전 어머니 차 앞으로 뛰어든 자전거 위의 사내아이라는 것을 알게 된 것이다. 소년은 "제가 드릴 수 있는 게…… 이것밖에 없어서"(203) 신문을 놓고 도망갔던 것이다. 김미월은 「유통기한」에서 삶의 어두움과 그것을 극복할 수 있는 삶의 희망을 잘 반죽해놓고 있다.

4. 유머에 의해 걸러진 잿빛 세상

김중혁, 김애란, 김재영, 이기호, 김미월의 소설은 각기 '청년실업', '6·25', '일본군 위안부'라는 문제를 다루고 있음에도 시종일관 밝음을 잃지 않는다. '편집증적 유머'라는 말이 생각날 정도로 이들에게 현실은 유머에 의해 한번 걸러진 채 드러나고 있다. 이기호의 소설에 등장하는 치매에 든 할머니의 행태라든가, 김미월의 소설에 나오는 이쑤시개처럼 촘촘히 놓여 있는 고량주 등이 그러한 대목이다. 그동안 현실을 말하기 위해 현진건이 아이러니를, 최서해가 광기를, 이상이 위트를, 조세희가 환상을 이용했다면, 2000년대 신세대들은 유머를 이용하고 있다고 말해도 과언이 아닐 정도이다. 이들의 유머가 김유정의 해학과 다른 것은, 김유정의 해학이 야멸찬 근대의 탁한 공기 속에 자신의 영혼을 노출시키지 않은 순박한 자들의 맑은 정신에서 비롯된 것이라면, 신세대들의 유머는 미세먼지로 인해 자신의 한쪽 폐를 잘라낼 수밖에 없는 자들이 현실을 그리고자 할 때 탄생하는 것이라는 점이다. 그것은 아무도 쉽게 현실 너머를 사유할 수 없는 현재의 시점에서 현실을 사유하는 하나의 새로운 방법으로 의미부여 할 수도 있지만, 언제든지 값싼 위악의 제스처로 전락할 수 가벼운 말장난으로 부정평가될 수도 있다.

'문학의 죽음'이라는 처음의 얘기로 돌아가보자. 연일 흥행신기록을 깨고 있는 봉준호 감독의 〈괴물〉이라는 영화에서 딸은 괴물에 의해 거대한 하수도의 맨홀 속에 갇힌다. 그런데 끝내 딸을 구해내는 것은 경찰도, 군인도, 방송국도, 인권위도 아닌, 아무런 힘도 없는 가족이다. 그들이 가진 힘은 고작 사랑이라는 낯간지러운 그 흔한 이름 하나뿐이었는데도 말이다. 오늘 문학에 다시 숨을 불어넣고, 사람들이 모인 넓은 뜨락의 한 켠에 자리잡게 하기 위해서 필요한 것도 바로 그 사랑일 것이다. 그리고 그 사랑은 바로 문학과 자신의 운명을 함께 하고자 하는 자들의 뜨거운 영혼에서부터 시작될 것이다.

(2006)

제7장

막무가내 할머니에서 사마르칸트의 소녀까지

윤영수, 정이현, 김윤영, 안덕훈, 이기호, 박상우, 박진규, 허혜란

1. 가족의 다양한 빛깔

윤영수의 「광고맨 강과 그의 사랑하는 아들」(『문학사상』, 2006.8)의 화자인 '나'는 광고맨 아버지(강희명)와 큐레이터인 어머니(신혜수)를 둔 중학생 소년이다. 그는 심지훈과 최지훈을 거쳐 현재는 강지훈이라는 이름을 갖게 된 입양아이다. 지훈의 집에 강희명이 열 살 때 집을 나갔던 할머니가 33년 만에 나타난다. 어머니의 부재로 신산한 삶을 살아온 강희명은 어머니에게 "어머니로서 아무런 희생도, 역할도 하지 않고 지금 와서 부모니 자식이니 핏줄을 앞세운다는 건 말이 안 돼요"[1]라며 자신 앞에 나타나지 말 것을 주문하지만, 할머니는 조금도 개의치 않으

1 윤영수, 「광고맨 강과 그의 사랑하는 아들」, 『문학사상』, 2006.8, 110쪽. 앞으로 본문 중에 이 작품을 인용할 때는 쪽수만 표시하기로 한다.

며 온갖 무례한 행동을 일삼는다. 나중에는 만화방 아저씨와 조직폭력배로 보이는 자신의 두 아들마저 데리고 온다. 할머니와 삼촌들은 남들에게 폐를 끼치는 것에 대해서는 아무런 고려를 하지 않는 단순함을 가지고 있으며, 특히 할머니는 거짓말을 즐긴다.[2] 할머니 때문에 어머니인 신혜수는 집에 돌아오지 않는다.

여기까지는 가족이라는 허울뿐인 이름(할머니, 삼촌들)이 개인(강희명, 신혜수)의 삶을 얼마나 피폐하게 만드는지를 고발하는 소설로 읽기에 딱 좋은 설정이다. 그러나 다른 남자의 아이를 가진 신혜수의 다음과 같은 깨달음으로 인해 「광고맨 강과 그의 사랑하는 아들」은 새로운 빛깔을 지니게 된다.

> "우습게도 할머니 덕에 깨달았어. 할머니 때문에 밤새 갈등하는 아빠를 보면서. 삼십여 년이나 지난 후에도, 저렇게 미워하고 증오하면서도 단칼에 잘라낼 수 없는 관계가 부모자식이구나 하는 거. 왜 그동안 내가 불안했는지 알 것 같았어. 가정을 이루고 살면서도 남편과 한 몸으로 묶일 끈이 없다는 게, 끊을 수 없는 끈이 없다는 게 바로 외로움의 정체였어." (135)

가족의 뿌리는 부모자식 관계이며, 그것은 천륜이어서 결코 잘라낼 수 없다는 것. 그렇기에 예의와는 담을 쌓은 부모 형제일지라도 결코

2 할머니는 '그랬으면 좋겠다'를 '그렇다'고 말해버린다. 강희명에 의해 "할머니의 몸에 젖은 거짓말"은 "과장, 축소, 사람의 한계를 뛰어넘는 엉뚱한 상황 설정" 등으로 인해 자신이 업으로 하는 "광고의 본질"(131)로 설명되기도 한다.

내치거나 끊어버릴 수 없다는 것. 이것이 막무가내 할머니가 전달하고자 하는 가르침인 것이다. 이러한 말씀은 핏줄을 지나치게 강조하는 전근대적인 도덕으로의 회귀가 아닐까. 이를 막아주는 것이 바로 입양아 '나'이다. 모든 것에 지쳐 외국으로 나가려는 아버지에게, '나'는 아버지는 물론이고 평생 등에 들러붙어 떨어지지 않을지도 모르는 할머니와 삼촌들마저 받아들이겠다는 각오를 밝히는 것이다. 아버지는 결국 '나'의 각오에 마음이 움직여 출국을 포기한다. 이러한 서사전개는 핏줄 이전에 서로에 대한 사랑이 있는 한 가족은 계속될 수도 있다는 주제의식을 드러낸다.

이 작품에는 파격적인 소재가 많이 등장한다. 입양과 파양을 경험한 나, 다른 부부와 의논하여 파트너를 바꾸기도 하는 부부, 어머니에게서 물려받은 피를 물려주기 싫어서 정관수술을 한 남자, 결혼한 상태에서 다른 남자의 아이를 가진 여자 등. 그러나 작가가 전해주는 메시지는 '천륜은 끊을 수 없다는 것', 그리고 '사랑이 있는 한 가족은 영원할 수 있다는 것' 등이다. 파격적인 제재와 보수적인 전언의 낙차가 크기는 하지만, 작품의 짜임새 있는 구성으로 인해 그 격차가 낯설게 느껴지지는 않는다.

정이현의 「어금니」(『작가세계』, 2006.가을)는 겉으로 보기에는 너무나도 안락하고 평온한 중산층 가정의 분열과 소외를 드러낸다. 이 소설의 '나'는 K고등학교와 S대 상경대학을 나와 잘 나가는 남편과 외고를 졸업하고 과기대에 다니는 아들이 있는, 마흔아홉 번째 생일을 맞은 가정부인이다. 친척이나 지인들로부터 '대체 부족한 게 뭐냐'라는 질시 섞인 부러움을 받는 이 집에 문제가 발생한다. 그것은 모범생이었던 아들이 교통사고를 내서 동승자가 사망한 것이다. 더군다나 그 동승자는 열여섯의 여자 중학생이며, 아들은 그녀와 원조교제를 하고 함께 술을 먹었던 것이 의심되는 상황이다. 그동안 쌓아온 일상의 달콤함이 무너질 수도 있는 위기의 순간, 그녀의 남편은 "차마 짐작하기 힘든 곳까지 구석구석 연결되어 있"[3]는 학연과 스무 평 아파트를 살 돈을 흔연히 내놓을 수 있는 재산을 바탕으로 아들과 가정을 무사히 구출한다.

『낭만적 사랑과 사회』(2002)에서 요즘 젊은 여성들의 감각과 의식을 드러내는데 한 경지를 보여주었던 정이현은, 「어금니」를 통해 중산층 가정 부인의 감각과 의식을 생생하게 보여주고 있다. 그것은 특히 "올바른 판단기준 따위에는 아무 관심도 없는"(224) 아들을 보호하는 것에만 전념하는 장면을 통해 섬세하게 드러난다. 혹시라도 충격을 받을까봐 아들에게는 사고로 소녀가 죽었다는 이야기는 알리지도 않으며, 메신저 프로그램에 접속해서 그 소녀와의 만남에 대해 묻는 아들의 친구들에게 "아니야. 안 만났어"(235)라는 글을 쓴다. 소녀의 빈소에 찾아간 그녀는 "내 자식의 피를 보았을 때와는 달리 눈물"(236)을 흘리지 않는다. 영정 앞에서 속을 쥐어뜯으며 울음을 토해내는 젊은 여자와 가족들을 보며, "이제 그네들끼리 해결할 문제가 남아 있을 것이다. 타인들의 삶이었다"(236)며 조용히 발걸음을 옮긴다. 삶의 달콤함은 타자의 고통에 찬 얼굴에 눈을 감아야만 하는 비싼 대가를 치룬 후에 가능했던 것이다. "날씨 맑음. 과도한 동물성 지방 섭취를 주의할 것"(222)과 같은 일상적 문구로 가득한 그녀의 일기장은 인간되기를 포기함으로써 가능

3 정이현, 「어금니」, 『작가세계』, 2006.가을, 233쪽. 앞으로 본문 중에 이 작품을 인용할 때는 쪽수만 표시하기로 한다.

했던 것으로 볼 수 있다. 그러나 마지막 문장이 "아마도 나는, 나와 영원히 화해하지 못할 것이다"(238)인 것에서 알 수 있듯이, 그녀는 영원히 자기소외의 상태에서 벗어나지 못할 것이다.

김윤영의 「모성의 재발견」(『한국문학』, 2006.가을)은 「어금니」와 마찬가지로 중산층 여성을 주인공으로 하고 있지만, 서사의 진행방향은 반대이다. 「모성의 재발견」이 중산층의 삶이 강제하는 허위의식에서 벗어나 진정한 삶을 찾는 이야기라면, 「어금니」는 중산층이 가질 수 있는 온갖 혜택에 자신을 맡긴 결과 자기소외에 빠지는 이야기이기 때문이다. 「모성의 재발견」의 하진은 중산층의 삶이 주는 안락함을 벗어나 해남 땅의 '서울피부관리실'에까지 이른다. 하진은 공산품 같은 분위기를 풍기는 외식장소를, 아이에게 성형외과 의사의 꿈을 갖게 하는 삶의 분위기를 견디지 못했던 것이다. "집도 지키고 아이와 내 인생도 다 지키는 삶이란 다른 사람에겐 가능해도 자신에겐 가능하지 않다는 것을, 차라리 집과 아이를 내주고 내 인생을 지켜야 한다는 것을, 내가 진짜 미쳐버리기 전에 내 자신의 목소리를 따르자"[4]는 생각에 그녀는 해남까지 간 것이다. 마지막에 하진의 뱃속에서 꿈틀한 무언가는, 그녀의 선택이 옳았음을 증명한다. 집과 아이까지 버리고 진정한 자기를 찾는 모성이란, 이전에는 볼 수 없던 '모성의 재발견'임에는 틀림없다.

4 김윤영, 「모성의 재발견」, 『한국문학』, 2006.가을, 92쪽. 앞으로 본문 중에 이 작품을 인용할 때는 쪽수만 표시하기로 한다.

2. 경계 밖으로 내몰린 자들

안덕훈의 「남묘호렌게쿄도 신순주」(『실천문학』, 2006.가을)는 '나'가 남묘호렌게쿄도의 신자였던 숙모의 죽음을 계기로 그녀의 삶을 회상하는 내용의 소설이다. 그녀는 홍콩매독으로 시름시름 앓던 남편을 지극정성으로 간호하여 건강하게 만든 양처良妻였지만, 남편이 방앗간에서 아들 갑식이를 구하려다가 피댓줄에 감겨 목숨을 잃던 날 종교모임에 갔다는 이유로 "호랭이꼰가 호랭나비꼰가 땜시로 서방님 한나 잡아묵"[5]은 사람으로 불리우며 모진 대우를 받는다. 아들 갑식이는 그 후 밖에서는 싸움꾼으로, 집안에서는 숙모의 물건을 닥치는 대로 부수는 몹쓸 자식으로 변해간다. 엄마에 대한 반항은 갑식에게 "아버지에 대한 죄책감으로부터 멀어질 수 있는 유일한 통로"(213)였던 것이다. 그리고 숙모의 특별한 종교는 "갑식이 저지르는 모든 악행의 원천으로 간주되어 중세의 마녀재판같이 그녀를 희생양"(213)으로 삼는 패륜을 가능하게 한다. '나' 역시 자신의 타락을 어머니의 탓으로 돌리는 갑식의 말을 늘 수긍해왔는데, 그것은 숙모를 성적 유희의 대상으로 삼았던 죄악을 상계相計하고자 하는 심리 때문이다. 숙모는 소수자의 종교를 믿는다는 이유만으로 가족과 사회의 희생양이 되어야만 했던 것이다. 사촌동생 문주의 "우린 항상 가난한 소수였어요. 그래서 사이비죠"(210)라는 말은 숙모가 처했던 상황을 압축해서 보여준다.

5 안덕훈, 「남표호렌게쿄도 신순주」, 『실천문학』, 2006.가을, 203쪽. 앞으로 본문 중에 이 작품을 인용할 때는 쪽수만 표시하기로 한다.

'남묘호렌게쿄도 신순주'는 영안실에서조차 타자로 남을 수밖에 없다. 남묘호렌게쿄도 신자들이 자신들만의 방식으로 죽음을 맞이하려 하지만, 그것마저도 "여기가 어디라고 사이비 종교 나부랭이가 설쳐!"(209)라며 패악을 부리는 갑식과 교회 사람들에 의해 허용되지 않는다. 이 순간 갑식이 믿는 종교 역시 세계 종교로서의 보편성을 상실한 그들만의 종교일 수밖에 없다. 그러하기에 기도와 찬송가 소리는 "정해진 절차와 형식이 조금 달랐을 뿐 내 귀엔 아까 들었던 '남묘호렌게쿄' 소리와 별반 다를 게 없"(209)다. 숙모에 대한 차별은 마지막 영안실을 지나 화장터에까지 이어진다. 유골함의 명패를 선택해야 하는 순간에, 기독교식, 천주교식, 불교식, 무교식 명패 밖에 없어 신순주는 자신에게 맞는 명패를 선택할 수 없는 것이다. 갑식이의 말마따나 "죽은 사람한테도 사지선다 객관식"(216)을 강요하는 한, 뼛가루가 되어서도 남묘호렌게쿄도 신순주는 사회로부터 소외된 소수자로 머물 수밖에 없다.

이기호의 「국기게양대 로맨스」(『작가세계』, 2006.가을)는 작가의 여느 작품처럼 특이한 상황설정으로 인해 유머를 자아내지만, 다 읽은 후에는 착잡한 기분을 느낄 수밖에 없는 작품이다. 새벽 세 시에 한 남자가 "신발과 양말을 벗고, 양 손엔 빨간 고무장갑을 끼고, 입에는 면도칼을 하나 문 채, 낑낑거리며 국기게양대 정상 근처까지 기어 올라"[6]가고 있다. 그는 일주일 전부터 국기를 떼다 파는 아르바이트를 하는 시봉이로, 오늘도 아르바이트에 나선 것이다. 그런데 왼쪽 국기 게양대에는 이미 한 남자가 올라와 있다. 이 남자는 "국기게양대를 사랑하"(209)는

6 이기호, 「국기게양대 로맨스」, 『작가세계』, 2006.가을, 202쪽. 앞으로 본문 중에 이 작품을 인용할 때는 쪽수만 표시하기로 한다.

사람이다. 그런데 남자가 국기게양대에 입맞춤을 끝내기도 전에 넥타이를 맨 30대 중반의 사내가 오른편 국기게양대에 오른다. 사내는 아내를 찾기 위해서 그 기이한 행렬에 동참한 것인데, 사내의 아내는 빚보증을 잘못 선 이후로 말을 잃었고 유일하게 국기게양대와 말을 나누었던 것이다. 남자는 넥타이 사내에게도 국기게양대와 대화를 나눌 것을 제안하고, 사내는 그 제안에 따른다. 남자는 그러고 있으면 저 밑에서 어떤 소리가 들릴 것이라고 말하며, 다급한 목소리로 "왔습니까? 왔어요?"(221)라고 묻는다. 이 질문에 시봉과 넥타이 사내는, "그저 한 명은 큰 소리로, 또 한 명은 조용히, 눈물을 흘"(221)린다.

이 세 사내는 김승옥의 「서울, 1964년 겨울」(『사상계』, 1965.6)에 등장하던 구청 병사계에 근무하던 '나'와 대학원생 '안', 죽은 아내의 시체마저 병원에 팔 수 없을 정도로 가난한 서적 외판원 '사내'를 연상시킨다. 1960년대의 급격한 산업화와 도시화로 인해 사회적 연대감을 상실한 채 고독과 소외에 빠져 방황하던 세 사내가, 40년의 시간이 흘러 국기게양대 위에서 다시 만난 것이다. 고시원 혹은 다세대 주택 반지하로 내몰린 이들은 이제 현실과 환상의 경계 지점에까지 이른다.

또 하나 국기게양대라는 소재는 자연스럽게 국가의 존재의의에 대한 성찰로 이어진다. 국기게양대는 국가의 상징물일 수밖에 없기 때문이다. 그 곳에 올라가 그것을 껴안고 대화를 나누고 입을 맞추는 행위는, 넥타이 사내가 자신들의 행동이 "국가와 뭘 하는 거 같아서", "국보법 같은 거"(220)에 저촉되지 않느냐고 묻는 것처럼 찜찜한 기분을 불러일으킨다. 경제적으로도 인간적으로도 소외의 극단에 선 그들이 국기게양대에 매달리는 것은 그들이 의존할 수 있는 마지막 대상이 국가임을 암시한다. 전혀 이치에 맞지 않는 말처럼 들리는, "그래서 국기게양대도 있는 겁니다. 외로운 사람들 껴안아 주려고요."(219)라는 남자의 말도, 찬찬히 생각하면 국가의 존재이유에 대한 유머러스한 답변이라고 할 수 있다.

3. 세상의 눈물을 마르게 하는 법

세상의 수많은 모순과 문제들로 가득 차 있다는 것은 진지하게 삶을 살아가려는 사람이라면 받아들일 수밖에 없는 가슴 아픈 진실이다. 이 세상은 한번도 파라다이스나 유토피아였던 적이 없기 때문이다. 언제나 이 세상은 소외받은 영혼들과 고통받는 타자들의 눈물로 가득했다. 그렇다면 중산층 가정의 허울 좋은 달콤함 속에서 자기소외에 빠질 수밖에 없는 사람들과, 유골이 되어서도 대우받지 못하는 소수자들과, 국기 게양대에 올라 사랑을 나눌 수밖에 없는 외로운 영혼들을 구원할 혹은 위무할 방법이나 삶의 윤리는 없는 것일까?

박상우의 「야생동물 이동통로」(『세계의 문학』, 2006.가을), 박진규의 「십 원짜리 구원」(『문학동네』, 2006.가을), 허혜란의 「소녀, 수 콕으로 가다」(『문학동네』, 2006.가을)는 나름의 답변을 보여주고 있다. 「야생동물 이동통로」에서 시간강사인 남자로부터 "애완견과 동급이고 기생충과 동격"[7]으로 취급당한다. 남자는 "남보다 나아지고 싶다는 욕망도 없고, 자신을 위한 투자도 없고, 같이 사는 사람에 대한 배려도 없는"(638) 사람으로 장인의 재산 분할 문제를 말하는 자리에서 "전 재산에 관심이 없습니다"(639)라고 말하는 청맹과니이다. 여자는 이런 남자를 개조하기 위해 개 세 마리를 트렁크에 싣고 강원도의 산길까지 간다. 거기서 여자는 남자가 직접 개를 차로 갈아 버릴 것을 요구한다. 그 의식을 통해 남자의 천성을 짓이기고 새롭게 태어날 것을 바라는 것이다. 그러나 남자는 끝내 한 마리의 개도 죽이지 못한다. 대신 여자가 마지막 남은 개를 죽이려는 순간 남자는 차에 깔려 죽고, 여자도 방호벽에 부딪쳐 죽는다. "난 사육당하는 짐승이 아냐. 길들여지고 세뇌받는 로봇도 아냐. 난 그저 큰 욕심 부리지 않고 소박하게 세상을 살고 싶어 하는 사람일 뿐"(638)인 남자가 이 사회에서 용납될 수 있는 인간으로 태어나기 위해서는 세 마리 개의 목숨이 필요했던 것이다. '피로써 피를 씻는 방식'이 여자가 남자에게 제시한 삶의 윤리였던 것이지만, 이 부부의 죽음은 그러한 삶의 윤리에 대해 결코 동의할 수 없는 작가의 시각을 선명하게 보여준다.

박진규의 「십 원짜리 구원」도 「야생동물 이동통로」와 비슷한 주제의식을 보여준다. 혁은 십자가를 사기 위해 인사동에 나갔다가, 자신을 신神이라고 부르는 한 노숙자를 집으로 데려 온다. 혁을 오랫동안 사랑해왔던 경은 그 노숙자(신)를 혁과 자기 사이에 놓인 장애물로 여겨, 기어이 그 노숙자에게 '신'이 아닌 '병신'임을 인식시켜서는 집 밖으로 쫓아버린다. 그때서야 경은 "조금은 행복해진 기분"[8]을 느끼는데, 그 행

7 박상우, 「야생동물 이동통로」, 『세계의 문학』, 2006.가을, 629쪽. 앞으로 본문 중에 이 작품을 인용할 때는 쪽수만 표시하기로 한다.
8 박진규, 「십 원짜리 구원」, 『문학동네』, 2006.가을, 330쪽. 앞으로 본문 중에 이 작품을 인용할 때는 쪽수만 표시하기로 한다.

복은 곧 울음으로 변해 버린다. 혹시 그 울음은 자신의 행복을 위해 타자의 고통에 눈감은 자기 안의 잔인함에 대한 희미한 깨달음에서 비롯된 것은 아니었을까.

허혜란의 「소녀, 수 콕으로 가다」는 운명애amor fati에 해당하는 윤리의 모습을 보여주고 있다. 이 작품의 '그'는 사마르칸트에 유학중인 한국인으로서, 그녀는 삼촌뻘은 되어 보이는 남성과 결혼을 하게 된 소녀의 결혼사진을 찍으며 산다. 이 소녀의 이야기는 원하지 않는 결혼을 했다가 자살하고 만 자신의 누나 이야기와 겹쳐진다. 누나는 결혼을 한 것이 아니라 "기업과 기업처럼 누나와 남자는 합병"[9] 되었다. IT강국으로 어디 가나 우월한 대접을 받을 정도로 경제적으로 월등한 한국인이지만, 심각한 차별과 억압을 받는다는 점에서는 모든 여성이 똑같다. '나'는 "병든 자작나무"(270)가 되어 죽은 누나를 생각하며 그 소녀가 원치 않는 결혼에서 도망칠 것을 요구하지만, 그 소녀는 정확한 한국 발음으로 "고맙습니다"(270)라고 말하며, 그 결혼을 받아들인다. "밧줄을 끊는 것과, 누나처럼 또다른 밧줄로 자기 자신을 끊어내는 것"(270) 이외에, 그 소녀는 밧줄에서 자유로울 수 있는 세 번째 방법을 보여주었던 것이다. 그것은 자신을 억압하는 사회적 구속의 밧줄을 그대로 받아들이는 것이라고 할 수 있다. 혹독한 외부의 억압을 내면의 힘으로 극복해내는 것, 그것이 밧줄을 끊는 세 번째 방식이었던 것이다.

---

9 허혜란, 「소녀, 수 콕으로 가다」, 『문학동네』, 2006.가을, 264쪽. 앞으로 본문 중에 이 작품을 인용할 때는 쪽수만 표시하기로 한다.

4. 한국소설의 다양성

위에서 살펴본 소설들 외에도 이 계절에 주목해보아야 할 소설은 몇 편이 더 있다. 최인석의 「레드박스」(『현대문학』, 2006.10)는 한밤중에 관찰한 똑같은 물체를 사람에 따라 각기 '21ST CENTURY MCNALDO'가 쓰인 기차로, 혹은 '21ST CENTURY PFIBER PHARMACY'가 쓰인 트레일러로, '21ST CENTURY MICROSHAFT'가 쓰인 헬리콥터로 기억하는 것을 통해 보편타당한 진리에의 도달가능성에 의심을 드러낸다. 박형서의 「「사랑손님과 어머니」의 음란성 연구」(『현대문학』, 2006.9)는 독특하게도 논문의 체제를 그대로 소설의 형식으로 가져오고 있다. 이러한 형식실험을 통해 한국소설사의 고전 중 하나인 「사랑손님과 어머니」를 성교를 중심으로 한 알레고리 소설로 새롭게 아니 우습게 해석해 내었다. 문학작품에 대한 해석, 나아가 모든 해석에 대한 조롱을 담고 있는 작품이다. 한유주의 「유령을 힐난하다」(『창작과비평』, 2006.가을)는 문 밖에 서있는 "나일지도, 너일지도, 그리고 당신일지도 모르"[10]는 존재를 통해, 상징화될 수 없는 것들에 대하여 말하고 있다. 유령이란 본래 죽음의 의미가 상징화되지 못한 자들이 아니었던가? 편혜영은 「동물원의 탄생」(『한국문학』, 2006.가을)에서 동물원을 탈출한 늑대와 새떼로 인해 도시 전체가 원초적 공포로 들끓는 동물원으로 변해버리는 이야기를 들려줌으로써, 지난 계절 「사육장 쪽으로」(『창작과비평』, 2006.

10 한유주, 「유령을 힐난하다」, 『창작과비평』, 2006.가을, 130쪽.

여름)에서 보여주었던 동물학적 상상력을 이번 계절에도 계속해서 보여주고 있다.

(2006)

제8장

미니픽션이라는 렌즈를 통해 본 '홀로 살기'의 다양한 빛깔

한국미니픽션작가회, 『혼자, 괜찮아』

1. 대세가 된 홀로 살기

오늘날 1인 가구는 예외가 아니라 범례라고 할 정도로 일반적인 삶의 양식이 되어 가고 있다. 1인 가구 비율은 2014년 31.5%, 2015년 32.1%, 2016년 32.8%로 매년 증가 추세를 보이고 있으며, 2019년에는 1인 가구가 전체 가구 형태 중 1위를 기록할 것이라는 전망까지 나와 있다. 인류는 태고 이래로 단체생활을 해왔다. 수렵 채집 시대는 말할 것도 없고 농경시대에도 대가족은 인간 삶의 기본 단위였다. 근대 이후에도 여러 세대가 함께 사는 대가족 형태는 약화되었지만, 부부 중심의 핵가족은 견고하게 유지되었다. 그러나 21세기 들어서는 핵가족조차 거추장스러운 듯 인간들은 자기만의 삶에 몰두하고 있다. 이제 '홀로 살기'는 문학이 집중해서 성찰해야 할 인간 삶의 핵심적인 테마가 되어 가고 있는 것이다. 이러한 측면에서 한국미니픽션작가회의가 '홀로 살기'라는 주제로 『혼자, 괜찮아』(『미니픽션』 제10집)을 만든 것은 참으로 시의적절다고 할 수 있다.

한국미니픽션작가회는 미니픽션의 전통이 강하지 않은 한국에 미니픽션의 씨앗을 뿌리고 있는 참으로 소중한 단체이다. 10이라는 숫자는 한 단계의 완성과 새로운 시작을 의미한다. 『미니픽션』 제10집 기념호인 『혼자, 괜찮아』는 한국 문단에 미니픽션이라는 장르가 단단한 뿌리를 내리게 되었음을 알려주는 하나의 증표라고 할 수 있다. 20세기 후반 라틴아메리카에서 시작된 미니픽션은 짧은 분량으로 인생과 세상의 본질적 단면을 날카롭게 포착하여 형상화하는 장르이다. 삶의 리듬이 이전과는 비교도 할 수 없이 빨라진 21세기에 미니픽션은 소설 장르의 새로운 전위이자 희망이 될 여지가 충분하다. 실제로도 미니픽션의 작자나 독자는 양과 질 양면에서 나날이 팽창하고 있는 중이다. 이번에 발간된 『혼자, 괜찮아』는 미니픽션이 다가올 시대에 인간과 세상의 겉과 속을 드러내는 서사 장르의 하나가 되기에 충분하다는 것을 확인시켜주는 구체적 실증이라고 할 수 있다.

2. 영원한 '너'와 '나'

모든 인간 문명은 결혼을 '홀로 살기'에서 벗어나는 대표적인 제도로 규정한다. 우리도 예외는 아니어서 '짝'이니 '동반자'니 하는 말은 모두 혼자에서 벗어나 누군가와 함께 인생을 걸어가는 인간을 떠올리게 하는 단어들이다. 그러나 부부관계야말로 인간의 근원적 단자성單子性을 체험할 수 있는 계기가 되기도 한다. 구자명의 「너와 나의 예정된 가을」, 구준회의 「혼밥의 결말」, 김진초의 「하이고」는 부부관계에서 발생하는 여러 가지 모양새의 '홀로 살기'를 형상화 한 작품들이다. 부부는 가장 가까운 인간관계이기에 무촌無寸이지만, 동시에 완전한 타인이기에 무촌일 수도 있는 것이다.

구자명의 「너와 나의 예정된 가을」은 가장 가까운 사이인 부부도 결국에는 '너'와 '나'일 수밖에 없음을 드러낸 작품이다. 작중의 부부는 30년 전의 사르트르와 보부아르처럼 "서로의 독립성을 완전히 보장하면서도 더불어일 수 있는" 계약결혼을 한다. 삼십 년 만기 계약결혼 문서를 작성하여 공증까지 받았지만, 둘은 혼인신고를 하고 아이의 출생신고까지 하며 30년을 무난하게 보냈다. 그러나 '나'는 어느 순간부터 "이게 아니잖아. 아니었잖아……"라는 절규를 하고, 30년 만에 계약결혼 문서까지 꺼내게 된다. '나'는 남편에게 이별을 요구하고, "독립된 공간에서 내가 지난 삼십 년간 잃고 살아온 그 무엇인가를 복원하는 일을 차근차근 해볼 셈"이다. 그러나 그러한 계획을 말하려는 순간 남편이 먼저 사라져 버리고 만다. 남편의 사라짐은 남편 역시 '나'처럼 "이게 아니잖아. 아니었잖아……"를 반복해왔을 가능성을 강하게 암시한다. 결국 「너와 나의 예정된 가을」은 결혼을 하더라도 인간은 근본적으로 고유한 단자일 수밖에 없으며, 그렇기에 굳이 계약결혼을 하지 않더라도 모든 결혼은 기본적으로 계약결혼이라는 점을 보여준다.

구준회의 「혼밥의 결말」과 김진초의 「하이고」는 서로의 거울상과 같은 작품들이다. 「혼밥의 결말」에서 '나'는 아내에게 거의 학대받는 삶을 살아왔다. 아내는 음독자살까지 하며 쫓아다닌 끝에 '나'와 결혼했지만, 그 앙갚음이라도 하겠다는 듯이 결혼한 후 "사사건건 못되게 굴기 시작"한다. '나'와 가족과의 인연도 모두 끊다시피하고, 어머니의 제사도 지내지 않는다. '나'는 "아내를 두고 같이 혼자 밥을 먹는 것과 없어서 혼자 먹는 것은 다르다. 홀로 되어 홀로 밥을 먹는 것이 차라리 정당하며 떳떳할 수 있다"는 생각으로 아내와의 관계를 단절하기로 결정한다.

그러나 마지막으로 부모님의 산소에 다녀온 후 반전이 시작된다. 갑자기 '나'는 아내에게 극존칭을 쓰며 저녁식사를 대접하는 것이다. 그런 날이 계속 되자 반발심에서 시작했던 아내도 의구심을 거쳐 이해와 긍정 그리고 반성과 고마움의 마음까지 갖게 된다. 그리하여 모든 관계가 원만하게 다시 시작되려는 순간에 남편은 진실을 고백한다. 사실 남편은 죽은 어머니의 말을 듣고, 아내를 어머니 삼아 제사상을 차려줬던 것이다. 결국 남편은 이혼을 선언하고, 아내와 남편은 영원한 '너'와 '나'라는 타인으로 남게 된다.

김진초의 「하이고」도 「혼밥의 결말」처럼 극적인 반전이 소설의 묘미를 자아내는 작품이다. 또한 이 작품에는 한국사회의 가난이 실감나게 드러나 있다. '나'는 차상위계층으로 분류되어 긴급지원으로 고시원에 사는 행운을 누리지만 그 행운도 지속되기는 어렵다. 간경화까지 앓고 있는 '나'는 고독사에 대한 뉴스를 보면서 그것을 자기의 일로 받아들인다. '나'는 "부자를 갈라놓은 천하에 나쁜 년, 내 눈에 띄는 날이 제

삿날이다!"라며 "헤어진 아내를 향해 선전포고"를 하고는 주머니에 잭 나이프를 가지고 다닌다. 우연히 '나'는 아들의 뒤를 밟다가 만년위패를 모시는 도심 속 사찰에 발을 들여놓는다. 그러나 그곳에서 아들이 엄마의 제사를 지내는 것을 보고서는, 점퍼 주머니 속 칼끝을 정확하게 자신의 심장으로 겨눈 채 "내 삶의 끝이 부디 이곳에서 이루어지기를" 바라며 있는 힘껏 앞으로 고꾸라진다. 선전포고를 한 아내는 이미 죽은 사람이었으며, 그 사실을 안 순간 아내를 향한 미움과 원망은 자신을 향한 자책과 회한으로 바뀌었던 것이다. 그러고 보면, '나'와 아내의 관계에서 더욱 혹독하게 굴었던 것은 '나'였는지도 모른다. 안타깝게도 '나'와 아내의 화해는 결국 죽음을 통해서만 이루어진다. 구자명의 「너와 나의 예정된 가을」, 구준회의 「혼밥의 결말」, 김진초의 「하이고」는 외로움의 끝으로 이야기되는 부부관계야말로 새로운 외로움의 시작일 수도 있음을 보여주는 작품들이다.

3. '홀로 살기'의 묵시록

미래란 결코 현재와 무관한 갑작스러운 돌출이 아니다. 현재가 과거의 결과이듯이, 미래 역시 현재의 결과일 수밖에 없다. 과거에서 현재로 이어진 선에 여러 가지 힘을 작용시켰을 때, 그 선이 가닿는 곳이 바로 미래인 것이다. 그렇기에 미래를 그려보는 것은 우회적이지만 설득력 있는 현재에 대한 진단일 수 있다. 김민효의 「옆집남자의 가족사진」과 양동혁의 「살아 있는 남자」는 미래를 배경으로 하여, 현재 우리의 '홀로 살기'가 얼마나 병적인 것인가를 드러내는 작품들이다. 두 작품은 모두 미래가상소설이라고 할 수 있다.

김민효의 「옆집남자의 가족사진」에서 '나'가 사는 아파텔은 "철저하게 혼자인 삶을 보장"하는 곳이다. 여기에서 이웃은 "서로 스쳐 지나는 행인1 혹은 행인2 정도의 존재"에 불과하다. "벽을 사이에 두고 산다고 해서 서로 인사를 나누거나 시선을 교환하지는 않"던 '나'는 우연히 1인용 칸막이 식당에서 고기를 구워먹다가 옆집남자를 만난다.

이 작품의 한가운데는 옆집 남자의 집에 걸려 있는 가족사진이 놓여 있다. 그 사진 속에서 옆집남자는 나비넥타이를 맨 턱시도 차림이고, 로봇보모는 분홍원피스를, 강아지는 하얀드레스를 입고 있다. 사진은 마치 "내 가족의 범위는 딱 여기까지야"라고 말하는 것처럼 보인다. 어느날 옆집 남자는 '나'에게 긴급 메시지를 보낸다. 강아지 쭈쭈를 돌보는 로봇보모인 보듬이가 쭈쭈를 움켜쥔 채 계속 경고 메시지를 전송하고 있었던 것이다. 보듬이의 오작동으로 인해 문제가 발생한 것이고, '나'는 옆집 남자의 지시대로 로봇보모의 전원을 끈 다음 재부팅을 한다.

옆집 남자의 삶 속에는 인간이라는 요소가 철저하게 배제되어 있다. '나'도 다를 것은 없어서, "온종일 같은 공간"에서 강아지 덤덤이와 머문다. 덤덤이를 데리고 독립한 이후 "나는 혈육으로 얽힌 인간 공동체에 대해 미련을 버렸다. 또한 사회적 관계망으로부터 떨어져 나왔다"고 말할 정도로 인간사회로부터 스스로를 고립시킨 채 살고 있다. 그 결과 "사회적 대화의 기술이 퇴화하고 있"으며, 이렇게 살다보면 "대화의 기술뿐만 아니라 사람의 말을 점점 잃어버리게 될 지도 모르겠다"는 우려를 하고 있다.

작품의 마지막은 '나'가 집에 들어오자 "언제 들어왔는지 덤덤이가 쭈쭈를……. 아니지. 쭈쭈가 덤덤이를 유혹"하는 것이다. 이 장면을 보며 '나'는 머지않아 옆집남자의 집에는 또 다른 가족사진이 걸릴 것 같은 불길한 예감에 사로잡히며, 그렇게 되면 "옆집남자와 나는 어떤 관계로 얽히는 거지?"라는 걱정을 한다. 김민효는 「옆집남자의 가족사진」에서 관계의 창출이 기껏해야 발정난 개에 의해서만 상상될 수 있는 미래사회를 그리고 있는 것이다.

양동혁의 「살아 있는 남자」는 가까운 미래라고 할 수 있는 2030년이 배경인 작품이다. 혼자 사는 중년 K는 건강검진을 받고 죽었다는 진단을 받는다. 어떠한 인간과도 교류하지 않고 지내는 그를 향해 의사는 "사실 검사를 할 필요도 없어요. 당신 말고 또 누가 당신이 살아있다고 생각합니까. 사실, 죽어도 아무 상관없잖아요. 직업도 없고 결혼도 못 했고 가족도 없고 친구도 없고"라고 이야기한다. 그는 라캉식으로 표현하자면 실재적 죽음을 당하지는 않았지만 상징적 죽음을 당한 존재인 것이다. 그렇기에 그는 온전한 인간이라기보다는 유령 내지는 좀비라고 할 수 있다. 그는 의사로부터 장례식장을 소개 받고, 간호사에게는 장기기증을 권유받는다. 놀란 마음으로 목사에게 달려가지만 전 재산을 기부하라는 말만 들을 뿐이다. 그는 쫓아오는 목사를 피해 달아나다 트럭에 부딪치고, 쫓아온 목사는 놀란 트럭기사에게 "괜찮습니다. 놀라지 마세요. 이미 죽은 사람입니다. 오늘 사망진단서도 받았답니다"라고 말한다. 이 말을 듣고 트럭기사는 안도의 한숨을 내쉬며 "잠자코 관에서 잠이나 잘 것이지 왜

밖에 나와가지고……"라고 도리어 화를 낸다. 더욱 문제적인 것은 "이미 K 말고도 사망 판정을 받은 사람이 수없이 많았다"라는 말에서 알 수 있듯이, K가 처한 상황이 보편적인 일이라는 점이다. 그리고 2030년으로부터 수십 년이 지난 후에는, 모든 사람이 혼자 살고, 가족도 친구도 없이 다른 사람들과 관계 맺기를 거부하는 시대가 도래한다. "인류 모든 사람이 사망판정을 받"는 것으로 끝나는 「살아 있는 남자」는 우리 시대의 '홀로 살기'가 도달할 묵시록적 버전에 해당한다.

4. 고독사의 사회·정치적 의미

김혁의 「어떤 고독사」, 배명희의 「해피 버스데이」, 최옥정의 「까스명수」는 사회학적 상상력이 개입된 미니픽션이라고 할 수 있다.

김혁의 「어떤 고독사」는 김노인의 고독사를 통해서는 '홀로 살기'에 따르는 문제를 드러내고, 김노인의 삶을 통해서는 현대사의 그늘을 드러내는 작품이다. 김노인은 과거에 국정원장까지 지낸 권력자였지만, 지금은 혼자 쓸쓸히 죽어가고 있다. 아내를 먼저 보냈으며, 믿었던 옛 부하에게서는 사기를 당해 재산을 몽땅 날렸고, 외국으로 이민 간 아이들과는 몇 년째 소식이 끊겨 있는 것이다. "내가 수행한 그 많은 일들은 사실 국가의 명령을 받들어서 저지른 거지. 내 책임이 절대 아니야. 따지고 보면 나도 일종의 피해자야"라고 생각하지만, 잠못 드는 밤이면 지난 시절 자신이 저질렀던 일들이 생생하게 떠올라서 몹시 언짢아 한다. 그는 자신이 무고한 사람들을 하루 아침에 무시무시한 간첩이나 반국가 사범으로 둔갑시켰다는 것을 인정하지만, "국가라는 대의를 위해서는 때로는 무고한 희생양도 필요한 법이라고 굳게 믿"는다. 그러나 결국 그는 "왜 이리 마음이 허전하고 쓸쓸하고, 인생을 헛산 것처럼 후회가 밀려올까? 도대체 내가 뭘 잘못한 걸까?"라는 후회와 자책 속에서 죽는다.

배명희의 「해피 버스데이」는 밝은 느낌의 제목과는 달리 한국사회의 어두운 면모를 짧은 분량에 조목조목 담아낸 작품이다. 비정규직의 비인간적인 삶, 목숨까지 빼앗기는 철거민들의 처절한 삶, 가족으로부터 소외된 삶 등이 달빛에 젖은 몽환적인 분위기 속에 형상화되고 있다.

최옥정의 「까스명수」는 자신의 의지와는 무관하게 이 사회의 외톨이(타자)가 될 수밖에 없는 한 인간의 불우한 초상을 그려낸 작품이다. 일흔 살이 된 그는 지금 중병을 앓아서 "통증을 다스리는 일, 민폐를 가장 적게 끼치고 자신의 죽음을 마무리하는 일"을 매일 아침 되새기며 지낸다. 그가 두려워하는 것은 집에서 혼자 죽어 시신으로 발견되는 것과 "밖에 나가서 돌아다니다 아무 데서나 쓰러져 숨을 거두는 것"이다.

그는 나이가 들어서 외톨이(타자)가 된 것이 아니라 평생 동안 외톨이로 살았다. 그러나 이것은 그의 선택이라기보다는 그에게 주어진 사회적 숙명이라고 할 수 있다. 막노동을 하면 자주 일자리가 바뀌고 만나는 사람도 계속 바뀌기에 기본적으로 사람을 사귈 수가 없다. 더군다나 술을 잘 마시지 못했고 말주변도 없어서 꿔다놓은 보리자루처럼 앉아 있는 그를 사람들은 불편해 했다. 돈도 시간도 말주변도 없는 그가 여자를 만나서 결혼한다는 것은 무척이나 어려운 일이다. 보증금 천만 원에 월세 이십오만 원에 사는 그가 지금 가진 것이라고는 오백만 원 가량의 저축과 지갑 속의 십만 원 남짓한 현금이 전부이다.

그가 이 사회의 공통문법으로부터 벗어난 존재라는 사실은 시장에서 갑자기 쓰러진 여자를 대하는 순간 분명하게 드러난다. 그는 쓰러진 여자를 물끄러미 바라보다가 호주머니 속의 가스명수를 꺼내서 건네준다. 쓰러진 여자가 가스명수를 거부하자, 그는 더욱 강하게 가스명수를 그 여자에게 먹이려고 한다. 이 모습을 보고 주변 사람들은 "미친, 거지, 정신병자, 변태 같은 단어"를 열심히 내지른다. 결국 사람들은 그를 시장 한가운데로 끌어내고 따가운 욕설을 쏟아낸다. 그러나 이런 경험은 "그때도 그는 누군가를 도우려 했고 사람들은 그를 미쳤다고 했다. 그에게는 비슷한 일이 반복해서 일어난다"는 문장에서 알 수 있듯이, 그에게는 예삿일이다.

그에게 가스명수는 너무나 특별한 것이다. 어린 시절 아버지는 고아원에 그를 맡기며 "몸조심하고 잘 살고 있으면 아버지가 데리러 올게"라는 말과 함께 그의 주머니에 가스명수를 넣어줬던 것이다. 그에게 가스명수는 인생에서 받은 가장 소중한 선물이었기에, 중병에 걸린 지금도 그는 만병통치약처럼 가스명수를 복용한다. 그가 쓰러진 여자에게 가스명수를 권한 것은 호의로 가득 찬 진심어린 행동이었던 것이다. 평생 외톨이(타자)로 살아온 그는 죽는 순간에야 비로소 "여태껏 느껴보지 못한 평온함이 그의 몸을 둘러"싸는 느낌을 받는다. 사회적인 숙명으로 혼자 살 수밖에 없었던 존재에게는 죽음이 차라리 삶보다 더욱 행복했던 것이다.

5. 숙명으로서의 '홀로 살기', 숙명으로서의 '함께 살기'

이하언의 「더불어 홀로 살아내기」, 임재희의 「선셋증후군」, 김정묘의 「무반주 첼로 모음곡을 듣는 밤」, 안영실의 「뼈의 춤」은 인간 삶에 내재된 근원적 조건으로서의 '홀로 살기'를 보여주는 작품이다. 이하언의 「더불어 홀로 살아내기」가 핏줄이라는 관계 속에서도 허물 수 없는 개체의 벽을 이야기한다면, 임재희의 「선셋증후군」은 생명체 안에 내재화된 프로그램(본능)으로서의 외로움을, 김정묘의 「무반주 첼로 모음곡」과 안영실의 「뼈의 춤」은 인간의 가장 근원적인 욕동이라고 할 수 있는 죽음충동을 형상화하고 있다.

이하언의 「더불어 홀로 살아내기」는 '살아내기'라는 말에서 알 수 있듯이, 고통스럽지만 피할 수 없는 인간의 외로움에 대하여 이야기한다. 춘희의 남편과 제부는 어느 날 술을 마시며 이야기를 나눈다. 술자리가 끝난 후 집에 오자, 막내 여동생은 그 술자리와 관련된 여러 불만을 카톡으로 보낸다. 불만의 내용은 '왜 자기 남편에게 술을 강권했느냐'나 '왜 밥값을 떠넘겼느냐'와 같은 술자리의 일들에 대한 것이다. 그냥 넘기자면 넘길 수도 있고, 문제 삼자면 문제 삼을 수도 있는 평범한 이야기들이다. 동생이 보내던 카톡 메시지에 맞장구만 치던 춘희가 "술에 취해 그런 거잖아. 너무 뾰족하게 받을 건 없어"라고 한마디 하자, 동생은 "언니도 역시 팔이 안으로 굽는구나"라고 쏘아 붙인다. 팔은 안으로 굽는다고 할 때, 그 안은 보통 피붙이를 의미한다. 그런데 춘희는 사소한 술자리의 일들로 피붙이인 동생에게 '팔은 안으로 굽는다'는 핀

잔을 들은 것이다. 그렇다면 이 세상에 춘희의 편은 어디에 존재하는 것일까? 춘희는 결국 자신을 향해 굽어주는 팔을 거울 속에서야 간신히 발견한다.

임재희의 「선셋증후군」에서 남자는 정신과에서 선셋증후군이라는 진단을 받는다. 선셋증후군의 증상은 해질 무렵이면 걷잡을 수 없이 가슴이 뛰고, 밤이면 불안하고, 낮에는 미친 듯이 잠에 취하고, 이유없이 눈가가 젖는 날이 많아지는 것이다. 다행스럽게도 남자는 선셋증후군과 비슷한 증상을 보이는 오리를 보며 자신의 고통을 극복할 힘을 얻는다. 남자는 "오리도 견디지 못하는 일몰의 시간이라는 생각이 들자 자신의 증세가 조금 자연스럽게 느껴졌"던 것이다. 선셋 증후군은 결국 모든 생명 가진 것들이 경험하는 자연의 이치였다고 볼 수 있다. 이러한 깨달음을 통해 남자는 "발밑에 깔린 어둠을 세게 밟을 수 있"는 힘을 얻게 된다.

김정묘의 「무반주 첼로 모음곡을 듣는 밤」은 무반주 첼로 모음곡과 같은 의미 이전의 리듬과 분위기로 존재하는 소설이다. 그녀를 떠나보내고 '나'는 혼자가 되지만, 이것은 고통이나 괴로움과는 거리가 멀다. 오히려 혼자가 되는 일은 "밤이 지나고 아침이 오는 것처럼 일상이기도 하고 기적이기도 하다"라는 말에서 알 수 있듯이, 숙명인 동시에 하나의 매혹이기도 하다. 이러한 숙명으로서의 매혹은 "문득 중음세계를 넘어온 것 같은 느낌이 들었다"는 문장에서 드러나듯이, 죽음에의 욕동에 이어질 정도로 치명적이다. 안영실의 「뼈의 춤」은 바로 그 소멸에의 욕망을 생텍쥐베리의 삶과 죽음에서 발견하는 작품이다. 「어린 왕자」의 작가인 생텍쥐베리가 하늘 위에 홀로 떠서 지상을 내려다보는 외로운 초상 속에는 죽음과 맞닿아 있는 홀로됨의 매혹이 아름답게 새겨져 있다.

이하언의 「더불어 홀로 살아내기」, 임재희의 「선셋증후군」, 김정묘의 「무반주 첼로 모음곡을 듣는 밤」, 안영실의 「뼈의 춤」이 인간 삶에 내재된 근원적 조건으로서의 '홀로 살기'를 보여주었다면, 심아진의 「친구에게 가는 길」과 한상준의 「틀린 옛말 없다더니」는 반대로 홀로됨의 불가능성을 이야기한다는 점에서 흥미롭다.

심아진의 「친구에게 가는 길」은 아주 오랜만에 우연히 만난 친구를 찾아가는 내용의 여로형 소설이다. 그 친구는 지리산 한복판에서 애견사업을 하며 살고 있다. 그러나 개성 강한 세 명의 친구들은 쉽게 지리산에 사는 친구를 찾지 못한다. 그러나 그 여로가 완전히 실패한 것은 아니다. 그 여로를 통해 '나'는 "내게는 곧 완전히 충전되어 활기차게 나를 끌어줄 다른 친구들이 있었다. 나는 곤히 잠든 세 친구의 얼굴을 오래 바라보았다"라는 문장처럼, 자기 주위에 오래전부터 존재하던 친구들을 발견했기 때문이다. 친구는 지리산까지 가서 찾는 존재가 아니라, 바로 옆에서 발견해야 하는 존재였던 것이다.

한상준의 「틀린 옛말 없다더니」는 결국 타인과의 관계 속에 놓여질 수밖에 없는 인간의 숙명을 다루고 있는 소설이다. 주인공은 소음에 진저리를 치는 인물이다. 처음 아파트에 살 때는 대형 화물트럭의 엔진소리 때문에 고생한다. 힘들게 그 집을 팔고 이사 간 아파트에서는 층간소음 때문에 애를 먹는다. 이후 소음을 떠나 산속까지 가게 되지만, 노래방에서 들려오는 온갖 소음으로 다시 골머리를 앓는다. "고양이 피하려다 호랑이 만나고, 가랑비 피하려다 소낙비 만났다는 옛말"은 그에게 딱 들어맞는 것이다. 결국 「틀린 옛날 없다더니」는 타인들이 만들어내는 소음에서 벗어날 수 없는 사회적 동물이 바로 인간임을 보여준다.

6. '홀로 살기'의 여러 가지 양상과 의미들

이상으로 부부관계에서 발생하는 '홀로 살기', 현재를 비춰보는 가상의 시공에서 형상화된 '홀로 살기', 사회・정치적 의미망을 거느린 '홀로 살기', 근원적 존재조건으로서의 '홀로 살기' 등을 살펴보았다. 그러나 김의규의 「행복 아파트」에 등장하는 행복아파트가 독신자 아파트로 불릴 정도로 독신자들만 가득한 세상에서, 위의 몇 가지 분류만으로 오늘날의 '홀로 살기'를 모두 드러낼 수는 없을 것이다. 이를 반영하듯, 『미니픽션』 제10집에는 위의 분류에 속하지는 않지만, '홀로 살기'가 지닌 중요한 의미를 보여주는 작품들이 여러 편이다. 임나라의 「그녀와 그녀를 만나다」, 이진훈의 「기쁜 나의 저승길」, 정성환의 「이상형을 찾아서」가 그것이다.

임나라의 「그녀와 그녀를 만나다」는 '홀로 살기'가 삶에서 가질 수 있는 긍정적인 측면을 부각시킨 작품이다. 임나라의 「그녀와 그녀를 만나다」는 고독을 화자로 내세운 특이한 서술시점을 지니고 있다. 그녀는 식당에서 열무국수를 혼자 시켜 먹으며 종업원들로부터 구박을 당한다. 그런 그녀는 문중 비문 쓰는 일로 인해 알게 된 윤지당이라는 조선의 여류 성리학자를 통해 새로운 힘을 얻는다. 윤지당은 결혼한 지

8년 만에 남편을 잃고, 이후 자신이 낳은 아이와 양자로 얻은 아들마저 모두 잃어버린 비운의 여인이다. 그럼에도 윤지당은 그러한 비극과 불행을 오히려 성품을 닦고 학문에 몰두하는 계기로 삼아 나름의 성취를 이룬다. 21세기의 '그녀'는 조선 시대의 '그녀'를 만남으로써 결국 현실적 불우와 외로움을 극복할 수 있는 힘을 얻는 것이다.

이진훈의 「기쁜 나의 저승길」은 성실과 노력을 강조하는 따뜻하고 훈훈한 휴먼드라마이다. 두 명의 일식요리사가 등장한다. 한 명은 전직이고 한 명은 현직이다. 전직은 옛날 북창동 칼잽이로 이름을 떨쳤던 김복만 노인으로서 현재는 가족들로부터도 버림받고 혼자 힘겹게 살아가고 있다. 그도 떵떵거리던 젊은 시절이 있었지만 오만함과 게으름으로 모든 것을 잃어버린 채 "지하방에서 혼자 죽어 썩어문드러지는 것이 아닌가"를 가장 두려워하며 조금씩 죽어 간다. 이에 반해 현직 요리사는 열네 살에 식당에 들어와 열심히 노오력 한 결과 기부한 액수가 수십억 원이 넘을 정도로 성공한 삶을 살고 있다. 지금은 식당을 운영해서 얻는 이익을 모두 이웃돕기에 쓸 정도이다. 둘의 삶이 이렇게 확연하게 갈라진 이유는 "나는 젊어 흥청망청하다가 늙어 혼자되고, 정 사장 자네는 젊은 혼자 이 식당에 갇혀 일벌레로 살다가 많은 이웃을 얻었구만"이라는 문장 속에 압축되어 있다. 김복만 노인은 현재 독거노인에게 도시락 배달하는 일을 하는데, 그는 일을 하며 "정말 어려운 늙은 이들"을 수없이 목격하고, 외롭게 죽어간 주검만도 둘이나 발견한다. 우리 사회가 두 명의 요리사 중에서 김복만 노인 쪽에 많이 가까워지고 있음을 보여주는 것이라고 할 수 있다.

정성환의 「이상형을 찾아서」는 제목 그대로 한 남자가 이상형을 찾아 분투한 이야기이다. K는 직장생활도 잘 하고 지인들과의 교우관계도 원활하고 음악, 미술, 연극 영화 등 모든 것에 소질이 있다. 그가 평생 독신인 이유는 여자에게 까다로운 조건을 요구하기 때문이다. 그러나 A라는 여성과는 정치의식이 너무 없다는 이유로 헤어지고, B라는 여성과는 정치의식이 너무 강하다는 이유로 헤어진 것에서 알 수 있듯이, 조건 자체는 별다른 의미가 없다. K가 독신인 진짜 이유는 그가 지독한 나르시스트이기 때문이다. 나르시스트의 주위에는 오직 자아만이 가득하기 때문에, 타인이 들어설 여지가 없는 것이다. 이러한 나르시스트로서의 특징은 K가 타인의 시선을 신경 쓰지 않는 모습에서도 확인할 수 있다. K는 자신이 결혼을 못한 것에 대해서 절대 주눅이 들지 않으며, 본인을 독신이라는 이유로 성인들의 반열에 올려 놓기도 한다. 우리 사회에 '홀로 살기'가 보편화되는 한 가지 이유를 드러내는 작품이라고 할 수 있다.

과거에도 '홀로 살기'가 아예 없었던 것은 아니다. 이전에 '홀로 살기'는 주로 종교적 수행의 측면에서 논의되고 사유되었다. 인간들 사이에 처하면서 잃어버리기 쉬운 영혼의 본질을 탐구하는 성직자들의 고유한 존재방식은 '홀로 살기'와 밀접하게 연결되었던 것이다. 성직자들의 '홀로 살기'는 신이나 참된 자기와의 만남과 연결되는 특급 통로라고 할 수 있다. 흥미롭게도 『혼자, 괜찮아』에 수록된 19편의 작품에서는 종교적 차원의 '홀로 살기'에 대한 논의는 찾아보기 어렵다. 이것은 현대 사회에서의 독거獨居가 지니는 의미가 그만큼 변모했음을 증명하는 것이라고 볼 수 있다.

『혼자, 괜찮아』는 참으로 풍성한 미니픽션의 잔치이다. 기존의 소설이 수행해 온 문학적 기능 중에서 미니픽션이 감당할 수 없는 것은 거의 없다고 해도 과언이 아님을 『혼자, 괜찮아』는 실증해주고 있다. 한 가지 우려되는 것은 몇몇 작품이 수필과의 변별점을 잃어버리고 있다는 점이다. 미니픽션 역시 픽션이라는 점에 대한 분명한 자의식이 갖춰졌을 때, 미학적으로나 윤리적으로나 정치적으로 의미 있는 미니픽션의 창작이 가능할 것이다.

(2018)

제2부

제1장
신문연재소설로서의 대중성
최인호의 『별들의 고향』

1. 한국 근대문학과 신문소설의 병행

한국 근대문학은 처음부터 신문과 함께 발전해왔다고 해도 과언이 아니다. 19세기 말에는 신문 잡지라는 매스미디어가 출현하였고, 소설은 그러한 매스미디어의 지면을 채우는 주요한 문화적 콘텐츠로 부상하였다. 그리하여 『한성신보』, 『대한일보』, 『대한매일신보』, 『황성신문』, 『제국신문』, 『경향신문』, 『대한일보』, 『대한신문』 등과 같은 신문에는 1894년부터 1910년 사이에 120편이 넘는 소설이 발표되었다.[1] 한국문학사에서 최초의 신소설이라 일컬어지는 이인직의 『혈의 누』(『만세보』, 1906)나 최초의 근대 장편소설인 이광수의 『무정』(『매일신보』, 1917) 역시도 신문소설이었던 것이다. 이 뿐만 아니라 한국 근대문학의 명작으로 손꼽히는 염상섭의

1 조남현, 『소설신론』, 서울대 출판부, 2004, 30쪽.

『삼대』(『조선일보』, 1931)나 강경애의 『인간문제』(『동아일보』, 1934)와 같은 작품 역시도 모두 신문소설이다.

신문소설은 한국근대소설의 중요한 발표매체였을 뿐만 아니라 문학 독자를 양성하는 훌륭한 교육기관의 역할도 수행하였다. 본래 문학의 독자란 자연적으로 존재하는 것이 아니라 교육을 통하여 새롭게 만들어지는 것이다. 단기간에 소설이 대중들에게 널리 읽히고 근대의 핵심적인 문화 매체가 될 수 있었던 것에는 근대 사회의 가장 영향력 있는 매체인 신문의 역할이 컸다고 할 수 있다.

그러나 1920년대 이미 평론가 김팔봉이 「대중소설론」(『동아일보』, 1924.4.14~20)에서 '신문소설=대중소설'이라는 공식을 제기한 것처럼, 신문소설은 대중소설로서의 성격이 뚜렷했다. 신문소설은 기본적으로 신문독자를 대상으로 하며 신문사의 상업적 이해를 고려해야 하기에 일반 대중의 기호에 민감할 수밖에 없는 것이다.[2] 또한 신문소설은 창작과 발표의 전과정에 거의 실시간으로 대중들이 개입하기에, 대중의 기호에 대한 민감함은 더욱 배가된다. 한국문학사에서 신문소설의 대중성은 김말봉의 『찔레꽃』, 박계주의 『순애보』 등이 발표되어 독자들의 폭발적인 반응을 얻은 1930년대부터 보다 뚜렷해졌다고 할 수 있다.

한국문학사에서 '대중소설로서의 신문소설'이 최고의 전성기를 누린 것은 1970년대이다. 1980년대 이후에는 신문소설의 위상이 크게 변하

2 신문소설의 연재는 보다 많은 독자를 확보하기 위한 신문사의 경영전략과 무관할 수 없다. 독자들은 소설의 이어지는 이야기를 기다리며 신문이 배달되기를 애타게 기다렸던 것이다. 독자 중에는 신문연재소설만을 스크랩하여 보관하기도 하였다. 한국 근대문학관에서는 2017년 3월 7일부터 2017년 4월 16일까지 독자들이 스크랩하여 보관한 『단종애사』, 『이순신』, 『만향』 등의 신문소설을 전시한 적도 있다.

여, 몇몇 예외적인 경우를 제외하고는 신문소설이 대중의 큰 관심을 끌던 시대가 사실상 끝났기 때문이다. 1980년대 이후에는 영화나 드라마, 인터넷 소설 등의 문화적 콘텐츠들이 신문에서 소설이 하는 역할을 대체하기 시작한 것이다.

2. 『별들의 고향』이라는 하나의 사건

수많은 인기를 누린 1970년대 신문연재소설 중에서도 가장 많은 사랑을 받은 것은 최인호의 『별들의 고향』이다. 이 작품은 『조선일보』에 1972년 9월 5일부터 1973년 9월 9일까지 총 314회 연재되었으며, 신문소설의 전성기를 열었다고 해도 과언이 아니다.[3] 이 작품 이전 신문소설은, 역사소설을 전담했던 박종화나 유주현에서 알 수 있듯이 주로 문단경력 수십 년을 헤아리는 중진 이상의 작가가 전담하였다. 그러나 최인호는 고작 스물여섯 살의 나이로 신문 연재를 하였으며, 엄청난 성공으로 인하여 조해일(『겨울여자』), 황석영(『장길산』), 조선작(『미스양의 모험』), 박완서

3 해방 이후에는 신문소설이 대중의 큰 관심을 끌지는 못하였다. 해방 이후에 창작된 신문소설 중에서 『별들의 고향』 이전에 대중들의 큰 관심을 불러일으킨 작품으로는 정비석의 『자유부인』(『서울신문』, 1954.1.1~8.9) 정도를 들 수 있다. 연재 도중 작가와 황산덕 교수의 논쟁이 있을 만큼 큰 관심을 끌었고, 단행본으로 출판된 후에도 많은 판매부수를 올렸다. 또한 영화로도 만들어져 28일간 13만 명의 관객을 동원했다. 연재 당시 사회의 큰 관심, 뒤이은 단행본 출판과 영화의 흥행 등은 『별들의 고향』과 유사한 과정을 밟았다고 할 수 있다. 그러나 그 관심의 규모와 범위는 최인호의 『별들의 세계』에는 이르지 못한다.

(『휘청거리는 오후』), 김주영(『목마 위의 여자』, 『위대한 악령』), 송영(『그대 눈뜨리』), 한수산(『밤의 찬가』) 등의 젊은 작가들이 계속 해서 신문소설을 연재하는 계기를 마련하였다. 『별들의 고향』이 연재될 당시 사람들의 반응은 가히 폭발적이었다. 전국의 술집 여자들이 이름을 경아로 바꾸기도 했으며, 최인호는 어느 날 연극 연출가 허규를 만났더니 경아를 너무 불쌍하게 만들지 말고 행복하게 만들라는 협박을 받을 정도였다고 한다. 이것은 「별들의 전쟁」이 당시에 얼마나 인기가 있었는지를 증명하고도 남는 일화들이다. 또한 당시 신문연재소설은 단행본으로 발간하면 잘 팔리지 않는다는 징크스를 깨고 무려 상・하권 합해서 백만 권 가량이 팔리는 대기록을 남기기까지 하였다. 당시 신인 영화감독이었던 이장호는 이 소설을 영화로 만들어 개봉 105일 만에 46만 명의 관객을 동원하였다.[4] 이 영화의 성공으로 젊은 감독이 동시대 신문소설에 동시대의 문화적 코드를 담아, 세련된 영상과 음악으로 포장하는 것이 일종의 트렌드가 되었다.[5] 이러한 트렌드를 반영한 영화로 최인호의 〈바보들의 행진〉(하길종 감독, 1975)과 조해일의 〈겨울 여자〉(김호선 감독, 1977) 등을 들 수 있다.

4 호현찬, 『한국영화 100년』, 문학사상사, 2000, 197~200쪽.
5 백문임, 「70년대 문화지형과 김승옥의 각색 작업」, 『현대소설연구』 29, 한국현대소설학회, 2006, 61쪽.

3. 대중성의 구체적 세목

최인호의 『별들의 고향』은 여고를 졸업한 오경아라는 평범한 여성이 강영석, 이만준, 김문오, 이동철을 만나다가 결국에는 자살하는 내용을 담고 있다. 오경아가 만나는 남자들은 이기주의자, 이중 인격자, 무위도식자, 폭력적인 건달 등으로서, 당대 사회의 어둠을 하나씩 나눠 가진 인물들이다. 작품 속에서 끊임없이 "젊고", "예쁜"이라는 말의 수식을 받는 오경아는 무책임한 남성들의 욕망에 희롱당하다가 평범한 직장여성에서 이혼녀가 되고, 이후에는 호스티스로 술집을 전전하다가 결국에는 행려병자처럼 생을 마감한다. 아이같은 순진함을 간직한 오경아의 쓰라린 인생행로는 당시 본격화되던 산업화와 도시화의 악마적 속성을 뚜렷하게 부각시킨다.

그렇다면, 최인호의 「별들이 고향」이 지닌 대중성의 정체는 무엇일까? 그것은 신문연재를 제안받았을 때, 최인호가 "신문연재야말로 작가가 독자와 만날 수 있는 최고의 공간"이며, 신문 독자들에게 "소설을 읽는 즐거움"[6]을 주어야겠다고 다짐했다는 회고에 주목할 필요가 있다. 『별들의 고향』을 연재하기 이전에 최인호는 이미 「술꾼」(1970)이나 「타인의 방」(1971)과 같은 본격소설로 문단의 주목을 받았던 신예작가였다. 그러나 위의 회고는 『별들의 고향』이 전문적인 예술성보다는 대중성, 즉 '소설을 읽는 즐거움'에 초점을 맞추어 창작되었음을 보여준다.

---

6 최인호, 『별들의 고향』 상, 샘터, 1994, 14쪽. 앞으로 본문 중에 이 작품을 인용할 때는 쪽수만 표시하기로 한다.

『별들이 고향』에 등장하는 대중성은 첫 번째로 당대 호스티스라는 사회적 현상을 선정적으로 드러낸 것에서 찾을 수 있다. 신문소설은 본래 "연재 당시 하나의 사회적 이슈로 부각된 문제들을 소재로 삼아 이를 대담하게 그리고 노골적으로 표현"[7]함으로써 대중성을 획득하고는 한다. 이러한 성격은 뉴스의 보도를 그 본질로 삼는 신문의 성격에도 부합하는 것이다. 『별들의 고향』이 연재되던 1970년대 초는 급격한 산업화의 부작용으로 성산업이 무서운 속도로 사회의 구석구석에 퍼져나가고 있었다.[8] 이러한 사회적 현상을 대표하는 직업 중의 하나가 소위 호스티스라고 불리던 술집의 직업여성들이었다. 비정하고 무책임한 남자들에게 버림받은 경아는 결국 호스티스가 되며, 그녀를 서사의 중심에 놓은 결과 작품에는 끊임없이 베드신과 노골적인 성적 대사 등이 등장한다. 이러한 선정적 요소는 대중들의 말초적인 흥미를 끌 수밖에 없다. 또한 경아가 첫사랑에게 배신당하고 낙태를 하는 장면 등도, 당시에는 영화나 소설에 거의 등장하지 않던 것으로서 대중들의 큰 관심을 끌었다.

두 번째는 경아의 성격이 지닌 대중성이다. 최인훈은 경아를 "우리들이 함부로 소유했다가 함부로 버리는 도시가 죽이는 여자"(13)로 형상화하고자 했다고 밝힌 바 있다. 이 말은 경아가 당대 한국사회에서 철저히 타자화되고 소외된 여성이라는 사실을 드러낸다. 이 작품의 경

7 김창식, 「신문소설의 대중성과 즐거움의 정체」, 『오늘의 문예비평』, 1997.3, 1997, 91쪽.
8 정부는 표면적으로 장발 단속, 퇴폐풍조 일소 등을 표방했으나 1973년에는 외국인 관광객 대상의 '호스티스'를 합법화하는 등 경제적, 정치적 목적으로 향락문화를 조장하기도 하였다. (김지혜, 「1970년대 대중소설의 영화적 변용 연구」, 『한국문학이론과 비평』 58, 한국문학이론과 비평학회, 2013, 372쪽)

아는 한마디로 당대 남성들의 욕망이 만들어 낸 판타지fantasy에 해당하는 것이다. 경아는 남자들의 성적 욕망을 자극하는 외모를 중심으로 묘사되며, 자신에게 접근하는 남성들의 욕망을 거부하지 않는다. 남자들에게 끊임없이 배신당하고 버림받지만 경아는 남자가 곁에 없으면 잠시도 살 수 없는 여자이다. 경아는 자신의 삶을 완벽하게 파괴한 남자들을 생각하며, 나중에 그들을 원망하기보다 그 모든 사람들이 사랑스럽다는 반응을 보일 정도이다. 다른 남자들보다 경아를 이해하는 것으로 보이는 김문오 역시도 경아와의 마지막 순간에는 돈을 놓고 그녀의 곁을 떠남으로써, 경아를 한 명의 창녀로 취급한다는 점에서는 별반 다르지 않다. 달리 말하자면, 경아는 남자가 자신의 욕망만 채우고 아무런 책임도 지우지 않아도 되는 대상인 것이다. 경아는 성性스러운 성녀聖女이며, 남자들에 의해 선택받고 버려지는 수동적인 대상에 불과하다.

마지막으로 기존 질서나 규범으로부터의 일탈과 순응 사이에서 적절한 긴장을 유지한 결과라고 할 수 있다. 대중소설은 기존 질서와 규범을 더욱 강화하려는 욕구와 기존 질서로부터 도피하려는 욕구 사이의 긴장이나 모순을 반영한다. 여러 남자와 교제하고, 낙태와 이혼을 하는 오경아의 모습은 분명 기존사회의 일반적인 규범으로부터는 벗어나 있다. 그녀는 자유롭게 술을 마시고 담배를 피며 남자들과 몸을 섞는다. 이러한 그녀의 모습을 보며 독자들은 답답한 현실의 규범과 억압으로부터 벗어나는 해방감을 만끽할 수 있다. 그러나 동시에 대중들은 신문소설을 통해 기존 사회 너머의 새로운 전망에 대하여 심각하게 고민하기를 원하지 않는다. 그들은 결국 기존사회와의 적당한 타협을 원하는 것이다. 이러한 이중적인 성격이 『별들의 고향』에는 분명하게 드러난다. 그토록 자유로워 보이던 경아는 결국 죽음의 방식을 통해 이 사회로부터 배제되기 때문이다. 기존 사회질서로부터 벗어나는 일탈의 욕망을 충족시켜준 경아는, 결국 자살을 통해 과도한 가치전도가 가져올 불안으로부터도 독자를 자유롭게 해주는 것이다. 겨울공화국이라 불리던 유신체제 하에서 쓰인 『별들의 고향』이 당대의 정치질서에 대해서는 비판적 시각이 잘 드러나지 않는 것도, 이 작품이 지닌 근원적인 체제순응적 성격에 대응되는 것이라고 할 수 있다.

4. 대중소설로서의 신문소설

과도한 관능성과 감상성, 상투적인 인물설정이라는 측면에서 최인호의 『별들의 고향』은 '대중소설로서의 신문소설'이라는 특징을 분명하게 보여준다. 그러나 흔히 대중소설의 특징으로 이야기되는 언어의 인습적 사용(상말, 욕설, 가벼운 문장)이나 구성의 공식성(해피엔딩이나 권선징악)과는 거리가 멀다. 특히 『별들의 고향』을 채워주는 그 감각적이면서도 신선한 문장은 오늘날 읽어도 그 정서적 감흥이 여전할 정도이다. 이렇게 뛰어난 문장은 연재를 앞둔 사고社告에서 "최소한도 문장 하나하나 신경을 쓰"겠다고 밝힐 정도로, 작가가 문장에 많은 관심을 기울인 결과라고 할 수 있다. 또한 대중적 호소력을 갖추면서도 신선하고 감각적인 문체는 『별들이 고향』이 대상으로 삼고 있는 1970년대라는 시대적 상황과도 구분하여 생각할 수 없다. 1970년대는 한국사회가 본격적인 대중사회로 접어들었으며 『별들의 고향』은 대중사회의 도시화된 풍속과 대중들의 구체적인 일상에 바탕해 창작되었던 것이다. 『별들의 고향』을 채우고 있는 참신하면서도 감각적인 문체는, 그 당시 새롭게 형성되던 대중사회의 구체적인 삶의 풍속에서 비롯된 것이라고 볼 수 있다. 『별들의 고향』은 분명 최인호의 작품이기도 하지만, 본격적인 대중화 사회로 접어들던 1970년라는 시대의 산물이기도 한 것이다.

앞에서 신문소설은 문학교육의 역할을 일정 부분 수행한다고 밝힌 바 있다. 대중소설로서의 신문소설을 대표하는 『별들의 고향』에서도 이러한 긍정적인 측면은 발견할 수 있다. 연재 당시에 작품 중간 중간에는 강은교, 마종기, 유경환과 같은 현대 시인들의 시가 삽입되어 있는데, 이러한 시도는 평소 시를 거의 읽지 않던 독자들이 시를 접할 수 있는 훌륭한 계기를 마련해주기도 하였다. 문학과 일반독자와의 거리가 점점 멀어지고 있는 오늘날의 한국문단에 최인호의 『별들의 고향』은 여러 가지 측면에서 시사점을 던져주는 한국 신문소설의 대표작이라고 할 수 있다.

(2017)

제2장

반복강박의 탁월한 형상화

김소진의 「자전거 도둑」

김소진은 1991년 『경향신문』 신춘문예로 등장하여, 1997년 별세할 때까지 4권의 소설집(『열린 사회와 그 적들』, 『고아떤 뺑덕어멈』, 『자전거 도둑』, 『눈사람 속의 검은 항아리』)과 2편의 장편소설(『장석조네 사람들』, 『양파』)을 남기며 문학사에 뚜렷한 족적을 남긴 작가이다. 풍부한 어휘를 바탕으로 가난한 서민들의 삶을 실감나게 재현한 그의 작품은, 한국리얼리즘의 맥을 잇는 1990년대의 대표적인 소설들로 자리매김 되고는 하였다. 이러한 인식의 사례로는 "김소진은 우리 당대를 고민스럽게 살아가는 자들의 본질을 이념적 차원에서가 아니라 구체적 역사의 차원에서 복원해놓은 90년대 최초의 작가이다"[1]와 같은 평가를 들 수 있다.

동시에 우리가 놓치지 말아야 할 것은 그의 소설이 재현하는 서민들의 삶(주로 미아리 산동네를 배경으로 한)이 그의 작품이 발표되던 1990년대가 아니라 유년 시절의 회상 속에 존재한다는 점이다. 이와 관련해

1 서경석, 「열린 사회를 향한 글쓰기」, 『자전거 도둑』, 강, 1996, 261쪽.

김소진은 작품집 『자전거 도둑』의 「작가의 말」에서 "기억을 한번 더 기억하는 게 이야기이고 소설"(271)이라는 소설관을 피력한 바도 있다. 기억과 회상을 통해 자신의 유년을 추억하는 글쓰기란 '당대 현실의 재현'을 철칙으로 삼는 고전적 리얼리즘으로는 온전히 해명될 수 없는 소설적 특징이라고 할 수 있다.

다음으로 김소진 소설의 고유한 특성으로는, 기억에 바탕하여 창작된 작품의 핵심에 늘 아버지가 등장한다는 점이다. 「쥐잡기」, 「춘하 돌아오다」, 「개흘레꾼」, 「고아떤 뺑덕어멈」, 「첫눈」, 「두 장의 사진으로 남은 아버지」, 「아버지의 자리」, 「원색생물학습도감」, 그리고 이 글에서 다루고자 하는 「자전거 도둑」이 모두 아버지에 대한 탐구가 작품의 주제와 맞닿아 있는 김소진의 대표작들이라고 할 수 있다. 이들 소설에서 아버지는 미세한 차이가 존재하기는 하지만, 기본적으로 이북에서 내려온 뿌리 뽑힌 사람들이며 그로 인해 남한에서는 지극히 무력한 인물이라는 공통점을 지닌다. 김소진 소설에서 아버지는 "분단이 가져온 한 인간의 신산스런 삶과 그러한 삶에 이어지는 또 하나의 고통스런 삶(아들의 삶)을 설득력 있게 드러내는 유의미한 형상"[2]이며 "분단과 전쟁이라는 이데올로기적 폭력의 비판을 가능하게 하는 빈자리로서의 기능"[3]을 수행한다.

「자전거 도둑」에서 아버지는 위에서 말한 두 가지 의미 이외에도 반복강박compulsion to repeat이라는 인간 심리의 중요한 측면을 드러내는 데 활용되고 있다. 반복강박은 일상생활이 유지되기 위해서 반복적으로 이루어지는 행위 등을 의미하는데, 이러한 반복적 행위가 중단되면

2 졸고, 「아버지의 진실」, 『단독성의 박물관』, 문학동네, 2009, 214쪽.
3 위의 글, 217쪽.

당사자에게는 심각한 불안이 야기된다. 반복강박은 억압이라는 방어기제를 뚫고 나오는 무의식의 지속으로서, 무의식이 처리할 수 없었던 외상trauma에서 비롯되는 현상이다.

이 작품의 주요 인물인 김승호와 그의 위층에 사는 서은혜는 모두 반복강박을 지닌 존재들이다. 아파트의 아래·위층에 사는 둘을 연결시켜 주는 매개물은 다름 아닌 '자전거'이다. 현재 시점에서 둘을 연결시켜 주는 것이 서은혜가 김승호의 자전거를 도둑질해 타는 것이라면, 과거 시점에서 둘을 연결시켜 주는 것은 이탈리아의 네오 리얼리즘neo-realism 영화로 유명한 비토리오 데 시카의 〈자전거 도둑〉이다.[4]

서울 인근의 신도시에 사는 기자 김승호는 누군가가 자신의 자전거를 몰래 탄다는 사실을 발견한다. 그 자전거 도둑은 다름 아닌 자기집 위층에 사는 에어로빅 강사 서은혜이다. 이 발견은 김승호로 하여금 "한번 더"[5] 〈자전거 도둑〉이라는 영화를 보게 만든다. "젠장, 난 이 영

4 네오 리얼리즘은 1942년에서 1952년 사이에 일어난 이탈리아의 영화 운동이다. 관객이 그들의 현실을 직면하도록 하는 것을 핵심 목적으로 했기 때문에 선전 영화(특히 무솔리니 파시스트 정권이 강제한 영화)들의 비현실성에 맞서고자 했다. 네오 리얼리즘 영화의 미학에는 네 가지 기본 원리가 있다. 첫째, 허구적 이야기를 구성하기보다 일상적 삶의 한순간을 보여주어야 한다. 둘째, 사회 현실에 초점을 두어야 한다. 특권을 가진 소수가 아니라 어려운 상황에서 간신히 존재를 꾸려가는 보통 사람들의 삶을 보여주어야 한다. 셋째, 보여주고자 하는 사람들의 자연스러운 발화 리듬을 보전하기 위해 비전문적인 배우를 기용하고 즉흥적으로 쓴 대본을 사용해야 한다. 넷째, 같은 이유에서 스튜디오가 아닌 로케이션에서 핸드헬드(hand-held) 카메라를 사용해 촬영해야 한다. 이러한 네 가지 조건을 모두 충족시킨 단 하나의 영화가 바로 비토리오 데 시카의 〈자전거 도둑〉(1948)이다. (이안 뷰캐넌, 윤민정·이선주 역, 『교양인을 위한 인문학 사전』, 자음과 모음, 2017, 77쪽)

5 김소진의 「자전거 도둑」은 『문예중앙』(1995.여름)에 발표되었다가, 1996년, 강출판사에서 단행본 『자전거 도둑』에 수록되었다. 김소진, 「자전거 도둑」, 『자전거 도둑』, 강출판사, 1996, 105쪽. 앞으로 본문 중에 이 작품을 인용할 때는 쪽수만 표시하기로 한다.

화 앞에서 왜 이리 갈피를 못 잡는 걸까"(105)라는 독백처럼, 김승호는 복잡한 심정으로 이 영화를 반복해서 보아 온 것이다. 〈자전거 도둑〉은 김승호에게 매우 특별한 의미가 있는데, 그 특별함은 자신의 트라우마와 연관된 유년 시절의 사건이 약간의 변형만 거친 채 영화 속에 등장하기 때문이다.

영화 〈자전거 도둑〉에서 실업자인 안토니오 리치는 일자리를 찾아 헤매다가 길거리에 포스터 붙이는 일을 간신히 얻는다. 그는 헌 옷가지를 전당포에 맡기면서까지, 포스터 붙이는 일을 하기 위해 필요한 자전거를 구한다. 그러나 곧 힘들게 구한 자전거를 도난당하고 만다. 이후 안토니오는 범인을 찾아내지만, 자전거를 훔친 청년이 빈민가에 살고 있다는 사실을 발견한다. 심지어 그 청년은 간질을 일으키며 길바닥에 나뒹굴기까지 하는 것이다. 결국 자전거를 되돌려 받지 못한 채 빈 손으로 돌아오던 안토니오는 축구경기장에서 자전거를 훔친다. 그러나 곧 자전거 주인에게 잡혀서 어린 아들 브루노가 보는 앞에서 큰 망신을 당한다.

김승호가 영화 〈자전거 도둑〉에서 가장 인상적으로 보는 대목은 자전거를 훔쳤다가 발각된 아버지를 브루노가 바라보는 장면이다. 김승호는 "무너져내리는 아버지의 뒷모습을 목격해야 하는, 그럼으로써 평생 씻을 수 없는 내면의 상처를 끌어안고 살아갈 어린 아들 브루노 때문"에, 〈자전거 도둑〉을 볼 때면 늘 "혀를 깨물어야 했"(107)던 것이다. 김승호가 "혀를 깨물어야" 할 정도로 충격을 받는 이유는, 어린 시절 김승호 자신도 "또 다른 브루노"(107)가 되어야만 했던 경험이 있기 때문이다. 김승호가 "차라리 죽는 한이 있어도 애비라는 존재는 되지 말자"(112)는 다짐을 하는 것에서도 알 수 있듯이, '또 다른 브루노'가 되어야 했던 경험은 매우 치명적인 것이었다.

김승호의 아버지는 중풍으로 쓰러져 정상적 건강 상태가 아니었으며, 한 평도 채 안 되는 구멍가게가 유일한 수입원이자 생존 이유였다. 아버지는 어느 날 혹부리 영감이 하는 도매상에서 소주 두 명을 덜 가져온 후에 이를 항의하지만, 혹부리 영감은 끝내 소주 두 병을 더 주지 않는다. 아버지는 며칠 후에 어린 김승호가 보는 앞에서 몰래 소주 두 병을 자루에 더 집어 넣었다가 혹부리 영감에게 발각되고 만다. 아버지는 이 위기를 모면하기 위해 아들인 김승호가 훔친 것으로 상황을 몰고, 혹부리 영감은 교육이라는 명목으로 아버지로 하여금 김승호의 뺨을 때리게 만든다. 아버지는 거래가 끊어지는 것을 두려워한 나머지 두 번이나 아들의 뺨을 힘껏 때린다. 어린 김승호는 아버지의 이 슬픈 연극을 온몸으로 감내해야만 했던 것이다. 이 일이 얼마나 충격적인 것이었는지는, "눈 속에 흐르지도 못하고 괴어 있는 눈물"(112)을 달고 있는 아버지를 보며, 김승호가 "차라리 죽는 한이 있어도 애비라는 존재는 되지 말자"(112)고 다짐하는 것에서 충분히 짐작할 수 있다.

김승호가 "젠장, 난 이 영화 앞에서 왜 이리 갈피를 못 잡는 걸까"(105)라면서도 독한 양주와 함께 〈자전거 도둑〉을 반복해서 보는 것은 이러한 행위가 일종의 반복강박에 해당하는 것임을 증명한다. 그러나 김승호의 트라우마는 브루노가 되어야 했던, 즉 모든 권위를 상실한 아버지를 무력하게 바라보아야만 했던 경험에만 한정되지는 않는다. 또 하나의 트라우마가 남아 있는데, 그것은 어린 김승호가 자기식의 복수를 감행한 것과 관련된다. 아버지의 슬픈 연극을 온전히 지켜본 후, 김승호는 수도상회의 주인 혹부리 영감에게 복수한다. 하수구를 통해 수도상회에 들어가서는 가게를 온통 분탕질내고는 똥까지 질펀하게 싸고 나온 것이다. 이 일 이후 혹부리 영감은 시름시름 앓다가 한 해를 넘기지 못하고 죽는다. 혹부리 영감은 소주 두병을 아끼려다 자신의 목숨을 내놓아야 했던 것이고, 김승호는 자신이 받은 상처에 대한 댓가로 혹부리영감의 목숨을 요구한 것이다. 이러한 교환은 너무도 비대칭적인 것이기에 어린 김승호에게는 충격이 되기에 충분하다. 김승호의 "난 저 영화를 보면서" 꼭 "혹부리 영감"(119)을 생각한다는 고백에서 알 수 있듯이, 〈자전거 도둑〉을 보게 만드는 반복강박의 근원적 무의식에는 혹부리 영감에 대한 죄책감도 숨어 있다고 볼 수 있다.

반복강박에 빠져 있다는 점에서는 서미혜도 마찬가지이다. 서미혜는 영화 〈자전거 도둑〉과 무관한 것 같지만, 사실은 그렇지 않다. 김승호가 〈자전거 도둑〉을 함께 보자고 말했을 때, "어느 나라 거죠?"나 "러브 스토린가 보죠?"(116)라며 시치미를 떼기도 하지만, 처음 김승호가 〈자전거 도둑〉을 함께 보자고 제안했을 때 김승호에게 "얼굴 한구석에서 낯빛을 고쳐잡는 걸"(114) 이미 들켰던 것이다. 실제로 함께 영화를 보는 중간에도 김승호는 "그건 너도 다 본 것이잖아"(118)라는 말이 목젖까지 치솟기도 한다. 영화 〈자전거 도둑〉에서 브루노의 모습이 김승호의 트라우마와 관련되어 있다면, 서미혜의 트라우마와 관련된 것은 아무래도 안토니오의 자전거를 훔친 간질 앓는 청년의 모습이라고 할 수 있다.

"길가에서 간질병으로 나뒹굴던 창백한 청년"(124)이 "오빠"(124)를 많이 닮았다는 그녀의 말에서 알 수 있듯이, 서미혜의 트라우마는 바로 오빠이다. 서미혜의 오빠는 간질을 앓았고, 엄마는 그런 오빠를 남부끄럽다는 이유로 다락에 넣어서 키웠다. 성장하여 성욕에 몸부림치던 오빠는 어느날 다락에서 나와 서미혜를 성추행하였고, 이 일이 직접적인 계기가 되어 엄마가 집을 비웠을 때 서미혜는 다락문을 열어주지 않아 오빠를 죽게 만든다. 따라서 서미혜가 영화 〈자전거 도둑〉에 집착하는 것도 쉽게 해결할 수 없는 무의식의 갈등에서 비롯된 반복강박에 해당한다고 볼 수 있다.

그런데 서미혜는 단순히 〈자전거 도둑〉을 보는 것에서 나아가 스스로 '자전거 도둑'이 되는 행동을 한다는 점에서 더욱 문제적이다. 그리고 이 자전거 도둑이 되는 행위 역시도 계속 이어진다는 점에서 반복강박이라고 할 수 있다. 〈자전거 도둑〉을 함께 보고 달포쯤 지난 후에, 김승호는 다른 자전거를 훔쳐서 타고 있는 서미혜를 길에서 우연히 만난다. 이때 그녀는 김승호가 손까지 번쩍 들어 아는 척을 해도 "분명 나(김승호-인용자)를 봤지만 아주 차가운 눈길로, 아니 차갑다기보다는 낯선 사람을 대하는 눈길로 스쳐"(128) 지나간다. 이 대목에서 우리는 서미혜에게 중요한 것은 자전거 자체가 아니라, '자전거 도둑'이 되는 일이라는 사실을 알 수 있다. 그녀는 얼마든지 김승호의 자전거를 탈 수 있지만, 그럴 경우에는 더 이상 자전거 도둑이 될 수 없기에 김승호를 외면할 수밖에 없는 것이다.

그렇다면 서미혜는 왜 자전거 도둑이 되고자 하는 것일까? 혹은 자전거 도둑이 될 수밖에 없는 것일까? 가장 큰 이유는 영화 속의 간질 앓는 청년이 자전거 도둑이었듯이, 서미혜 자신도 자전거 도둑이 됨으로써 간질 앓는 청년과 자신을 동일시하기 위해서라고 볼 수 있다. 영화 속의 간질 앓는 청년은 다름 아닌 간질을 앓던 오빠와 연결될 수밖에 없기에, 자전거 도둑이 되는 것은 오빠와 자신을 동일시하는 것으로 이어진다. 영화 속에서 안토니오는 자신의 귀하디 귀한 자전거를 훔쳐 간 범인을 찾았지만, 그가 빈민가에 살며 간질까지 앓고 있는 것을 알고서는 그 청년을 용서한다. 지금 서미혜는 끊임없이 젊은 나이에 간질로 죽어간 오빠가 되어 영화 속 안토니오와 같은 따뜻한 마음을 갈구하는 것일 수도 있다. 동시에 이러한 행위는 가장 먼저 오빠를 향해 따뜻한 손길을 내밀었어야 할 자기 자신에 대한 징벌에 해당하는 것일지도 모른다. 이러한 자기징벌이 무의식의 깊은 차원에 존재하는 죄의식에서 비롯된 것임은 말할 필요도 없다.

본래 반복강박은 죽음충동과 연결된다고 할 정도로 집요하며 결코 멈출 줄을 모른다. 그렇다면 「자전거 도둑」이 발표된 지 20여 년이 지난 지금도, 신도시의 어느 조용한 자전거 전용도로에서는 간질로 죽은 오빠를 생각하며 한 여인이 자전거를 타고 있을지도 모를 일이다.

(2017)

제3장

기억의 형질변환

권여선의 『안녕 주정뱅이』

또 기억이다. 김영찬은 "권여선 소설의 일관된 맥이 있다면, 그것은 바로 기억이다"[1]라고 말한 바 있다. 적지 않게 이야기된 권여선 문학의 특징이지만 이번 작품집에서도 기억을 통과하지 않고 무언가를 말한다는 것은 사실상 불가능하다. 통칭하여 『레가토』(창비, 2012)까지는 1980년대를 중심으로 한 작가의 가장 뜨거웠던 젊음의 시절에 대한 이야기라면, 『비자나무숲』에서는 그 기억의 범위가 시정市井의 장삼이사들까지 포함하는 방향으로 넓어졌다고 할 수 있다. 그러나 기본적으로 그 기억은 정신분석학에서 말하는 실재the real와 같이 표상될 수도 해결될 수도 없는 궁극의 대상으로 남겨지고는 하였다. 그리하여 권여선표 인물들은 삶(현재)을 규정짓는 최종심급으로서의 기억에 묶인 수인囚人들이라고 볼 수도 있었다. 『안녕 주정뱅이』(창비, 2016)는 '기억의 형질변환'이라는 말이 어색하지 않을 정도로 기억과 관련하여 많은 변화를 보여준다.

1 김영찬, 「인간희극」, 『창작과비평』, 2013.여름, 379쪽.

우선 기억과 관련해 이전과 유사한 작품들도 존재한다. 「층」이 대표적인 경우로서, 이 작품에는 기억에 강박된 인간들과 그것을 헤쳐 나가는 방식으로서의 자기 합리화 등이 잘 나타나있다. 「층」은 제목처럼 두 개의 세계가 단절을 이룬다. 초점자로 인태와 예연이 번갈아 등장하는 이 작품에서, 예연의 세계가 '초추의 양광'에 해당한다면, 인태의 세계는 '꼬추의 발광'에 해당한다. 사실 헬스 트레이너와 헬스장의 고객으로 만난 인태와 예연을 연결시켜준 것은 다름 아닌 둘 사이에 놓인 '층', 달리 표현하자면 "거리감"[2]이다. 박사과정을 수료한 서른셋의 예연이 "그렇게 사는 삶이 어떤 건지 알고 싶어 견딜 수 없었"(219)기에 "그의 삶에 매혹"(219)되었다면, 스물 아홉의 인태는 예연이 "그렇게 공부를 많이 한 여자"(220)인 것에 매혹된 것이다.

인태가 기억에 대처하는 자세는 「소녀의 기도」(『문학동네』, 2011.여름)에서 본 것과 같은 자기기만의 방법이다. 「소녀의 기도」에서 은혜는 죄없는 소녀에게 뜨거운 물을 붓고 화분으로 소녀의 머리를 내려치고도 자기는 결백하다는 극단적인 자기기만의 모습을 보여주었다. 인태는 예연이 자신을 떠난 이유가 정신지체자인 누나의 존재를 인태가 알았기 때문이라고 생각한다. 그러나 예연은 인태의 누나 인희 때문이 아니라 인희를 대하는 인태의 태도에 실망해서 그를 떠나갔던 것이다. 예연은 자신의 누나를 가리켜 "그년", "미친년", "개뿔", "씨발"(236) 등을 서슴없이 내뱉는 인태의 모습에 충격을 받는다. 예연이 인태를 떠나간 이유는 이미

2 권여선, 「층」, 『안녕 주정뱅이』, 창비, 2016, 221쪽. 이 작품집에는 「봄밤」, 「삼인행」, 「이모」, 「카메라」, 「역광」, 「실내화 한 켤레」, 「층」이 수록되어 있다. 앞으로 이들 작품을 인용할 때는 쪽수만 표시하기로 한다.

오래전부터 보아왔고 아마 오래도록 보게 될 "남자들 속에 숨어 있다 슬금슬금 비어져나오는 왜소하고 더러운 내면의 고추들"(238) 때문이었던 것이다.[3]

예연 역시 기억으로부터 벗어나지 못하기는 마찬가지다. 인태는 예연과의 마지막 통화에서 자신의 집 싱크대에 자기도 모르는 라면발이 떨어져 있는 것이 무섭다며 자신을 만나 달라고 애원했던 적이 있다. 이 작품은 예연 역시 자신의 오피스텔에 누군가 살고 있다는 두려움을 느끼면서 끝난다. 그날 밤의 인태가 느꼈던 두려움과 불안은 예연에게 고스란히 전이되고 있는 것이다.

기억의 수인들에게 지금의 삶은 의미 없는 뒷풀이 정도에 지나지 않는다. 그것을 실감나게 보여주는 작품이 바로 「삼인행」이다. 이 제목은 '삼인행필유아사三人行必有我師'라는 『논어』의 경구에서 반어적으로 가져온 것으로 보인다. 『논어』의 세계에서 모든 사람은 스승이 될 가능성이 있는 존엄한 존재이지만, 권여선의 소설에서 과거에 사로잡힌 이들은 무의미한 삶을 소모할 뿐인 사소함 그 자체이다.

규와 주란의 이별여행에 훈까지 동행하여 셋은 강원도로 떠난다. 여행은 별다른 의미가 없다. 이별여행의 각종 에피소드는 지리멸렬 그 자체인데, 이것은 과거에 강박된 존재들이 살아가는 현재의 모습에 대응한다. 그들은 커피포트를 끄지 않아 다시 집에 들르고, 새롭게 시작한 여행에서도 숙박권을 집에 놔두고 오는 지리멸렬함을 끊임없이 연출한

3 '남자들의 왜소하고 더러운 내면의 고추'는 「약콩이 끓는 동안」(『문학동네』, 2006.여름)의 김 교수와 쌍둥이 아들의 성욕 속에서, 「팔도기획」(『세계의 문학』, 2010.여름)에서 정 선배가 윤 작가에게 던진 "이 쌍년아!"라는 욕설 속에서 「꽃잎 속 응달」(『자음과모음』, 2012.겨울)의 느글느글한 교수들 무리 속에서 이미 보아왔던 것이다.

다. 그 여행의 결론은 "우리 다시는 서울로 못 돌아가도 괜찮을 것 같지 않냐?"(72)이다. 서울이건 강원도이건 별반 다르지 않은 삶의 황폐는 어디에서도 벗어날 수 없는 것이다. 과거에 구속된 존재들은 모두가 "가엾고 기괴한 잔여물에 불과"(62)하다.

『안녕 주정뱅이』에 수록된 다른 소설들은 기억과 관련하여 크게 변화된 모습을 보여준다. 특히 「카메라」에서는 삶의 결정적인 힘으로서의 기억이 지닌 힘은 여전하지만, 그것은 전혀 다른 방식으로 기능한다. 그동안 뒷통수를 때리는 식으로만 존재했던 기억은 「카메라」에서는 부드러운 눈맞춤과 같은 따뜻함을 안겨주는 것이다. 문정은 관주와 사귀던 시절 그에게 "사진을 찍고 싶다"(110)고 말한 적이 있다. 이때 관주는 다음 학기에 조교가 되어서 "어마어마한 월급"(111)을 받게 되면 카메라를 사주겠다고 대답한다. 그러한 대화가 있은지 1년 9개월 3일 만에 문정은 관주가 "어마어마한 돈을 주고 산 캐논 600D 카메라"(137)를 택배로 받는다.

그 사이에 문정과 관주는 서로를 배려하는 살뜰한 마음 때문에 어이없게 헤어지고, 심지어 관주는 그 젊은 나이에 죽는다. 관주의 누나인 관희와의 만남을 통해 문정은 관주가 죽음의 순간까지 그 카메라를 놓지 않았다는 사실을 알게 된다. 관주는 카메라를 들고 연습촬영을 하다가 자신을 찍은 것으로 오해한 불법체류자에게 폭행을 당해 사망한 것이다.[4] 관주는 자신의 신분이 노출될 것을 두려워한 불법체류자가 휘두

4 『안녕 주정뱅이』에서 불법이주노동자는 최근 한국소설 중에서 가장 개성적인 형상을 갖추고 있다. 「카메라」에서 관주는 현재 원룸텔을 관리하는 총무로 일하는데, 불법체류자들은 현관문 번호 3366#을 누르지 못해 관희의 애를 먹일 정도로, "가난하고 못 배우고 생각 없는 사람들"(133)이다. 관주는 이들이 "미워요."(133)라고 분명하게 말한다. 그런

른 파이프를 맞고 넘어지는 순간에도 "카메라를 안 놓치려고 꽉 쥐고 있다가"(131) 손으로 바닥을 짚지 못해 돌길에 머리를 부딪친다.

「카메라」에서 관주의 누나 관희가 지하철에서 내린 문정을 따라갈 때, "빚을 얻으러 온 사람처럼 양손을 번갈아 만지며 땀을 닦는 동작을 했다"(115)는 문장이 등장한다. 이 문장은 문정에게 남겨진 기억을 청산하기 위해 관희가 등장한 것임을 암시적으로 드러낸다. 실제로 관희는 문정을 따라와 관주의 이야기를 들려준다. 본래 "삶에서 취소할 수 있는 건 단 한가지도 없다. 지나가는 말이든 무심코 한 행동이든, 일단 튀어나온 이상 돌처럼 단단한 필연이 된다"(136)면, 문정이 관주를 잊는다는 것은 불가능하다. 기억의 그 질긴 힘은 이 작품에서도 변함이 없지만, 기억의 좌표는 파괴와 무력함이 아니라 따뜻함과 아름다움으로 이동하였다.

「실내화 한 켤레」와 「이모」에서는 기억을 대하는 방식이 크게 변모하였다. 「실내화 한 켤레」는 쓰라린 상처로서 기억이 갖는 의미를 해명하는 것으로 작품이 끝난다. 그것은 '기억의 봉인'이 아니라 '기억의 해명'이라는 면에서 매우 새롭다고 볼 수 있다. 이 작품에는 경안, 혜련, 선미의 14년 전 여고시절과 30대 초반의 두 시간층이 공존한다. 시나리오 작가가 된 경안이 텔레비전에 출연하는 바람에 경안, 혜련, 선미는 다시 만난다. 그들은 고등학교 시절, 무서운 수학 선생님이 부임해 오는 바람에 수학을 잘하는 경안이 혜련과 선미에게 수학을 가르쳐주

데 우리는 관주를 비난하기 쉽지 않은데, 관주와 관희 남매는 대학의 조교 월급을 "어마어마한 월급"(111)이라고 생각하는 사람들이며, 의도적인 것은 아니지만 관희가 불법체류자에 의해 살해당하기도 했던 것이다. 이러한 불법체류자에 대한 관주의 입장은 이 작품집이 소위 말하는 '정치적 올바름(PC)'의 강박에서 벗어난 소설임을 보여준다.

며 친하게 지낸 적이 있었다. 그 시절 경안은 선미와 혜련으로부터 버려져 혼자만 남겨진 상처가 있다. 혜련이 선미를 전화로 바꿔줬을 때 경안이 "불길한 느낌"(182)에 사로잡히는 것에서 알 수 있듯이, 그 상처는 "어딘가 비밀이 많은 아이"(186)처럼 보였던 선미로부터 비롯된 것임을 경안은 무의식적으로 느낀다. 그러나 경안은 정확하게 그 일이 어떻게 일어난 것인지는 모르고 있다.

이전의 권여선이라면 그러한 기억은 봉인된 채로 남겨지며, 마지막까지 인물들에게 존재의 심연을 맛보게 하는 힘을 발휘할 것이다. 그러나 이 작품에서는 14년이 지나 나이트클럽의 소음 속에서 그 상처가 선미로 인해 발생한 것임이 드러난다. 또한 지독한 성병을 가진 남자와 혜련의 원나잇 사건[5]을 통해 선미는 끊임없이 누군가를 생채기 내는 유형의 인간임이 밝혀진다. 이 두 번의 만남을 통해 "선미를 휘감고 있는 묘한 분위기가 비밀스러운 안개라기보다 치명적인 가스에 가깝다"(209)는 결론이 제시되는 것이다. '기억'의 실체는 물론이고, '기억의 근원'의 실체까지도 분명하게 규명된다는 점에서, 더 이상 기억은 표상불가능한 미지의 절대적 대상이 아닌 상대화된 하나의 사건으로 그 형질이 변경되는 것이다.

「이모」의 이모는 평생 가족을 위해 헌신하며, 정확히 말하자면 가족에게 착취당하며 살았다. 이모는 쉰다섯 살이던 재작년 가을에 드디어 가족과 관계를 끊고, 자신을 위한 삶을 살기 시작한다. 이모가 가족과 연락을 끊고 모아놓은 돈으로 자기만을 위한 시간을 보내기로 했을 때,

5 원나잇 사건 이전에도 선미는, 혜련이 자신의 남편을 싸이코로 믿게끔 유도하는 방식을 통해 혜련에게 피해를 준다.

바꿔 말해 자기 앞에 몇 년의 시간이 평원처럼 드넓게 펼쳐진 순간부터 그녀는 "오로지 과거에 사로잡히고"(227) 만다. 오래전 일들은 그녀가 떠올리는 것이 아니라, "아무 때나 불쑥불쑥 떠오르곤 했"(227)으며, 과거에 몰입했다가 현실로 돌아올 때면, "몹시 화가 났고 풀 길 없는 원한"(227)에 사로잡히고는 한다. 이것은 그녀가 떠올리는 과거가 명확히 의식할 수는 없지만 그녀의 정체성을 구성하는 무의식적 중핵임을 드러낸다. 이것은 이모로서는 어찌할 수 없으며 인식할 수도 없는 기억이 존재한다는 의미이고, 이모는 드디어 "그날 밤"(227)에 그 기억을 떠올리는데 성공한다.

'그날' 이모는 문화센터 앞 벤치에 앉아 '여보셔흐'를 연발하는 늙은 노숙자를 만난다. 노숙자가 이모에게 특별한 존재라는 사실은 그녀의 이어지는 특이한 행동에서 잘 나타난다. 심지어 이모는 간신히 입술을 달싹거려 노숙자가 했던 "여보셔흐…… 여보셔흐……"(235)라는 말을 "주문"(235)처럼 중얼거리기도 한다. '그날밤' 돌게장에 소주를 먹으며 이모는 드디어 "모든 기억이 반지 모양의 작고 까만 원형 속으로 빨려들었다"(237)고 표현되는 '진짜 기억'과 조우한다. 대학시절의 어느 겨울날 그녀에게 호감을 느끼던 남자 동기는 간절하고 조금은 처량한 눈길로 그녀를 향해 손바닥을 위로 한 채 두 손을 내밀었고, 그 순간 그녀는 "알 수 없는 충동"(238)에 사로잡혀 피우던 담배를 그의 왼손 손바닥 한가운데에 눌러 껐던 것이다. 놀란 그녀가 그의 손바닥에 소주를 부었지만 이미 거기에는 "반지 모양의 검게 탄 자국"(238)이 남는다. 손바닥을 위로 한 채 두 손을 내민 대학동기를 담뱃불로 지지는 장면은 그날 노숙자에게 지폐를 건네던 그녀의 모습과 너무나 흡사하다. 대학동기가 노숙자로, 담뱃불이 지폐로 바뀐 것만 제외한다면 두 장면은 거의 유사하다. 대학동기의 손바닥에 '반지 모양의 검게 탄 자국'이 있었다면, 노숙자의 손바닥에는 '잘못 태운 숯가루처럼 얼룩덜룩한 무채색의 어둠'이 고여 있었던 것이다. 그렇다면 "전생처럼 오래전"(238)에 이모가 했던 일은 드디어 노숙자를 만남으로써 그녀의 의식에 떠오른 것이라고 할 수 있다.

수십 년 전 '그날밤'의 기억은 노숙자와의 만남을 계기로 췌장암에 걸린 그녀 인생의 끝자락에 정산을 요구하며 귀환한 것이다. 이러한 진짜 기억의 귀환에 맞서 이모는 권여선 소설에서는 보기 드문 행위를 보여준다. 이모는 기억을 봉인하거나 혹은 기억으로부터 도피하는 것이 아니라 기억에 정면으로 맞서는 것이다. 이모는 자신을 좋아하는 대학동기가 내민 "손바닥 가장 깊은 곳에 담뱃불을 눌러"(105)꺼버린 일이 있다. 그녀는 그 기억을 덮어버리는 것이 아니라 "자신에 대한 호감 외에는 아무것도 가진 게 없는 그에게 왜? 잡아주기를 바라고 내민 무력한 손바닥에 왜?"(104)라며 자책한다. 트라우마적 기억과 정면으로 맞섬으로써, 이모는 드디어 그 기억으로부터 벗어날 수 있게 되는 것이다. 그러고 보면 "돈을 다 써버리고 얼른 죽어버리자 하는 생각"(90)만 하던 이모가, 처음으로 정갈하면서도 자신에게 충실한 삶을 살기로 한 것은 대학 동기를 떠올린 "그날 밤 이후부터"(90)였던 것이다. 기억과의 정면승부를 통해서 그녀는 어떠한 덮개기억도 없이 자신에게 충실한 조촐하지만 진정성 있는 삶을 잠시나마 살다 갈 수 있었던 것이다.

「역광」은 과거에 결박된 존재들과는 가장 거리가 먼 위현이라는 인물이 등장한다는 점에서 가장 이색적이다. 1년 전 등단한 신인소설가인 그녀는 예술인 숙소에서 소설가이자 번역가인 위현을 만난다. 그녀에게 위현은 이상적인 존재이다. 위현의 가장 큰 특징은 지금 눈앞에서 벌어진 즉흥적인 일들에 가치를 부여한다는 점이다. 위현은 "지나가는 여인에게 연정을 느낀 보들레르"(159)처럼 "우연한 조우, 스치듯 지나가는 길 위에서의 인연"(159)을 무척 좋아한다. 위현과 그녀가 낮술을 먹게 된 것도 보들레르처럼 "다시는 못 볼 찰나의 스침"(163)을 소중하게 생각한 결과이다. 위현과 대비되는 인물로는 달이 등장한다. 위현과 모종의 관계로 엮여 있는 달은 위현을 향해 "잔인한 인간! 당신은 지금 예전에 당신이 던진 걸 고스란히 돌려받고 있는 거예요. 공평하잖아요? 뭐 잘못된 거 있나요?"(167)라고 말한다. 달은 권여선이 그동안 지속적으로 그려온 과거에 묶여 있는 사람이라고 할 수 있다.

달과 달리 위현은 과거가 가진 거대한 힘을 깊이 파악하고 있는 인물이다. 과거는 "무서운 타자이고 이방인"(168)이며, "어떻게 해도 수정이 안되는 끔찍한 오탈자, 씻을 수 없는 얼룩, 아무리 발버둥쳐도 제거할 수 없는 요지부동의 이물질"(168)이라고 생각하는 것이다. 그렇기에 위현은 과거에 구속되기보다는 과거로부터 비롯된 기억 따위에 주목하지 않으려는 인물이라고 할 수 있다.

동시에 위현은 과거와 기억으로부터 비롯된 필연성에는 전혀 관심을 기울이지 않는다. 그는 우발적인 만남의 결과(효과)가 삶을 더욱 풍부하게 만들어주는 축복이라고 생각하는 것이다. 위현은 우발적인 만남을 통해 우리는 새로운 존재로 생성될 수 있다고 생각한다. 마치 "입 속에 남은 된장의 짠맛과 보리의 구수함, 오이 씨 속의 달착지근함의 콤비네이션이 어느 경계에서 버터의 맛"(166)을 낸 것처럼 말이다. 기억의 그 무서운 힘을 충분히 인식하면서도, 그로부터 벗어나 무한한 가능성으로 가득한 우연성과 잠재성에 바탕해 살아가는 위현이라는 존재는 권여선 소설에서 무척이나 새로운 인간형이라고 할 수 있다.

그러나 이 작품에는 하나의 반전이 숨겨져 있다. 마지막에 위현이라는 인물은 입주 신청조차 하지 않았음이 드러남으로써, 위현은 그녀가 만들어낸 완벽한 환영에 불과했다는 사실이 밝혀지는 것이다. 그렇다면 「역광」은 기억의 필연성에서 벗어나 현재의 우연성에 온전히 자신을 맡긴다는 것은 하나의 관념에 불과하다는 작가의 인식을 드러낸 것으로 독해할 수도 있다. 「역광」은 위현의 존재를 통해 일차적으로는 '기억의 반복, 수습, 해명으로서의 현재'를 부정하지만, 동시에 위현의 부재를 통해 '기억의 반복, 수습, 해명으로서의 현재에 대한 부정'을 부정하는 소설이기도 한 것이다.

오히려 이번 작품집에서 진정으로 기억과 거리가 먼 삶을 보여주는 존재는 「봄밤」의 알루커플(중증의 알콜중독자와 루마티즘 환자 커플)인 영경과 수환이다. 어찌보면 심각한 알콜중독과 류머티즘에 걸려서 지방 요양원에 머무는 영경과 수환은 죽음에 직면한 사람들이다. 그렇기에 그들은 누구보다 기억 속에서만 살아가기에 적합한 조건을 갖춘 사람들인지도 모른다. 그러나 그들은 오로지 무를 향한 그들의 사랑법에 충실하다. 비로소 권여선 소설에도 기억에 종속되지 않은 결과 과거가 아닌 현재에 충실한 인간들이 등장하기 시작한 것이다. 작품은 현재와 과거라는 두 개의 시간층을 규칙적으로 오고 간다. 수환과 영경이 요양원에 머물고 있는 현재(A)와 요양원에 이르기까지의 과거(B)가 반복적으로 교차하는 것이다. 그러나 이때의 과거는 알루커플을 속박하는 기억의 근원이 아니라 그들이 만들어나가는 그 심오한 사랑을 더욱 빛나게 하는 배경에 불과하다.

마지막이 될지도 모르는 외출을 한 영경은 편의점에 들어가자마자 "젖을 빠는 허기진 아이처럼"(138) 허겁지겁 술을 자신의 몸속에 퍼넣는다. 술을 통해 미친 듯이 죽음을 향해 가는 영경과 그 미친 듯한 질주를 조금은 지연시키려는 영경의 상반된 모습 속에서 「봄밤」의 마지막 윤리는 격정적이지만 조용하게 솟아 오른다. 그것은 스스로 저주받은 자가 되어 대체불가능한 사랑의 완성을 향한 질주이자 동시에 멈춤이라고 말할 수 있다. 권여선은 지금 자신의 전존재를 거는 결단을 통해서만 과거의 기억으로부터 벗어나 현재의 삶에 온전히 충실할 수 있는 가능성은 개시된다고 말하는 것이다.

(2016)

제4장

대전 안의 대전, 이후 이후의 이후

방민호의 『대전 스토리, 겨울』

소설가 방민호가 작품집 『무라카미 하루키에 답함』(작가세계, 2015)과 『연인 심청』(다산책방, 2015)을 집필한 이후 단 2년 만에 『대전 스토리, 겨울』(도모북스, 2017)을 들고 우리 앞에 나타났다. 이 작품 역시 사랑을 주제로 하고 있는데, 「심청전」을 사랑의 서사로 재해석했던 『연인 심청』을 비롯한 이전 작품들에서 확인할 수 있듯이 사랑이야말로 방민호 문학의 대명제라고 할 수 있다.

『대전 스토리, 겨울』은 사랑에 덧붙여 제목 그대로 대전을 주인공으로 내세우고 있다. 이 작품의 매트릭스matrix는 대전이다. '대전 스토리, 겨울'이라는 제목부터 시작해서 서사의 육체는 물론이고 주제의식까지가 모두 대전으로 일이관지하는 것이다. 이미 『서울문학기행』(아르테, 2017)이라는 저서로 문학지리학의 한 영역을 개척한 바 있는 저자의 이력답게 대전을 묘사하는 눈길이 여간 깊고 넓은 것이 아니다. 작품 속에 등장하는 대전의 고유명사만 나열해 보아도 숨이 가빠질 정도이다.

대전역, 선화동, 광천식당, 중앙시장, 목척교, 대전천, 중앙로역 사거리, 대흥초등학교, 청란여중, 태평초등학교, 태평중학교, 대흥동성당, 대림관광호텔, 유등천, 서대전역, 옥천집, 만경집, 백천순대, 쌍리, 구 충남도청사, 홍명상가, 중앙데파트, 태평동, 보문산 등등.

이후의 삶 속에 들어 있는 대전은 "대전역에서 옛날 도청 자리까지 곧게 뻗은 길로 상징되는 곳"[1]이기에, 특히 대전역에서 옛 충남도청사에 이르는 구도심이 매우 정성스럽게 그려져 있다. 물론 이 작품에는 서울이라는 공간이 대전의 대타항으로서 강력하게 존재하지만, 사실 서울은 대전을 되비추기 위한 부속품에 불과하다.

『대전 스토리, 겨울』은 30대 초반의 대학원생 이후와 검사의 아내 숙현 그리고 이후보다 조금 어린 보영의 삼각관계를 중심으로 전개된다. 이 작품처럼 각각의 지역이 지닌 특징은 "장소란 곧 본질적으로 그 지역에 사는 사람들이고, 장소의 외관이나 경관은 상대적으로 덜 중요한 배경에 지나지 않는다"[2]는 말이 딱 들어맞는 작품도 찾아보기 어렵다. 이 작품의 인물들은 각각의 지역이 지닌 성격에 그대로 들어맞는다. 순수한 여인 보영이 대전을 상징한다면, 검사의 아내로 물질적인 안락에 빠져 사는 숙현은 서울을 상징한다. 둘 사이를 오고 가는 이후는 서울과 대전의 중간쯤에 위치한다.[3]

1 방민호, 『대전 스토리, 겨울』, 도모북스, 2017, 71쪽. 앞으로 본문 중에 이 작품을 인용할 때는 쪽수만 표시하기로 한다.
2 에드워드 렐프, 김덕현 · 김현주 · 심승희 역, 『장소와 장소상실』, 논형, 2005, 85쪽.
3 서울도 이후가 사는 곳과 숙현이 사는 곳이 나뉘어진다. 숙현이 사는 곳과 이후가 사는 신촌은 풍경이 다른 곳으로서, 둘 사이에는 "경계선"(25)이 놓여 있다.

"서울에서 가장 비싼 아파트"(26)에 살며 검사를 남편으로 둔 숙현은 "자기 뜻대로 안 되는 게 없고, 고생이라고는 한 번도 겪어 본 적이 없는 것 같은 여자"(32)이다. 숙현은 과외선생인 이후를 향해서도 자신의 욕망을 펼치는데 조금의 주저함이 없으며, "늘 자기 본위인 그녀의 행동 방식"(307)을 유감없이 펼쳐 보인다. 숙현은 큰아버지가 정략적으로 소개한 남자와 결혼하여, 애정 없는 결혼생활을 하고 있다. 숙현이 지금의 한국사회를 이끌어 나가는 현실의 논리를 대변한다면, 보영은 한마디로 "쏘냐 같고 나타샤 같은 여자"(103)로서 자유의 표상과도 같다. 보영은 이후에게 쓴 편지에 "스무 살도 되기 전에 엄마 애인을 가로채려다 유학을 갔어요. 결혼하고 소미까지 낳고도 다른 남자를 만나서 죄를 만들었고요. 이후씰 만날 때도 제게는 또 다른 남자가 있었어요"(323)라고 간명하게 자신의 삶을 정리한다. 이러한 사랑의 이력은 이 작품에서 그녀의 인간됨과 순수함의 증표로 그려진다. 보영은 자유를 애타게 갈구하지만, "자유로운 곳은 어디에도 없었"(130)기에 그녀는 "사람들이 현실이라고 말하는 것을 경멸"하고 "진짜 현실은 다른 데 있다고 생각"(121)한다.

보영이 그토록 자유를 갈망하게 하는 경멸스런 현실은 무엇일까? 그것은 돈이 지배하고 힘센 자가 약한 자를 억누르는 모습을 하고 있다. 그 현실을 극단적으로 보여주는 것은 바로 보영의 엄마이다. 보영의 엄마에게 남자들이란 "그녀의 사업을 위한 소모품에 불과"(134)하며, 심지어는 딸인 보영조차도 남자들을 잡아두기 위한 "미끼"(136)로 활용한다. 보영의 남편은 이비인후과 의사였는데, 오직 보영 엄마의 재산을 보고 결혼한 후에는 보영을 학대한다. 이외에도 보영이 만난 남자들 중에는 "강한 사람들이고 악조차 행할 수 있는 사람들"(178)이 많다. 소설가 방민호는 여기에 더해 현실에 대한 날카로운 진단을 더하고 있다. 그것은 다음의 인용문에서 알 수 있듯이, 위선, 교활, 야만이라는 세 단어로 간명하게 정리되며, 지난 정부에 순차적으로 대응된다.

> 이후가 생각하기에, 자기의 대학 시대는 설익고 어설픈 이상이 사람들을 갈라놓고 좌절에 빠뜨린 때였다. 자신을 진보주의자라고 믿어 의심치 않는 이들은 스스로 소수파의 길을 열어 민주주의를 위기에 빠뜨렸다. 입으로만 외친 복지가 헛것이 되자, 사람들 모두를 부자로 만들어 주겠다는 사람이 나타나 물욕에 빠진 사람들을 현혹했다. 위선의 시대가 가니 교활의 시대가 닥친 것이었다. 그리고 이제는 멀쩡한 아이들이 수장을 당해도 하소연할 곳이 없는 끔찍한 살육의 시대를 만나고 말았다. 야만이 군림하는 시대에 진실은 빛을 잃고 숨을 죽였다. (281)

이후가 두 여인 사이에서 겪는 갈등은 작품의 후반부로 갈수록 치열해진다. 숙현은 대학총장으로 있는 사촌형을 이용해 이후에게 교수직까지 제의하고, 이후는 보영과의 동거까지 꿈꾸는 것이다. 고민 끝에 이후는 숙현(서울)이 아닌 보영(대전)을 선택한다. 그러나 이 작품에서 숙현이 일방적으로 악이고, 보영과 이후는 선이라는 식의 단순 논리가 작동하는 것은 아니다. 특히 주요 초점화자로는 이후가 등장하기 때문에 독자는 자연스럽게 이후에게 공감하거나 이후와 동일시하기 쉽다. 그러나 이후는 사실 유부녀 숙현과 육체적으로 교접하며 그녀로부터 비싼 과외비를 비롯하여 컴퓨터에서 자가용까지 온갖 물질적 지원을 받고 있다. 그러면서 보영에게는 숙현과의 관계도 속여가면서 낭만적인 사랑을 연출하는 인물이다. 어쩌면 숙현이 가진 좋은 것은 다 이용하면서도 숙현을 경멸하는 이후보다는, 자신이 가진 좋은 것을 모두 주면서 이후를 좋아하는 숙현이 더 나은 사람인지도 모른다. 이후는 숙현과 보영 사이에 놓인 상황에 대해서 옳다거나 옳지 못하다거나 생각할 수 있는 "윤리 감각"(307)을 갖추지 못한 인물인 것이다.

작가도 당연히 이 부분을 의식한 듯 이후에 대한 비판적 인식을 곳곳에 드러내고 있다. 보영의 시선을 통해서도 이후는 "자신이 현실세계에서는 쉽게 용납될 수 없는 숭고한 이상을 추구해야 한다고 믿"(165)지만, "영락없는 속물"이자 "승부에 대한 집착에서 헤어나올 줄 모르는 사람"(165)으로 규정되기도 한다. 그토록 이후에게 매달리는 숙현조차도 이후 또한 "아직 어린 아버지일 뿐이요. 미처 나이 들지 못한 문주일 수도 있다"(221)고 생각한다. 이후 역시 자신이 경원하는 "속물들"(101)처럼 "무용담 없이는 살 수 없는"(101) 존재라는 표현도 등장한다.

그러나 숙현(서울)과 보영(대전)을 사이에 둔 이후의 고민은 처음부터 답이 정해져 있었다고 해도 과언이 아니다. 이후의 대전에 대한 사랑은 시종일관 절대적인 성격의 것이기 때문이다. 이후는 "그리운 체취같은 대전 냄새"(17)를 맡으며, 서울을 떠나 대전으로 돌아가는 일은 늘 이후에게 "새로운 기쁨"(58)을 준다. 이에 반해 이후에게 서울은 "서먹하고도 망망한 바다"(52)에 불과하며, 그 곳에서 이후는 "고달픈 풍랑몽에 시달리는 사내"(52)가 된다. 충청 내륙의 비빔밥은 "유난히 순하고 부드러운 맛"(125)을 내지만, 처음 서울에서 육개장을 먹었을 때는 "토할 뻔"(126) 하기도 한다. 대전은 "시내버스 정류장에서 버스가 저만치서

오는 노인을 기다려 주는 여유"(301)가 있는 곳이기도 하다. 대전에 이토록 큰 애정을 느끼는 것과 달리 이후는 '서울의 서울'이라고 할 수 있는 숙현의 아파트에 대해서는 다음처럼 혐오감을 느낀다.

> 아파트가 줄줄이 늘어서 있는 풍경 앞에서 이후는 갑갑함을 느꼈다. 길가에 띄엄띄엄 서 있는 가로수들은 영양 결핍으로 메말라 있었다. 아파트 단지 안의 나무들은 너무 높은 건물 탓에 볼품없는 전시품에 불과해 보였다. 아파트 안으로 들어서면 그 내부는 차라리 초라하기까지 했다. (25)

이후에게 대전은 에드워드 렐프가 인간의 실존에 필수적인 요소로서 가장 본원적인 정체성을 제공한다고 주장한 '장소'에 해당한다. 장소는 "개인이나 집단에게 있어 안정과 정체성의 원천"[4]이다. 인간은 장소에 뿌리를 내리고 그곳을 중심으로 세계를 바라보고 세계와 관계를 맺음으로써 살아가는 존재라고 할 수 있다. 흥미로운 것은 이후가 이제 막 서른 살이 넘은 젊은이라는 사실이다. 에드워드 렐프는 현대인들이 "장소가 진정성을 상실했거나, 심각하게 훼손된 상태"[5]를 의미하는 장소상실을 경험한다고 주장한다. 현대인은 '장소상실 혹은 무장소성placelessness'에 시달린다는 것이다. 에드워드 렐프가 이 책을 쓴 것이 1984년이라는 것을 생각할 때, 1980년대생인 이후가 대전이라는 특정 공간에 대해 이토

4 에드워드 렐프, 김덕현 · 김현주 · 심승희 역, 앞의 책, 34쪽.
5 위의 책, 300쪽. 렐프는 철저히 획일화되고 그나마 지속성마저 결여된 채 개인으로서, 그리고 공동체의 일원으로서 나의 장소에 속해 있다는 느낌을 주지 못하는 현대 도시공간의 특징을 렐프는 무장소성이라는 개념에 담았다.

록 끈끈한 장소감을 갖는다는 것은 무척 특이한 경우라고 할 수 있다.

이와 관련해 작가가 이후라는 인물의 형상화와 관련해 '늙은 청년'이라는 것을 여러 차례 강조한다는 것은 눈여겨볼만하다. 이것은 단순히 정치적인 측면뿐만 아니라 장소와 관련해서도 의미 있게 음미할 대목이다. 이후는 젊은이지만 특정한 '공간'을 '장소'로 받아들일 줄 아는 '노인'인 것이다. "말하자면 늙은 젊은이"(23)인 이후는 "낡은 것들 속에서 살아가는 게 좋았"(21)던 젊은이고, "오래된 것을 좋아"(20)하는 젊은이다. 그는 "싸고 소박하고 피난 시절에나 어울릴 법한 곳들"(81)을 좋아한다. 보영의 생일에는 이후와 친구들이 막걸리집에 모여서 생일잔치를 벌일 정도이다. 순수와 이후를 보며 보영은 "저 늙은 젊은이들"(182)라고 생각한다. 심지어 이후의 일기장에는 "노인이 스며들듯 내 안으로 들어와 버렸는지도 모른다"는 "무서운 생각"(238)을 하기도 한다. 이후의 가장 친한 친구인 순수도 "정말 옛날 사람처럼 늘 지난 시절 얘기를 하고 술을 마셔도 막걸리를 마시고 노래를 불러도 흘러간 옛노래"(275)만 부른다.

그러나 이 작품이 대전에 대한 찬가만으로 끝나는 것은 아니다. 수백만의 사람이 사는 광역시이자, 경부선과 호남선 철도, 경부고속도로와 호남고속도로 중부고속도로가 연결되는 교통의 중심지가 한 가지 색으로만 칠해질 수는 없는 일이다. 대전과 같은 대도시는 말할 것도 없고, 본래 장소가 "하나의 근본적인 정체성을 가지고 있다는 생각"[6]은 성립하기 어렵다. 사람들의 정체성이 복수인 것처럼, 장소 역시도 분열되어

6 도린 매시, 정현주 역, 『공간, 장소, 젠더』, 서울대 출판문화원, 2015, 273쪽.

있기 때문이다. 도린 매시는 "과거의존적이고 이음새 없이 매끈한 내적 동일성을 지녔으며 언뜻 보기에 안락함을 주는 닫힌 공동체로서 장소를 인식"[7]하는 것에 반대한다. 장소의 의미를 고정하여 경계 지어진 닫힌 공간으로 해석할 때, 그것은 타자들과의 대립으로 귀결될 수도 있다고 보는 것이다.

이와 관련해 작가는 이미 답을 가지고 있다. 그것은 바로 옐로 서브마린이라는 카페이다. 이 곳은 '대전의 대전'이라고 할 수 있는 곳으로서, 고유한 지명으로 가득한 이 소설에서 작가가 창조해 낸 가상의 공간이다. 이 공간의 중요성은 책의 표지가 바다 속에 노란색 잠수함이 떠있는 모습의 그림이라는 것만으로도 간접적으로 확인할 수 있다. 옐로우 서브마린은 "위선도, 교활도, 야만도 없는 세상. 타는 불도, 세월호도, 물대포도, 시간 강사도, 관사도 필요치 않은 세상. 오로지 영원히 계속될 것 같은 어린 아이의 꿈과 웃음소리만 있는 세상"(312)이다. 이후와 보영은 이 옐로 서브마린에서는 그들이 그토록 애타게 갈망하는 자유를 맘껏 누릴 수 있다. 그들은 옐로 서브마린에서는 "육지 세상과 절연한 채 노란 잠수함 속 세상을 세상의 전부로 알고 자유롭게 헤엄치는 물고기들"(312)이 될 수 있는 것이다. 이후와 보영이 그토록 꿈꾸는 세상이 바다(물)의 상상력으로 가득하다는 것은 무척이나 흥미로운 대목이다. 한국을 대표하는 내륙의 도시에서 자유의 상징인 물과 물고기가 탄생하는 것이다. 그러고 보면 이후와 보영은 처음부터 물고기에 비유되고는 하였다. 이후가 보영을 처음 보았을 때 보영은 은갈치에 비유

7 위의 책, 304쪽.

되었으며, “바다는 우리들의 뿌리. 우리는 바다의 잎과 열매”(68)라고 말하는 부분도 등장한다. 작품 속에서 이후와 보영은 “두 마리 잉어, 두 마리 물고기”(66)라는 뜻의 쌍리라는 이름의 카페에서 만나기도 한다. 또한 보영은 오랜만에 이후를 만나 자신이 “그냥 수족관 속에 가만히 있었어요”(293)라고 말한 적도 있다.

소설가 방민호가 창조해낸 ‘대전 스토리’는 이처럼 다채롭고 화려하다. 실제의 대전이라는 공간의 특징들이 실감나게 재현되는 동시에 거기에는 작가의 상상력을 통해 바다의 거대한 물결까지도 넘실거리고 있는 것이다. 그렇기에 『대전 스토리, 겨울』의 대전은 자칫 폐쇄적으로 연결될 수도 있는 단순한 장소애와는 구분되어야 한다. 이와 관련해 이후가 혼자 된 아버지를 결코 방문하지 않는다는 것은 주목해 보아야 할 부분이다. 이후는 자주 대전을 찾지만, 집 근처까지 가서도 결코 아버지를 방문하지 않는다. 최초의 고향은 ‘부모의 몸’이라는 말이 있는 것처럼, 본래 고향에 대한 사랑은 부모에 대한 사랑이 번져나간 것으로 이해되기도 한다. 문제는 육친애에 바탕한 사랑이야말로 타자에 대한 배제로 이어지는 자폐적 자기애에 머물 가능성이 농후하다는 점이다. 따라서 이후가 그토록 고향인 대전을 사랑하고 목말라하면서도 혼자 된 아버지를 결코 찾지 않는 것은, 그의 대전애가 지닌 보다 개방적인 지향을 암시하고자 한 것으로 새겨볼 수 있다.

이 작품은 풍속소설이라는 장르명을 문패처럼 내세우고 있다. 그러나 이것은 과소진술인 동시에 과대진술이다. 과소진술인 이유는 이 작품이 박사논문을 쓰는 대학원생을 주인공으로 내세워 남다른 내면의 깊이를 확보하고 있기 때문이다. 이러한 특성은 특정 시기의 사회적 표피만을 풍다豊多하게 다루는 풍속소설의 한계를 뛰어넘는 것이다. 작가는 이후의 정신세계를 드러내기 위해 이후가 쓴 일기를 직접 등장시키기도 하고, 그의 논문 테마가 담고 있는 사유의 지향을 여러 차례 밝히기도 한다. 일기의 핵심은 걸림 없는 자유로 요약될 수 있는 니체의 사상이다. 니체처럼 이후 또한 "내 종족을, 내 학문을, 그러니까 국문학을, 그리고 고색창연한 스승마저 부인해버리고"(235)고 싶어 한다. 나아가 이후는 지식인들의 일부가 "건국의 아버지를, 민족중흥의 전도사를 숭배"하고, 또 다른 일부는 "곧 다가온다는 하나 된 조국을 숭배"하며, 이들을 모두 경멸한다는 제3의 부류는 "자신들이 한국의 니체라도 되는 양 잘난 체들"을 하지만 "니체와 달리 절대로 자신들을 체제 바깥에 내놓지 않으려고 한다"(236)며 기성 지식인을 모조리 비판한다. 이처럼, 이후가 추종하는 니체는 그 모든 것에서 벗어난 절대적인 자유의 정신을 상징한다. 이후가 학위논문으로 쓰고 있는 작가 손창섭의 삶과 문학도 이러한 자유의 정신에 맥이 닿아 있다. 손창섭은 고대 도시국가의 외국인 체류자를 의미하는 메토이코이metoikoi로 분류된다. 손창섭은 "시민적 권리와 의무의 바깥에 존재하는 이방인"(85)이자 "한국과 일본. 그 어느 쪽에도 완전히 귀속되지 않는 메토이코이"(86)인 것이다. 이후는 "그를 향해 같은 병을 앓고 있는 자들만이 서로에게 품을 수 있는 연민"(87)을 느끼는데, 손창섭은 근대의 절대적 기표 중 하나인 민족국가마저도 넘어선 절대 자유인의 한 상징이라고 할 수 있다.

동시에 과대진술인 이유는 정확히 과소진술인 이유에서 비롯된다. 학위논문 작성중인 이후를 작품의 눈과 입으로 내세우고, 더군다나 이후의 내면과 정신을 깊이 파고든 결과 풍속소설의 최대장기인 특정시기 삶의 표피적 세부는 물론이고 그 분위기까지도 다닥다닥한 묘사로 보여주는 특징이 다소 약화되었기 때문이다. 재현되는 현실의 폭은 논문 준비중인 대학원생의 시야로 제한되고, 이후가 주로 사회를 접하는 것은 팟캐스트나 고향친구들과의 술자리 정담을 통해서이다. 그럼에도 이 작품은 나름의 당대성을 확보하고 있는데, 이것은 주인공 이후가 늘 세월호 참사의 아픈 상처를 의식하는 것을 통해 가능하다. 2014년 초겨울부터 2015년 초겨울까지를 주요 스토리 시간으로 삼고 있는 이 소설은, "세월호 참사가 일어나던 2014년이라는 현실세계를 살아가는 사람들의 마음의 세계를 그리고자 했습니다"라는 작가의 말처럼, 세월호 참사의 짙은 음영으로부터 벗어나지 않는다. 이처럼 세월호 참사를 끊임없이 언급하고 환기시킴으로써 시대의 중핵적 상처와 정조에 접근하는데는 성공하고 있다. 이처럼 소설가 방민호의 『대전 스토리, 겨울』은 풍속소설의 이전인 동시에 이후이다.

그토록 자유를 갈망하며 참된 세상을 꿈꾸던 보영은 결국 죽고 말았다. 위선과 교활과 야만의 이후를 바로 지금의 현실일 수 있다고 말하기에 우리 시대는 너무나도 암울하기에, 어쩌면 당연한 결말인지도 모른다. 그렇다면 이후와 보영의 꿈은 모두 허사가 되어 버린 것일까? 그러나 이후는 숙현과 보영과의 사랑을 통하여 "세상을 어둠에서 되돌려 받으려면, 먼저 자기를 자기의 어둠에서 되돌려 받아야 한다. 위선과, 교활과, 야만의 세상을 구하려면 지상의 한 사람이 먼저 자기를 구원해야 한다"는 참으로 가슴 시린 진실을 동시대인들에게 제출하고 있다. 이것은 이후가 자신 안의 위선과 교활과 야만을 넘어섰다는 혹은 넘어서야 한다는 윤리를 갖게 되었음을 의미한다. '서울이 아닌 대전', '대전을 넘어선 대전'에 대한 탐구는 마침내 '이후 이후의 이후'에까지 도달한 것이다.

(2018)

제5장

외톨이의 윤리

박형서의 「외톨이」

박형서의 「외톨이」(『문학동네』, 2017.봄)는 조금 시간이 지나기는 했지만 같은 작가가 쓴 「자정의 픽션」(『문예중앙』, 2010.겨울)을 떠올리게 하는 작품이다. 「자정의 픽션」도 부부관계를 중심으로 한 작품으로서, 학원강사인 남편은 온종일 마트 종업원으로 고생하고 귀가한 아내의 편안한 잠을 위하여 이야기를 만들어낸다. 그 이야기는 냉장고에 들어 있는 멸치들이 변기를 통하여 바다로 간다는 공상에 가까운 것이었다. 「자정의 픽션」에서는 아내를 위한 판타지가 작품의 내화內話로서만 존재했다면, 「외톨이」에서는 아내를 위해 세상을 파멸시키려는 한 인간의 판타지가 전지구적 규모로 펼쳐진다.

「외톨이」의 성범수는 인간의 모든 불행이 요령 있게 압축된 존재이다. 가난한 재봉사의 외아들로 태어난 성범수는 두뇌도 체력도 모자라며 심지어는 표정도 "얘 좀 기분 나쁘네"라는 말이 절로 나오게 할 정도로 침울하다. 일곱 살 때 부모가 동시에 죽자 유일한 혈육인 고모에게 맡겨지며, 고등학교를 간신히 졸업한 후에는 계약직 영업사원이 된다.

유일한 보호자인 고모는 "부러워하면 지는 거"라는 가르침을 남겼고, 성범수는 일찌감치 "기대"를 접고 살아왔다. "남에게 잘 보일 생각도, 미래에 대한 기대"도 없는 성범수는 "단지 살아 있"을 뿐이었던 것이다. 성범수는 조에zoē(생물학적 사실로서의 삶)로서는 분명 살아 있지만, 비오스bios(고유한 삶의 방식이나 가치)로서는 죽어 있다고 말할 수도 있다. 더욱 문제적인 것은 성범수 스스로도 비오스로서의 삶을 기대(욕망)하지 않는다는 점이다. 그렇기에 성범수는 죽은 것도 아니고 산 것도 아닌 존재이며, 인간인 동시에 비인非人이다.

아내와의 만남은 성범수에게 극적인 변화를 가져온다. 성범수가 아내와 만난 일은 바디우Alain Badiou적 의미의 '사건'이다. 이것은 예수님을 믿는 사람들을 박해할 공문을 가지고 다메섹으로 가던 바울이 예수님을 만남으로써 거룩한 사도로 변신한 '사건'에 맞먹는다. 성범수는 아내를 만난 이후 완전히 변한다. 아내를 만나고서 성범수는 "마침내 세상에 한자리 낀 기분"을 느낀다. 성범수는 아내를 "인류 전체"로 느끼다가 나중에는 "신이 자기를 사랑해주기로 입장을 바꾸었다"고 생각한다. 실제로 아내는 성범수에게 온전한 생명을 부여했다는 점에서 분명 신神이었던 것이다. 성범수는 이제 "기대할 줄 아는 남자"가 된다. 근사한 가정을, 병원비를 걱정하지 않을 만큼의 돈을, 단단한 정신을, 행복을 기대(욕망)하게 된 것이다. 동시에 그것은 자기라는 하나의 고유한 주체를 인식하게 된 일이기도 하다.

성범수가 아내와 나눈 마음을 이해하기 위해서는 두 번이나 반복해서 등장하는 미얀마의 전설과 이에 대한 성범수의 반응을 살펴볼 필요가 있다. 미얀마의 전설 속에서 금슬 좋은 박쥐 부부는 어느 날 폭풍에 휘말려 서로 헤어진다. 둘은 파도가 밀려난 해변에서 하루만에 다시 만나지만, 지난 하루를 따로 보낸 게 너무나도 분하고 원통하여 일 년 동안 운다. 성범수는 특히 "지난 하루를 따로 보낸 게 너무나도 분하고 원통하여 일 년 동안 울었다"는 부분을 좋아하여 만나는 사람마다 이 전설을 들려준다. 전설 속의 박쥐 부부나 성범수 부부는 일 년 동안의 울음에 맞먹는 하루를 보냈던 것이다. 이 전설을 사람들에게 말해주어도, 그들은 폭소를 터뜨리거나 혹은 어리둥절한 표정을 지을 뿐이지만, 오직 아내만은 성범수에게 고개를 끄덕인다. 이처럼 성범수에게 아내는 바울이 사도맥으로 가던 길에 만난 예수님처럼 절대적인 존재이다.

그러나 아내와의 그 소중한 시간은 고작 14개월에 머물고 만다. 성범수는 아내와 여름 휴가로 바다에 가 스노클링을 하다가 이안류離岸流를 만나 아내를 잃어버리는 것이다. 이 순간 성범수는 "이제 더 이상 살아갈 이유가 없"게 되었다고 느낀다. 아내의 존재로 인해 온전한 인간이 된 성범수는 이제 다시 비인으로 돌아간다. 그러나 아내라는 존재를 통해 인간이 된 경험을 했기에, 성범수가 경험하는 고통과 어둠은 예전의 것보다 더욱 짙을 수밖에 없다. 성범수는 마카오로 떠나서 "적당한 순간에 적당한 방식으로 죽어" 버리기로 작정한다.

무심코 돌아간 마카오의 도박장에서 수백만 달러의 돈을 따면서 죽음은 유예되기 시작한다. 이후 성범수는 런던으로 가서 물리학을 혼자 공부한다. 그 결과 전기 발생의 원리에 관한 오랜 통념을 전복시키는 발전기를 고안하고, 유명 연구소에 자리를 잡은 후 석학들과 교류한다. 과학지식을 이용하여 뉴욕 금시장에 2.2톤의 순금을 내놓기도 하는 성범수는 "소립자 이론과 초끈 이론이 통합되는 만물의 섭리에 다가서는 중"이었던 것이다. 나중에 밝혀지듯이, 이 모든 활동은 '대역전'을 위한 준비활동이었다.

'대역전'이란 나중 성범수가 실제로 행한 일로서, 과학지식을 이용하여 아내를 가져간 바닷물을 모두 사라지게 하는 것이다. "아내가 말라리아로 죽었다면 성범수는 모기를 멸종시켰을 것이다. 만약에 아내가 칼에 찔려 죽었다면 철기문화를 파괴했을 것이고, 벼랑에서 떨어져 죽었다면 만유인력을 해체했을 것이다"라는 말에서 알 수 있듯이, 대역전은 아내를 데려간 바다를 향한 복수에 해당한다. 성범수에게는 오직 이 복수라는 목표 외에 다른 삶의 이유는 존재하지 않는다. 아내의 죽음 이후 성범수의 삶은 오직 대역전에만 초점이 맞추어져 있었던 것이다. 그렇기에 성범수는 백만장자가 되고 세계적으로 인정받는 과학자가 되었어도 곰팡이 핀 빵을 먹고 욕실의 수돗물을 마신다. 대역전을 준비하며 보낸 9년 동안 성범수의 몸은 "통째로 썩고 있었"다. "잇몸이, 폐가, 발가락이, 똥구멍이, 똥구멍에서 빠져나온 직장이 썩어갔"던 것이다. 이 와중에도 성범수는 어떤 형태의 진료도 받지 않으며, 벌어들인 돈은 모두 대역전을 위해 필요한 일에 사용한다.

대역전은 신으로부터 버림받은 왜소한 피조물이 스스로 신이 되는 것을 의미한다. 성범수는 고작 인간이면서도, 인간의 타락을 벌주기 위해 신이 대홍수를 일으킨 것에 버금가게 바닷물을 모두 없애려는 것이다. 성범수의 행위가 신에 대한 도전이라는 것은, 몰타의 호텔 침대에서 죽기 직전에 "그간 척을 지고 살아온 신"에게, 성범수가 "야 인마"라고 말하는 것에서도 분명하게 드러난다. 찌질한 외톨이 성범수가 신과 대적할 수 있었던 것은 바로 아내와의 만남이라는 '사건'이 있었기 때문이다. 사람들은 "성범수는 본디 혼자서도 그럭저럭 잘 살아가지 않았는가. 자존감도 낮고 기대도 없던 사람이지 않았는가. 왜 원래의 모습대로 돌아가지 않았는가"라고 이야기한다. 그러나 아내와의 만남은 성범수의 이전과 이후 사이에 심연을 만들어 놓은 '사건'이었기에, 성범수는 돌아가지 않은 것이 아니라 "돌아갈 수 없었"던 것이다. '사건'에의 충실성fidelity으로 윤리를 설명한 알랭 바디우의 말대로라면 성범수는 분명 윤리적 주체라고 부를 수 있다.

「외톨이」는 한 비인이 한 여인으로 인해 인간이 되고, 그 여인이 죽자 복수를 위해 자신의 모든 것을 바친다는 그야말로 숭고한 사랑의 이야기이다. 사랑을 성욕이나 낭만 등과 관련된 골방의 유희가 아니라 타인을 온전하게 인간으로 실현시키는 윤리적 행위로 이해할 수 있다면, 한 여인을 위해 자신의 전존재를 건 성범수의 복수는 참된 윤리적 행위로 의미를 부여할 수도 있다. 성범수의 대역전이라는 행위의 의도만을 따진다면 그는 누구보다 숭고한 인간인 것이다. 성범수는 자신이 경험한 사건에의 충실성으로 말미암아 고작 외톨이에서 일약 신의 경지로까지 고양되었다.

그러나 그 대역전의 결과를 보았을 때도 우리는 똑같은 말을 할 수 있을까? 대역전으로 14억km^3의 염수가 동시에 기체로 팽창해 상승하자 그 부수현상으로 해안 지대의 상당 부분이 허공으로 솟구친다. 나아가 그 증발의 영향으로 세계 전역에 40일 동안 반쯤 얼어붙은 소금비가 쏟아져 온갖 형태의 문명을 덮고 할퀴고 쓸어간다. 그 결과 오직 7억의 인구만이 지구상에 살아남는다. 몇 년 후에 바다는 본래의 모습을 되찾지만, 이제 더 이상 짠 맛은 사라진 "영영 반편이"가 되어버린다.

이제 살아남은 사람들은 "신화 속의 악마"를 떠올리듯 성범수의 이름을 기억한다.

여기서 우리는 다메섹으로 가던 길에 바울이 들은 예수님의 목소리가 지닌 의미에도 초점을 맞추어볼 필요가 있다. 이것은 성범수가 아내와 나눈 사랑의 의미에도 관심을 기울일 필요가 있다는 말이기도 하다. 성범수의 아내는 중학교 동창이었으며, 성범수와 마찬가지로 "김치 냄새 취급을 받던 외톨이"였다. 아내는 성범수에게 먼저 말을 걸어주고, 성범수가 전화를 걸면 금방 나와 주었을 뿐이다. 그러나 정말 중요한 것은, 다음의 인용문에 드러난 것처럼 아내는 성범수에게 "누구인지, 무얼 원하는지, 어떻게 살 것인지"를 물어준 유일한 인간이었다는 사실이다.

> 아무도 성범수에게 묻지 않았다. 누구인지. 무얼 원하는지. 어떻게 살 것인지 묻지 않았다. 기대하는 바가 없기 때문이었다. 그렇게 자라온 성범수 역시 세상에 기대하는 게 없었다. 익숙해지다 보니 기대할 필요를 느끼지 못했다. 기대한다고 행복해지지 않았다. 기대하지 않아서 불안해지지도 않았다. 여자를 만나기 전까지 그랬다. 정확하게 말하자면, 드디어 기대와 욕망이 생긴 인간이 된 것이다.

아내의 작은 관심으로 인해 성범수는 처음으로 기대(욕망)하는 인간이 될 수 있었다. 성범수가 진정한 사도 바울이 되기 위해서는 아내 그 자체는 물론이고, 그 메시지에도 관심을 기울여야 했을 것이다. 아내가 성범수에게 전한 메시지는 결코 인간의 파멸을 불러오는 대역전과 같은 행위일 수는 없기 때문이다. 이와 관련해 성범수가 백만장자가 되고 과학지식을 쌓아 신의 경지에 다가가는 과정이 성범수의 처절한 몰락과 병행한다는 사실도 잊어서는 안 된다. 작가는 성범수에 대한 독자의 아이러니적 시선을 유도하는 장치를 노골적으로 작품 속에 배치해 놓고 있다. 「외톨이」는 서사의 큰 줄기에 관여하지는 않지만, 이야기가 현실적으로 느껴지게 하는 디테일을 통해서 현실효과reality-effect를 창출하는 일에 거의 무관심하다. 정확하게 말하자면 그러한 현실효과를 적극적으로 무시하고 나아가 조롱한다. 이를테면 성범수는 무려 네 번의 베팅이 연달아 성공하는 바람에 마카오의 도박장에서 백만장자가 된다. 또한 성범수는 자신에게 "많은 영감을 준 당시의 돌대가리들 중 셋은 노벨상까지 받은 병신들이었다"고 스스럼없이 생각할 정도의 뛰어난 과학자가 되는데, 그가 과학지식을 처음 쌓은 것은 "인터넷으로 검색했거나 문화센터에서 수강했거나" 등의 방법으로 설명된다. 이외에도 성범수가 전자의 에너지준위를 멋대로 조절할 수 있었던 건 파울리나 훈트 같은 이들의 선행 연구를 몰랐기 때문에 가능한 일이었다"처럼 현실효과와는 배치되는 부분이 박형서의 「외톨이」에는 가득하다. 서사의 큰 줄기만 따라간다면 성범수는 아내의 복수를 위해 스스로 신이 된 윤리의 화신이지만, 사소한 디테일들에 주목한다면 누구도 성범수와 그의 행위를 진지하게 바라볼 수 없는 것이다.

이처럼 성범수의 대역전이 가져온 구체적인 결과와 작가가 치밀하게 계획한 것으로 보이는 현실효과의 무시는 성범수라는 인간을 통해 사사화私事化된 '사건'에의 충실성이 가져올 비윤리의 극단도 제시한다. 이와 관련해 서술자가 직접 나서서 "대역전을 해석할 때 어떤 관점들은 특히 경계할 필요가 있다"며 "성범수의 생애에 기상천외한 낭만과 터무니없는 신화를 덧씌우는 경향이 그중 하나다"라고 말하는 것은 곱씹어볼 필요가 있다. 그러한 덧씌움을 통해 "대역전을 겪은 인류의 슬픔"은 "조금도 위로받지 못"하기 때문이다. 박형서의 「외톨이」는 섬세하고 진지하게 성찰되지 못한 '사건'에의 집착이 때로는 그 '사건'의 참된 의미를 배반하기도 한다는 점을 SF적 요소와 차가운 유머로 다루고 있는 올해의 문제작이다.

(2017)

제6장

광대뼈를 때리면 누구나 아프다

정용준의 「선릉 산책」

정용준의 「선릉 산책」은 한국문학계에서 그토록 많이 이야기되었지만 여전히 해소되지 않은 타자와 윤리의 문제를 심층까지 탐구하고 있는 작품이다. 정용준은 10년이 채 못 되는 기간 동안 두 권의 소설집(『가나』, 『우리는 혈육이 아니냐』)과 한 권의 장편소설(『바벨』)을 발표하며 독창적인 문학세계를 보여주었다. 독창성의 항목으로는 언어에 대한 민감한 감수성, 가상세계의 형상화에 대한 진지한 접근, 사회적 약소자들에 대한 정치적 관심 등을 들 수 있다. 이러한 세 가지 특징은 더 큰 층위의 문제의식에 포함되는데, 그것은 2000년대 이후 우리 문학계의 지배적 화두 중의 하나였던 타자에 대한 관심 내지는 초월, 다시 말해 윤리이다. 이러한 맥락에서 「선릉 산책」은 정용준이 도달한 문학적 성취의 분명한 사례라고 할 수 있다.

여기 한여름의 서울 거리에 헤드기어를 쓰고 10kg이 넘는 백팩backpack을 맨 스무 살의 한 청년이 우리 앞에 서 있다. 그는 가끔 침도 뱉으며, 사람들과 유의미한 소통도 하지 못한다. 이 청년을 향해 우리는 너무도 쉽게 자폐 내지는 정신지체라는 이름표를 붙이며, 그 이름표를 통해 그를 모두 이해한 것처럼 마음 편해 할지도 모른다. 소설은 그러한 모습을 한 청년 한두운을 '내'가 시급 만 원이라는 조건과 함께 돌보는 것으로 시작된다.

「선릉 산책」에서 한두운의 헤드기어는 사람들이 그를 이해(분별)할 수 있게 하는 선명한 기호가 되기도 하지만, 동시에 한두운의 여러 가지 가능성을 영원히 이해(분별)할 수 없게 하는 손쉬운 기호가 되기도 한다. 「선릉 산책」은 손쉬운 분별의 기호 속에 감춰진 잠재성을 발견했다 놓쳤다를 반복하는 진자운동의 서사인 동시에, 그 반복과 직접적으로 연결된 이해와 오해를 반복하는 진자운동의 서사라고 간단하게 정리할 수 있다.

한두운을 소위 말하는 정상인과 구분시키는 가장 선명한 물건은 "머리에 쓴 헤드기어와 무거워 보이는 보라색 백팩은 아무리 봐도 이상했다"라는 말에서 알 수 있듯이 헤드기어와 백팩이다. 헤드기어는 가끔 자해를 하는 두운을 보호하기 위한 물건이고, 백팩은 한두운을 피곤하게 만들어 쉽게 잠들도록 하기 위한 것이다. 대낮에 머리에 둘러쓴 헤드기어는 모든 이의 관심을 끌기에 충분하다. 여기에 더해 한두운은 별다른 이유도 없이 자주 침을 뱉으며, 선배가 건네준 쪽지에 "계속 말을 걸어주면 친해질 수 있음(혼잣말을 하게 될 것임)"이라는 항목이 적혀 있는 것에서 알 수 있듯이 상대방과 대화를 하지 않는다.

그러나 한두운을 타자로 규정짓는 세 가지 사항(자해, 침뱉기, 침묵)은 한두운의 일부일 수는 있을지언정 결코 한두운의 전부일 수는 없다. 한두운은 선릉을 산책할 때도 죽은 왕이 다닌다는 신도神道에 침을 뱉기도 하고, 이따금씩 주먹으로 헤드기어를 툭툭 때리기도 한다. '나'는 이런 한두운의 얼굴에서 "마음과 감정을 파악할 수 없는 미지의 표정"을 보며, "어딘가에 영혼을 두고 텅 빈 육체로 산책하러 나온 꿈꾸는 남자"라고 생각하기도 한다.

그러나 한두운이 이해할 수 없는 타자로만 남겨지는 것은 아니다. 결국 모든 말이 혼잣말이 될 것이라는 선배의 조언과 달리 한두운은 처음 '밥'이라는 말에서 시작해 '매미'라는 말을 하고, 이후에는 '오리나무, 화살나무, 자귀나무'와 같은 나무들의 이름까지 줄줄이 말한다. 이후 길을 걸으며 한두운은 손가락으로 뭔가를 가리키며 '내'가 그것을 봐주기 원하고, '내'가 그것을 확인하면 한두운은 다시 만족스러운 표정으로 앞서 걸어가는 것이다. 그것은 "상상조차 못 했"던 일이라고 할 수 있으며, '나'는 한두운과 대화를 나누는 단계에까지 이르렀다고 볼 수 있다. '나'는 헤드기어로 대표되는 한두운의 모습과는 다른 새로운 잠재성을 한두운에게서 발견한 것이다. 이러한 잠재성의 발견과 한두운에 대한 이해는 계속 진행된다.

사람들의 몸과 닿지 않으려고 피하는 한두운의 모습에서 아웃복서를 연상한 '나'는 자신이 대학시절 프랑스어과 대표 권투선수로 링에 올랐던 일을 떠올리고, 그때 친구들이 '파피용'(나비라는 뜻의 프랑스어)이라고 소리치며 자신을 응원한 것을 기억한다. '나'는 자신의 이야기를 들은 한두운의 얼굴에서 "응답하는 눈빛"을 느끼며, 그것은 바로 "그가 내 마음을 꿰뚫어 본 다음에 웃은 것"이라는 판단에까지 이른다. 이후 둘이 서로 권투경기를 흉내내는 장면은 둘의 소통이 환하게 이루어지는 장면이라고 할 수 있다. 이것은 "선릉역에 선릉이 있다"는 사실이 낯설지만 너무나 당연한 일이었던 것처럼, 한두운도 고유한 성격과 리듬을 가진 존재임을 발견한 것에 해당된다.

이러한 한두운의 발견 혹은 구원이 저절로 이루어진 것은 아니다. '나'는 한두운이 무서워하는 목줄 풀린 치와와를 쫓아주기도 하는데, 이 순간 한두운은 "한참 동안 뚫어지게 나를 쳐다보더니 대뜸 내 손을 잡"는다. 이후에도 '나'는 한두운에게 과도한 관심을 보이는 아저씨들에게 "그러지 마세요"라고 말하기도 한다. 물병 세 개, 양장된 책이 일곱 권, 2킬로그램짜리 분홍색 아령이 들어 있는 백팩을 벗겨줬을 때는, 한두운이 기분 좋게 "소리를 내며 주먹으로 자신의 얼굴을 툭툭" 치기도 한다. '나'는 한두운의 헤드기어까지 벗겨주고 땀띠와 염증으로 가득한 한두운의 얼굴을 닦아주는데, 이후 한두운의 발걸음은 "경쾌하고 빨라졌"으며 계속 해서 '나'에게 "뭔가를 보여"주기 시작하다.

발견과 이해로 향하던 진자는 다시 방치와 오해로 향하기도 한다. 이것은 한두운의 보호자가 갑자기 일이 생겼다며 한두운을 세 시간 동안 더 봐달라는 전화를 했을 때 일어난다. 이것은 기본적으로 '내'가 한두운을 돌보는 것이 칸트적 의미의 정언명령에 입각한 행위가 아니라 분명한 결과와 목적을 염두에 둔 행위이기 때문에 발생할 수밖에 없는 일이다. '내'가 한두운과 산책을 하며 "그에게도 '자아'라고 하는 것이 있을까"라는 심각한 의문을 제기했다가, 곧바로 "모르겠다. 네 시간 남았다"라는 답변으로 스스로의 의문을 봉합하는 것에서도 알 수 있듯이, 한두운과의 산책은 자신에게 주어진 임무의 완수를 위한 방편에 불과한 것일 수도 있기 때문이다.

그렇기에 세 시간 동안 한두운을 더 봐달라는 보호자의 전화를 받은 순간부터, 둘 사이의 분위기는 급변한다. 전화를 받고 불쾌해진 '나'의 기분을 감지한 한두운은 계속 곁눈으로 '나'의 눈치를 본다. 한두운은 '나'와의 관계 회복을 위해 "갑자기 나무 이름을 말하기 시작"하지만, '나'는 분노가 서린 큰 목소리로 "조용해", "시끄럽다고"라고 짜증을 낸다. 불과 몇 시간 전에 한두운이 말하는 나무이름이 '나'에게 커다란 기쁨을 준 것과 달리, 한두운이 말하는 똑같은 나무이름이 이번에는 완전히 다른 효과를 발휘하는 것이다. 한두운의 실체가 주변의 사람들과 주어진 상황에 따라 달라졌던 것처럼, 똑같은 단어가 달라진 조건에 따라 완전히 다른 의미를 갖게 된 것이라고 볼 수 있다.

(무)의식적으로 한두운을 놓쳤다가 다시 만났을 때, 한두운은 불량스럽고 위험해 보이는 소년들 사이에 둘러쌓여 있다. 한두운이 침을 뱉은 것이 그 위험한 상황을 불러온 것이다. 결국 불량스러운 소년들은 한두운에게 주먹을 날리고, 한두운은 그것들을 완벽하게 피해낸다. 그리고 한두운이 가드 뒤에 숨어 "엄청난 살기를 뿜으며" 노려보자 소년들은 모두 달아난다. 한두운은 자신을 안정시키려는 '나'를 두 손으로 밀치며 스스로 일어선다. 둘 사이를 오가는 진자가 오해와 방치 쪽으로 가장 가까이 다가선 순간이라고 할 수 있다. 이 순간 인파이터의 폼을 취한 "한두운은 한두운을 때리기 시작"하고, 곧 한두운의 얼굴은 순식간에 엉망이 되어 버린다. 그토록 염려하여 한여름의 더위 속에서도 헤드기어를 착용할 수밖에 없게 만든 한두운의 자해가 시작된 것이다. 이것은 '나'와 한두운의 산책이 시작되기 이전, 단지 헤드기어로 표상되던 한두운이 오롯하게 재등장한 것이라고 볼 수 있다. 이모가 12시간 만에 돌아왔을 때, 한두운의 눈빛은 "선릉과 정릉을 함께 돌아다닐 때의

투명한 눈빛"도 아니고, 불량한 소년들을 만났을 때의 "무섭던 눈빛"도 아닌 상태로 돌아간다. 그렇다면 '나'와 한두운을 오가던 진자는 결국 오해와 방치의 극점에 멈춰선 것이라고 결론내릴 수 있을까?

그러나 상황은 결코 그렇게 비관적이지 않다. 선릉 산책은 지워질 수 없는 흔적을 남겨놓는다. 이 산책이 변화시킨 것은 한두운이기도 하지만, 동시에 '나' 자신이기도 하기 때문이다. 이런 의미에서 진정으로 구원받은 것은 다름 아닌 '나'라고 볼 수 있을지도 모른다. '나' 역시 누군가에게 이해받을 필요가 있는 인간이라는 점에서는 근본적으로 또 다른 한두운이다. 더군다나 "유연함과 융통성이 부족한" '나'는 어떤 일을 해도 쉽게 적응하지 못하며, 그 결과 "뭘 해도 나는 함께 일하는 사람들과 갈등"을 겪는다. "답답하다. 꽉 막혔다" 혹은 "프랑스어를 공부한 사람이 왜 이렇게 유연하지 못하냐는 쓴소리"는 '내'가 늘 들어오던 말이다. 이러한 '나'의 성격은 한두운 돌보기를 떠맡긴 선배에게는 "우직하고 착한 캐릭터"로 번역되기도 하며, 그 결과 한두운은 원치 않는 이 산책을 열두 시간이나 이어가는 무력한 모습을 보여주는 것이다.

마지막에 이모를 향해 "당신의 조카도 두려워서 저렇게 떨고 있잖아"라며 "조용히 좀 해요"라고 힘차게 말하는 '나'의 모습은, '내'가 더 이상 선배의 과도한 부담을 수용하는 이전의 무력한 존재가 아님을 스스로 증명한다. 헤드기어를 쓴 장애인이라고 규정된 한두운에게서 새로운 인간의 잠재성을 발견한 '나'는 자기 스스로의 안에 잠재된 새로운 능동성과 힘을 발견한 것이라고 할 수 있다. 한두운이 이러한 '나'에게 다가와 자신의 손가락을 주먹 사이에 들이밀며 속삭이는 '파피용'이라는 말은, '내'가 자신을 가두어두었던 절해고도의 절벽에서 날아 올라 새로운 자유를 향유하는 '나비'가 되었음을 인가印可하는 행위에 해당한다. 한두운을 이해(구원)하는 행위를 통해 '나 역시 인간이나 세상과의 새로운 관계에 들어서게 된 것이다. 이 대목이야말로 정용준의 「선릉산책」이 2000년대 이후 수없이 반복된 윤리 담론과 관련하여 한 단계 나아간 대목이라고 할 수 있다. 둘의 관계는 일방적인 동정이나 시혜施惠에 바탕한 비대칭적인 것이 아니었음이 이 선불교적 문답 속에는 은밀하지만 밀도 있게 새겨져 있는 것이다.

'내'가 한두운과 보낸 산책의 시간은 변치 않는 본성이나 실체같은 것은 없으며, 본질에 대한 규정이나 분별은 일정한 조건에 따라서만 발생하고 지속될 수 있는 성질의 것임을 확인하는 일종의 수행이라고 할 수 있다. 사실 한두운은 물론이고 '나'의 본성이나 실체도 이웃이나 환경에 의해 결정된다. 한두운과 '나'의 산책은 분별지分別智에서 벗어나 한 인간의 참된 가능성(잠재성)을 발견하는 시간인 것이다. 용도의 규정 바깥에 있는 쓸모없음을 보고 그것을 통해 존재의 다른 가능성을 연다는 측면에서 일종의 '구원'이라고 부르는 것도 가능하다.

그러나 타자에 대한 초월로서의 윤리는 멈출 수 없는 진자 운동일 수밖에 없다. 정용준의 「선릉 산책」은 이해와 해방이라는 꼭지점과 오해와 방치라는 반대편의 꼭지점을 오가는 진자 운동이 크게 한번 부채꼴을 그리며 끝난다. 한두운과의 하루를 정리하는 다음 대목에서, 한두운은 다시 한번 신神과 같은 미지의 존재로서 남겨지는 것이다.

> 어쩌면 그의 삶은 오해되고 왜곡되었는지 모른다. 아니, 우리를 속

이고 있는지도 모르지. 솜씨 좋은 작가처럼 거짓을 진짜처럼 혹은 진실을 가짜처럼. 영혼은 편하게 침대에 눕혀놓고 하루 종일 내 손을 잡고 유령처럼 산책하다 집에 돌아간 것일지도 모른다. 아닌가. 하지만 그럴 수도 있지. 모르는 일이니까. 말을 안 하는데 알 수가 있나. 뒷모습으로 남은 얼굴. 아름답게 움직이던 위빙. 오리나무와 작살나무를 구분할 수 있는 이상한 지식. 오늘 만난 한두운은 도대체 어떤 사람이었나. 정말 권투를 배운 걸까?

이러한 의문의 나열 속에서 '나'는 자신의 오른쪽 광대뼈를 툭 때려본다. 그리고는 한두운이 느꼈을 통증을 자신도 느끼며 작품은 끝난다. 이것은 윤리를 가능케 하는 근거를 확인한다는 점에서 매우 중요한 의미가 있다. 타자라는 것이 기본적으로 신과 같은 미지의 대상이라면 타자의 고통도 알 수 없을 것이며, 당연히 타자의 마음도 알 수 없게 된다. 이러한 상황에서 이해나 발견 나아가 구원과 해방을 논의한다는 것은 불가능하다. 그러나 우리는 모두 광대뼈를 때리면 아픔을 느끼는 존재라는 것, 그 사소한 통증으로부터 예외일 수 없는 존재라는 것. 어찌보면 이 간단한 사실의 확인에서부터 어떠한 위계도 동반하지 않는 타자를 향한 초월로서의 윤리는 시작될 것이다.

(2017)

제7장

세상에서 가장 아픈 소설

김민정의 「세상에서 가장 비싼 소설」

김민정의 「세상에서 가장 비싼 소설」(『아시아』, 2016.봄)은 근본적radical이다. 이때의 근본적이란 작품이 담고 있는 세계인식이나 표현방식에 근거한 규정이라기보다는, 소설의 가치와 소설가의 존재방식에 대한 물음이라는 차원에서 비롯되는 것이다. 문학과 관련해 '과거의 것'이 끝났다는 것은 모두가 공감하지만 다가올 '미래의 것'이 무엇인지는 쉽게 말하기 어려운 지금의 상황에서, 「세상에서 가장 비싼 소설」은 문학패러다임에 대한 근원적 성찰을 수행하는 작품이다.

이 작품의 제목에 사용된 '비싼'이라는 단어는 처음 교환가치를 의미하는 것으로 시작해 나중에는 돈으로 환산불가능한 문학적 가치를 의미하는 것으로 변모된다. 이 변모의 과정이야말로 이 작품이 가진 고민과 성찰의 두께에 해당한다. 지금까지 한국문학사에 존재했던 작가란 이야기꾼이기 이전에 사상가나 지식인으로서의 성격을 지녔다고 할 수 있다. 그것은 순탄치 않았던 한국의 현대사가 문학에 강제한 것으로서, 작가에게는 늘 시대를 대표하는 비판적 지성으로서의 역할이 기대되고는 했던 것이다. 이때 비판의 대상은 일제日帝일 수도 있었고, 전쟁과 분단일 수도 있었다. 그러나 가장 보편성을 갖는 비판의 대상은 현대 사회의 근본원리라고 할 수 있는 자본의 시스템과 논리였다.

「세상에서 가장 비싼 소설」의 문을 열고 들어갈 때, 가장 먼저 가슴에 새겨야 할 것은 이 작품이 철저한 반어 위에 서 있다는 것이다. 그것은 미묘한 가학과 자학의 틈바구니에 서 있다는 말이기도 한데, 문학을 모욕하는 듯한 제스처 속에는 끝내 포기할 수 없는 문학에의 소명의식이 가득하다. 동시에 문학이 자본에 백기투항했을 때, 돌아올 폐허와도 같은 결과를 통하여 문학이 끝내 놓쳐서는 안 될 가치를 자연스럽게 떠올리도록 만든다.

이 작품에서 문학은 이제 자본을 향해 예리한 각을 세운다기보다는 자본의 품에 얌전히 안기는 모습을 보여준다. 이 기본적인 논조는 앞에서 말한 반어의 맥락 위에 서 있음을 명심해야 한다. 이 작품의 주인공 '나'는 "자신의 존재가치"를 철저히 교환가치로 인정하는 새로운 유형의 소설가이다. '나'의 작가관은 등단 시상식의 수상소감에서부터 분명하게 나타난다. 등단을 "취직"으로 받아들이는 '나'는 스스로를 자기경영에 능숙한 자본가로 규정한다. "작가란, 본래 1인 기업이라서 작가 자신이 사장이면서 과장, 말단 사원일 뿐 아니라 투자해야 할 자본금이면서 팔아야 할 상품이라는 것을 잘 알고 있"는 사람인 것이다. 그렇기에 "마음속에서 자신이 작가란 것을 잊어버리는 순간, 불량품을 생산하고 회사도 망하게" 된다. '나'에게 피로 쓴 원고지 위의 한 글자는 "오십 원"으로 환산될 뿐이다. 이 작품의 상당 부분은 '내'가 가진 이러한 자본가로서의 작가상을 보여주는 데 할애되어 있다. 집필 진행 상황을 묻는 엄마에게, '나'는 "영업사원한테 실적 물어보는 건 실례지"라고 말하는 식이다. 유능한 자본가가 그러하듯이, '나'는 "담배를 피우는 대신 롯데 제주 감귤 주스"를 마시는 것처럼 자기관리에도 철저하다. 지난 겨울 취득한 문예창작학과 박사학위는 학부까지 포함한다면 "육천만 원을 지불"한 결과물로서 규정된다.

글자당 오십 원에 불과한 소설마저도 청탁 받지 못하는 '나'의 옆에는 자신과는 너무나 대조적인 오빠가 있다. '나'의 오빠는 대학 재학 중 투자자문회사를 설립했고, 몇 년 후에는 투자금 천억을 달성한 능력자이다. 지금도 삼십대 중반의 나이에 천억 원을 운용하는 투자자문사 대표로서 타의 추종을 불허하는 실적을 올리고 있다. "성공한 금융맨과 연봉제로의 신인소설가"라는 이분법은 '가진 자에 대한 비판'이라는 한국문학사의 오래된 주제의식을 자연스럽게 떠올리도록 한다. 그러나 이 작품은 거의 정확하게 기존의 이분법과는 정반대 지점에 놓여 있다. '성공한 금융맨'과 '연봉제로의 신인소설가'는 그들이 다루는 소재가 다를 뿐이지 본질에 있어서는 별반 차이가 없는 사람들이기 때문이다. 소설가에게 꼭 필요한 "소설을 읽어줄 독자"와 "소설의 밑거름이 되는 이야기"는, 오빠에게는 각각 "투자할 고객"과 "자본"에 해당한다. 자본의 가치라는 공통분모를 두고 판단할 때, '나'는 오빠보다 열등한 존재일 수밖에 없다. 오빠가 번 십오억 사천만 원이란 돈을 벌기 위해서, 한 글자당 50원을 버는 '내'가 써야 할 글의 양은 계산조차 쉽게 되지 않는 것이다. 그러하기에 오빠는 "금 그 자체"에, 소설을 쓰는 '나'는 더럽고 깨지기 쉬운 "석탄"에 비유되는 것도 그다지 놀라운 일은 아니다.

이제 오빠는 창공의 별처럼 '내'가 추종해야 할 빛나는 하나의 지표가 된다. 오빠는 내가 소설가로서 따라야 할 모범적인 삶의 방식을 체현한 존재이기 때문이다. 문학을 금융에 빗대는 차원을 넘어서 금융은 문학의 전범으로까지 격상되고, 오빠는 이제 이상적인 예술가가 된다. 워렌 버핏의 투자원칙이 그러하듯이 오빠도 "항상 낮은 가격을 지불하고 높은 가치를 얻는 것"에 능숙한 사람인데, 그것은 "'눈에 보이는 것(가격—인용자)보다 보이지 않는 것(가치—인용자)'을 중요시"하는 일에 해당한다. "보이지 않는 것을 보는 것"이 바로 "소설"이기에, '나'에게 오빠는 누구보다 훌륭한 소설가이다.

이제 '나'는 오빠를 통해 소설가로서의 자기 인생을 구원받고자 한다. 오빠는 "자본가의 포지션에 있지만 노동의 가치를 소중하게 생각하는 모범적인 자본가"이며, 그렇기에 '나'는 오빠가 "분명 가난한 예술가의 자존심을 지켜줄 수 있는 사람"이라고 확신하는 것이다. '나'는 구원의 방법으로 "패트런 노벨Patron Novel"을 창작하고자 한다. 패트런 노벨은 패트런을 위해 쓰는 소설이라고 할 수 있으며, '나'의 패트런은 바로 유능한 오빠이다. '나'는 "오빠의 단 하나뿐인 소중한 아들", 즉 조카 이재용에 대한 소설을 써서 오빠에게 판매하고자 하는 것이다. 패트런 노벨을 쓰는 일은 "소설을 읽고 책을 구매하고 문학의 가치를 인정하는 사람들이 점점 줄어드는 상황에서 문학의 미래와 작가의 생존이 걸린 중대한 문제"로 거창하게 의미가 부여된다.

능력 있는 금융맨이며, 동시에 예술가이자, 나아가 도덕성까지 갖추어 "교황"에 비유할 수 있는 오빠라면 충분히 '내'가 쓰는 소설을 가장 비싼 값으로 사줄 수도 있을 것이다. 이 작품에서는 패트런 소설의 성공을 뒷받침하는 구체적 사례로, 구스타프 클림트가 빈 사교계의 거부였던 페르디난트 블로흐-바우어의 주문을 받고 그린 〈아델레 블로흐-바우어의 초상 1〉을 들고 있다. 이 그림은 2006년 미술품 경매 사상 최고가에 거래된 사실이 증명하듯이 지금까지도 생명력을 인정받는 것으로 이야기된다. 그러나 여기서 잊지 말아야 할 것은 〈아델레 블로흐-바우어의 초상 1〉이 예술 작품으로 오늘날까지 존재할 수 있는 이유는, "유화와 금을 섞어 그려 더없이 화려하고 현대적인 느낌을 주는 그림"이라는 점 때문이지, 결코 부자의 아내를 모델로 했다는 사실 자체에 있는 것은 아니라는 점이다.

무엇보다 가장 중요한 문제는 패트런의 존재가능성이다. 이것은 과연 능력 있는 금융맨이자 예술가이며, 나아가 도덕성까지 갖춘 오빠가 아니라도 '청탁 받지 못하는 신인작가'의 패트런이 될 부자가 과연 우리 사회에 존재하느냐는 물음에 해당한다. '나'는 "누구나 한 명쯤은 딸이나 아들이 있고 나처럼 자식이 없는 사람일지라도 누구나 한 명쯤 소중한 사람을 가슴에 품고 살기 때문"에, "오빠가 있던 자리에 다른 누가 들어가도 상관없다"고 이야기한다. 그러나 가슴에 품은 소중한 사람을 위하는 방식이 그 사람을 다룬 소설에 대한 비싼 구매로 이어진다고 보장할 수는 없다. 이와 관련해 오빠가 '패트런 소설'을 구입할 것인지가 분명하게 드러나지 않는다는 점은 무언가 징후적이다.

「세상에서 가장 비싼 소설」에서 '내'가 패트런 소설의 성공가능성(판매가능성)을 확신하는 이유는 이 작품에 드러난 오빠가 사실상 자기 자신에 불과하기 때문일 수도 있다. '나'와 오빠 사이에는 육친 사이에도 존재하기 마련인 최소한의 거리감도 존재하지 않으며, 이 위대한 오빠는 '나'와 일체화되어 있다고 해도 과언이 아니다. 이 작품에서 여덟 번이나 등장하는 "이.재.용."이라는 말이 처음 등장하는 것은 '내'가 "인생의 동반자가 될 뻔했던 남자"를 떠올릴 때이다. '나'는 "그를 닮은 아이를 낳고 싶었다"고 한 후, 종이에 대고 처음으로 "이.재.용."이라는 이름을 썼던 것이다. 이재용이 조카의 이름이라는 것을 떠올려 본다면, 이 순간 '오빠=나', '조카=나의 자식'이라는 구도가 성립한다. 그러나 실제의 삶에서 오빠가 '나'일 수는 없다. 그렇기에 오빠가 "근데 왜 이렇게 비싸?"라는 자신의 불만도 잊은 채, 패트런 소설을 구매할지는 고민해보아야 할 문제이다.

역사적으로 패트런을 위한 글을 쓰고, 그로부터 자신의 삶을 유지해나가는 작가의 존재방식은 그 전통이 매우 오래된 것이다. 18세기 이전의 작가들이란 자신들의 생존을 해결해주는 지배 계층(패트런)의 이념과 도덕을 그가 속한 사회에 확대 전파하는 일을 맡은 사람들이었다. 그러나 그들을 보호해주던 패트런들은 부르조아지에 의해 해체되기 시작했고, 물질적 궁핍 대신 자유를 얻은 작가들은 고유한 개성과 상상력을 제일의적 조건으로 삼는 현대적 글쓰기를 시작하게 되었다. 소위 '저주받은' 작가들은 자신의 하찮음을 뚜렷하게 느끼면서, "누구를 위하여, 왜 써야 하는지를 알 수 없다면 자신을 위해서"[1] 쓰겠다는 독자성을 획득하게 된 것이다. '패트런 소설'을 극복하며 비로소 시작된 현대 소설은 자본의 질서가 사회의 구석구석을 지배한 오늘날 다시 '패트런 소설'을 하나의 지향점으로 삼는 단계에까지 이르렀다. 이것은 글쓰기라는 '직업'을 하나의 '저주받은 업'으로 여기게 된 역사의 과정을, 거꾸로 되돌리는 작업에

1 김현, 『김현문학전집』 1, 문학과지성사, 1991, 42쪽.

해당한다. 그러나 문학만큼 삶(생활)도 소중한 것일 수 있다면, '패트런 소설' 역시 얼마든지 문학이 나아갈 하나의 방향일 수 있다.

그러나 유의해야 할 점은 18세기 이전의 패트런들은 결코 '나'의 분신이나 육친이 아니었다는 사실이다. 그들은 어디까지나 자신들의 현실적 힘의 근거인 이념과 도덕을 확대 전파하기 위하여 작가들을 필요로 했던 것이다. 그렇다면, 오늘날의 그 냉철한 자본가들이 자신들의 이념과 도덕을 확대 전파하기 위한 수단으로써 소설을 선택할 가능성이 있을까? 그 효력이 인정받을만한 것이라면, 과연 '패트런 소설'의 등장이라는 어처구니 없는 상황은 어떤 이유로 발생하게 된 것일까? 이런 질문들을 떠올리게 한다는 점에서, 김민정의 「세상에서 가장 비싼 소설」은 작품 속의 '내'가 말한 "이 글은 가장 반反예술적인 모습으로 문학의 본질을 되새겨보는 계기를 제공할 것이다"라는 작의作意를 가장 효과적으로 실현한 명작이라고 부를 수도 있을 것이다.

이 작품은 탄탄한 반어적 구조 위에서 문학이 자본의 논리에 휩쓸릴 수도 없으며, 휩쓸려서도 안 된다는 점을 가장 뜨겁게 이야기하는 소설이다. 그렇다면 처음 이야기할 때 했던 필자의 말은 수정될 필요가 있다. 필자는 서두에서 김민정의 「세상에서 가장 비싼 소설」이 근본적radical이며, 이러한 규정은 소설과 소설가의 존재방식을 질문하는 지점에서 발생한다고 이야기했다. 그러나 지금까지의 논의에 따를 때, 이 작품은 자본의 논리가 전일적 지배를 하고 있는 지금의 세상에 대한 발본적인 문제제기를 하고 있다는 점에서도, 동시에 그것을 탄탄한 반어적 구조 위에 펼쳐놓고 있다는 점에서도 근본적이라고 말할 수 있다.

(2016)

제8장

소통과 애도

최은영의 「한지와 영주」

최은영의 「한지와 영주」(『작가세계』, 2014.여름)는 케냐인 한지와 한국인 영주의 사랑을 통하여 '타인의 타자성'과 애도의 문제를 다룬 작품이다. 대학원에서 지질학을 공부하던 스물일곱 살의 영주는 프랑스의 시골에 위치한 수도원에서 7개월을 보낸다. 그곳은 아프리카, 아시아, 중남미에서 온 젊은이들이 머물면서 일을 하거나 기도를 하는 곳이다. 이 곳은 일상의 논리와 질서로부터 절연된 공간이라고 할 수 있다.

수도원은 끊임없이 자기계발과 자기소모를 강요하는 현대사회의 기본적인 속성으로부터 벗어나 있다. 수도원에 오기 전에 영주는 "죽기 살기로 빠른 시간 내에 안전한 경력을 쌓"아야 하는 이십대의 삶을 충실하게 살아왔다. "생긴 대로 살아서는 안 되며 보다 나은 인간으로 변모하기를 멈춰서는 안" 되었던 영주는, 달라지지 않는다면 이 세계에서 "소거되어버릴 것"이라는 불안에 시달려 왔던 것이다. 나름 경력을 쌓기 위해 영주는 수업과 답사에 적극적이었고 뒤풀이에도 열심히 참석해서 웃고 떠들었지만 집에 가는 길에는 아무 이유 없이 울음이 날 정도로 결코 행복한 삶을 살지 못했다. 심지어 영주는 "죽고 나면 나라는 존재가 사라지기를 바"라는 것에서 나아가 "처음부터 나라는 것이 없었"기를 바랄 정도로 힘들어 했다. 그러나 이 수도원에서는 끊임없이 경력을 쌓고, 자신을 변화시켜야 한다는 강박이 더 이상 작동하지 않는다.

또한 이 수도원은 인종이나 민족을 바탕으로 인간을 차별하는 인식으로부터도 벗어난 곳이다. 영주와 한지가 수도원 밖으로 산책을 나갔을 때 사람들은 한국인인 영주와 아프리카인인 한지에게 "chinese! 라고 나를 부르기도 했고, 보다 과격한 사람은 fuck off colored, 라고 말하고는 마시던 술병을 던지는 제스처를 취하기도 했"다. 그 곳에서 영주는 "동물원에 갇힌 원숭이가 된 것 같"은 기분이 들고는 했던 것이다. 그러나 수도원은 이러한 바깥 세상과는 너무도 다른 곳이다. 그것은 영어가 모국어가 아닌 서로 다른 국적의 봉사자들이 모여 열 살짜리 수준의 영어로 서로 이야기를 나누는 모습을 통해 극적으로 드러난다. 누구도 주도하지 않는 그 모임은 "그렇게 원을 그려 모여 앉은 것이 모이는 이유의 전부"라고 생각될 정도이고, 여기에는 어떠한 차별이나 억압도 존재하지 않는다.

끊임없이 자기소모를 강요하는 현대사회의 질서나 타자를 배제하는 차별의 논리도 작동하지 않는 이 수도원에서 영주와 한지는 인간 사이의 소통가능성과 그 한계를 실험하게 된다. 「한지와 영주」에서 한지는 공감과 소통을 위해 가장 최적화된 존재로 그려지고 있다. 나이로비에서 수의사로 일하는 한지는 고아가 된 야생 코뿔소 두 마리와 나름의 교감을 나누기도 한다. 영주는 한지와 함께 나이트 가드를 하며 수많은 이야기를 나눈다. 영주는 자신이 무슨 이야기를 해도 자신의 이야기가 세상으로 퍼질 염려가 없고, "한지가 나를 판단하지 않으리라는 믿음이 컸"던 것이다. 그렇기에 "부끄러운 기억들도, 나를 용서할 수 없었던 일들도 한지 앞에서는 별다른 저항 없이 이야기"한다.

그러나 한지가 나이로비로 돌아가기 2주 전부터 한지는 영주를 외면한다. 영주는 평소에 한지가 자신을 향해 "단순하다"고 말했던 것을 마음에 걸려한다. '단순하다'는 말은 한지가 두 살의 정신으로 평생 누워 지내야 하는 동생 레아에 대해 말할 때, 사용했던 단어이다. 한지는 자신이 평생 레아를 돌봐야 한다고 생각하며, 그렇기에 "결혼을 한다든지, 아이를 낳는다든지 그런 일은 생각해 본 적이 없"다. 영주는 한지와 대화를 나누던 중에, 몇 시간이고 울어대는 레이가 밉고 짜증나서 때려서라도 레아를 조용히 시키려 했던 경험이 있다며 자신은 "나쁜 사람"이라고 고백한다. 이에 영주는 "한지, 너는 누구보다 좋은 사람이야"라고 대답한다. 이 순간 한지는 영주를 향해 "넌 참 단순하구나"라고 말했던 것이다. '단순하다'는 말 속에는 타인을 너무나 쉽게 규정짓는 영주의 성향에 대한 비판적 인식이 담겨져 있다고 볼 수 있다.

또 하나 영주가 지닌 열등감 역시도 한지와의 소통과 교감을 막는 부정적 힘으로 작용한다. 영주는 카로를 통해 한지가 자신을 "가장 가까운 친구"라고 고백했다는 사실을 듣는다. 그러나 한지를 너무나 좋아하는 영주는 다른 사람들에게 한지에 대한 자신의 마음이 알려질까 겁이 나서, "걔가 왜 나랑 가장 친하다고 말했는지도 잘 모르겠어"라고 카로에게 말한다. 영주는 한지가 "내 마음을 알게 된다면 멀리 도망가리라고 생각"했기에 결국 그런 거짓말을 한 것이다. 영주는 마음 속으로 한지를 이상화하는 만큼 자신은 과소평가하며 둘 사이에 거리를 만들어

왔던 것이다.

영주는 수도원에 오기 전에 남자친구가 있었는데, 그는 언제나 자기 자신을 과소평가하며 자신에게 가혹할 정도로 인색했다. 그는 마음속 깊이 자신이 사랑받을 수 없다고 믿는데, 영주 역시도 남자친구처럼 열등감 덩어리였던 것이다. 그러나 둘의 사이가 멀어진 후에 카로가 하는 말은 영주가 생각하던 한지와 실제의 한지 사이에 상당한 거리가 있었음을 보여준다. 카로가 말하는 한지는 영주가 생각한 것처럼, 사람들의 주목을 받으며 누구와도 자연스럽게 말하는 꾸밈없는 표정의 사람이 아니라, "보이지 않는 벽 같은 게 있는 애"였던 것이다. 그렇기에 카로가 보기에 영주와의 이별로 인해 더욱 "상처 입은 것처럼 보"이는 사람은 영주가 아닌 한지이다.

그러나 「한지와 영주」에서 둘의 이별은 영주의 잘못 때문이라기보다는 이성관계 나아가 모든 인간관계에 뒤따르는 극복할 수 없는 '타인의 타자성'에서 비롯된 것이다. 침묵 주간을 신청하고, 영주는 침묵의 집에서 지내며 여러 가지 생각을 한다. 처음 든 생각은 자신이 "과거에 어떤 행동을 했다면 현재에도 한지와 잘 지낼 수 있었으리라는 망상"이다. 그러나 그것을 '망상'이라고 표현하는 것에서도 알 수 있듯이, 그러한 생각은 모두 "나의 헐벗은 마음"에서 비롯된 헛것일 뿐이다. 둘의 멀어짐은 '타인의 타자성'이라는 근원적인 성격에서 비롯된다. 영주와 한지가 좋은 관계를 유지할 때도, "한지가 내가 사는 곳이 어떤 곳이냐고 물어볼 때라든지, 왜 그렇게 풍요로운 나라에서 많은 사람들이 자살을 하는지에 대해서 물어볼 때"면 말문이 막히고는 했으며, 잘 웃지 않던 애들이 한지 앞에서는 활짝 웃는 것을 보며 "나는 한지를 알지 못했다"

고 생각하기도 했던 것이다.

작품의 시작과 마지막은 6개월 간 수도원에서 지낸 일들이 하루도 빠짐없이 기록되어 있는 노트를 남극의 얼음에 밀어넣는 것이다. 그것은 영주의 말처럼, 그 노트를 "1만 년 간 썩지 않을 것"으로 만드는 일이다. 그렇다면 그것은 한지와의 일을 영원히 망각하지 않고 언제까지나 기억한다는, 그리하여 영주가 우울증적 주체로 남겠다는 의미일 수도 있다. 그러나 동시에 이 얼음에 넣는 행위는 이 소설 속에서 고유한 의미를 담고 있다. 할머니는 영주가 기억하는 재능을 타고났지만, 행복한 기억은 "타오르는 숯"과 같아 두 손에 쥐고 있으면 다치게 된다고 말한바 있기 때문이다. 얼음 속에 한지와의 일들을 기록한 일기를 던지는 것은 할머니의 말에 따른다면, 타오르는 숯을 꺼버리는 일에 해당한다. 할머니는 "애도는 충분히 하되 그 슬픔에 잡아먹혀버리지 말라"고 이야기해주었던 것이다. 이러한 이야기를 한 이유는, 시간은 지나고 사람들은 떠나고 우리는 다시 혼자가 된다는 사실을 받아들이지 않으면, "기억은 현재를 부식시키고 마음을 지치게 해 우리를 늙고 병들게" 만들기 때문이다. 이상적인 애도란 본래 '불가피하지만 불가능한', 혹은 '불가능하지만 불가피한' 과정으로서의 애도일 수밖에 없다. 그 대상을 완전히 망각해도 안 되지만, 그 대상을 온전히 기억해도 안 되는 그 역설 속에 진정한 애도의 모습은 존재할 수밖에 없는 것이다. 그렇다면 얼음 속에 일기를 넣는 행위는 "애도는 충분히 하되 그 슬픔에 잡아먹혀버리지 말라"는 할머니의 말에 대한 훌륭한 실천에 해당한다고 볼 수도 있다.

(2015)

온세상을 끌어안는 단독자
정연희論

역사의 진실을 탐문하는 시선
현길언論

박학다식의 서사
우한용論

종횡무진의 아름다움
구자명論

늙은 여자되기
최옥정論

노년의 만화경
이경희論

무풀론과 함께 살기
김가경論

이미 가득한 행복
구자인혜論

화해의 서사
윤이주論

제1장

온세상을 끌어안은 단독자

정연희論

1. 말년성의 한 사례

한 작가의 문학성을 평가하는 기준으로 작품의 수준, 활동기간, 작품의 양을 꼽을 수 있다면, 정연희는 누구에게도 뒤지지 않는 성과를 남긴 작가이다. 그녀는 스물이 갓 넘은 대학교 3학년의 나이로 신춘문예에 당선된 이래 칠십이 넘은 지금까지 단 한 차례의 공백도 없이 꾸준한 작품 활동을 펼치고 있다. 그러한 지속적이고도 성실한 활동의 결과, 그녀는 18권의 장편과 10권의 작품집을 남겼다. 조로早老가 상례가 되다시피 한 한국 문단에서 그녀의 지속적이고도 정렬적인 활동은 그 자체만으로도 하나의 모범이 되기에 충분하다.

이제 벼락 치듯이 한 편의 작품으로 문학사에 남겠다는 식의 요행심리는 버려야 한다. 문학처럼 오랜 시간의 노력과 수련을 요하는 예술도 찾아보기 힘들다. 끊임없는 창작의 결과, 우연처럼 보이는 필연 속에

명작은 탄생한다. 발표는 과작일지라도 실제 창작마저 과작이면서 거장인 문학가는 실제로는 존재하지 않는 것인지 모른다. 한국문학사 최고의 천재로 일컬어지는 이상 역시도 수천 편의 시 중에서 고르고 골라 발표한 것이 몇 편의 '오감도' 연작이라 하지 않았던가?

정연희가 더욱 놀라운 것은, 최근의 작품들이 평생에 걸친 창작이 가져온 관성의 결과가 아니라는 사실이다. 그것들은 젊은 시절부터 간직해 온 문학적 고민의 답변인 동시에, 기법적으로도 더욱 그 완결성을 높여가고 있다. 이러한 말년의 작품들에서 우리는 평생에 걸친 미적 실험과 노력의 완성 내지는 종합을 떠올리게 된다. 이러한 말년성은 렘브란트와 마티스, 바흐와 바그너에게서 확인할 수 있다. 이때 이들의 작품은 세계관적 차원에서의 성숙과 해결의 징표일 뿐만 아니라 기법적인 차원에서의 완성과 조화의 징표이기도 하다. 우리가 대가라고 부르는 예술가들의 후기 작품들에서 발견하는 것은 이러한 성숙함에서 오는 정신적이며 동시에 기법적인 차원의 안정감이다. 노년의 특징으로 간주되는 조화, 화해, 포용, 관용, 종합의 몸짓은 그 안정감의 기원이자 결과이다. 이러한 조화와 완성으로서의 말년성을 우리는 정연희의 최근 작품들에서 확인할 수 있는 것이다.

2. 단독자로 서기, 그 처절한 독기

정연희의 초기 작품은 세상 앞에 홀로서고자 하는 독기로 서늘하다. 정연희의 등단작인 「파류상波流狀」(『동아일보』, 1957.1)은 정연희 초기소설의 원형과 그 기원, 그리고 향방까지도 담고 있는 작품이다. 이 소설은 마늘레에느라는 젊은 수녀가 6·25 시절 인민군에게 겁탈을 당하고 수녀원을 나오는 이야기이다. 그러나 이러한 파계에 있어 겁탈은 하나의 부수적인 계기일 뿐, 핵심은 역시나 그러하듯 단독자로 서고자 하는 욕망에 기인한다.

마늘레에느의 행방 속에는 전후 사회의 본질이 담겨 있다. 수녀원은 상징적 질서가 완벽하게 작동하는 꽉 짜인 사회를 의미한다. 그 속에서 마늘레에느는 살고 있었던 것이다. 전쟁은 그러한 상징계의 균열 한 복판에 그녀를 홀로 서게 한다. 마늘레에느는 이 전쟁은 주님의 뜻이 아니라며, 이 험난한 위험을 극복할 수 있는 힘을 달라고 간절히 기도한다. 그러나 그녀와 우리 민족은 처절하게 유린되며, 그 결과 그녀는 자신의 삶은 결코 "기적도 주님의 은총도 아닌 것"에 의한 것임을 깨닫는다. 그녀가 수녀원을 나서는 것은, 홀로 선 인간의 초상에 해당한다고 볼 수 있다. 우리가 흔히 전후를 '불모지'나 '지붕 열린 집'으로 비유할 수 있다면, 거리로 나선 마늘레에느의 모습은 기존의 어떠한 가치나 질서에도 의지할 수 없게 된 전후의 본질을 보여주기에 모자람이 없다.

「정점頂點」에서 주부인 지영은 가정이라는 공간에서 절대자로 군림하고자 한다. 그녀는 남편과의 무료해진 관계에 흥미를 불어넣기 위해

난이라는 시앗을 들이기도 하고, 자식들의 일에도 절대적인 영향력을 행사하고자 한다. 영아의 "이 집안의 모든 것, 이 집안에 있는 사람들은 엄마의 부속품예요"[1]라는 말은 그러한 상황을 압축해서 보여준다. 딸이란 "나를 다시 빚어 놓은 것"(277)에 불과하다고 생각하는 지영에게 타인은 모두 제로일 뿐이다. 그러나 이러한 그녀의 전횡은 남편에게 동화되어야만 가정의 파멸을 면할 수 있는 사회적 구속에 대한 그녀 나름의 대응이기도 하다. 그녀는 자신의 독재에 저항하던 영아의 죽음 앞에서도 고독을 포기하지 않는다.

비슷한 시기에 쓰인 「한 뼘의 땅」은 「정점」의 주인공이었던 지영이의 남편 입장에서 단독성의 문제를 다룬 작품이다. 자아와 자유를 아내 영신에게 빼앗긴 철은 완벽한 영신 앞에서 자신의 자유와 의지를 행사할 모든 기회를 박탈당한다. 살인의 현장에서도, 그 죄의 대가를 받는 자리에서도 아내는 철의 몫을 미리 행사하였던 것이다. 끝내 철은 아내를 살해함으로써 단독자로서의 자신을 찾는데 성공한다. 「어느 하늘 밑」에서 가장 아닌 가장으로 한 가정의 모든 짐을 감내해야 했던 경심이 역시도 끝내는 홀로 서고자 한다.

다음의 인용은 정연희 초기 작품들의 결말을 모은 것이다. 이러한 결말은 모두가 단독자로 서겠다는 날 선 선언문이라고 볼 수 있다.

> '내 십자가에, 피 없이 내가 못박힐 때 울음처럼 불려줄 너 지구의

1 정연희, 「정점」, 『현대한국문학전집』 13, 신구문화사, 277쪽. 「파류상」, 「정점」, 「어느 하늘 밑」은 모두 이 책에서 인용하였다. 앞으로 본문 중에 이 작품들을 인용할 때는 쪽수만 표시하기로 한다.

향수 ……'

그녀는 발 앞에 내려앉는 낙엽을 지려밟았다. 그리고 폐허 위의 생명들을 바라보며 낙엽과 같은 홍소를 날렸다. (「파류상」, 272)

지영은 하나의 물체처럼, 외로움을 견고하게 도사려 안 듯 햇빛을 향해 있었다.

과거도 미래도 없었다.

고독이 법열처럼 서려 들었다. (「정점」, 293)

"저 혼자서 가요. 이 골목은 둘이서는 못 가는 길이예요. 내일도 모래도 저는 이 길을 걸어 오르내려야 할걸요. 선생님 안녕히." (「어느 하늘 밑」, 327)

정연희는 누구보다도 단독자가 되기를 열망한 소설가이다. 더군다나 그러한 추구가 2000년대도 아닌 1950년대라는 전후에 이루어졌다는 것을 생각할 때, 그것은 더욱더 놀랍다. 이것은 단순하게 개인의 자율성과 독립성을 강조하는 근대(성)의 보편적인 맥락이 아닌, 전후라는 맥락에서 독해할 때만이 그 의미가 오롯하게 드러난다.

전쟁이란 아군과 적군이라는 이분법이 흡사 신탁처럼 전능을 행사하는 시기가 아닌가? 전쟁에서 사람들을 최종적으로 결정짓는 것은 적과 동지라는 두 단어이다. 삼천만이 되었든 칠천만이 되었든, 총구 앞에 섰을 때 생사의 여부는 오직 적과 동지라는 두 가지 선택항의 하나에 의해서 결정될 수밖에 없다. 이러한 맥락에서야 비로소 강박적으로까지 느껴지는 그녀의 단독자를 향한 그 절절한 욕망을 이해할 수 있게 된다. 그녀는 모든 이를 적과 동지의 끔찍한 이분법으로 몰아 넣었던 전쟁에 대항하여, 나아가 그 이면의 근대적 사유의 폭력적 구조에 온몸을 던져 맞서 싸웠던 것이다. 그녀는 적과 동지밖에 없는 폭력적 상황에서 한 명의 인간으로 서고 싶었던 것은 아니었을까. 또 하나 당대의 전근대적 통념과 규율 역시도 단독자로 서고자 하는 작가의 결기와 용기를 북돋았을 것이다.

수필 「그러나 거듭 염원念願을」[2]은 단독자로 선다는 것이 그녀의 삶과 문학에서 차지하는 위상이 얼마나 대단한지를 잘 보여준다. 그녀에게 혼자된다는 것은 두려움으로 피해야 할 것이 아니라 삶의 전부를 걸고 받아 안아야만 할 절대의 것이다. 이 글은 "나는 늘 혼자였다"(417)라는 고백으로 시작된다. 그것은 과거나 현재나, 그분을 섬기기 이전이나 섬기는 지금이나 마찬가지이다. "그리하여, 나의 가슴이 비어 있을 때도 나는 혼자였고, 그 가슴이 섬김으로 가득 찼을 때도 나는 혼자였다"(417)는 고백은 사실 그대로이다. 그녀는 가족으로부터도 혼자였으며, "그 혼자가 되기 위해 나는 한번의 죽음을 치렀었다"(421)라고까지 말한다. 흥미로운 것은 이 수필의 마지막 문장이 "나는 늘 혼자이기를—"(425)이라는 것이다. 어쩌면 정연희는 바로 그 혼자되기를 하나의 숙명으로 받아들인 순간, 작가가 되었는지도 모른다.

2 정연희, 「그러나 거듭 염원(念願)을」, 『한국 현대문학전집』 34, 삼성출판사, 1978. 앞으로 본문 중에 이 작품을 인용할 때는 쪽수만 표시하기로 한다.

3. 세상을 향해 팔 벌리기

정연희의 초기 소설은 단독자를 향한 열망으로 가득 차 있다. 자기만의 세계를 찾기 위해 주인공들은 기존의 모든 구속적 상황에서 벗어나려는 당당한 발걸음을 보였다. 이처럼 뜨거운 열망은 모든 것을 이분법적 구도로 나누어 버리는 집단주의와 획일성에 대한 저항에 기초한 것이다. 그리하여 정연희 소설은 자기만의 고유한 세계에 집착하면 할수록, 즉 사회로부터 멀어지고자 하면 할수록, 더욱더 당대 사회의 고유한 심층 원리와 구조를 드러내는 긍정적인 아이러니의 성격을 보여주었다.

그러나 1970년대에 접어들면서, 이러한 단독성에 대한 가치부여와 열망은 방향을 달리 하게 된다. 단독성을 넘어서는 연대의 상상력을 조금씩 개화시켜 나가는 것이다. 이러한 변화는 「정점」에서 지독하게 자신의 삶을 고집하다 가족 전체를 허수아비로 만들어 버린 지영의 삶이 품고 있던 그 사막 같던 황량함 속에 이미 그 싹이 잉태되어 있었는지도 모른다. 이외에도 달라진 시대 환경, 새롭게 시작된 그녀의 독실한 신앙생활에서도 그 원인을 찾을 수 있다. 이러한 변화를 평론가 김우종은 "에고에 대한 집념이 에고의 양보로 나타난 것"[3]이라고 적절하게 정

3 김우종, 「반항과 좌절과 그 극복」, 『한국 현대문학전집』 34, 삼성출판사, 1978. 이 글에서 김우종은 1970년대 정연희 소설을 분석하면서, 그녀가 "작가의 초기작들과는 정반대로 나보다는 우리를, 나보다는 남을 위해 자기의 욕망을 내던진 상태가 더욱 고귀한 삶의 형태를 지닌 것으로 미화"한다고 주장한다. 그 밑바탕에는 인종과 사랑과 구원의 철학이 제시되어 있다고 보고 있다.

리한 바 있다.

최근 소설에서는 자기만의 세계라는 것이 얼마나 비루할 수 있는지를 보여줌으로써, 세상(혹은 주님)과 함께 하는 삶의 아름다움을 부각시키고 있다. 「잿날개」(『현대문학』, 2000.5)와 「가난의 비밀」(『한국소설』, 2006.5)이 대표적이다. 「잿날개」에는 자매가 등장한다. 둘은 어려운 시절을 한국에서 지내고, 현재는 미국에서 살고 있다. 언니인 진희가 평범한 여인으로서의 선과 악을 적절히 지니고 있다면, 동생인 유희는 모든 이들에 의하여 그 선량함만이 칭송받는다. "유희의 선량함이 형인 진희에게는 기이한 애달픔"[4]이었다고 말해질 정도이다. 유희는 어떠한 어려움과 불편도 즐겁게 감수하며 살아왔다. 더군다나 그녀는 온갖 허드렛일을 하며 자식마저 변호사와 증권 전문가로 성공시켰던 것이다. 그러나 어찌된 일인지, 유희는 중증의 병에 걸린 후에 치료받기를 거부한다.

치료의 거부는 자신만이 아는 거짓과 오욕으로 가득찬 삶을 스스로 단죄하는 방식이다. 병이 걸린 남편이 그토록 미국에 오기를 원했을 때 그녀에게는 다른 남자가 있었고, 그 다른 남자가 전도를 위해 아프리카로 떠나자고 했을 때는 부유한 미국인을 적절히 활용하며 아이들과 자신의 삶을 돌보았던 것이다. 유희는 스스로 선택한 죽음 앞에서 인간의 욕망이 가진 근원적인 부정성에 주목한다. "시대와 시류와 풍속이 아무리 달라져도 인간의 본성은 변하지 않고, 그것은 끝내 인간을 인간의 자리에서 끌어내리고 만다는 것"(78)이다. 그러하기에 병이 안겨준 고통 속에서 죽어가는 것은 인간으로서의 참된 자기를 찾는 작업으로 의

4 정연희, 『가난의 비밀』, 개미, 2006, 55쪽. 「잿날개」, 「가난의 비밀」, 「매화골 머슴」은 이 책에서 인용했다. 앞으로 본문 중에 이 작품을 인용할 때는 쪽수만 표시하기로 한다.

미부여 된다. 그러한 아픔과 절박함이말로 "죄책감도 없이 저질렀던 것들 (…중략…) 함부로 망가뜨렸던 것들의 의미 그 생명"(79)을 되살려내는 힘이다. 죽음이란 궁극적으로 타인들로부터 확고하게 지켜왔던 자신만의 세계를 벗어나는 "합일"로 의미부여 된다. "바다비늘처럼 저마다 반짝반짝 살다가 결국은 하나가 되는 세계"(80)가 바로 죽음인 것이다.

「가난의 비밀」에서 정인은 자신의 이모가 그러했듯이 남편을 완전히 안다고, 아니 장악했다고 생각했다. 그러나 자신의 힘으로 남편을 대학교수로 만들었지만, 남편은 다른 여자에게서 아이까지 낳는다. 과거 자신의 이모부가 그러했듯이 말이다. "도대체 인격자의 표상같던, 훌륭한 선생으로 이름이 나 있던, 그 샌님 같은 이모부가 어떻게 다른 여자에게서 애를 낳을 수 있었을까"(100)라는 의문에서 벗어나지 못하는 것처럼, 정인은 자신의 남편 기훈 역시도 이해하지 못한다. 기훈은 남들이 모르는 자신만의 성을 쌓고 있었던 것이다. 남편의 예상치 못했던 모습 앞에서 정인은 이혼을 결심하고, 마지막으로 필리핀 여행을 떠난다.

그러나 정인은 죽음을 앞두고 여행을 떠난 손 씨 부부와 가난한 필리핀인들을 바라보며, 눈물을 흘린다. 손 씨 부부에게서는 "그들의 생명을 요구하는 자에게 반항하지 않고 비어있는 두 손을 내어 준"(104) 것에, 필리핀인들에게서는 "가난을 원망 할 줄 모르고 자연의 일부가 되어 살아가는"(104) 것에 감동했던 것이다. 필리핀에서 정인이 발견한 평화와 행복은 모두 에고의 벽을 던져 버리고, 자연과 신에게 온 존재를 맡긴 결과이다. 이러한 모습은 자기만의 성을 쌓고, 그 안에 눈물과 배신을 차곡차곡 쌓아온 남편이나 이모부의 삶과는 무척이나 대조적이다. 이러한 필리핀 경험을 통해 정인은 스스로의 벽을 허문다. 그리고 허물어진 그 틈 사이로 남편이 낳은 아이까지 받아들이게 된다.

4. 전우주적 조화

정연희는 몇 십여 년에 걸쳐 비교적 뚜렷하게 분열에서 조화로, 고립에서 연대로의 모습을 보여주고 있다. 그러한 어울림의 상상력은 최근에 이르러 인간 사이의 분별과 차이를 넘는데 그치지 않고, 자연과의 합일이라는 차원으로까지 그 범위를 넓히고 있다. 동시에 그것은 세상만물의 주재자인 창조주에게 바치는 섬김의 기도문이기도 하다.

최근의 소설은 몇 가지 공통점을 공유하고 있다. 첫 번째는 문명과 자연의 이분법적 구도이다. 이때 문명은 인간의 본질적 삶을 어지럽히는 부정적인 것으로 자리매김 된다. 두 번째는 자연과의 합일적 상상력이다. 그것은 문명과 도시를 버리고 찾아간 남자 주인공이 발견하는 자연이나 그 자연과 하나가 된 여인을 통해 상징적으로 그려진다. 「바위눈물」(『현대문학』, 1998.9)과 「매화골 머슴」(『문학사상』, 2002.7)이 대표적이다.

「바위눈물」에서 화가인 그는 서울의 번잡스러움을 견디지 못하고 지리산의 골짜기로 찾아든다. 화가가 사는 서울은 작품에 그대로 삽입

되는 헤드라인 뉴스를 통해 계속해서 환기되는데, 그곳은 환경위기, 전쟁, 경제 위기, 정치적 소란으로 가득하다. 이러한 비판은 당대의 구체적인 상황보다는 근대문명의 파괴적인 본질과 그로부터 비롯되는 지구적 차원의 위기에 초점이 맞추어져 있다. 이러한 범지구적 차원의 시야는 다음의 인용문에 나타나는 바와 같이 인간중심주의를 비판하는 생태주의와 그 관점을 공유한다.

> 세상이 곤두박질을 시작했다. 이상할 것이 없었다. 그동안 사람들의 꼬락서니가 어디 사람 같았던가. 땅을 들쑤셔 기름을 빨아올리고, 수억 년을 두고 곰삭았던 석유를 수십 년에 다 태워 없앨 듯, 비행기에 자동차에 고층 아파트 난방에, 기름을 실어나르던 선박들은 수시로 사고를 내어 바다에다가 수만 톤씩 기름을 쏟지르고……[5]

「바위눈물」의 핵심은 그가 석이버섯을 키우는 바위 눈물의 의미를 이해하는 것, 나아가 석이버섯을 키우는 바위가 되는 것이다. 그것은 다음의 인용문에 잘 나타나 있다.

> "한입씩 석이가 입으로 들어갈 때마다 자신은 바위가 되어가는 느낌이 들었다. 바위처럼 묵묵하게 엎드려, 보이지 않는 눈물로 키워야 할…… 키워가야 할…… 키워가야 할…… 바위가 되어. 바위가 되어.

5 정연희, 『바위눈물』, 지혜네, 1999, 29쪽. 앞으로 본문 중에 이 작품을 인용할 때는 쪽수만 표시하기로 한다.

바위가 되어." (28)

반복되는 말들과 말줄임표를 통해 바위가 되고자 하는 열망의 강도를 짐작해볼 수 있다. 그것은 도시를 피해 찾아간 지리산의 골짜기에서 만난 여인과 하나가 되는 일이기도 하다. 이 여인은 "여인의 전신은 그대로 쑥향"이라는 묘사에서 알 수 있듯이, 인간보다는 자연에 가까운 존재이다. 존재의 질적 전환을 의미하는 들뢰즈적 의미의 되기becoming는 결국 에고를 죽임으로써 가능해진다. "육체의 목숨이 끊어지기 전에 죽음을 죽어본 사람에게만 허락되는 자유가 있"다면, 그 죽음은 "고통이 극에 이른 자리에서 만난 자아가 죽는 죽음"이다. 그리고 이러한 죽음 앞에서 "모든 것이 살아나"게 되는 것이다.

「매화골 머슴」에서도 「바위눈물」의 기본 구도가 반복된다. 주인공 그는 공과대학을 나온 뒤에, 반도체 회사에서 잘 나가던 과장 자리를 걷어차고 나와 매화골로 향한다. 그가 가족과의 이별까지 감수해야 하는 길을 선택한 이유는 "점점 가속화되어 가는, 이 문명의 속도에 반기를 들겠다는", "이 거대한 문명의 톱니바퀴에 말려들어서 죽기보다 한 송이 꽃을 위하여 죽"(38)겠다는 의지 때문이다. 그가 보기에 세상 사람들은 "온 세상 천지에 미친 듯이 먹고 마시고 서로 엎치고 덮쳐가며, 빼앗고 찌르고 짓밟고 짓밟히며 그렇게 죽어가면서도 어디로 가는지도 모르는 중생들"(38)에 불과하다.

이제 그는 매화골에서 만난 여인과 하나가 되고자 한다. 매화골에 사는 여인은 암과 조화롭게 동거하며, 이미 자연의 일부가 되어 있다. 그 여인과 하나가 되기 위해서는 여인의 '청노靑奴'[6]가 되어야만 한다. "속이 텅 빈 죽공예 서방"(36)이 되어야 한다는 것인데, 이때 중요한 것은 '속이 텅 빈'이라는 조건이다. 이것 역시 에고라는 두터운 장벽을 버리고 세상과 하나가 되어야 함을 의미한다. 그 여인이 결국 자연과 하나가 될 수 있었던 이유도, "매 순간을 살면서 매 순간 죽음을 확인"(34)해 왔기 때문이다. 결국 그는 청노가 되는데 성공한다. 작품은 그의 대금 소리에 그녀가 "지구라는 별이 너울너울 춤추는 가락"(44)을 보이는 환상적인 장면으로 끝난다. 이 환상은 인류가 태초부터 간직해 온 유토피아의 꿈과 작가가 21세기에 들어와 집중적으로 보여주고 있는 혼융무애渾融無礙의 상상력이 문학적으로 발현된 것이라 할 수 있다.

2000년대 들어 정연희가 가장 공들여 보여주고 있는 이러한 자연과의 합일은 그녀에게 일찍부터 준비되어 있던 것인지도 모른다. 앞에서 인용한 바 있는 수필 「그러나 거듭 염원念願을」에서 그 깨달음의 순간을 다음과 같이 밝히고 있다. 세상을 피해 산간고옥에서 홀로 살던 시절 꺾여진 꽃을 보며, 작가는 "왜 우리는 제각기 혼자여야 하는지. 왜 우리는 모두가 죽어야 하는지. 왜 우리는 그래도 사랑해야 하는가를"(424) 깨닫는다. 그 깨달음의 결과는 깨지지 않을 단단함과 견결함으로 다음의 인용문에 나타나 있다.

> 나는, 어쩌다가 꺾여져 나와 있는 자연(自然)의 한 부분. 그래서 필연적으로 시들거나 죽어 갈, 꺾여진 나뭇가지라는 것을 알았다.

6 '청노'란 양반 댁 청상과부에게 허락된 죽부인의 대칭(對稱)을 말한다.

> 인간은 누구나가 꺾여진 나뭇가지.
> 우리들의 귀의(歸依)는 자연이라는 것을 깨달았다. (425)

그녀가 유례를 찾을 수 없는 결연함으로 얻고자 했던 단독자의 그 존엄과 자유는 이제 그 완성을 향해 나아가고 있다. 이때의 단독성은 근대의 일반화된 개인주의와는 차원을 달리하는 타자와의 공감과 열림의 뜨거운 숨결을 받아 안은 것이다. 정연희가 최근의 소설에서 보이는 조화, 화해, 포용, 관용, 종합의 몸짓은, 반백 년의 삶을 문학에 바쳐 얻어낸 성과라고 할 수 있다. 이러한 성숙한 말년성은 전후의 그 짐승스러운 이분법과 동일성의 폭력에 맞서며 치열하게 단독성을 열망한 결과이기에 더욱 빛난다.

(2008)

제2장

역사의 진실을 탐문하는 시선

현길언論

1. 현길언 문학의 뿌리

현길언은 1940년 음력 2월 17일 제주도 남제주군 남원명 수망리에서 출생했다. 남원면 수망리는 해안에서 한라산 쪽으로 들어간 중산간 부락이다. 중산간 부락은 4·3 당시 가장 많은 피해를 입은 지역 중 하나이다. 남원면사무소에 근무했던 작가의 아버지는 살기 위해서 외지로 피했으며 마을은 토벌대에 의해 소각되었다. 이때 두 삼촌이 공비로 몰려 처형되고, 할머니는 무장대의 습격으로 희생되는 비극이 일어난다. 이후 제주사범학교와 제주대학교 국문학과에서 수학한 현길언은, 제주동국민학교, 제주오현고등학교, 제주제일고등학교, 제주대학교 등에서 가르쳤다. 1986년 한양대학교 국어국문학과로 이직할 때까지, 그의 삶은 제주에 깊이 뿌리박은 것이었다.

작가 현길언에게 관심있는 사람이라면 누구나 아는 사항을 이렇게 확인하는 이유는 현길언 문학에서 제주도가 차지하는 위상이 그만큼 절대적이기 때문이다. 그의 문학에서 제주도는 흡사 우리 신체의 골수와도 같다. 그의 문학은 「우리들의 조부님」, 「귀향」, 「먼 훗날」, 「꿩 울음 소리」, 「불과 재」, 「껍질과 속살」, 「무혼 굿」, 「애국 부인 김옥렬 여사 전」, 「집없는 혼」, 장편 「한라산」처럼 직접적으로 4・3을 심도 있게 탐구하는 경우는 물론이고, 보편적인 인간과 세상의 진실을 탐구하는 경우에도 제주도를 기본 배경으로 하는 경우가 대부분이다. 또한 「용마의 꿈」, 「김녕사굴 본풀이」, 「광정당기」, 「그믐밤의 제의」처럼, 제주도의 신화, 설화, 민담, 전설 등을 소설의 제재로 적극 활용하기도 하였다. 이 글에서는 특히 4・3이라는 민족사적 비극을 중심으로 현길언 소설을 살펴보고자 한다.[1]

2. 부르다가 내가 죽을 이름이여!

제주 4・3은 20세기 한국에서 일어난 가장 끔찍한 비극 중의 하나이다. 4・3은 경찰과 서북청년단의 탄압에 대한 저항과 남한의 단독선거・단독정부 반대를 기치로 1948년 4월 3일 남로당 제주도당 무장대가 무장봉기하는 것으로 시작되었다. 이후 1954년 9월 21일 한라산

1 이외에도 현길언 문학의 중요한 뿌리는 초등학교 시절부터 받아들인 기독교 신앙이다. 그는 1990년대 중반부터는 문학과 기독교의 유기적인 조화를 진지하게 모색하였으며, 그러한 결과가 인간의 구원 문제를 심도 있게 탐색한 장편 『보이지 않는 얼굴』의 창작으로 이어졌다.

금족지역이 전면 개방될 때까지 제주도에서 발생한 무장대와 토벌대간의 무력충돌과 토벌대의 진압과정에서 수만 명의 주민들이 희생당했다. 제주 4·3은 8·15광복 이후 남한에서의 단독정부 수립을 위한 5.10 총선을 방해하기 위해 시작되었는데, 정확히 말하면 이 사건의 배경에는 제주도내 남로당지부의 활동, 미군정의 친일파 등용과 서북청년단 같은 극우단체들의 폭력과 횡포에 대한 제주도 주민들의 반발 등 여러 요소들이 복합적으로 작용하였다.

현길언의 많은 작품들은 4·3의 비극을 탐구하는 것들이다. 그 중의 대표적인 작품이 「우리들의 조부님」(『문예중앙』, 1982.가을)이다. 죽음을 눈앞에 둔 여든 다섯의 할아버지는 4·3 당시 경찰에 의해 살해된 "아버지 혼령에 빙의"된다. 할어바지는 종조부를 삼촌이라 부르고, 며느리를 여보라고 부른다. 30년 전 이 마을 민보단 부단장이었던 아버지는 공비로 몰려 다른 마을 청년 여덟 명과 함께 억울한 죽음을 당했다. 아버지는 마을 구장이 공비들에게 피살된 것에 대한 보복 차원에서 살해된 것이다.

아버지 혼령에 빙의된 할아버지는 아버지에게 들씌워진 공비라는 누명을 벗겨주고 싶어한다. 그렇기에 가장 먼저 하는 일이 손자를 데리고 구장네 집에 가는 것이다. 이유는 구장의 아들을 만나서 자신이 구장을 죽이지 않았다는 증거를 보여주기 위해서이다. 구장의 아들인 길삼이에게 할아버지는 "자네 부친을 죽이지 않았네"라고 계속해서 강조한다. 구장이 살해되던 시간에, 길삼이는 아버지와 함께 노름을 하고 있었다. 그러나 길삼이는 구장이었던 아버지의 죽음을 수습하러 아무도 함께 가주지 않은 것이 서운해, 마을 사람들이 경찰에게 살해당하는 것을 수수방관한 것이다. 할아버지는 두 번이나 길삼이를 찾아가서 자신이 구장을 죽이지 않았으며, 자신은 결코 공비가 아니라고 주장한다.

이 작품에서 빙의라는 초자연적인 현상이 활용된 것은 두 가지 의미를 지닌다. 빙의를 통해서만 진실을 말할 수 있을 정도로 4·3이 철저한 침묵과 은폐 속에 방치되어 있었다는 것과 아버지가 겪은 일이 그토록 원통하고 억울한 일이었다는 사실을 드러내는 것이다.

「우리들의 조부님」이 진정으로 문제삼고 있는 것 중의 하나는 모든 것을 덮고 넘어가려는 사람들의 태도이다.[2] 그들은 "30년 넘어 모두 잊어버린 일들을 어떻게 하겠다는 건가"라는 생각으로, 과거의 일은 그냥 내버려두자고 주장한다. '나'를 포함한 가족들 역시 "그 시국에 그런 죽음은 흔히 있었기 때문이다. 그저 모두들 잊어버리는 것이 그 아픔을 치유하는 일로 생각하고 있었다"라고 말한다. 할아버지의 동생인 종조부는 조카의 혼령에 빙의된 형에게 "이제 다 잊어버린 걸 무사 다시 시작허염쑤과"라며, '나'에게도 "알아서 좋을 게 있구 몰라서 좋을 게 있는 거여. 이제 어떡허려는 것이야"라고 말한다. 사람들은 불안해하는데, 그것은 할아버지 죽음에 대한 불안이라기보다는 다시 깨어나 "지금까지 몰랐던 사실들이 밝혀지는데 대한 불안"이다. 이 작품의 마지막은 다음과 같이 끝난다. 이것은 4·3을 둘러싼 사람들의 내적인 억압이 얼마나 강고한지를 보여준다.

2 과거를 무조건 덮어두자는 태도와 거리가 있는 인물은 할아버지와 어머니이다. 할아버지는 빙의를 통해서 결코 4·3과 아들의 죽음에서 벗어나지 못하고 있음을 증명하며, 어머니는 "영원히 잊어버릴 뻔한 아버지에 대한 생각을 다시 되살리는 계기가 된다는 데서, 어머니는 기쁨을 이기지 못"한다.

> 그 정도 노망을 하고서 돌아가신 게 천만다행이란 얘기가 친족들과 일꾼들 사이에 오갔다. 누구도 아버지 죽음에 대해선 말하지 않았다. 그것은 꼭 약속한 일 같았다.

프로이드는 억압된 것의 귀환을 이야기했다. 욕망은 결코 포기를 모른다는 것이다. 그것이 억압되어 드러나지 않는 것은 순간이고, 언젠가는 반드시 변형된 형태로라도 다시 되돌아온다는 주장이다. 이것은 인간 역사에도 적용될 수 있다. 야만과 폭력이 그 형태를 달리하여 계속되어 온 것이 인간의 역사라고 할 때, 제대로 청산되지 않은 역사는 언제고 다시 반복될 수 있는 것이다. 그런 점에서 마을 사람들의 완고한 침묵 역시, 새로운 형태의 폭력을 예고하는 또 다른 폭력이다.

3. 비극적인 현대사의 증언

그러나 억울하고 비극적인 죽음이 어찌 제주만의 것이겠는가? 에릭 홉스봄은 20세기를 일컬어 '극단의 시대'라고 했다.[3] 극단적인 정치 이념이 사람들을 지배했고, 인류사에서 유례를 찾기 힘든 수많은 혁명, 폭동, 전쟁이 빈번하게 발생한 시기였다는 것이다. 이로 인해 수억 명의 사

3 에릭 홉스봄, 이용우 역, 『극단의 시대』 상 · 하, 까치, 1997.

람들이 죽어간 시기이기도 하다. 한국 역시 예외는 아니며, 오히려 극단의 시대를 증명하는 가장 대표적인 사례였다고 할 수 있다. 지난 세기 한반도는 그야말로 세계사적인 온갖 시련을 온몸으로 감당해왔던 것이다.

「씌어지지 않은 비문-열전 2」(『현대문학』, 1983.11)은 20세기에 겪은 온갖 비극적인 사건을 상징적인 수법으로 압축해 놓은 작품이다. 어느 날 재종숙의 아들로 양자 간 병현이 찾아와, "아버님께서 형님께 비문을 부탁"드린다는 말을 하고 간다. 평양삼촌, 또는 평양하르방이라 불리는 재종숙은 종갓집 외아들이었다. 평양에 정착하여 상당한 재산을 모았으나 해방 이후 가족과 재산을 모두 잃고는 제주도로 돌아왔다. 그에게는 첫 번째 부인과의 사이에서 얻은 아들 두 명과, 고향에서 새장가 들어 얻은 아들 하나가 있었다.

재종숙의 집에는 세 아들이 모두 군복을 입고 찍은 사진이 걸려 있다. 일본군 복장을 한 큰 아들의 사진, 북한군 군관 복장을 한 둘째 아들의 사진, 정글화에 얼룩무늬 복장을 한 막내 아들의 사진이 그것이다. 첫째 아들은 재종숙이 일제시기 군수사업으로 큰 돈을 벌 때, 자신의 돈을 지키기 위해 혈안이 된 재종숙에 의해 지원병으로 2차 대전에 내몰린다. 둘째 아들은 해방 이후 공산당이 되었고, 나중에는 낙동강 전선에서 인민군 군관으로 전사한다. 셋째 아들은 대학 시절 데모를 하다가 제적당한 후, 월남전에서 실종된다. 지금 재종숙은 월남에 간 막내아들을 기다리느라 매일 버스가 올 때마다 정거장에 나와 서성인다. 그런 재종숙이 세 아들에 대한 비문을 쓰기로 했다는 것은, 재종숙이 드디어 세 아들의 죽음을 인정했음을 의미하는 것이다.

재종숙의 삶은 실로 기막히고 억울한 것이다. 그러나 이러한 삶은 그만큼이나 기구했던 한국의 근대사를 생각한다면, 하나의 보편성을 지닌다고 볼 수 있다. 이것은 마을 사람들이 노인을 보며, "전쟁에 아들을 잃은 부모가 어찌 노인뿐이겠습니까", "이 시국에 그런 사름이 어디 하나 둘이랴"라고 말하는 것에서도 알 수 있다. 노인의 비극은 이 땅을 살다간 수많은 부모들의 아픔이기도 했던 것이다.

재종숙은 세 아들의 사진을 함께 묻어 큰 무덤을 만든 후에 비석을 새겨달라는 말을 하고 운명한다. '나'에게는 무덤 앞에 세울 비석에 글을 써야 하는 임무가 주어진 것이다. 그런데 이 작품은 "쓰려는 비문의 내용은 더 막막하게 사그라져 버렸다"는 문장으로 끝난다. 이것은 아직까지도 이 세 아들에게 상징적 죽음을 부여하는 것이 어렵다는 것을 암시한다고 볼 수 있다.[4]

4 이것은 현길언 소설에 강렬하게 나타난 반공의식을 좀더 심도 있게 검토해야 할 필요성을 제기한다. 현길언의 소설에서 반공은 절대적이다. 「우리들의 조부님」에서 '나'의 아버지가 자기 아버지 몸을 빌어서까지 그토록 주장하고 싶었던 것은 '자신이 결코 공비가 아니다'라는 사실이다. 「씌어지지 않은 비문-열전 2」에서 공산당이 된 아들은 아버지를 만나자, "이게 다 역사의 순리입니다. 어머니의 죽음이나 아버지가 당한 그 모든 일이며, 제가 인민군대의 군관이 된 것 모두 역사의 순리입니다. 아버님은 저를 야속하다 생각하지 마십시오"라고 말하는 패륜적인 모습을 보인다. 「신열(身熱)」에서도 강성수 목사를 평가하는 핵심적인 기준은 공산당과의 관련 여부이다. 그리고 이 작품은 강성수를 긍정적으로 그리고 있는 만큼, 백종구와 장성환의 수기 등을 통하여 강 목사와 공산주의의 관련성을 강하게 부인하고 있다.

4. 비문碑文 없는 비석碑石

「신열身熱」(『현대문학』, 1984.12)은 제5회 녹원문학상 수상작으로서 작가의 출세작이다. 이 작품 역시 역사의 진실을 엄격한 도덕성에 바탕해 탐구하고 있는 중편소설이다. 신문기자인 '나'는 신년특집으로 제주도의 유지였던 김만호를 조사하라는 지시를 받는다. 죽은 김만호는 지방 유지로서 지역 발전에 기여한 공로로 신문사가 수여하는 '선구적인 시민상'을 수상했다. 그러나 곧 친일파였고 권력만 추종한 인물로 상을 받기에 적합하지 않다는 투서가 신문사에 날아든다. 이 소설은 김만호의 행적과 진실을 추적하는 내용이 본줄기를 이루며, 여기에 김만호와 깊게 얽혀 있는 강성수 목사의 행적과 진실을 추적하는 내용이 첨가된다.

'내'가 처음 만난 재종숙은 김만호가 상을 탈 수 없는 인물이라고 말한다. 김만호가 친일파이고 항상 힘센 사람에게만 붙어 일신의 영달을 도모했다는 것이다. 여기에 일제 시대 새마을운동과 비슷한 일을 했으며, 한글 강습으로 야단인 때 일본어 강습을 시켰다는 구체적 행적이 덧붙여진다. 김만호가 농회 근무 3년 만에 면장이 된 것도 일제를 위해서라면 물불을 가리지 않았기 때문이며, 면장으로서도 그는 "악질"이었다는 것이다. 재종숙이 김만호보다 훌륭한 사람으로 꼽는 인물이 바로 강성수 목사이다. 그는 식민지 시기에 끝까지 일제에 맞섰으며, 일제 시기 김만호가 폐쇄시킨 한글 강습소를 운영했다.

재종숙의 반대편 입장을 대변하는 인물은 교장어른이다. 교장어른의 말에 의하면, 일제 시대 김만호는 무속신앙을 때려잡는 의식개혁 등에 앞장섰고, 마을에 길을 내는 등 사람들의 삶을 크게 개선시킨 애민관이다. 그리고 재종숙이 존경하는 강성수 목사는 단지 공산주의자일 뿐이다. 문제는 "김만호의 친일적 행동이 과연 재종숙의 말처럼 지탄을 받아야 할 것이고, 강성수 목사는 과연 공산주의자였던가"로 좁혀진다.

작품이 진행될수록 교장어른보다는 재종숙의 말에 힘이 실린다. 이것은 "비문 없는 비"의 정체를 규정하는 문제에서 뚜렷하게 드러난다. 교문 옆에 세워진 그 비는 교장어른이 찾아내어 옮긴 것으로, 옆에는 교장어른이 쓴 "어느 돈 많은 부자가 글 모름을 원통하게 생각하여, 그 자식들에게 글을 열심히 할 것을 권면하기 위하여 세운 것이라는 내용"의 소개글이 적혀 있다. 그런데 재종숙의 말을 통해 밝혀진 사실은 이와 다르다. 강성수가 일본어로만 설교하라는 일제의 명령을 어기고, 침묵으로 설교를 대신하다가 감옥에 간 것을 기념하여 마을 청년들이 세운 것이 바로 그 "비문 없는 비"라는 것이다. 평범한 노파의 증언을 통해 비문 없는 비석과 관련해서는 재종숙의 말이 사실에 부합한다는 점이 증명된다. 또한 강성수는 공산주의자가 아니었으며, 강성수 덕택으로 김만호가 일제시대의 과오를 감춘 채 해방 후에도 활동할 수가 있었다는 사실이 새롭게 밝혀진다. 결정적으로 이 작품에는 일제 시대 고등계 형사로 일하다가 해방 후에도 경찰에서 정치 대공 업무에 종사한 장성환의 회고록을 통해 재종숙의 의견이 진실이라는 점이 분명하게 드러난다.

이와 함께 크게 부각되는 것이 김만호 측에서 벌이는 진실 은폐 작업이다. 김만호의 조카가 나타나 폭력적으로 김만호에 대한 추적을 그만두라고 요구하는 것이다. 또한 김만호가 세운 학교의 총동창회장이 전화를 하여 노골적인 공갈 협박을 하기도 한다. 김만호 측을 대표하는 교장어른은 나중에 이 작품에서 부정적으로 그려진다. 그 역시 일제시대에 10년 넘게 교편을 잡았던 것이다. "김만호가 무너지면 교장어른도 무너진다"는 말처럼, 교장어른 역시 큰 틀에서 보자면 김만호와 보조를 함께 한 삶을 살았다고 볼 수 있다. 더 큰 문제는 신문사 내부에서 발생한다. 편집국장이 전화를 걸어 "공산당 하다가 죽은 사람 구명운동을 한다며? (…중략…) 김만호 씨 문제도 그냥 덮어두라는 거요"라고 명령하는 것이다. 서울로 돌아왔을 때, '나'는 사장으로부터 크게 질책받는다.

이 작품은 교장어른 측과 재종숙 측의 갈등이 해소되는 것이 아니라 크게 증폭되는 것으로 끝난다. 김만호 측은 학교 교정에 거대한 동상을 세우려 하고, 재종숙은 강성수를 독립유공자로 추천한다. 동상제막식에서 '나'와 김만호는 다시 만난다. '나'는 김만호에게 그동안 자신이 수집한 사실을 이야기하며, "장성환 씨 회고록은 신문에 나옵니다"라고 말한다. 그러나 교장어른은 신문에 그런 기사는 절대 나오지 않을 거라며 여유 있게 미소 짓는다. 역시 교장어른의 말처럼, '나'는 김만호의 진실에 관한 글을 신문에 쓰지 못하고, 대신 동상 제막식 기사나 쓸 수 있을 뿐이다. 기사를 쓴 날 재종숙의 죽음을 알리는 부고를 받는 장면은, 진실과 대면하기에 우리 사회의 어둠이 너무도 깊다는 것을 드러낸다. 마지막에 '나'가 느끼는 신열은 역사의 진실 앞에서 침묵해야 하는 고통의 육체적 표현이라 할 수 있다.

5. 반성도 불가능한 시대

「우리들의 스승님－열전 6」(『현대문학』, 1985.5)은 「신열」에서의 교장 어른을 전면적으로 다룬 작품이다. 공간적 배경은 R교육대학 학장을 마지막으로 공직에서 정년퇴임한 송덕진 선생의 사은회가 열리는 은하 관광호텔 무궁화홀이다. 송덕진은 교육자로서나 가정적으로 성공한 사람이다. 작품은 서익재 교수가 소개하는 송덕진의 약력에 맞춰, 송덕진의 인생을 서술하는 방식으로 구성되어 있다.

송덕진은 경성사범을 졸업하고 소학교 2종 훈도로 학교생활을 시작한다. 송덕진은 일본교사와의 경쟁에서 이기기 위해 아이들을 혹독하게 다룬다. 교과학습은 물론이요, 노력동원이나 기타 식민지 체제하의 잡다한 일들을 수행하는데 최선을 다한다. 그 결과 그는 동기들 중에 가장 먼저 수석 훈도가 된다. 해방 이후에는 대학에 들어가 못다한 공부를 하고, 중등교육계에 투신한다. 이후 장학관을 거쳐 R고등학교 교장으로 10여 년을 봉직하며 명문학교를 만든다. 송덕진은 자유당 말기에 장학관으로서 이승만을 위해 견마지로를 바친다. 자유당 정권이 무너진 후, 잠시 좌천되기도 하지만 이후에도 정권과의 유착을 통해 출세의 사다리를 계속해서 오른다.

흥미로운 것은 이 작품에서 송덕진의 약력을 읽고 있는 서익재 교수이다. 그는 송덕진의 소학교 시절 제자로서, 한때는 고등학교 교사였다. 그때 그는 독재정권의 하수인 노릇하는 것이 부끄러워 사표를 내고, 그 사실을 송덕진 앞에서 고백한 바 있었다. 이후 서익재는 공부를 더하여 교수가 되어 다시 돌아온다. 그러나 서익재 역시 그날 밤의 일은 다 묻어두고, 이후 독재정권에 충성하여 지금의 자리까지 왔다. 약력을 소리 높여 읽는 것에서 알 수 있듯이, 서익재 역시 송덕진으로 대변되는 현실의 논리에 완전히 순응한 것이다.

그런데, 이 작품은 송덕진의 통렬한 자기반성으로 끝난다는 점에서 다른 작품과는 조금 다르다. 그는 계속되는 축하 인사가 "치욕을 자극하는 야유처럼 들리면서, 신열로 달아오른 몸 전체가 갈가리 찢겨지는 것 같았다"고 느낀다. 술을 먹을수록 "소나기를 쫄딱 맞은 것 같은 자신의 추레한 모습이 선명히 각인"되는 것이다. 그로부터 일 년 후 송덕진은 자신의 일생을 숨김없이 발가벗겨 놓은 회고록을 집필한다. 송덕진은 지나온 자신의 삶을 반성할 수 있다는 점에서, 「신열」의 김만호나 교장 어른과 같은 인물보다는 훨씬 양심적이다. 그러나 「우리들의 스승님」에서도 진실과의 대면을 가로막는 현실의 벽은 매우 강고하다. 송덕진의 회고록은, 이 시대를 살아가는 교원의 권위와 사기를 추락시킨다는 교육계의 강한 여론 때문에 곧 수거된다. 반성조차 마음대로 할 수 없을 만큼, 지난 시대의 영향력은 오늘날까지 지속되고 있는 것이다.

6. 진실에의 소명의식

현길언에게 소설가란 일종의 사관史官이고, 소설은 역사의 기록에 해당한다. 그리하여 현길언의 분신이라 할 수 있는 소설 속 주인공들은 비문을 부탁받은 자[5]이거나 기자처럼 진실을 기록하는 자들이다. 「신열」에서 편집국장은 김만호에 대한 기사를 쓸 수 없게 된 '나'에게 "덮여진 진실 같은 걸 다 파헤치지 못하는 게 바로 세상 일이라구. 그러니까 역사를 연구하고 문학이 필요하구"라고 말한다. 이에 '나' 역시 옛날에는 억울한 일에 대한 신원伸寃을 현명한 관원이 맡아서 했지만, 오늘날에는 "글쓰는 사람"이 신원을 담당한다고 답변한다. '덮여진 진실을 파헤치는 것', '억울한 일에 대한 신원'이야말로 현길언이 생각하는 소설의 몫인 것이다.

철저하지 못했던 과거에 대한 진실의 탐색, 잘못된 과거의 계속된 지속 등을 현길언은 냉정한 시선과 엄격한 도덕의식으로 추궁한다. 이와 관련해 현길언이 일반인들의 과거에 대한 무관심 역시 권력자들의 부정만큼이나 심각하게 인식하는 것은 매우 중요한 의미를 지닌다. 결국 역사를 만들어나가는 책임은 우리 모두에게 있기 때문이다. 「신열」에서 신문사 지사장의 다음과 같은 말처럼, 무관심이야말로 역사와 진실에 대한 가장 큰 배신일 수도 있는 것이다.

---

5 현길언 소설에 자주 등장하는 '비문 없는 비석'은 이러한 현길언의 주제의식을 드러내는 중요한 상징이다. '비문 없는 비석'에는 역사적 진실이 온전하게 밝혀져 있지 않다는 현실진단과 그럼에도 반드시 그 의미를 명명백백히 밝혀야 한다는 의지가 동시에 담겨져 있다.

안 쓴 책임이 더 큰 거 아닐까요. 왜냐면 잘못 쓰면 잘못 썼다는 게 곧 밝혀지니까 진실은 해명되는데, 아주 안 쓰고 묻혀 버린다면 없었던 것이 되니 진실은 묻혀 버리게 되는 거 아니겠소"라고 말하는 것처럼, 무관심이야말로 역사와 진실에 대한 가장 큰 배신이다.

(2011)

제3장

박학다식의 서사

우한용論

1. 탄탄한 문학적 자의식 위에 구축된 이야기의 성채

우한용의 중편집 『사랑의 고고학』에는 보통의 작품집과 달리 이론적인 머리말과 작가가 직접 작성한 장문의 소설론이 수록되어 있다. 이것은 십여 권의 소설집과 두 권의 시집을 발표한 문인 이전에 수십 년간 강단에서 인재들을 길러내며 수십 권의 학술서를 발간한 연구자로서의 이력에서 비롯된 것이라고 할 수 있다. 이 이론적 글들은 이번 중편집 『사랑의 고고학』을 이해하는 데 적지 않은 도움을 준다.

이번 중편집은 매우 흥미롭다. 그 흥미로움이란 인간의 말초적인 본능을 건드리는 것에서 비롯되는 것이 아니라, 시공을 초월하여 우리에게 익숙하지 않은 다양한 이야기가 펼쳐지는 데서 비롯된다. 백제 말기의 다양한 정치 사회적 상황을 실감나게 복원한 「왕성으로 가는 길」, 구한말 거문도에서 꽃 핀 영국군과 조선여인의 사랑과 우정을 역사적 문맥에서 형상화한 「거문도巨文島 뱃노래」, 스리랑카를 배경으로 신성과 세속의 문제를 환상적인 기법으로 그려낸 「부처님 발바닥」, 이제 막 성인이 된 젊은이의 일상과 꿈을 성실하게 수놓은 「세 갈래 길」이 모두 일상적인 이야기와는 그 결을 달리한다. 이러한 특성은 작가의 선명한 문학적 자의식에서 비롯된 것이다. 작가는 머리말에서 "각다분한 일상을 재치있는, 또는 스스로 재치있다고 착각하는 작가들의 일상사 이야기는, 그게 소설의 본질이라고 하더라도, 그런 이야기를 늘어놓는 작품은 재미와는 거리가 멀다"고 비판하고 있다. 우한용은 소설본질에 얽매여 참된 독자와의 소통을 거부하거나, 익숙한 소설규칙에 얽매이는 "게으른 독자에게 빌붙"는 자세를 강하게 부정한다.

다음으로 『사랑의 고고학』에서 주목할 것은 네 편의 작품이 그야말로 각기 다른 색채와 리듬으로 환하게 빛난다는 점이다. 이 작품집은 서울대 사범대 교수로서 명성이 높은 우한용 교수의 열 번째 소설책이다. 같은 장르의 책을 열 권이나 내는 과정에는 거부하려고 해도 거부할 수 없는 내공이 쌓이게 마련이다. 그 내공은 무엇과도 바꿀 수 없는 작가의 재산이자 미의 성채를 건설하는 주춧돌이 되지만, 때로 그것은 인식이나 형상화에 있어 고정된 틀을 만들어 내는 부작용을 낳기도 한다. 사정이 이러함에도 우한용의 중편집에 실린 작품들이 모두 고유한 개성으로 빛난다는 것은 매우 긍정적인 특성이라고 할 수 있다. 이것은 아무래도 머리말에서 밝힌 것처럼, "양식화된 소설(작가가 이전에 했던 말을 반복하는 소설)"을 "내 작품을 읽은 독자에게 강매하는 행위는 속임수다"라고까지 힘주어 말하는 작가의 확고한 신념에서 비롯된 것으로 보인다.

마지막으로 우리에게 익숙하지 않은 중편이라는 형식을 사용한 것에 대해서이다. 그동안 소설책은 장편소설이나 단편을 묶은 창작집이 주류였지만, 『사랑의 고고학』은 중편만으로 이루어져 있다. 『사랑의 고고학』에 수록된 모든 작품들은 전통적인 소설문법이라면 장편에 가까운 것이다. 당대 여러 나라가 얽혀 있는 백제 말기의 상황을 다루는 것이나 한 젊은이가 성장의 과정에서 겪는 빛과 어둠의 드라마를 다루는 것 등은 모두 장편에 적합한 서사이다. 그러나 작가는 이것들을 중편의 분량 속에 알뜰하게 녹여내고 있다. 이러한 특징 역시 다분히 의식적인 것으로 보아야 한다. 작가는 머리말에서 4차산업혁명의 시대라 불리는 오늘날 각종 매체의 발달로 인해 문자 언어의 영역이 축소되고 있으며, "작가들은 기껏해야 중편 정도의 양식 속에서 할 이야기를 처리해야 하지 않을까 싶다"는 전망을 하고 있기 때문이다. 이 중편집은 이러한 전망에 연결된 하나의 앞선 시도라고 볼 수 있다. 다행스럽게도 여기에 수록된 중편들은 단편의 완결성과 장편의 전체성을 맞좋은 비율로 결합하고 있다는 측면에서 성공적이라고 볼 수 있다. 이제 우한용의 친절한 설명을 길라잡이 삼아 본격적인 작품의 세계로 들어갈 차례이다.

2. 사실 이상의 진실

「왕성으로 가는 길」은 미륵사 창건, 성왕, 법왕, 무왕, 선화공주 등의 역사적 사건과 인물을 바탕으로 시인 겸 화가 서진구가 장편서사시를 창작하는 내용의 소설이다.[1] 예술가 특히 소설가나 시인을 주인공으로 내세운 소설이 그러하듯이 메타픽션meta-fiction적 경향을 지니고 있으며, 자연스럽게 작가 우한용이 생각하는 문학의 고유한 모습과 역할을 드러낸다.

서진구는 고유한 상상력을 통해 통념화된 것과는 다른 방식으로 역사적 사실들을 해석한다. 사리봉안기의 법왕을 부처가 아닌 백제의 법왕으로 해석한다든가, 사리봉안기의 저자를 왕이나 왕비가 아닌 지명법사로 지목한다든가, 금동대향로가 유일본이 아닐 수도 있다고 주장한다든가, 선화공주를 공주가 아닌 선화공의 딸로 해석한다든가 하는 것이 대표적인 사례이다. 그리고 "선화는 신라 사람인 것은 틀림없지만, 공주는 아니라는 생각은 역사학자들이 할 수 있는 발상이 아니었다. 그것은 시적인 세계였다"라는 말에서 알 수 있듯이, 이러한 새로운 발견과 해석은 서진구가 예술가이기에 가능한 것이다. 역사가와 예술가의 차이는 그 상상력의 다름에서 비롯되는데, 그 차이는 "시적 상상력은 역사적 상상력과 달리 인과성보다는 상상의 일관성과 이미지의 통일성"을 더욱 중요시한다는 것에서 찾을 수 있다. 이러한 서진구의 시적 상상력에 바탕한 역사해석은 나름의 가치가 있는 것으로 설정되어 있다. 서진구는 "시를 쓰던 끝에 짐작으로" 미륵사를 선화공주가 발원해서 세웠다고 보는 것은 설화에 불과하다고 생각하는데, 실제로 발

1 여기에 덧보태 우연히 손에 넣게 된 금동불두를 지키려는 서진구와 그것을 서진구의 손에서 빼내려는 세력(박물관장, 학예실장, 전유식 교수, 용화고미술사 성면양 등) 사이의 갈등이 서사의 중요한 축을 형성한다. 이로 인해 서진구의 주변에는 의문의 사건들(괴전화, 서재 유리창의 파손, 기르던 개의 죽음, 아내의 감전사고 등)이 연이어 발생하며, 작품은 추리소설적 성격을 지니게 된다.

굴된 사리봉안기를 통해 서진구의 생각이 맞았다는 것이 드러난다.

그러나 서진구의 생각이 사실에 부합하느냐 그렇지 않느냐는 절대적으로 중요한 문제는 아닐 수도 있다. 목간에는 왕궁탑에 대한 이야기가 등장하지 않지만, "사실이 문제가 아니라 진실이 문제라면 그런 구상을 할 수도 있을 터였다"는 말처럼 서진구(시인)가 진정으로 관심을 두는 것은 사실fact이 아닌 진실truth이기 때문이다.

단 진실에 대한 탐구는 어디까지나 개연성의 범주 안에서 이루어져야 한다. 「거문도 뱃노래」에 등장하는 작가 방무식은 한울과 해연의 자식들이 아일란드에 살고 있을지도 모른다는 생각을 하지만, 그것을 작품에 쓸 수는 없었다고 고백한다. 이유는 다음의 인용에서처럼, 개연성 있는 서사를 구축하는 일이 거의 불가능했기 때문이다.

> 그 내막을 알면서 독자가 짐작해서 읽으라고 안 쓴 게 아니라, 상상력이 달려서 못 쓴 부분이었다. 복원이 안 되는 이야기를 재구성한다는 게, 말로야 새로운 세계를 구축하는 일이라고 억지를 부리지만, 그렇게 어설프게 처리하는 것은 아무래도 실감을 자아낼 수 없는 일이란 절망감이 스멀거리면서 밀려들었다.

「거문도 뱃노래」 역시 역사적 사실에 문학적 상상력을 가미하여 서사를 만들어낸다는 점에서 「왕성으로 가는 길」과 흡사하다. 또한 작가 방무식을 외화外話의 직접적인 화자로 등장시킴으로써 메타소설적인 성격을 지니는 것도 동일하다. 「거문도 뱃노래」는 영국이 러시아의 남하를 막는다는 명분으로 군함 6척과 상선 2척을 보내 1885년 4월부터

1887년 2월까지 거문도를 점령한 사건을 배경으로 하고 있다. 특히 거문도에는 지금도 영국군 묘지가 남아 있는데, 작가는 여기에 문학적 상상력을 가미해 진실의 문을 활짝 열어젖히고 있는 것이다.

3. 진정한 소통의 뱃노래

「거문도 뱃노래」에서는 영국군 병사 하인리와 프랑크, 그리고 조선인 한을, 해연, 산돌영감이 서로 어울리며 커다란 주제의식을 형성한다. 두 명의 영국군이 총기 사고로 죽은 것만 밝혀진 역사적 사실 위에, 적극적인 문학적 상상력의 마법을 거쳐 재미와 의미를 모두 갖춘 서사의 장관을 연출하는 것이다.

그동안 한국문학에서 거의 형상화된 바 없는 거문도 사건을 배경으로 한 이 소설은 기존의 역사소설과 크게 차이나는 지점을 하나 가지고 있다. 그것은 바로 그동안 한국역사소설의 기본 특성이라고 할 수 있는 민족주의적 경향에서 벗어나 있다는 점이다. 역사소설이 국민국가와 맺는 관계는 매우 긴밀하다. 소설이 동시대를 사는 사람들에 대한 상상을 통해 서로간의 친교와 공동체 의식을 상상할 수 있는 기반을 제공한다면, 역사소설은 현재의 독자들에게 과거 사건과의 공감적 동일화를 가능케 함으로써, 현재를 살아가는 독자와 과거 사람들 사이에 새로운 형태의 상상적 연계를 창출하기 때문이다. 이러한 방식으로 역사소설은 근대인들이 국가라는 조건 속에서 과거를 상상하도록 부추기는 주요한 매체의 하나로서 기능하였다. 근대 역사소설은 근대 역사서와 마찬가지로 국가 건설의 과정과 밀접하게 결부되어 있는 것이다. 한국역사소설의 발자취는 역사소설이 내셔널 히스토리로서 작용해온 전형적인 사례라고 해도 과언이 아니다.[2]

주로 민족주의 이데올로기를 고무해 온 역사소설에서 주인공은 영웅이거나 필부필녀이거나에 상관없이 민족과 조국에 대한 사랑으로 가득차 있기 마련이다. 그러나 「거문도 뱃노래」에서 서사의 주인공으로 등장하는 한을, 해연, 산돌영감 등은 민족주의적 의식과는 조금 거리가 있는 인물들이다. 한을은 귀양살이 온 선비의 외손녀로서 외국인 신부에게 맡겨졌다가 나중에는 유학자인 지은 선생 댁에서 자랐기에 학식이 많고 영어에도 능하다. 이러한 성장과정을 거친 한을은 조선에 대한 특별한 애정이 없다. 한을은 "박해를 피해서 정말 하느님을 아는 사람들이 사는 나라에 가고 싶"어하며, 하인리에게 몸과 마음을 허락한 것도 "결국 하인리가 하느님을 믿는 나라 사람"이었기 때문이다. 해연은 동네의 무녀이지만, 조선시대 소외받는 천민이라는 특성으로만 설명되는 인물은 아니다. "해연을 이해하는 것은 곧 이 동네 사람들의 마음을 이해하는 것이나 다름이 없었다"는 말처럼, 해연은 마을 사람들을 대표하는 인물이자 "섬 사람들의 정신적 지도자"인 것이다. 그렇기에 영어에도 능숙하고 유교적 소양도 갖춘 한울이 "해연을 대하는 태도는 단순

2 한국의 역사소설과 민족주의와의 관련에 대해서는 졸고, 「다문화 시대의 (탈)민족주의적 역사소설」(『다문화 시대의 한국소설 읽기』, 소명출판, 2015, 235~238쪽)을 참조할 것.

히 친구라든지 동무라든지 하는 관계를 넘어서는 것"이며, 둘은 "서로 배울 게 있는 사이"이다.

이러한 해연도 민족이나 국가에 얽매여 있는 인물은 아니다. 산돌영감은 학정虐政 때문에 자식 낳은 게 원수라며 자신의 성기를 자르고 거문도로 들어온 남성이다.[3] 산돌영감은 나름 "상업의 선각자"로서 영국군의 양을 대신 길러주는 일을 한다. "혈혈단신"인 산돌영감은 민족이나 국가의 경계에서 벗어나 있는 인물로서, 그는 "세리들이 오면, 나는 이름이 없는 사람이요. 그냥 산의 돌이라 하오. 이름이 없으니 나라도 없는 사람이요"라고 일갈한다. 이처럼 한을, 산돌영감, 해연 등은 민족이나 국가에 대한 별다른 집착이 없으며, 이러한 의식이야말로 이들이 외국인들과 깊이 있는 교감을 나눌 수 있는 기본적인 조건이 된다.

또한 전통적인 역사소설에서 외국인들은 선악의 이분법 중에서 악인의 범주에 속하는 경우가 대부분이었다. 그러나 이 소설에 등장하는 영국군 하인리와 프랑크는 식민주의적 의식으로 가득찬 악인과는 조금 거리가 멀다. 그들은 한국문화와 사람들에 대한 호의적인 관심이 지대하다. 나아가 작가는 영국군이라는 공통된 의상 뒤에 있는 개인들의 미세한 차이에까지 눈을 돌리고 있다. 조선인과 어울리는 하인리는 영국

3 이야기는 「거문도 뱃노래」에서 매우 비중 있게 다루어진다. 산돌영감은 아이를 낳으면 인두세를 거둬가고, 군역을 해야 할 나이가 되면 족징(族徵)이니 인징(隣徵)이니 해서 세금을 후려가는 것에 분노해서 여섯 번째 아이를 낳았을 때, 자신의 성기를 자르고는 이 섬으로 들어와 염소를 치고 산다. 그리고 스스로 성기를 자르는 이야기는 산돌 영감의 돌발적인 예외적 이야기가 아니라 상당히 보편성이 있는 것으로 제시된다. 한을은 어린 시절 어머니로부터 자신의 아버지가 가난한 집 남정네가 거세한 이야기를 듣고 글을 썼다는 이야기를 듣는다. 또한 한을은 자신을 길렀던 배두익[Patrick] 신부에게서도 아이 낳는 것이 불행을 자초하는 짓이라며 스스로 성기를 자른 한 남성에 대한 이야기를 듣는다.

군 신분이지만, 본래는 아일란드 사람으로서 많은 한과 고통을 가진 인물로 형상화되는 것이다. 하인리는 "브리튼이 국적이기는 하지만 마음은 늘 아일란드에 가 있어요. 고향이라는 게 그래요. 자기 부모의 나라, 내 나라 노래가 살아 있고, 전설이 살아 숨쉬는 그 나라가 마음의 고향이지요"라고 말할 수 있는 사람인 것이다.

그러나 작가가 식민주의의 침략적 속성에 대해 눈을 감고 있는 것은 아니다. 「거문도 뱃노래」에는 영국이 "인도라는 나라를 널름 집어먹은 게 그렇고, 얼마전에는 조선에도 배를 타고 와서 바닷길을 다 조사해 갔다"는 비판적 인식이 등장하기도 한다. 또한 「부처님 발바닥」에서는 허브 농장을 해보겠다는 생각으로 스리랑카에 간 정만복을 통해 전세계에 만연한 식민주의의 문제가 형상화된다. 정만복에게 스리랑카는 한마디로 언제든지 자신의 욕정을 받아줄 창부에 지나지 않는다. 정만복은 마하프라자파티라는 가이드 여성을 철저하게 성적인 대상으로만 바라보며 수도 없이 성추행에 가까운 말을 하고 실제로 매춘의 대상으로 삼기도 한다. 또한 「부처님 발바닥」에서는 식민주의의 청산이란 문제 역시도 결코 만만한 것이 아니라는 인식을 보여준다. 영국인들이 스리랑카에 와서 불교 공부하는 모습을 보며, "영국인 몇 사람이 여기 와서 부처님의 발바닥에 입을 맞추고, 스리랑카 불교를 공부한다고 해서, 그게 스리랑카의 역사에 얼룩진 식민지의 상처를 말끔하게 씻어낼 수 있을 것 같지를 않았다"고 생각하는 부분에서 이러한 인식의 깊이를 확인할 수 있다.

「거문도 뱃노래」에서 영국인 병사와 거문도 주민들이 어우러져 뱃노래를 하는 장면은 작가의 지향점이 가장 극적으로 드러나는 대목이다. 지은 선생이 고유문告由文을 한문으로 읽고, 영국군과 조선인이 영어와 조선어를 함께 사용하는 이 현장에서 국적 따위를 묻는다는 것은 무의미하다. 흥미로운 것은 이 자리에는 젠더적 차별조차 존재하지 않는다는 점이다. 이전에는 남자들만 어울려 부르는 노래였는데, 지금은 "무당 해연이며 한을이 같이 어울려 노래"를 하는 것이다.[4] 이 놀이판에서 국적, 성별, 신분의 구분은 존재할 수 없으며, 오직 인간적 교감과 우애만이 자기 자리를 가질 수 있다. 거문도 뱃노래 현장이야말로 작가의 지향점이 그대로 현시된 축제의 장인 것이다.

4. 어린애를 싸안은 스님의 피 묻은 가사자락

「부처님 발바닥」은 스리랑카로 여행을 가서 여러 불교 유적지를 돌아보는 내용으로 되어 있다. 특히 유적지에서 주인공 강선재가 관심을 기울이는 것은 '부처님 발바닥'이다. 처음 강선재의 스리랑카행은 적극적인 구도행이라기보다는 한국을 떠난다는 소극적인 탈출기로서의 성격이 강하다. 「부처님 발바닥」에서는 "청년들이 일자리가 없어서 결혼

4 「거문도 뱃노래」에는 남성을 비판하는 여성의 모습이 곳곳에 등장한다. 여성인 한을은 남성인 지은 선생에게 청나라 사람이 자기 마음대로 섬 이름을 바꾼 것은 문제라고 지적하기도 하고, 주모였던 한을의 외할머니는 지나던 선비의 남녀차별적인 의식을 꾸짖기도 한다. 이 작품에서 권위 있는 남성인물인 지은 선생은 "명분론에 멀미를 내고 있"으며, "바다에 목숨을 대고 살면서 배 한 척 지을 줄 모르는 학문, 총 한 자루 만들지 못하는 학문이 무슨 소용이냐"라며 유교적 가부장과는 거리가 먼 모습을 보여주기도 한다.

을 포기하는 현실은, 여지없는 테러가 아닌가"라고 반문하는데, 이것은 「거문도 뱃노래」에서 반복된 애절양哀絶陽 이야기의 현대적 변형이라고 볼 수도 있다. 사회・경제적인 이유로 아이 낳기를 스스로 포기한다는 점에서는 성기를 자르는 일이나 결혼을 포기하는 것이나 마찬가지이기 때문이다. 장선재는 한국이 "산다는 게 곧 테러와 다름이 없는 한국, 그 헬조선"이며, "사람대접은 고사하고 존재 자체의 의미를 포기해야 하는 나라"라고 생각한다. 이러한 생각으로 장선재는 "테러 없는 나라로 사람들이 꼽는" 스리랑카를 가게 된 것이다.

그러나 강선재의 스리랑카행이 지닌 보다 본질적인 의미는 강선재 아버지가 행한 선교와의 대비 속에서 발견된다. 「부처님 발바닥」에서 아프리카로 선교를 떠났던 장선재의 아버지와 어머니는 폭탄테러를 당한 이후 한국에 돌아와 같은 날 세상을 떠난다. 장선재가 스리랑카에서 부처님 발바닥에 그토록 지대한 관심을 기울이는 이유는 바로 아버지의 죽음이 발바닥과 관련되어 있기 때문이다.

아버지는 선교를 가기 전날에 발을 들어올려서는 "발바닥 가운데 난 상처가 보이느냐?"고 장선재에게 물었다. 어린 시절 쇠스랑날이 발바닥에서 발등으로 관통하는 바람에 발바닥에 상처가 생겼고, 사람들이 달려올 때까지 기절해 있었다는 것이다. 이때 아버지는 "천사들의 호위를 받으면서 하늘나라에 갔었고, 거기서 아프리카에 복음을 전하라는 계시를 받았다"고 말한다. 그러면서 아버지는 "나는 선택된 인간이야"라고 자신 있게 외친다. 이러한 선민의식은 예수님의 발바닥에도 상처가 나 있었다는 아버지의 믿음에서 비롯된다. 아버지는 "예수의 발에 난 못자국과 자신의 발바닥에 난 상처 자국을 똑같은 걸로 착각하고 있"었던 것이다.

장선재의 아버지에게 이 세상은 목적과 위계가 뚜렷한 곳이다. 가장 높은 곳에는 신이 있고, 그 아래 절대적인 복종자로서의 자기가 있으며, 또 그 아래에는 자신의 인도를 받아야 하는 수많은 사람들이 존재하는 것이다. 부친의 "뒤에 당신의 하느님이 있었"기에, "부친에게는 혼란이라는 게 없"으며, "판단은 명쾌하고 결단은 단호하며 실천은 엄격"할 수밖에 없다. 나아가 장선재의 아버지는 "목적 없는 행동"을 몹시 싫어했으며, "의식 없는 주장"을 용납하지 못한다. 부친이 "그냥이라든지 대충 같은 말을 지독히도 싫어"하는 것은 당연한 일이다. 이것은 "자기 하는 일에 설명이 거의 없"을 정도로 확고한 선민의식과 목적의식이 있기에 가능한 모습이라고 할 수 있다. 이러한 수직적 관계 속에서 아버지는 "하느님과는 소통이 될망정 인간끼리는 소통이 안" 된다. 일테면 "하느님에게 바친 몸이라면서 부모들은 부부생활도 제쳐놓고 지내는" 식이다. 선교를 하러 이집트까지 갔지만, 아버지는 평소 "방언하는 이방인을 경계하라"며 이방인을 두려워한다.

장선재는 바로 아버지의 "초점이 분명한 역사, 초점이 분명한 인생, 초점이 분명한 여행"과 "초점이 분명한 생활, 초점이 확실한 신앙"이 "느슨하게 진행되는 삶의 과정에 비하면 과도한 강압"이라고 생각해왔다. 아버지의 삶은 "테러까지는 아니더라도 의미의 압력인 것은 사실"이었기 때문이다.

이러한 아버지의 모습은 맹목적인 종교인의 자세라고 할 수 있다. 대부분의 종교는 기본적으로 인간과 신 사이에 어떻게 하면 어마어마한 비대칭의 관계를 형성할 것인지에 전력을 쏟는다. 강선재가 스리랑카

여행을 통해 발견하는 사고는 아버지의 수직적이고 위계적인 사고와는 구별된다. 강선재는 이 세상의 만물 사이에 어떠한 구별이나 차별을 두는 것에 의문을 갖고 있으며, 그러한 의문은 다음의 인용문에 명료하게 드러난다.

> 본유의 내가 있고, 그 아바타가 있다. 그런데 그 아바타의 친구가 있고, 그 친구의 친구, 그 친구의 또 다른 친구 그렇게 차원변경을 거듭하면 인간 생명의 대연쇄가 성립하는 셈이었다. 그런 생각은 자연에 대해서도 비슷하게 유추할 수 있었다. 나와 원숭이와 강아지와 새앙쥐와 개구리…… 풍뎅이, 목련, 모란, 망초, 돌, 바위…… 그렇게 아바타를 설정하면 우주가 모두 그 안에 들어가는 셈이었다. 우주에 나와 아무런 연관이 없는 존재는 상상조차 할 수 없는 정황이 되었다. 그러나 부친은 물론 어머니도 자기와 하느님 사이의 핫라인 말고 아바타 따위는 없었다. 부부는, 겟세마네 동산까지 주를 따라 가려네. 그렇게 노래할 뿐이었다.

아버지에게는 "자기와 하느님 사이의 핫라인"만이 존재한다면, '나'에게는 "우주에 나와 아무런 연관이 없는 존재는 상상조차 할 수 없는 정황이 되었다"는 말에서 알 수 있듯이 우주 만물이 존재한다. 이러한 아버지와 나의 사고를 이해하기 위해서는 나카자와 신이치가 말한 대칭성對稱性의 사고라는 개념을 참고할 필요가 있다. 나카자와 신이치는 인간과 인간, 인간과 자연 사이의 연속성과 동일성을 강조하는 대칭성의 사고라는 개념을 제시한다. 유동적 지성이란 무의식을 의미하며, 무의식을 통해서 인간의 '마음'은 자연에, 그리고 우주에 직접적으로 연결된다는 것이다.[5] 마치 "나와 원숭이와 강아지와 새양쥐와 개구리…… 풍뎅이, 목련, 모란, 망초, 돌, 바위……" 등이 같은 차원에 존재하는 것처럼 말이다. 반대로 비대칭성非對稱性의 원리 속에서는 세계가 분리된 곳이자 비균질적인 곳으로 존재한다. 강선재가 대칭성의 사고에 이어져 있다면, 아버지는 비대칭성의 사고에 이어진다고 볼 수 있다.

스리랑카는 사자와 인간이 결합하여 나라가 만들어졌다는 신화를 가지고 있다. 이 역시 대칭성의 사고를 보여주는 것이다. 사자와 인간의 결합이란 야생의 사고에 이어지는 것으로서, 인간과 동물을 엄격하게 구분하여 바라보는 비대칭적인 사고에서는 상상할 수 없는 일이다. 강선재는 스리랑카에 오면서 잠들었던 의식이 무더기로 일어나 자신의 내면을 혼란에 빠트린다고 생각하는데, 실제로 강선재의 여행은 그 모든 위계를 해체하는 과정에 해당하는 것이기도 하다.

『화엄경』의 선재동자처럼 구도의 과정을 통해, 강선재가 발견한 것은 결국 '부처님의 발'도 아닌 '부처님의 발바닥'이다. 그 발바닥에서 발견한 법륜法輪이야말로 강선재의 스리랑카 구도기가 지향하는 핵심이라고 할 수 있다.

> 발바닥, 그냥 발이 아니라 발바닥이었다. 발바닥이 인간의 헤아릴 수 없는 마음의 심연은 아니었다. 몸을 이끌고 돌아다녀서 생긴 상처

5 나까자와 신이치, 김옥희 역, 「완성된 무의식–佛教 (1)」, 『對稱性 인류학』, 동아시아, 2005, 170쪽.

> 자국도 있고, 흠집도 생긴 발바닥, 거기에 피어나는 원광 아니면 연꽃 같은 법륜의 무늬.

'부처님의 발바닥'은 "가장 아픈 상처에 피어나는 꽃과도 같은" 것이다. 인체의 가장 밑바닥에 있으면서, 이 지상의 더러움과 직접적으로 부딪치는 상처 투성이야말로 가장 성스럽고 아름다운 것이라는 인식이 나타나 있다. 지금 장선재는 가장 인간적이고 가장 지상적인 것에서 최고의 신성神聖을 읽어내는 것이다. 이러한 대칭성의 사고 속에서 수직적인 위계를 발견한다는 것은 사실상 불가능하다.

이 작품은 인천공항에서 폭탄테러가 발생하고, "스님이 피 묻은 가사자락에 어린애를 싸서 안고 폴리스라인 밖으로 걸어나"가는 다분히 상징적인 장면으로 끝난다. 이 상징을 해석하는데도 나까자와 신이치의 이야기는 적지 않은 도움을 준다. 나까자와 신이치는 지금까지 남아있는 사상이나 종교 중에 이러한 대칭성의 사고에 가장 가까운 것이 불교라고 주장한다. 불교란 "무의식=유동적 지성의 본질을 이루는 대칭성의 논리를 잘 다듬어, 극한에 이를 때까지 그 가능성을 추구한 사상"이며,[6] 불교야말로 "대칭성의 사고라고 하는 원초적인 지성 형태(유동적 지성이라고 불러왔던 것)를 잘 다듬어서 완성된 형태로까지 발전시키려 해온, 달리 유례를 찾아볼 수 없는 윤리사상"[7]이라는 것이다. 그렇다면 인류의 희망이라고 할 수 있는 "어린애"를 구원하는 "스님"은 장선재가

6 위의 글, 171쪽.
7 위의 글, 173쪽.

그 덥고 습한 스리랑카까지 가서 발견한 대칭성의 사고가 지닌 구원의 가능성을 암시하는 것인지도 모른다.

5. 하늘의 별을 따는 반세기의 여정

「세 갈래 길」은 중편집 『사랑의 고고학』에서는 맨 마지막에 오지만, 작가론의 맥락에서는 가장 첫 번째 와야 할 작품이다. 이 작품은 한 인간의 세계관이 형성되는 가장 중요한 시기인 20대 초반, 즉 대학교에 입학하여 입대하기 전까지의 1년여를 다루고 있다. 실명 그대로가 등장하기도 하는 이 작품은 자전소설로서의 성격도 뚜렷하다.

모든 성장소설이 그러하듯이, 이 작품도 진로에 대한 고민과 방황이 주요한 서사의 줄기를 형성한다. 그러한 고민과 방황은 작품의 마지막 단락이기도 한 다음의 인용문에서 알 수 있듯이, "문학과 문학이론 공부", "교육 문제", "소설 쓰는 일"의 세 가지 사이에서 이루어진다.

> 그는 자기가 쓴 게 소설이라고 빡빡 우길 생각은 없었다. 다만, 문학과 문학이론 공부도 해야겠고, 사대에 들어왔으니 교육 문제도 심중하게 생각해야 하겠고, 언제 될지 모르지만 소설 쓰는 일도 버릴 수 없는 생애의 과제로 삼아야 하겠다는 각오가 뚜렷해지는 순간이었

> 다. 그게 사대를 들어왔고, 공부했고, 문학하는 친구와 어울렸고 하는 데서 비롯되는 맑은 물줄기와도 같은 것이었다.

「세 갈래 길」에서 '문학과 문학이론 공부'는 선배 김대홍과의 관계 속에서 집중적으로 형상화된다. 김대홍은 '문학의 과학'을 주장하며 언어학 공부를 해야 한다고 강조하는 선배이다. 나중에는 김대홍 선배가 주도하는 모임 TOL[Theory of literature]에 가입하여 공부하기도 한다. 다음으로 '소설 쓰는 일'은 대학생활의 "언덕이고 숨통"인 사대문학회 활동을 통해 드러난다. 그곳에서는 문학과 인생과 사회와 역사에 대한 온갖 고담준론이 이루어지고, 심지어는 젊은 시절의 객기마저 용납된다. '교육문제'는 그가 소속된 곳이 사대인 만큼, 여러 교수님들의 강의 등을 통해서 자연스럽게 서사 속에 녹아들 수밖에 없다.

흥미로운 것은 그가 그 세 갈래 길 중에서 어느 하나를 선택하는 것이 아니라 그 세 가지 모두를 자신의 길로 받아들인다는 것이다. 이것은 성장소설의 보편적인 문법과는 다소 거리가 있는 것은 물론이고, 일반적인 성장의 의미와도 다르다. 정신분석학적으로 성장이란 본래 자기가 거세된 존재라는 사실을 인정하는 것이다. 유아 시절의 전지전능한 대양감[大洋感]에서 벗어나, 자신은 결코 완벽한 존재가 아니며 세상의 작은 부분을 담당하는 존재에 불과하다는 것을 받아들이는 것이 성장이라는 것이다. 누구나 어린 시절엔 소설가도 과학자도 대통령도 될 수 있다고 생각하는 법이지만, 성장을 통해 자신이 결코 그 모두를 감당할 수 없으며 그 중의 어느 하나를 선택해야만 한다는 것을 깨닫는다는 것이다. 그런데 「세 갈래 길」의 그는 그 세 가지를 모두 자신의 몫으로 받아들이기 때문에, 얼핏 보면 이 작품은 보통의 성장이나 성장소설의 문법과는 거리가 있는 것처럼 보이기도 한다.

그러나 이러한 관찰은 표피적인 것에 불과하다. 심층에서는 "문학과 문학이론 공부", "교육 문제", "소설 쓰는 일"이 공통적으로 이상理想이라는 의미망을 형성하기 때문이다. 이상의 반대항에는 현실이라는 거대한 힘이 도사리고 있다. 이 현실은 그에게 가난의 형상으로 구체화된다. 따라서 「세 갈래 길」에서 진정한 성장은 현실과 이상, 다시 말하면 가난과 문학(교육) 사이에서 어느 쪽을 선택하느냐의 문제라고 할 수 있다.

그가 꿈을 향해 비상하는 것을 가로막는 현실의 강력한 힘은 가난이다. 그의 아버지는 흙손 한 자루로 육남매와 장인, 장모 그리고 아내 그렇게 열 식구의 호구를 해결해야 하는 고단한 인생이다. 그렇기에 빛나는 대학 합격증을 받고서도 그의 집안은 당장 대학교 입학금을 마련하느라 골머리를 앓는다. 대학에 입학한 후에도 아버지가 관리인으로 있는 여관 조바실에서 아버지와 숙식을 해야 하고, 나중에는 중노동에 가까운 입주과외로 간신히 학업을 이어가기도 한다. 심지어는 선배가 여름용 검정 모직 바지를 선물하거나, 친구 한왕석이 구두를 맞춰주기도 할 정도이다.

가난으로 현상된 현실과 문학(교육)으로 현상된 이상의 갈등은, 그에게 가장 큰 영향을 주는 구일환 교수의 리포트 과제를 통해서 그에게도 분명하게 인지된다. 구일환 교수는 "문학에서 낭만주의적 지향과 현실주의적 지향의 속성을 자료와 작품을 바탕으로 규명"하라는 과제를 내는데, 이에 대해 그는 "구일환 교수의 과제는 결국 낭만과 현실의 틈바구니에서 찢겨 선혈이 노을처럼 번지는 너 자신을 분석해 보라"는, 그래서 "다른 결단을 해보라는 명령과도 같은 것"이었다고 받아들이는 것이다.

이상보다 가난에 초점을 맞출 경우 그는 속물이 되거나 투쟁가가 될 수도 있을 것이다. 속물이 되는 것은 기성사회를 인정한 바탕 위에서 재화의 축적을 위해 자신의 꿈과 이상을 버리는 길이다. 투쟁가가 되는 것은 자신을 옥죄는 현실의 질서를 거부하고 나아가 바꾸어 나가는 것이다. 특히 투쟁가의 길은 매사를 비판적으로 바라보는 선배 신하철을 통해서 간접적으로 드러난다. 신하철은 좁쌀 계급 훈장은 대를 이어 훈장질이나 하는 거라는 식으로 말하기도 하고,[8] 월남전에 대해서도 "월남 가서 피 팔아다가 그 돈으로 근대화를 해본들 별거 있겠냐, 월남 가는 놈들 그게 미국놈들이 똥칠한 아시아 역사에다가 피칠하러 가는 거지, 뭣도 모르는 것들이 겨우 탄피나 주워다가 팔아서 종삼이나 청량리 오팔팔에 좃물이나 뿌리다가 임질 걸려 흘리고 다니지 별거 있어?"라며 기성사회와 지배논리에 대한 강렬한 비판의식을 보여주기도 한다. 그는 분명 속물이 되거나 혹은 투쟁가가 되어 자신의 청춘을 회색빛으로 물들인 가난에 저항할 수도 있을 것이다. 그러나 그의 가슴에 문학(교육)에의 꿈이 그토록 뜨겁게 불타고 있는 한, 그러한 방식으로 가난을 극복하는 것은 결국 가난에의 패배라고 부를 수밖에 없지 않을까?

8 교육(문학)을 추구하면 가난에서 벗어나기 어렵다는 인식은 꽤 큰 무게로 그를 짓누른다. 불문학자 손우성 교수의 몽테뉴에 대한 강연을 들으면서 "교사가 되어서 돈을 번다? 그게 가능한 일이던가?"라며, 교사가 "돈을 번다는 데는 고개를 갸웃해"한다. 그리고 그 강연은 "교직으로는 계층이동이 불가능하다"던 신하철 선배의 이야기를 자연스럽게 떠올리게 한다.

그가 가난은 극복할지 몰라도, 결국 그의 삶을 좌지우지한 것은 그의 가슴에 찬란히 빛나는 별이 아니라 현실의 가난일 뿐이기 때문이다.

그러나 그는 결국 문학(교육)을 선택했다. 그리고 그 꿈은 너무나도 뜨거운 것이어서 "문학과 문학이론 공부", "교육 문제", "소설 쓰는 일" 모두를 포괄하는 것으로 나타난 것이다. 이 지점에서 중편집 「세 갈래 길」의 그를 실제작가 우한용으로 변환하는 일이 허락될 수 있을까? 그렇다면 그는 세 갈래 길을 모두 감당하기로 한 50여 년 전부터 지금까지 문학(교육)이라는 가슴 속의 별을 향한 순심을 한 순간도 잃지 않았다고 감히 말할 수 있을 것이다. 그렇지 않고서야 세 갈래 길 모두에서 그 누구도 쉽게 흉내 수 없는 그 풍성한 숲을 이룰 수는 없었을 것이기 때문이다. 지금 이 순간도 그는 『사랑의 고고학』이라는 중편집을 통해 문학적 상상력의 힘, 민족이나 조국을 벗어난 우애의 아름다움, 나아가 생명 있는 모든 것의 존엄함을 깨우치는 서사의 장관을 연출하고 있는 것이다. 반세기에 걸친 그 순심의 여정으로 인하여 중편집 『사랑의 고고학』은 더욱 각별한 의미로 오늘의 독자들과 마주하고 있다.

(2017)

제4장

종횡무진의 아름다움

구자명論

구자명은 1997년 『작가세계』에 「뿔」을 발표하며 등단한 이후 20여 년의 시간 동안 꾸준하게 여러 장르의 소설을 창작해 온 한국문단의 중진이다. 이번 작품집은 원숙한 작가의 문학적 기량이 유감없이 발휘된 하나의 절정이라고 불러도 손색이 없다. 이번 작품집을 정독했을 때, 가장 먼저 떠오르는 단어는 '종횡무진縱橫無盡'이다. 작품의 주제의식이나 형식미학, 나아가 장르 등이 그야말로 종과 횡의 한계를 넘어서며 다채로움을 보여주는 것이다. 이 작품집이 미니픽션minifiction으로 이루어진 것은 작가의 다양하면서도 순발력 있는 재능을 담아내기 위한 필연적인 결과로 보인다.

이 작품집에는 노드롭 프라이Nothrop Frye가 일찍이 신화에서 비롯된 문학의 대표 장르라고 말한 로망스, 비극, 희극, 풍자와 아이러니 등이 빠짐없이 포함되어 있다. 심지어 「세 별 이야기」는 창끝의 날카로움을 간직한 유머로 '꼬리아'의 창세기까지 들려주는 작품이다. 현실계와 환상계를 넘나들기도 하고, 웃음과 슬픔이 교차하기도 하며, 감동과 교훈

이 공존하는 문학의 진경이 계속해서 펼쳐지는 것이다. 이러한 다채로움은 문체의 다양함과도 연결되는데, 단적으로 이 작품에 구사된 방언의 향연만 보아도 그것은 대번에 드러난다. 충청도 방언과 이문구의 소설, 전라도 방언과 조정래의 소설, 제주도 방언과 현기영의 소설처럼 한 명의 작가와 하나의 방언을 연결시키는 것이 보통이라면, 이 작품집에는 여러 지역의 방언이 어느 하나 모자람 없이 구사되고 있는 것이다. 이러한 다양함이 모두 오랜 시간의 수련에서 비롯된 문학적 고도를 확보하고 있다는 점이야말로 이번 작품집이 일종의 경이를 불러일으키는 가장 큰 이유라고 할 수 있다.

이 작품집의 주제의식 역시 결코 만만한 것이 아니다. 그것은 크게 신성神性과 인성人性의 동시적 지향과 조화라고 정리할 수 있으며, 가벼움과 무거움, 진지함과 자유로움을 겸비하고 있다.

신성이란 이 작품에서 인간의 영성과 관련된 것으로서, 그것은 개인이라는 단단한 개체의 벽을 무너뜨리고 세상을 향해 자신의 전부를 개방하는 자세와 연결된다. 「순례자는 강가에서 길을 떠난다」 연작에 등장하는 순례자들은 작가가 추구하는 신성의 대표적인 체현자들이다. '나'의 소꿉친구로 마약퇴치 선교 사목을 하다가 괴한의 총탄에 선종을 한 사제가 그러하고, 가족의 따뜻한 품을 벗어나 광야로 이어지는 돌밭길로 나아가는 형이 그러하고, 화학전까지 우려되는 터키 국경의 시리아 난민 지역으로 떠나가는 그가 또한 그러하다. 이들에게는 자아에 대한 집착이 없으며 세상과 자신을 하나로 여긴다는 점에서 진정 신성에 다가간 존재들이다. 순례자들처럼 숭고하지는 않지만, 이제 재산에 대한 '집착'은 물론이고 '집착에 대한 집착'도 버린 현자(「바늘귀의 비밀을 안 낙타」)나 "속이 휘고 껌고"를 따지지 않고 일단 배고픈 자에게 밥 한 끼를 차려주는 원산댁(「식객」)도 쉬워 보이지만 결코 쉽지 않은 신성에의 길을 걸어가는 사람들이다.

그러나 이 작품집은 범인이 흉내낼 수 없는 신성에 대한 일방적인 강조를 통해 독자를 짓누르지는 않는다. 숭고한 것을 지향하는 것만큼이나 많은 등장인물들이 인간적인 자유로움과 편안함을 지향하기 때문이다. 자유에 대한 지향은 「불사조의 아침」에서 "자기 기분과 욕망의 희생을 불사하고 부여받은 본분을 사수"하여 모질게 살아 남은 닭 한 마리의 모습을 통해서도 확인된다. 이러한 닭의 모습에서 삶은 사라지고 생존만이 남은 "업소 손님들"의 삶을 발견하는 것은 어려운 일이 아니다. 「그녀의 선택」에서 그녀는 주립대학 교수로 금발에 푸른 눈을 가진 장신의 미남 대신 밥 잘 먹고 무난한 지금의 남편을 선택한다. 그러한 선택은 아무리 좋은 삶의 조건이 주어지더라도 누군가에게 "복속"되고 싶지 않은 욕망을 따른 결과이다. 남편과의 삶에는 "시인 아버지도 벽안의 금발 지니도 수용하지 못했던 소통의 자유"가 존재한다. 그 '소통의 자유'야말로 걸작이나 돈방석과는 비교도 할 수 없이 소중한 삶의 가치라고 할 수 있다. 「지상의 집 한 칸」에서 J가 오래전부터 꿈꾸는 "작고 조촐하고 기능적인 전원주택 한 채"는 작가가 꿈꾸는 자유의 구체적인 공간화에 해당한다. 「상형문자」에서 어머니가 당신의 20주기 기일忌日을 앞두고 가랑잎 한 장에 새겨서 보낸 편지에 담긴 "너의 일을 미루지 말거라. 때를 놓치면 이젠 돌이키기 어려운 나이가 되었잖니"라는 메시지 역시 자신의 꿈을 이루기 위한 자유에 대한 지향으로 읽어도 큰 무리는 없을 것이다. 「그대 검은 드레스에 벚꽃 지면」에서 평생 "얼룩덜룩한 몸빼 차림"으로 살던 아내에게 프랑스산 원피스를 수의로 입혀준 늙은 남편의 회한에서도 그러한 따뜻한 인간의 정은 확인할 수 있다.

경쾌한 신성과 진중한 인성의 아름다운 조화를 추구하는 것에 그치지 않고, 이번 작품집에는 날카로운 비판 정신을 통해 익숙하게만 받아들여 온 현실을 새롭게 응시하게끔 하는 작품들도 적지 않게 존재한다. 현실에 대한 비판적 의식이 작동할 때, 작가가 주로 활용하는 것은 일종의 몽타주 기법이다. 다양한 장면들을 이어 붙여 전체적인 상황의 본질을 간결하지만 여운 있게 전달하는 것이다. 「돼지효과에 대한 한 보고」, 「현모열전」, 「오징어와 공생하는 세 가지 방법」 등을 대표적인 사례로 들 수 있다. 「돼지효과에 대한 한 보고」에서 작가는 돼지라는 공통된 소재를 통하여 중국, 한국, 미국의 비정한 세태와 인간의 한계를 스틸사진처럼 찍어낸다. 「현모열전」에서도 '현모賢母'라는 말과는 너무도 거리가 먼 우리 시대 어머니들의 광적인 교육열을 '맹자어미상', '석봉어미상', '율곡어미상'이라는 세 가지 꼭지를 통해 효과적으로 드러내고 있다. 후쿠시마 원전 사고와 같은 대재앙으로도 덮어버릴 수 없는 범인들의 일상을 보여주는 「오징어와 공생공사하는 세 가지 방법」에서도 이러한 특징은 그대로 나타난다.

미니픽션은 나뭇잎이나 손바닥만한 분량이라고 해서 엽편葉片소설이나 장편掌篇소설이라고 불리기도 하였다. 오랫동안 본격적인 문학 장르로 인정받아 오지 못했지만 20세기 세계문학의 거장으로 일컬어지는 호르헤 루이스 보르헤스Jorge Luis Borges나 가브리엘 가르시아 마르께스Gabriel Garcia Marquez의 수준 높은 작품들에서 확인되듯이 최근에는 주요한 서사장르로 부상하고 있다. 이것은 미니픽션이 가진 신속성, 명료성, 간결성 등이 현대 정보화 사회의 기본 성격과 일맥상통하는 측면이 있기 때문일 것이다. 그러나 미니픽션도 '미니'픽션인 동시에 어디까지나 미니'픽션'이라는 사실을 잊어서는 안 된다. 본래의 소설이 가진 문학적 감동과 지적・윤리적 성찰의 장을 제공하지 못한다면, 오히려 미니픽션은 그와 유사한 SNS 등의 소통매체가 널리 퍼진 오늘날 그 존재의의를 얻기 힘들 것이다. 이러한 맥락에서 때로는 차분하게 때로는 진중하게 삶의 진실을 천千의 얼굴로 전달하고 있는 구자명의 『진눈깨비』는 우리 시대 미니픽션의 운명, 나아가 서사장르의 운명을 측정해 볼 수 있는 하나의 시금석으로 우리 앞에 놓여 있다.

(2016)

제5장

늙은 여자되기

최옥정論

1. 일상의 잔잔하지만 아름다운 무늬

최옥정은 2001년 『한국소설』에 「기억의 집」을 발표하며 등단했다. 허균문학상, 구상문학상 젊은작가상을 수상하며 실력을 인정받았고, 소설집 『식물의 내부』, 『스물다섯 개의 포옹』을 출간했으며 장편소설 『안녕, 추파춥스 키드』, 『위험중독자들』, 『매창』을 발표했다. 최옥정의 작품 세계는 무엇보다도 인물의 내면 세계를 집요하게 파고드는 특징을 보여준다. 이를테면 『매창』은 임진왜란을 주요한 배경으로 삼고 있지만, 작가가 관심을 기울이는 것은 매창이란 인물의 삶과 그 내면의 드라마이다. 임진왜란이라는 대사건이 아우르는 여러 가지 국제적・역사적 문제는 별다른 주목의 대상이 되지 못한다. 이번 소설집 『늙은 여자를 만났다』에서도 장삼이사들의 내면에 대한 탐구는 지속되고 있으며, 특히 소소한 일상의 세목들에 대한 조명은 매우 강렬하다고 할 수 있다.

이번 소설집에 수록된 「분명한 이웃」의 주인공은 "원전사고가 나고 비행기가 추락하고 연쇄살인이 일어"나지만 "그런 일에는 놀라지 않는다"고 말한다. 대신 "반찬을 죽어도 만들기 싫을 때 반찬 없이 밥만 먹어도 먹을 만하고 심지어 맛있기까지 하다는 사실"에 신기해하며, "한 공기의 물을 넣었을 때와 한 컵의 물을 넣었을 때의 밥맛이 전혀 다르다는 것"에 놀란다. 이러한 '나'의 고백은 이번 소설집을 창조해 낸 작가적 특성에 연결 지을 수도 있을 것이다. 최옥정이 관심을 갖는 것은 각종 미디어에서 24시간 볼 수 있는 사회적 사건・사고가 아니라 우리가 쉽게 지나치지만 삶의 진실을 담고 있는 파편화된 일상의 단면들이다. 「일요일의 달팽이」는 자전거를 '너'라는 청자로 설정하여 일상의 이모저모를 발화하는 것만으로 밀도 있는 한 편의 소설이 완성된 경우이다.

소설은 다양한 색깔과 기능을 지니고 있다. 시대의 총체적 진실을 알려주는 것도 소설의 기능일 수 있다면, 언어와 상상력의 결합을 통해 새로운 아름다움의 성채를 쌓는 것도 소설의 본업일 수 있다. 또한 소설은 삶의 기본적인 자세를 성찰하게 이끌 수도 있으며, 시대의 급소를 곧바로 가격하는 정치적 기능을 수행할 수도 있다. 이번 소설집 『늙은 여자를 만났다』에 수록된 작품들은 종래의 소설과는 조금 거리를 두고 있는 작품들이 대부분이다. 독자들은 이번 작품집을 통해 작가가 현미경적 시선으로 수놓은 일상의 다양한 무늬를 찬찬히 살펴보는 재미를 느낄 수 있을 것이다.

2. 허방의 기원

이번 소설집을 일관하는 사유의 지평이 있다면, 그것은 삶의 근거 없음 혹은 의미 없음에 대한 수용적 믿음이라고 할 수 있다. 이 시대를 살아가는 이라면, 그가 어디에 살든 무엇을 하든 허공을 걷는 존재일 수밖에 없다. 최옥정의 소설에서 인간은 온전한 삶의 의미나 목적 없이 생존을 이어갈 뿐이다.

이러한 허공 위의 삶은 무엇보다도 인간에게 제일 처음 존재의 정체성과 안정감을 부여하는 가정의 파탄에서부터 비롯된다. 「늙은 여자를 만났다」는 모든 권위와 의미의 입법자인 아버지로 인한 상처가 얼마나 심각한 것인지를 보여주는 작품이다. '나'는 평생 아버지에게 결박된 삶을 살았다. 아버지와의 세월은 "당신 때문에 나는 어떤 것은 할 수 없었고, 어떤 것은 해야만 했다. 거기 나는 없었다. 우리 사이에 남은 건 서로 죽을 때까지 지울 수 없는 고통을 차곡차곡 쌓아온 세월뿐이다"라고 이야기되는 것이다. '나'는 아버지 때문에 "그동안 발바닥에 본드를 붙인 것처럼 붙박여 살" 수밖에 없었다. 이런 상황에서 "사랑? 그럴 만한 여유도 시간도 마음도 없었다. 나는 평생 한 사람의 자장 안에서 벗어나지 못했다"는 말처럼, '나'는 자기만의 새로운 인간관계를 전혀 만들지 못한다.

「늙은 여자를 만났다」에서는 아버지가 '나'를 꽁꽁 얽어맨 모습이 구체적으로 표현되지는 않는다. 대신 그 고통의 원인과 결과의 끔직함을 다양한 이미지의 파편적인 나열을 통해 축조해 나갈 뿐이다. 다음과 같은 문장들은 '나'가 아버지로부터 받은 폭력의 정도를 유추해 볼 수 있게 한다.

> 그 중 한 조각을 집어 자해를 시도하는 엄마랑 아버지가 엎치락뒤치락 하는 동안 방바닥은 온통 피와 깨진 유리로 뒤덮였다.
>
> 나는 보이지 않았다.
>
> 몸집이 큰 남자가 긴 머리카락을 손아귀에 움켜쥐고 녹슨 전지가위로 마구 잘랐다. 꿈속의 나는 언제나 어린 소녀였다.
>
> 아버지는 참새의 꼬리부분을 잡고 날개부터 씹어 먹기 시작했다.

이제 '나'는 아버지의 유골을 들고 체코까지 간다. 이것은 "당신을 여기에 두고 나는 혼자 돌아갈 것이다"라는 문장에서 알 수 있듯이, 아버지에게서 벗어나 고유한 자기만의 삶을 찾으려는 시도에 해당한다. "동화책에서 본 성과 집을 그대로 재현해놓은 듯 아름다운 나라"에서 "세상과 분리되어 자기네들끼리만 공유하는 가치관이나 생활방식으로 사는 집시들의 당당한 모습"을 보고 싶은 것이다. 그러나 집시여자를 만나 발바닥에 못이 박힌 채 살았던 한 남자 얘기를 하고 싶다는 건 "한갓 망상"에 불과하다는 것이 밝혀진다.

이러한 실패는 무엇보다 '나' 자신이 아버지로부터 온전히 벗어날 준비가 충분히 이루어지지 못한 결과이다. 모든 주체subject는 신민subject이듯이, '나' 역시 그동안 아버지를 통해서만 자신의 존재근거를 확보해 왔기 때문에 이는 당연한 일이라고 할 수 있다. '나'는 자신을 결박한 아버지를 떠나보낸 것에, "악몽과 불안과 조바심을 물려준 사람이 떠났다는 사실에 처음에는 안도"하지만, 다음에는 "서러웠고 지금은……. 지금은 막 세상에 태어난 것처럼 막막하다. 손에 든 지도를 누가 빼앗은 것처럼 넋이 나가 서 있다"고 고백하는 것이다. 이 작품의 마지막 장면은 늙은 여자에게서 배운 슬픔을 불러오는 제스처(반지를 세바퀴 돌리는 것)을 취하는 것이다. '나'의 홀로서기는 결코 쉽지 않을 것이며, 엄밀한 의미에서는 불가능할지도 모른다.

「소년은 죽지 않는다」는 혼자 사는 열세 살 소년의 하루를 찬찬히 따라가는 소설이다. 「소년은 죽지 않는다」에서 소년의 유일한 보호자인 할머니는 중풍으로 쓰러져 지금 노인병원에 입원해 있다. 엄마는 메일로 "너를 사랑한다. 미정아"라는 말을 하는 남자를 따라 일 년 전 집을 나갔다. 가출하는 날 어머니는 "나를 모욕하는 것이라면 태양도 처부수겠어"라는 말을 하는데, 이것은 가출 이전의 삶이 모욕으로 점철되어 있었다는 것을 알려준다. 아버지가 "부하를 다루듯이" 아무한테나 "명령조로 말하는 게 버릇"인 사람이라는 점을 고려할 때, 어머니가 받았을 상처는 충분히 짐작할 수 있다.

소년에게는 "세상이 어떻게 돌아가는지 가르쳐줄 어른이 없기 때문에" 오늘 무슨 일이 있었는지 정도는 알아서 챙겨야 한다. 소년은 학교에서도 동네에서도 자신이 지금 혼자 집에 남겨졌다는 사실을 감추기 위해 애쓴다. 지금 집에는 먹을 음식조차 떨어져 "몸이 녹아 없어지는 것 같은 허기"에 시달린다. 산불이 난 뉴스를 보며, 소년이 차라리 우리

동네에 불이 났기를 바라는 것도 무리는 아니다. 소년은 "세상에 중요한 게 별로 없다는 건 확실히 알겠다"라는 말처럼 아무것도 바라지 않는다. 따뜻한 보호와 지도 속에서 꿈을 키워야 할 소년이, 아무것도 바라는 게 없는 어둠 속의 존재가 되는데 가장 큰 역할을 한 사람은 다름 아닌 아버지이다. 이 작품에는 아버지의 부정적인 성격이 여러 대목에서 상세하게 묘사된다.

아버지는 권위적이며 철저하게 자기중심적이다. 그렇기에 타인의 감정 따위는 고려하지 못한다. 이러한 아버지가 걸핏하면 폭력을 휘두르는 것은 너무나 당연한 일이다. 학교에서는 담임 선생님이 아버지와 동일한 역할을 수행한다. 담임선생 당나귀는 "소동이 일어나면 아무나 한 명을 희생양 삼아 족치면 그만"인 것이 교육방식일 정도로 폭력적이다. "학생이란 죄에, 학교란 교도소에, 선생이란 교도관의 말에 따라, 교실이란 감옥에 가서, 공부란 벌을 받는다"라는 낙서가 모든 아이들에 의해 공유되는 상황인 것이다.

이 작품에서는 위층에 사는 할아버지와 열세 살의 어린 소년이 동일시되고 있다. 둘 다 혼자 지내며 고립된 생활을 한다. 나아가 할아버지가 기르는 새장 속의 새도 고립이라는 측면에서 이들과 동일시된다. 마지막에 할아버지는 혼자서 죽고, "새는 자지러질 듯 두어 번 더 울고 나서 숨을 죽"인다. 그렇다면 제목처럼 소년만 죽지 않고 살아난 것일까? 그러나 소년이 한 번도 온전하게 태어난 적이 없었다는 것을 고려한다면, '소년은 죽지 않는다'라는 제목은 어떠한 희망도 떠올릴 수 없는 지독한 반어라고 할 수 있다.

「늙은 여자를 만났다」와 「소년은 죽지 않는다」는 서로 짝을 이루는 작품이다. 두 작품은 아버지의 성격이 다르기는 하지만, 모두 아버지라는 괴물로 인해 자신의 존재근거를 잃어버린 왜소한 인간의 불우한 초상을 그리고 있다. 「소년은 죽지 않는다」가 아버지의 문제를 직접적으로 드러낸다면, 「늙은 여자를 만났다」는 여러 가지 이미지와 분위기를 통해 아버지의 실재를 드러내는데 초점을 맞춘다.

「분명한 이웃」과 「헬로」는 엇나간 부부관계가 인간을 어떻게 허방으로 내모는지를 보여주는 작품들이다. 「분명한 이웃」에서 아내는 "돈을 벌고 돈을 내는 사람"이기 때문에 '나'와의 관계에서 "갑"이다. 공무원인 아내에게 '나'는 등단은 했지만 밥벌이도 못하는 "고급룸펜일 뿐"이다. "당장 육 개월 후 거지가 된다는 것이 확실하다 해도 육 개월 동안 마음 편히 지낼 수 있는 인간이 나"이고, 바로 "그 점 때문에 아내에게 버림받"는다. 아내가 '나'를 버린 건 "내가 돈을 못 버는 작가라서가 아니라 작가로서의 정체성이 없어서"이며, '나'는 "가짜 목표라도 정하고 거짓으로라도 부지런한 척 해야" 했던 것이다.

이러한 부부관계의 파탄을 아내의 잘못으로만 돌릴 수는 없다. 오히려 '나'는 수동적인 방식으로 자유를 강렬하게 지향하고 있었으며, 이것이야말로 관계의 파탄을 만들어낸 주요한 이유이기 때문이다. '나'는 스무 살이 될 무렵, 건너편 아파트에서 결혼하고 직장 다니고 아이 키우는 한 남자와 여자의 삶을 보고서는, "아득하게 멀지만 언젠가는 내 손아귀에 잡힐, 아니 내 목을 움켜쥘 것들의 기미를 직관적으로 감지했던 것"이다. '내 목을 움켜쥘 것들'이라는 표현에서 알 수 있듯이, '나'는 이미 오래전부터 그 평범한 삶을 부정적으로 바라보고 있었음을 알 수 있다. '나'에게는 돈 벌 기회가 없었던 것도 아니다. 다만 그러한 기회를 스스로 거절했을 뿐이다. 아내가 주는 용돈은 넉넉했고, 그렇기에 불편함이 없는 생활을 바꿀 이유가 없었던 것이다. '나'는 나쁘게 말하자면 "의욕도 추진력도 지속적으로 유지되지 않"는 사람으로서, "점점 더 아무것도 안 하는 사람, 룸펜의 면모"를 완성해간다.

「헬로」는 "메마를 대로 메마른 중년 부부의 삶"을 민낯 그대로 보여주는 작품이다. '나'의 집은 "필요 이상 점잔을 빼며 약점을 은폐하려는 남편과, 트집 잡아 봤자 득 될 일 없다고 지레 포기한 내가 평화롭게 공존"한다. 그것은 비유컨대 "실제로는 깨끗이 청소되어 있고 인테리어에도 신경을 썼지만 벽지를 뜯어내면 벽 한 귀퉁이가 헐고 곰팡이 냄새가 온방에 퍼질 것 같은 집"이다. 이런 관계 속에서 '나'가 "저 아래 까마득한 세상을 내려다보며 한발을 허공에 내딛고 싶은 충동과 싸우"며 사는 것은 당연한 일이다.

'나'는 이전에 동거를 하기도 했으며, 새롭게 관계를 맺고 있는 그를 따라 영화촬영 현장에 간다. 그가 쓴 영화의 시나리오는 '나'의 부부관계를 바탕으로 만들어진 것이기에, 그 영화촬영 현장은 '나'의 삶이 시현되는 현장이라고 할 수 있다. '나'를 연기하는 여배우의 사소한 버릇(일테면 코를 찡긋하거나 뺨을 손으로 문지르는 버릇)은 '나'의 버릇이기도 할 정도이다. 세 장짜리 단편영화 시나리오 「메리 크리스마스」의 내용은 라캉의 실재계에 해당한다고 할 정도로 '메마를 대로 메마른 나의 삶'을 그대로 실연한다. 모든 사람이 평화와 축복을 누릴 크리스마스를 맞이하여 남편은 아내에게 저녁 약속에 가자고 제안하지만 아내는 이를 거절한다. 남편이 나가자마자 아내는 폰섹스를 하고 딸은 혼자 그림을 그린다. 밤에 잠자리에 들었던 남편은 아내 몰래 일어나 거실로 나온다. 남편은 불도 켜지 않은 채 『동물의 왕국』을 보며 자위를 하고, 딸은 해맑은 얼굴로 그 장면을 훔쳐본다.

이러한 삶이란 그야말로 허방 위의 삶이고, 언제 추락과 죽음으로 이어질지 알 수 없는 삶이다.[1] 마지막은 건너편 베란다의 남자를 향해 수화로 헬로라는 메시지를 보내는 것이다. 그러나 허방 위의 존재들이 서로 소통과 교감을 나눈다는 것은 애당초 불가능한 일이다. 그렇기에 "손가락은 정확하게 움직이지만 시선을 집중해서 표정을 읽어야 할 사람은 너무 멀리 있다"는 마지막 문장은 당연한 귀결이라고 볼 수 있다.

「당신의 손은 당신의 입보다 가깝고」는 타인을 배려하지 않고 자기만 생각하는 현대인의 이기적 초상을 그려낸 작품이다. "잦은 야근에다 과잉 충성"하며, 상사의 말이 "지상명령이라는 표정"을 지을 줄도 아는 그는 회사에서 시쳇말로 '잘 나가는 사람'이다. "자신의 유능함이 그들의 열등함을 부각시키기 때문에 시기의 대상이 되는 건 당연하다고 생각"하는 그에게 어디를 가도 친구가 없는 것은 당연하다. 그는 카페에서 여종업원의 작은 실수에도 말을 험하게 하는 사람이다.

여자 친구는 이러한 그에게 "당신 손이 싫어요"라는 말을 남기고 떠나간다. 이별을 선언하는 순간 그녀는 "깊은 환멸, 존재에 대한 멸시 같은, 상대에게 치명상을 입히는 냉소"를 보여주었기에 그가 받은 충격은 더욱 크다. 그는 그녀의 간절한 호소를 무시하고, 오직 자신의 손으로 누드모델인 그녀의 육체만을 탐해왔던 것이다. 이 작품에서 '당신의

1 "반지하 셋방에서 몇 년째 실업자로 지내고 있는 서른세 살의 남자"인 그도 뚜렷한 의미의 중심이 부재한 삶을 살기는 마찬가지이다. 그는 "변화를 믿지 않"으며, "하루하루가 그저 때워야 하는 빈 시간, 써서 없애야 하는 소모품"에 불과하다.

손'은 자기의 이기적인 욕망을 채우려는 모습에 '당신의 입'은 타인의 마음을 쓰다듬으려는 윤리적 태도에 해당한다.

그런 그에게도 자신을 위한 '손'이 아닌 타인을 위한 '손'을 가졌던 시절이 있었다. 그는 고등학교 시절 왕따인 성국의 짝이었는데, 성국을 구하기 위해서 위험 속에 자신을 던지기도 했던 것이다. 성국이를 도와주던 손은 그의 일반적인 손과는 매우 다른 성격의 것이다. 성국의 유서에도 창고에서 집단 구타를 당하고 있을 때, 마침 그 앞을 지나던 그가 창고로 뛰어 들어와 애들과 대신 싸우면서 성국한테 도망가라고 했던 것이 자신이 살면서 받았던 "가장 큰 친절"이라고 쓰여 있다. 무엇이 타인을 향해 펼치던 손을 자신의 욕망만을 위한 손으로 바꾸어 놓은 것일까? 친절하게도 「당신의 손은 당신의 입보다 가깝고」에는 그 이유가 제시되어 있다. 그가 그렇게 공격적으로 세상을 사는 것은 "잔뜩 겁먹은 사람"이었기 때문이다. "항상 누군가 자신을 공격해온다는 공포를 떨쳐버릴 수가 없었"기에 그는 누구보다 공격적이며 이기적으로 살 수밖에 없었던 것이다.

3. 늙은 여자를 찾아서

「늙은 여자를 만났다」와 「소년은 죽지 않는다」의 자식들은 문제적인 아버지로 인해 온전한 삶을 살지 못한다면, 「분명한 이웃」과 「헬로」

의 어른들은 엇나간 부부관계로 인해 온전한 삶을 살지 못한다. 「당신의 손은 당신의 입보다 가깝고」의 그는 세상의 공격적인 분위기로 인하여 이기적인 인격을 갖게 된다. 이러한 상황에서 인물들은 '늙은 여자'를 통해 나름의 구원을 시도한다. 이 지점이야말로 이번 소설집의 가장 고유한 특성이라고 할 수 있다.

「늙은 여자를 만났다」에서 '나'는 아버지의 유골을 들고 간 체코에서 늙은 여자를 만난다. 늙은 여자는 큰 나무로 성장하는데 수천 년이 걸리는 주목朱木의 씨앗을 심은 화분을 '나'에게 보여준다. '나'는 그 화분을 보며, "내가 노파에게 배울 것이 있다면 포기하지 않고 자신을 불태울 연료를 만드는 끈질김이다. 아버지는 세상과 싸울 칼도 없었고 자신의 에너지를 태울 불도 없었다"고 생각한다. 허방 위의 힘겨운 삶에서 '나'는 늙은 여자를 통해 삶의 진실을 한자락 배우는 것이다.

「분명한 이웃」에서는 아내와 헤어지고 혼자 사는 '나'가 새로 이사온 동네에서 만난 그를 통해 살아가는 힘을 다시 얻게 된다. '나'의 단골식당에서 만난 그는 혼자 사먹는 밥한끼도 "종교의식 같은 경건함"으로 대하고, 응급환자도 침작하게 다룰 줄 아는 믿음직한 사람이다. 그는 1960년대에 건설된 사 층짜리 스카이아파트를 비롯하여 동네의 여기저기를 '나'에게 가르쳐 준다. 그가 최종적으로 가르쳐 주는 동네의 장소는 다름 아닌 정릉이다. 흥미롭게도 정릉은 이 작품에서 "육백 살 여인이 사는 큰 집"으로 의미부여 된다. 그리고 '육백 살 여인의 집'은 다음처럼 그에게 커다란 삶의 위로와 의미가 있는 성소聖所이다.

"그때 왈칵 눈물이 쏟아지는 거예요. 나보다 육백 살도 더 먹은 여인이 거기서 오래도록 누군가를 기다리고 있었다는 생각이 들었어요. 그도 아니면 뭐든 다 알 것 같은 나이 먹은 여자 앞에서 울고 싶어 이곳을 그렇게 많이 지나다닌 건가. 그 느낌을 뭐라고 해야 할지. 어차피 옆에 아무도 없어서 나는 마음 놓고 울었어요. 한참을 울고 났는데 몸살을 앓고 난 것처럼 몸이 가벼운 거예요. 그리고 집에 돌아와 진짜 오랜만에 깊은 잠을 잤어요."

'나'는 그의 말을 송두리째 알아듣고, 새로운 삶의 의욕을 느낀다. '늙은 여자'는 상처받은 인물들에게 커다란 위안이 되며, 나아가 세상을 살아갈 진실의 등불이 되어주는 것이다. 이것은 요즘 크게 주목받고 있는 페미니즘적인 인식의 코드와는 그 결을 달리 하는 것으로서 최옥정 작가의 고유한 인장印章에 해당한다고 볼 수 있다. 그러고 보면 「소년은 죽지 않는다」에서도 소년의 유일한 보호자는 할머니였다. 할머니는 중풍으로 쓰러져 노인병원에 입원해 있는 상황에서도, 혼자 된 소년에게 전화를 걸어 안부를 묻는 유일한 인물이었다.

4. 알아듣기 쉬운 외국어

「나일라」는 해외에 입양된 나일라(한국명 오선미)가 자신의 엄마를 만나는 이야기로서, 지금까지 살펴본 이번 소설집의 특징이 모두 응축된 작품이다. '허공에 뜬 뿌리 없는 존재'(입양아), '존재 없음의 기원으로서의 가족'(친부모와 양부모), '상상적 해결로서의 늙은 여자'(친모 만나기), 그러나 '해결될 수 없는 잔여로서의 실재'(해소되지 않는 삶의 허방)라는 최옥정 소설의 기본적인 규칙이 그대로 응축되어 있는 것이다.

주인공인 나일라는 한국에서 태어나 미국에 입양되었으며, 보통의 미국인과는 구별되는 외모로 인해 과거에 결박될 수밖에 없다. 나일라와 마찬가지로 입양아인 신시아는 우울증을 앓다가 스물세 살에 혼자 아이를 낳고서는, 그 아이가 자신과 닮았다는 이유만으로도 무척이나 행복해한다. "백인 양부모도, 친척도, 이웃도 신시아와 다르게 생겼"던 것이다. 또 한 명의 입양아인 제레미는 생부를 만나기 위해 한국까지 왔지만, 생부가 만남을 거절하자 "I am ending my pain. Loneliness kills me"라는 두 줄의 유서를 남기고 자살한다. 이러한 허방 위의 삶은 나일라 역시도 마찬가지이며, 그러한 사정은 다음의 인용에 잘 나타나 있다.

> 진실을 털어놓자면 그녀의 인생은 온전히 과거로만 이루어졌다. 그것도 아주 짧은, 인생 최초의 몇 달. 줄곧 돌아보며 곱씹어온 과거는

그녀에게 현재를 겪지 못하게 했다. 현재와 사이좋게 지낼 수 없도록 길을 막았다. 미래를 향해 뻗은 손을 치우라고 했다. 모든 과거의 시간들은 풍부한 은유와 상징들로 가득하다. 미로와 수수께끼와 퍼즐이 풀릴 때를 기다리고 있다. 입양서류 파일에 적힌 그녀의 과거는 이제 죽었다. 그녀는 그것을 안다. 알지만 버리지 못한다. 단 몇 줄에 불과한 과거는 그녀의 몸이 되었다. 살과 피와 뼈를 이룬 이 몸이 그녀 과거의 현신이다. 어찌할 수 없는 진실. 검은 머리와 갈색 피부.

과거가 "그녀의 몸"과 하나가 되어버렸기incorporation 때문에 그녀가 과거로부터 벗어나는 방법은 없다. 나일라의 직업이 "기록하는 일"인 것도 과거에 속박된 그녀와 잘 어울린다. 나일라는 "자신이 살아온 시간이 사라지는 것이 두려운 나머지 카메라를 몸에 붙이고 다니면서 눈에 걸리는 건 전부 사진으로 기록"하는 것이다. 과거와 한 몸이 된 나일라가 현재와 조화롭게 지낸다는 것은 불가능하다. 나일라는 "양엄마와도 세상과도 무관해지는 전략"을 택했으며, 그것은 "스스로를 소외"시키는 일이기도 하다.

나일라는 자신의 정체성과 자신의 존재근거를 확인하고 싶어 한국을 방문한다. 이러한 특성은 해외 입양아들 모두에게 해당하는 욕망이기도 하다. 미국인 양부모의 눈빛에는 "장래를 걱정하는 진심 어린 부모의 눈빛이라기엔 그녀가 겪는 고통에 대한 안타까움이 결여되어 있었"고, 그 눈빛을 알고 있다는 이유만으로 해외 입양아들인 그렉과 제레미와 나일라는 친구가 될 수 있었다. 그러나 한국에 간다고 해서 존재의 근거를 확보하는 일이 쉽게 이루어지는 것은 아니다. 나일라가 "가는 곳마다 한국말과 검은 머리칼의 사람들과 마주쳐도 자신과 그들이 같은 종족이라는 생각은 들지 않았다"고 생각하는 것에서 알 수 있듯이, 한국 역시도 나일라에게는 엄연한 타국이기 때문이다.

홀트 재단에서 나일라는 드디어 스무 살에 자신을 낳아준 어머니를 만난다. "이때껏 그녀의 출생은 성장을 방해해왔"던 가장 핵심적인 이유였다. 그렇다면 이제 나일라는 엄마를 만나고 "왜?"라는 질문에 대한 해답을 얻을 수 있을까? 그리하여 과거가 아닌 현재에, 저곳이 아닌 이곳에 충실한 삶을 살 수 있을까? 동시에 자신의 존재근거를 확인할 수 있을까? 단 한번의 만남에서 나일라는 "이상하게 보호받는 느낌"을 처음으로 느낀다. 그러나 「나일라」는 단순한 해피엔딩으로 끝나지는 않는다. 마지막에 두 모녀는 미소를 교환하지만, 나일라는 "생모의 미소"를 "다른 한국인의 것보다는 알아듣기 쉬운 외국어"로 받아들이기 때문이다. '알아듣기 쉬운 외국어'라는 표현에는 나일라가 평생 짊어져야 할 치유 (불)가능성과 소통 (불)가능성이 오롯하게 아로새겨져 있다.

5. 이대로 모든 것이 완벽하여 너무나 좋구나

「감쪽같은 저녁」은 이번 소설집에서 가장 밝은 색조의 작품이다. 이 작품의 한복판에는 도마뱀이 기어 다니고 있다. 태국에서 직장생활을 하던 '나'는 곧 실직하고 "어차피 망한 거 당분간 여기서 놀다"가자는 심정으로 피피섬에서 도마뱀과 함께 지낸다. 피피섬에서 '나'는 처음으로 "내 인생을 내 마음대로 하고 있다는 감정"을 느끼며, "아무런 목적도 없이 그냥" 지낸다. 이러한 긍정적인 모습은 도마뱀의 이미지와 깊이 연관되어 있다.

'나'는 도마뱀 모양의 냉장고 자석 두 개를 가지고 귀국한다. 이후 모든 일은 이전과 달리 잘 풀려나간다. 번듯한 회사는 아니지만 다시 취직을 하고, 회사의 여직원과 달콤한 연애도 하는 것이다. 여직원과의 관계 속에서 '나'는 "작은 새가 푸득거리는 느낌"과 "눈 오는 날 마시는 코코아 맛"을 체험하기도 한다. 그러나 냉장고의 도마뱀 자석이 없어지자 "기분이 나빴다. 밤새워 한 방학숙제를 잃어버린 기분이었다"고 할 정도로 불안에 빠진다. 여기서 주목할 것은 "그녀가 왔다 간 날마다 도마뱀이 없어졌다. 더 정확히 말하면 그녀가 왔다 간 다음 도마뱀이 사라진 것을 발견했다"는 문장이다. 이것은 그토록 달콤한 그녀가 도마뱀의 분실과 관련되어 있으며, 그녀가 도마뱀과는 거리가 먼 존재임을 암시하기 때문이다. '나'는 "온몸으로 벽의 표면을 밀고 다니며 적당한 거리에서 나를 봐주는 존재"가 필요했던 것이지만, 그녀는 이러한 모습과는 거리가 멀었던 것이다.

그녀의 모습은 '나'에게는 트라우마와도 같은 어머니의 모습을 연상시킨다. "신경질적이고 사납고 참을성 없는 어머니"와 살면서 아버지가 어떤 인생을 보냈는지 '나'는 매일 생중계로 보았던 것이다. '내'가 예쁜 여자만 보면 사족을 못 쓰는 남자 부류에서 살짝 비켜 있게 된 것도 "어머니 덕분"이다. 이런 '나'는 "적어도 내 말을 끝까지 들어주는 여자, 못마땅해도 삼 초쯤은 생각해 보고 화를 내는 여자"를 "이상형"으로 생각할 수밖에 없는 것이다.

「감쪽같은 저녁」에서 도마뱀으로부터 배운 삶의 진리는 아무래도 도마뱀의 '감쪽같이 꼬리를 자르는 모습'에 있을 것이다. 도마뱀의 가장 큰 특징은 감쪽같이 꼬리를 잘라낼 수 있다는 것이다. 사실 우리가 집착하는 것들은 우리 삶의 본질과는 무관한 꼬리 정도에 불과한 것인지도 모른다. 이 꼬리를 '감쪽같이' 잘라낼 수 있느냐 없느냐에 인생의 행복은 좌우되는 것이다. '나'의 아버지는 자신이 말을 하면 도마뱀의 꼬리처럼 어머니한테 붙잡혀 잘리고 말 것이라는 것을 알기에, 스스로 꼬리를 잘라버렸다. 그것은 "신경질적이고 사납고 참을성 없는 어머니"와의 결혼생활을 견뎌내는 아버지의 자구책이었을 것이다.

도마뱀으로부터 배운 삶의 진리가 있기에, 그토록 사랑했던 그녀도 '나'에게는 도마뱀 꼬리에 불과하다. 이제 '나'는 아버지에게도(「늙은 여자를 만났다」와 「소년은 죽지 않는다」), 아내나 남편에게도(「분명한 이웃」과 「헬로」), 생모에게도(「나일라」) 결박되지 않은 채 온전히 '지금-이곳'에 충실할 수 있다. '나'는 자신을 구속하는 모든 것이 사실 꼬리에 불과하다는 것을 깨달은 것이다. "지금 그녀와 헤어져도 곧 잊고 또 새로운 사람을 만날 것이다. 여태 그래왔던 것처럼. 살기 위해 몸뚱이 대신 꼬리 하나를 떼어낸 셈이니까"라는 말에는 '내'가 깨달은 도마뱀의 지혜가 오롯이 아로새겨져 있다. 「감쪽같은 저녁」은 다음과 같은 대긍정의 철학으로 끝난다.

> "어떤 일이 기다리고 있든 내 인생에 속지 말자고 다짐한다. 좋은 것, 나쁜 것을 따로 정하지 말자. 그래야 인생에 휘둘리지 않는다. 어차피 일어날 일은 다 일어난다. 놀랄 준비를 하고 기다리는 사람은 항상 놀라게 되어 있다. 누군가의 죽음은 충격이지만 나도 느리게 죽어가고 있다는 걸로 비기면 된다. 실연도 실직도 그 순간만 엄청나다. 중요한 게 하나 빠져나간 내 인생에 죽을 것처럼 힘들어하다가 곧 적응한다. 나빠진 것도 좋아진 것도 아니다. 이 한잔의 와인은 그렇게 새로 시작되는 내 인생에 대한 축배다. 도마뱀을 기다리지 않는다. 이번에는 도마뱀이 나를 찾아올 차례다."

당나라 시대 임제선사가 말한 '수처작주隨處作主 입처개진立處皆眞'의 진리가 쉽게 풀이되어 있는 위의 인용문에서 허방을 걷는 자의 불안과 고통은 더 이상 찾아보기 힘들다. 그러한 불안과 고통이 사라진 자리에는 오직 "이대로 모든 것이 완벽하여 너무나 좋구나"라는 오도송悟道頌이 힘차게 울려퍼질 뿐이다. 그러고 보면 「늙은 여자를 만났다」에서 체코까지 가서야 '늙은 여자'를 만났던 주인공은 「감쪽같은 저녁」에 와서는 스스로 '늙은 여자'가 되고 있다. 그녀와 사귀던 일 년 동안 '나'는 요리사 수준으로 다양한 요리를 선보였고, 어머니가 해준 음식을 먹고 자라지 못한 그녀는 '나'에게 "자기가 꼭 내 엄마 같다"는 말까지 해주었던 것이다. '늙은 여자'는 찾는 것이 아니라, 우리 스스로가 되어야만 하는 존재였던 것이다. 늘 그렇듯이 희망은 언제나 우리 안에서 온다.

(2017)

제6장

노년의 만화경

이경희論

1. 노인을 위한 나라

이경희는 2008년 실천문학에 단편소설 「도망」을 발표하며 등단한 이후, 소설집 『도베르는 개다』(실천문학사, 2010)와 장편소설 『불의 여신 백파선』(문이당, 2013)과 『기억의 숲』(문학사상사, 2014)을 발표한 부지런한 작가이다. 작가의 두 번째 소설집인 『부전나비 관찰기』에는 7편의 단편과 1편의 중편이 수록되어 있다. 이 중에서 「리버뷰 8번가」를 제외한 모든 작품에는 주요인물로 노인이 등장한다.

본래 한국 근대문학의 주요인물은 대개가 청춘이었다. 최초의 신소설이라 일컬어지는 이인직의 「혈의 누」(1906)가 일곱 살 옥련이를 주인공으로 내세운 이후, 20세기 내내 소설의 주요인물은 나이가 많아 봐야 30대 초반인 경우가 대부분이었다. 이것은 한국사회가 늘 새로운 출발의 모습이었던 것과 관련된다. 다른 사회가 수백 년에 걸쳐서 경험한 것들을 불과 수십 년 동안 압축해서 경험하는 동안, 한국사회의 전위는 늘 새롭게 등장한 젊은이일 수밖에 없었던 것이다.

그러나 이제 한국사회도 어느새 앞만 보고 전력질주하는 저개발국의 모습에서 벗어나 조금은 느린 걸음으로 좌우를 둘러보며 걷는 사회가 되어 가고 있다. 이전보다 역동성이 떨어지는 것과 더불어, 한국은 세계에서 가장 빠른 속도로 고령화 사회가 되어 가는 중이다. 이러한 사회적 추세를 반영하여 최근에는 노년을 주제로 삼은 노년문학이 문학적 하위 장르로 새롭게 부각되고 있다. 일례로 박완서는 소설집 『친절한 복희씨』(문학과지성사, 2007)에서 노인을 주인공으로 내세워 그들이 겪는 인간관계의 곤경을 리얼하게 형상화한 바가 있다.

이경희의 『부전나비 관찰기』에도 우리 시대 노년에 대한 종합보고서라고 할만큼 다양한 모습의 노인들이 등장한다. 오늘날 한국사회에서 노인은 존경받는 권위라기보다는 사회적 모순이 중첩된 고통 받는 약자에 가깝다. 노년이 곧 지혜를 의미하던 농경사회의 흔적은 사라진 지 오래이며, 심지어 4차 혁명이 운위되는 시대와는 거리가 먼 주변인으로 인식되기도 한다. 이것이 사회학적 일반론이라면, 이경희의 「부전나비 관찰기」는 상상력에 바탕해 노인이 겪는 곤경을 구체적으로 형상화한 문학적 각론이라고 볼 수 있다.

한 작가가 특정한 문제에 대하여 이토록 집중적인 관심을 기울인다는 것은 이례적인 일이다. 이러한 궁금증에 대한 해답으로 이경희의 산문집인 『에미는 괜찮다』(삶이보이는창, 2012)에 주목할 필요가 있다. 이 산문집은 이경희가 산골 외딴집에서 농사를 지으며 홀로 지내는 친정엄마와 나눈 전화통화를 기록한 것이다. 이 산문집에서 작가의 어머니는 한 남자의 아내였던 자로서의 기쁨과 회한, 육 남매의 어머니로서 느끼는 뿌듯함과 걱정, 농사꾼으로서의 힘겨움과 보람 등을 그야말로 진솔하게 털어놓는다. 이 산문집은 그 자체로도 읽는 재미가 쏠쏠하지만, 이경희에게 노년이라는 것이 얼마나 중요한 관심의 대상인지를 증명한다는 점에서도 의의가 있다. 이제 이경희가 그 순심과 애정으로 그려낸 우리 시대 노년의 진풍경을 감상할 차례이다.

2. 주변화된 노년의 삶

「바람난 봉심이」는 개가 '나'라는 초점화자로 등장하는 소설이다. 개의 시선으로 그려지는 봉심은 시대에 뒤떨어진 초라한 노인의 모습이다.

봉심이는 '나'와 단둘이 칠 년째 살고 있으며 찾아오는 가족도 없다. '나'는 평소 "나와 두더지와 그녀가 서로 비슷한 생명이라고 생각"한다. 그러나 요즘 봉심이는 매일 콧노래를 부를 정도로 기분이 좋다. 오늘도 "공식 의상"인 모자와 전대와 장바구니를 착용하고 읍내 시장으로 기분 좋게 야채를 팔러 간다. '나'는 한 번도 가보지 못한 읍내에서 봉심이가 무엇을 하는지 알고 싶어 몰래 짐수레에 올라타 장터까지 따라 간다. '나'는 장터에서 주변 사람들로부터 여왕처럼 숭배 받는 봉심을 발견한다. 장터에는 그녀의 푄잔을 감내하며 좌판을 정리해주는 상인도 있으며, 심지어 봉심이 헛기침을 하자 달려와 자신의 겉옷으로 햇빛을 가려주는 상인도 있다.

봉심이 "시장의 중심"이자 "시장의 감독관"일 수 있는 이유는 약국여자가 전담해서 그녀의 채소를 사주기 때문이다. 그러나 '내'가 따라간 날은 약국여자가 "시장 물건 믿을 수 없다고, 우리 회장님이 이젠 오가닉 매장을 이용하라네요"라는 차가운 말과 함께 봉심이를 지나친다. 그냥 드리겠다는 말까지 해도 약국여자는 "할머니 배추는 오가닉이 아니잖아요. 정말 구질구질해"라며 차갑게 외면한다. 봉심이 드디어 오가닉 마트에서 약국여자의 멱살을 잡고 매장 밖으로 나오자, 봉심의 손을 뿌리친 약국여자는 "불쌍한 노인네 같으니라구…… 싼 맛에 사줬더니 뭐 착각한 거 아니야!"라는 차가운 말까지 던진다.

그러나 봉심에게는 이러한 변화된 상황에 대응할 능력이 없다. 봉심은 이를 갈며 홍진농약사로 뛰어 들어가 "사장님 오가닌가 뭐시긴가 그거 줘요"라고 말하고, 봉심이와 별반 다를 바 없는 농약사의 사장은 농약 "풀 싹쓸이"를 건네줄 수 있을 뿐이다. 약병을 받아든 그녀는 채소까지 버려둔 채 약병을 들고 집으로 달린다. "땅도 자고 사람도 잘 시간"에 그녀는 "탱크만한 분무기 통을 지고" 밭으로 가서, "저기, 저 호박 좀 봐라 벌써 누렇게 익었다!"라는 소리와 함께 힘차게 분무질을 한다.

개를 작품의 눈이자 입으로 설정한 서사구조는 봉심이의 어려운 처지를 드러내는데 효과적으로 기능한다. 농약사 사장이 봉심에게 농약 "풀 싹쓸이"를 건네줄 때, '나'는 "그녀가 필요로 하는 오가닉과 풀 싹쓸이가 무슨 상관이 있는 것인지"라고 한탄한다. 다음으로 봉심이가 "풀 싹쓸이"를 뿌리며 "저기, 저 호박 좀 봐라 벌써 누렇게 익었다!"라는 소리를 하자 '나'는 "호박꽃만 노랗게 피어 있는데 무슨 호박이 열렸다고, 오이꽃만 하얗게 피어 있는데 무슨 오이가 열렸다고"라며 그녀의 망상을 꼬집는다. 이처럼 '나(개)'의 눈과 입은 봉심이의 어려운 처지를 더욱 부각시킨다. 또한 '나(개)'는 봉심의 허위의식을 날카롭게 간파하기도 한다. "시장에는 손님들이 넘쳐나는데 왜 꼭 약국여자한테 물건을 못 팔아 애를 끓이는 것인지"라고 말하는 부분에서는 약국여자라는 상징성에 매달리는 봉심의 속물근성이 드러나기도 한다.

이처럼 「바람난 봉심이」의 봉심이는 변화하는 사회의 속도를 따라잡지 못해 불행해지는 노인이라고 할 수 있다. 때로 노인의 불행한 삶은 「오키나와 무지개」처럼 역사의 상처에서 비롯되기도 한다. 지금 이 땅의 노인들이 겪어낸 한국의 현대사가 그야말로 전쟁을 비롯한 온갖 폭력과 고통의 연속이었다는 점을 고려한다면 이는 자연스러운 일이다.

「오키나와 무지개」의 주인공인 옥자와 순자는 같은 지하상가에서 과일가게와 김밥집을 한다. 터주대감격인 둘은 절대로 말을 섞지 않으며 늘 긴장 상태이다. 그녀들의 싸움은 "얼었다 녹았다를 반복하며 지하상가 사람들을 애먹이는 수도관"하고 별 다를 것이 없다. 둘은 "왠지 옥자 씨와 순자 씨가 어딘가 닮았다"는 돈잉의 느낌에서 알 수 있듯이, 서로의 짝패이다.

둘은 38년 전 강원도 황지를 떠나 "계절노동자"라는 이름으로 오키나와의 파인애플 공장에서 일한 적이 있다. 가난한 집안 형편으로 인해 둘은 어쩔 수 없이 오키나와에 간 것이고, 그렇기에 "옥자 씨는 이상하게 지원했다는 느낌이 들지 않고 징집당했다는 느낌을 지울 수가 없"다. 어린 시절부터 단짝인 옥자와 순자는 서로를 의지하며 일본생활을 해 나간다. 잔업과 야근으로 하루도 쉬는 날이 없던 어느 날, 작업반장과 그 밑에서 경리를 보는 일본인에게 옥자는 겁탈당하고 순자는 깡통에 맞아 피범벅이 된다. 이 상처는 매우 심각해서, 옥자는 지금도 자신의 과일가게에서 파인애플을 팔지 않을 정도이다.

옥자와 순자는 "절대로 공유할 수 없는 오키나와의 비밀"을 공유한 채 고향에 돌아오지만, 고향 사람들은 따뜻한 환영이나 감사의 말 대신 "남부끄러우니 멀리 서울로 가 살라"고 말한다. 결국 옥자와 순자는 돌아온 지 반 년 만에 황지를 떠나 서울로 간다. 서울에서 지하상가에 터를 잡고 살던 중에, 옥자에게 남자가 생긴다. 어느 날 그 남자는 순자만 알고 있는 오키나와 이야기를 옥자에게 꺼내고, 곧 그 남자는 옥자를 떠나 순자와 동거를 시작한다. 결국 그 남자는 순자도 의심하는 바람에 순자와 그 남자의 동거 생활도 오래 가지 못한다. 둘은 이후에도 티격태격하며 한평생 살아온 것이다. 일본인으로부터 받은 상처와 그로부터 비롯된 옥자와 순자의 고통스러운 삶은, 자연스럽게 일본군 위안부 할머니들의 삶을 떠올리게 한다.

지금 옥자와 순자는 38년 만에 오키나와에 다시 온다. 그녀 인생의 진창이었던 파인애플 공장은 여전히 그 자리를 지키고 있고, 억지로 아문 그날의 상처가 "아직도 순자 씨 귓불과 목덜미를 타고 줄줄 흘러내리고 있"다. 그러나 마지막은 옥자와 순자가 그토록 보고 싶어 하는 무지개가 "옥자 씨 눈에 떠 있는" 것으로 끝난다. 이 무지개는 상처의 극복을 암시하는 것이다.

이러한 상처의 극복은 38년 전 옥자와 순자의 분신이라고도 할 수 있는, 스물다섯 필리핀 여자 포짜쭌 돈잉으로 인해 가능해진다. 옥자

씨는 과거의 자신이라고 할 수 있는 돈잉에게 따뜻한 관심을 기울임으로써 자신의 상처를 치유하게 되는 것이다.

"돈잉이 아닌 돈이라고 잘못 불러도 부정하지 않"는 것에서 알 수 있듯이, 돈잉은 한국에서 온전한 인격체로 대우받지 못한다. 돈잉의 목표는 대학졸업 후 한국기업에 정식으로 취직해서 돈을 버는 것이지만, 벌써 두 번째 휴학 중이다. 옥자처럼 성폭행을 당한 것은 아니지만, 세탁소 장씨는 여러 가지 방법으로 돈잉을 괴롭힌다. 돈잉에게 "장씨는 지하상가에서, 아닌 한국에서, 아니 스물다섯 청춘에게 가장 불안하고 위협적인 대상"이다. 돈잉은 한국의 추위, 그리고 추위보다 더 무서운 가난으로 고통 받는다. 돈잉이 필리핀으로 보내는 돈은 "그녀의 가족들이 남부럽지 않을 만큼 살아갈 수 있는 큰돈이었고, 그녀의 힘든 한국생활을 버티게 해주는 큰 보람"이다. 이러한 돈잉의 모습은 38년 전 오키나와에서의 옥자와 순자의 모습에 그대로 이어지는 것이다.

옥자는 오키나와에서 돈잉을 "우리 딸"이라 부르고, 돈잉은 옥자가 "차돌같이 단단해 보이지만 속내는 무르고 따뜻한 사람"이라는 자신의 믿음을 확인하면서 가슴이 벅차한다. 완벽하지는 않지만, 돈잉에게 '무르고 따뜻한 사람'이 되는 것이야말로, 자기 안에 웅크리고 있는 오래된 상처를 치유하는 가장 따뜻한 길이었던 것이다.

3. 텅 빈 노년의 욕망

「파란」은 노년이 봉착하는 심리적·육체적 난경에 대한 이야기이다. 이 작품의 한복판에는 두 개의 욕조가 선명한 대비를 이루며 놓여 있다. 탕헤르에서 수영과 함께 추억을 나누었던 파란 욕조와 지금 요양보호사인 그녀에 의해 몸이 담궈진 검은 욕조가 그것이다.

'나'는 현재 요양보호사 그녀의 억센 보호를 받으며 힘들게 살고 있다. '나'는 그녀를 무서워하며, "그녀의 억세고 거친 말투와 내 몸을 함부로 만지는 손길"을 싫어한다. '나'는 수영이 왔다고 생각하지만, 그의 방문을 열고 들어오는 것은 언제나 "억센 손길"과 "텁텁한 목소리"의 그녀이다. '나'는 수영이 아닌 다른 사람 앞에서는 옷을 벗고 싶지 않지만, 수영을 위해 입고 있었던 양복은 그녀의 물리적인 힘에 의해 발가벗겨진다. 바지와 팬티가 한꺼번에 속수무책으로 아랫도리에서 빠져나갈 때에는, 크게 울음을 터뜨리고 만다.

'나'를 이 비루한 현실에서 버티게 하는 심리적 힘은 아잔(이슬람교에서 신도에게 예배시간을 알리는 소리)이 울려퍼지는 탕헤르의 추억에서 온다. 탕헤르는 "쓰레기처럼 버려지거나 발길로 채이지 않았고, 좋아하는 누군가를 종일 쳐다보며 손을 잡아도 되는 곳"이며, 동시에 "파란 몸을 감출 필요도 없고 나를 원하는 그에게 달콤한 키스를 퍼부어도" 되는 곳이다. 탕헤르에서 '나'와 수영은 "서로에게 비장함과 서글픔, 애틋함과 뜨거움을 가지고 있었"으며, "한없이 바라볼 수 있는 자유와 끝없이 만질 수 있는 선택만"으로도 충분했다. 둘은 의미를 알 수 없는 소리와 향기에 취해 골목을 돌아다니다 피로가 몰려오면 파란 욕조가 있는 둘만의 공간으로 돌아가고는 했던 것이다.

한국에 돌아와서도 3~4년 전까지는 탕헤르의 "소리와 향기"를 느끼며 수영을 만났지만, "노인정에 모여 있는 여느 노인들처럼 몸은 굼뜨고 눈은 시력을 잃어"가면서, 둘의 관계도 식어간다. "파란 욕조가 놓여 있던 탕헤르"의 기억이 자신의 전부여야 한다는 생각과는 달리, 현실에는 비루하고 서글픈 온갖 불순문이 끼어들 수밖에 없는 것이다. 그렇기에 현실의 욕조는 "검은 때로 덮여 있어 파란색을 잃어버"릴 수밖에 없다. 어느 순간부터 둘은 만나지 못했고, "탕헤르는 하얗고 파란 무엇의 이미지로만 기억이 날 뿐"이다. 현실에서 '나'는 발가벗겨져 등짝을 얻어 맞으며, 사타구니를 요양보호사의 손길에 내놓아야 하는 "늙고 병든 노인"일 뿐이다.

그녀가 떠난 다음날도 '나'는 검정 양복에 분홍색 셔츠를 챙겨 입고 수영을 기다린다. 그러나 아무리 기다려도 수영은 오지 않는다. 대신 '나'는 환영 속에서 "하얀 들판"에 놓여 있는 "파란 욕조"에 몸을 담구고, 수영이 올 때까지 눈을 꼭 감고 기다린다. 이 작품의 첫 문장은 "그가 내게 올 거라는 확신은 아주 오래전부터 해왔다"이지만, 이러한 확신은 실제가 아닌 환영의 슬픔 속에서만 실현될 수 있는 것이다.

「고산병」은 노인 매춘이라는 제재를 통해 노인의 성性을 다루고 있는 작품이다. 그의 아내는 예순 다섯이라고는 믿기지 않을 정도로 "젊고 건강"하다. 그녀는 기본적인 생활을 유지할 정도의 경제력도 있지만, "진정으로 파출부 일을 좋아해서 다닌다는 생각마저 들" 정도로 파출부 일을 좋아한다. 잔뜩 멋을 부리고 파출부 일을 나가는 그녀의 뒷

모습은 "파티에 초대되어 가는 분위기"이다.

그도 한때는 "하루 저녁에 두 번 아니, 세 번도 별 무리 없이 치러냈고, 이튿날 그녀의 친절한 배웅을 받으며 출근했던 날들"이 있었다. 그러나 지금은 매사에 의욕이 없으며, 대부분의 시간을 집 근처 공원에서 보내거나 관리사무소 앞마당에서 벌어지는 내기장기를 구경하며 보낸다. 그는 작은 소리에도 놀라는가 하면 누군가 가까이 다가오면 겁을 먹어 안절부절 못한다.

무력하게 지내던 그는 관리사무소 박 소장이 추천해 준 작모산에 가기로 결심하고, 작모산행 버스를 탄다. "노인정에서 대절한 관광버스가 아닌 가 의심할 정도"로 노인들이 가득한 작모산행 버스에서 김종구를 만난다. 김종구는 노인정의 남자들에게 미움을 받지만, 여자들에게는 젊은 외모로 인해 환영받는 인물이다. 그의 아내도 맥아리 없는 그에게 핀잔을 주며, 김종구는 "사십 대라고 해도 믿겠"다고 말한 바 있다.

김종구는 작모산에 자신의 애인 아지트가 있다고 자랑하고, 그는 "그녀처럼 힘든 상대"인 작모산을 힘겹게 오른다. 김종구는 그에게 여자를 소개시켜 주고, 자신의 애인이 있는 노란 텐트 속으로 들어간다. 김종구가 소개한 여자와 관계를 맺으려고 하지만, "마음과 달리 그는 점점 현기증이 일며 속이 울렁거"린다. 이때, 아내에게 애인이 있을지도 모른다는 김종구의 말을 강력하게 부인했던 일이 무색하게 김종구의 텐트 속에서는 아내의 숨소리가 흘러나온다. 이 순간 그는 작품 내내 보여주던 무기력한 모습에서 벗어나 "아랫도리가 서서히 뜨거워지면서 다리에 힘이 붙는 걸 느"낀다. 작품은 그가 "까짓 거 죽더라도 오늘은 기어이 산에 오를 작정"을 하는 것으로 끝난다. 「파란」의 '나'가 환영 속에서 욕망을 되새기던 것에 비해서는 희망적이지만, 「고산병」의 그가 무리하게 산을 오르는 것高山도 어딘가 병리적病이다.

4. 동물화動物化된 노인

「부전나비 관찰기」에는 동물과 소통하는 노인이 등장한다. 사회의 주변부로 내몰리고 몰려서 이제는 동물과 친구가 된 인간의 초상이 등장하는 것이다.

다큐멘터리 외주 제작사에서 일하는 '나'는 문경의 대모산 계곡에 서식하는 부전나비를 취재하러 간다. 그곳에서 '나'는 부전나비 대신, 깊은 산중의 고구마 밭에서 일하는 노인을 만난다. 일주일간 부전나비는 구경도 하지 못하고 문경읍으로 내려온 '나'는 부장의 "미친 놈!"이라는 욕설이 섞인 질책을 당하고 회사를 그만둔다. '나'는 그 이전부터 회사에서 인정을 받지 못해 괴로워하던 참이다.

이후 계곡에 설치했던 카메라에 촬영된 영상을 본다. 그 영상 속에서 감옥에 갔다왔다는 이유만으로 마을에 발을 못 붙이게 된 노인은, 멧돼지에게 태연하게 말을 건넨다. 멧돼지는 새끼를 모두 인간에게 잃었고, 노인도 막내자식을 먼저 보냈다. 둘의 교감은 다음의 인용에서 가장 선명하게 드러난다.

나는 사람이고 너는 짐승인데 왜 내 눈에는 너도 사람으로 보이는지 모르겠다. 내가 사람처럼 살지 못해서 그런 모양이다. 아니 어쩌면 나도 네 눈에는 사람이 아니라 토끼나 고라니로 보일 수도 있을 것이다. 그럴 수 있지 암만! 눈이 흐린 너 같은 짐승들 눈에는 짐승보다 못한 사람들이 더 잘 보일 테니 말이다.

노인의 "문제는 너는 짐승인데 짐승답게 살지 못해서 그렇고 나는 사람인데 사람답게 살지 못해서 그런 거야"라는 말에서 알 수 있듯이, 노인은 한마디로 "짐승 같은 사람"이고 멧돼지는 "사람 같은 짐승"이다. 멧돼지는 사람에게 복수하겠다는 마음으로 살고 있으며, 결국 인간들이 멧돼지를 죽였듯이 사람들을 죽였다. "쌍봉까지 도망쳐서라도 짐승으로 살다가 죽었어야 하는데", 멧돼지는 복수를 시도하다가 형제와 새끼들을 모두 잃어버린 것이다.

그러나 이 작품이 노인과 멧돼지의 행복한 교감을 지향하는 낭만주의적 성격을 드러내는 것은 아니다. 자연과의 합일을 지향하는 상상력은 드러나지 않기 때문이다. 결국 노인은 "난 사람이고 넌 짐승"이라며 "이장 놈이 또 포수를 데려오면 너를 잡게 꼭 잡게 할 것"이라고 말한다. 이 순간 멧돼지는 노인에게 달려든다. 노인은 동물의 상태로까지 주변화되었지만, 그 동물(자연)과의 진한 교감을 통해 새로운 삶의 지평을 열어나가는 낭만주의적 상상력은 결코 허용되지 않는 것이다.

지금까지 노인들이 피해자에 가까운 모습이었다면, 「바퀴벌레의 시간」에서는 노인들이 부정적인 모습으로 등장한다. 이 작품에서 노인들은 혐오스러운 바퀴벌레에 비유되는 것이다.

옆집에 "노인네들"이 이사온 이후부터 아내는 바퀴벌레를 잡기 위해 혈안이 되어, "게릴라전을 치르는 전사"처럼 바퀴벌레를 잡기 위해 온갖 일을 벌인다. 아내는 노인들이 이사오기 시작하면서 아파트 분위기가 우중충해지고 아파트 가격이 오르지 않는다고 불평한다. 아파트에는 "관절염에 걸려 절뚝거리는 노인들뿐"이고, 아내는 "아파트가 실버타운으로 변해가면서 바퀴벌레들이 들끓는다"는 확신을 가지고 있다. 이런 아내를 보며, '나'는 "당신 말대로 아파트에서 노인들을 모두 나가라고 할 수도 없고, 당신들 때문에 바퀴벌레가 성행하니 당신들이 모두 잡아 죽이라고 할 수도 없잖아. 그러니 적당히 무시하고 살"라거나 "세상에 불필요한 존재는 하나도 없다고 하잖아"라며 점잖게 충고한다. 그러나 곧 '나'의 앞에도 바퀴벌레 떼가 몰려들기 시작한다.

"아버지와 작은아버지는 몹시 거칠고 교활한 노인들이다"라는 문장으로 시작하는 「바퀴벌레의 시간」에서, 아버지와 작은아버지는 여러 가지 방법으로 '나'에게서 돈을 가져간다. 두 명의 노인은 '나'에게 "돈을 뜯어낸 게 한두 번이 아니"며, 이로 인해 '나'는 아내 몰래 신용대출과 마이너스 대출 현금서비스까지 받았다.

단짝 친구인 종민의 결혼식에 참석하러 당진에 가는 날도, 작은 아버지는 결혼식 날짜에 딱 맞춰 연락을 한다. 작은 아버지의 연락을 받기 전에도 '나'의 자동차 안에는 이미 바퀴벌레들이 가득했으며, 작은 아버지의 전화를 받은 후에 '나'는 수납박스 속에 숨어 있는 바퀴들을 털어내야 한다고 생각한다. 이 장면은 '내'가 아버지와 작은 아버지를 바퀴벌레로 느끼고 있음을 간접적으로 보여주는 것이다. 당진에서 만난 작은 아버지는 자기와 아버지가 엊그제 오토바이를 타고 시내에 나갔다가 사람을 치었다며 합의금으로 이천만 원이 필요하다고 말한다. '나'는 "감옥을 가든지 도망을 치시든지 맘대로 하세요"라고 강하게 말하지만, 다음의 인용에서처럼 바퀴벌레에 대한 강박은 이러한 거절로 쉽게 떨쳐지는 것이 아니다.

> 여든이 다된 나이에 무슨 오토바이를 타다 사고를 냈다는 것인지, 이천만 원이라는 합의금은 또 어디서 나온 금액인지, 아버지한테 비밀로 해 달라는 소린 또 무슨 뜻인지, 작은아버지는 앞뒤가 맞지 않는 소리를 심각하게 떠들었지만, 그 순간 나는 바퀴벌레와 끝이 보이지 않는 전쟁을 치르고 있을 아내가 떠올랐다. 나 역시 아내와 다름없이 작은아버지와 아버지의 협공작전에 늘 실패하는 전쟁만 하고 있었다.
>
> 화려하고 우아한 예식장에 걸 맞는 피로연이 열리고 있어야 할 식당에는 모두 노인들뿐이었다. 둥그런 테이블마다 촘촘히 또는 다닥다닥 붙어 앉아 음식을 오물거리는 것은 사람이 아니라 벌레들이었다. 자동차 수납박스 속으로 숨어버린 수백 마리의 그 바퀴벌레와 같은 것들이었다. 현기증이 일었다. 아버지를 만나러 갔는데 아버지는 보이지 않고 바퀴벌레만 가득하다니.

그러나 이 작품이 노인혐오로 일관하는 것은 아니다. "아내는 바퀴 약을 드는 순간 바퀴벌레의 역사가 인간의 역사보다 길고 바퀴벌레의 박멸이 곧 인간의 멸망이라는 사실을 잊어버렸다"는 문장에서도 알 수 있듯이, 노인과의 공존은 인간의 숙명이라는 인식이 존재하기 때문이다.

5. 건널 수 없는 다리

「리버뷰 8번가」는 한국사회의 계급 적대를 선명하게 보여주는 작품이다. 이 작품에는 노인들이 주요인물로 등장하지 않는다. 그러나 이 작품의 '나'가 처한 상황이야말로 주변인으로서의 노인에 해당한다고 볼 수 있다. 어쩌면 이경희가 집중적으로 그리고 있는 노인은 한국사회 전체의 보편적 초상에 해당하는 것인지도 모른다.

이 작품의 중심에는 리버뷰 8번가가 있고, 그 양쪽에 '내'가 사는 '다리 남단'과 여자가 사는 '다리 북단'이 위치한다. '내'가 사는 곳에는 공구 거리와 밤마다 움직이는 가난한 연립주택과 시장으로 건너가는 좁은 사거리가 있다. 이와 달리 여자가 사는 곳에는 워커힐과 현대아파트와 한강호텔이 있으며, 구리와 양평으로 통하는 아차산대교가 시원하게 뚫려 있다. 여자와 내가 가리킨 저쪽과 저쪽은 "전혀 다른 모습의 저쪽과 저쪽"인 것이다. 그렇기에 '나'는 리버뷰 8번가를 지나 다리 북단으로 넘어가본 적이 거의 없으며, 리버뷰 8번가는 "내가 건너갈 수 있는 다리의 끝"이다.

'나'의 모습도 '나'의 동네와 비슷하다. '나'의 동네가 낡고 가난한 것만큼 '나'의 삶도 고통과 소외로 가득하다. 아버지는 가출하였고,

'내'가 열두 살이었을 때 어머니는 다리 위에서 투신하였다. 그 후부터 강변의 집에서 계속 살아온 '나'는 공구 거리에서 일하는 종업원들 대부분이 이름이 아닌 자신의 가게 취급품목으로 불리는 관례에 따라 몽키스빠라고 불린다. 고유한 이름조차 없는 이 인간소외의 현상을 '나'는 "이름이나 직책이 아닌 망치나 톱 같은 공구로 불리어 오히려 평등한 느낌"으로 받아들인다. 나중 경찰서에서 조사를 받을 때, '나'는 "몽키스빠가 내 이름인 것도 같고 아닌 것도 같았다. 분명 알고 있는데 이름이 입 밖으로 튀어나오질 않았다"고 고백한다. 그도 그럴 것이 '나'에게 이름과 나이, 주소를 말하라고 한 사람은 박 형사가 처음이었던 것이다.

'나'는 여자를 리버뷰 8번가에서 두 번 만났다. 다리 위 전망대와 다리 밑 전망대에서 몇 마디 나눈 뒤 헤어졌다가, 엊그제 여자가 죽던 날 밤에 다시 만난 것이다. 박 형사나 '내'가 일하는 가게의 사장도 '나'(다리 남단)와 여자(다리 북단)의 세계가 인간적인 소통과 교류를 나눈다는 것을 상상할 수도 없기에, 처음부터 '내'가 그 여자를 죽인 범인이라고 단정한다. 박 형사는 여자와 함께 있는 CCTV 화면을 디밀며, 하부전망대로 내려가서 여자를 한번 안아보려고 했는데 싫다고 해서 죽인 것이 아니냐며 윽박지른다.

그러나 사실은 이렇다. 눈이 엄청 내린 밤 어머니를 만날 것 같은 기분에 다리에 갔다가, '나'는 지나치게 얇고 허름한 옷차림으로 이를 딱딱거리며 다리 위에 서 있는 여자를 만난다. 추위에 진저리를 치며 악을 쓰는 여자에게, '나'는 "강에서 건져 올린 꽁꽁 언 엄마에게 그랬듯이" 점퍼를 벗어 어깨를 감싸주고 양말을 벗어 발에 신겨 준다. 그러나 여자는 집에 빨리 돌아가라는 '나'의 따뜻한 말과 손길을 사납게 뿌리친다. '나'와 여자 사이의 적대는 평범한 친절 따위를 허용하지 않는 것이다. 나중에야 여자가 심한 우울증을 앓고 있었으며, 남편이 여자가 제 손으로 생리대 한번을 못 사게 할 정도로 학대했다는 등의 자살을 뒷받침하는 여러 정황들이 발견된다. 그럼에도 박형사는 "분명 이 새끼가 죽인 거 맞는데"라며 의심을 거두지 않는다.

경찰서에서 나온 '나'는 리버뷰 8번가로 향하고, "여자와 어머니가 죽고 또 누군가의 죽음을 알릴 다리의 안부가 궁금했다"는 문장을 통해 '나'의 죽음이 암시된다. 이 사회의 근원적 적대와 분열, 그리고 벌거벗은 자들을 향한 혐오가 가셔지지 않는 한 오늘도 다리 위에서는 누군가 몸을 던질 수밖에 없음을 보여주는 것이다.

6. 동물에서 광물되기, 인간에서 괴물되기

중편 「달의 무덤」은 괴물을 등장시켜, 우리 사회에서 진정으로 혐오스러운 것은 결코 노인이 아니라는 사실을 힘있게 보여주는 작품이다.

'내'가 운영하는 달펜션과 영주가 운영하는 바다펜션은 요즘 손님으로 넘쳐난다. 펜션이 들어서기 전 몽이도 사람들은 개펄을 터전 삼아 조개를 캐고 낙지를 잡으며 간신히 살아갔다. "남편을 따라 처음 몽이도에 왔을 때는 정말이지 마지막 배를 타고 다시 돌아가고 싶"을 정도였지만, 펜션을 새로 짓고 그것이 번창하면서 40대 중반의 '나'는 "낭만적인 바다"에서 "축복된 삶"을 살고 있다. 그러나 이러한 '축복된 삶' 이면에는 엄청난 비밀이 숨겨져 있다.

그 비밀은 5년 전 기름 유출사고 때 발생한 막달이의 죽음과 보상금에 관련된 것이다. 5년 전 "귀머거리고, 까막눈이고, 혼자 살고, 우리보다 더 가난하다는 사실을 모두 알아 애들부터 노인들까지 아무나 막달이"라고 부르는 노인이 기름 유출사고 때 기름과 개흙 범벅을 하고 개펄에서 죽는다. 기름 유출 사고로 몽이도는 엄청난 피해를 입었지만 방송에 보도조차 되지 않는다. 섬주민들은 박 변호사의 도움을 받아 피해보상을 받기 위한 투쟁에 나선다. "그냥 몽이도 바다이고 개펄"에 지나지 않아서 누구의 관심도 받지 못하던 막달이는 이 순간부터 몽이도를 되살리는데 필요한 "물증"으로서의 효용가치를 갖게 된다. 이들은 기름 유출 사고를 일으킨 회사로 몰려가 막달이의 죽음을 전면에 내세운 시위를 벌이는 것이다. 막달이 사진이 전면에 내걸린 이 시위에서 "막달이는 몽이도"가 된다. 막달이를 몽이도 골짜기에 묻을 때는 삽질조차 살살 하더니, 아무 연고도 없는 서울에 와서는 막달이의 하나밖에 없는 자식인 양 서럽게 목청들을 높이는 것이다. 몽이도와 막달이는 최고의 뉴스거리가 되고 보상은 속전속결로 이루어진다. 그러나 막달이 덕택에 거액의 보상금까지 받은 이들은, 막달이의 몫으로 나온 보상금까지 "몽이도 지역발전금"이라는 명목으로 가로챈다.

이후 모든 것이 순조로워 보이는 몽이도의 "축복된 삶"을 위협하는 일들이 발생하기 시작한다. 첫 번째는 날마다 바다에 나가 막달이를 찾는 '나'의 시어머니 중지 씨이다. 이전에도 막달이와 어릴 때부터 친구이자 보호자격으로 어울리며 지냈던 중지 씨만 막달이를 "공경 받아야 할 노인으로 상대"했다. 개펄에서 막달이가 죽어갈 때도 오직 걱정하고 괴로워한 것은 중지 씨가 유일했으며, 결국 개펄에서 시커먼 기름 덩이가 된 막달이를 꺼낸 것도 중지 씨였다. 막달이의 무덤을 지키고 막달이를 찾으며 오열하는 것도 중지 씨뿐이었다. 요즘 중지 씨는 개펄에서 '나'와 남편이 데리러 올 때까지 나오지 않는데, 이는 중지 씨가 개펄에서 죽은 막달이와 한 몸이 되어 과거에 유폐되었음을 보여준다. 중지 씨의 이런 모습은, "나는 물론이고 몽이도 사람들 모두에게 곤혹스런 기억을 떠올리게" 만든다. 내'가 '낭만적인 바다에서의 축복된 삶'을 유지하기 위해서는, 중지 씨가 막달이를 기억하고 그에 대해 발언하는 것을 어떻게든 막아야만 한다.

막달이의 죽음 위에 성립된 '낭만적인 바다에서의 축복된 삶'은 또한 "불안정한 눈빛"의 "무서운 짐승"같은 한 남자가 찾아오면서 더욱 심각하게 흔들린다. 그 남자는 막달이의 아들로서, 이제 막 출소하여 몽이도를 찾아온 것이다. 그 남자는 '나'의 남편과 영주의 남편에게 "우리 엄마 목숨값으로 너희들만 배터지게 잘 먹고 잘살아!"라며, "너희들이 무슨 짓을 해서 우리 엄마 보상금 다 처먹었는지 밝혀낼 거야, 각오해!"라고 소리친다.

이런 상황에서도 '나'는 결코 펜션을 뺏길 수 없다고 다짐하며, 이 순간 '나'는 바다에서 거대한 괴물을 발견한다. 다음의 인용문처럼, 마지막에 이르러 '나'는 최근에 중지 씨가 개펄에서 보았던 "시커먼 괴물"과 마주하게 되는 것이다.

> 평화롭던 바다가 순식간에 거대한 괴물로 변했다. 중지 씨가 말했던 그 바다 괴물이었다. 그녀가 미쳐서 환영을 본 것이라고 생각했는데 코끼리 형상을 하고 있는 진짜 괴물이 바로 눈앞에 나타났다. 지독한 냄새를 풍기며 물 밖으로 실체를 드러낸 놈이 나와 영주를, 그리고 상현달을 올려다보았다. 범고래처럼 물을 뿜지는 않았지만 놈이 뒤척일 때마다 바다가 천둥소릴 냈다. 나는 중지 씨가 그랬던 것처럼 겁에 질려 소리쳤다.
>
> "저기 봐, 괴물! 괴물이 나타났어!"

중지 씨가 먼저 보고, 나중에는 '나'도 보게 된 이 괴물의 정체는 무엇일까? 이에 대한 암시는 이미 주어진 바 있다. '나'는 막달이를 애타게 찾는 중지 씨를 끌어내며 자신을 '괴물'에 비유했던 것이다.

> 내가 얼마나 삶에 대한 의지가 강한지, 내가 얼마나 지금의 삶을 지키고자 죽을힘을 다하고 있는지, 그리고 내가 얼마나 순진한 괴물로 변해가고 있는지 알았다. 하지만 예전으로 다시 되돌아가고 싶은 생각은 들지 않았다.

여기서 괴물은 '내'가 '낭만적인 바다에서의 축복된 삶'을 유지하기 위해 윤리도 양심도 저버린 자기 자신을 가리키는데 사용되었다. 중지 씨와 '내'가 바라본 괴물은 막달이의 죽음을 돈벌이 정도에 이용하고, 이후에도 진실을 외면하는 몽이도 사람들의 탐욕을 의미한다고 볼 수 있다.

「달의 무덤」에서도 노인은 동물에 비유되고는 한다. 막달이를 생각하며 개펄 한가운데 앉아 있는 중지 씨는 얼핏 봐선 "큰 새와 다르지 않았"다고 묘사되는 것이다. 여기서 한걸음 나아가 장애자이고, 무식하고, 혼자 살고, 가난한 막달이는 동물을 지나 광물에까지 비유된다. 막달이는 "몽이도의 어느 갯바위 같은 존재"로 묘사되는 것이다.

그러나 「달의 무덤」에서 결코 동물이나 광물일 수 없는 엄연한 인간을, 자신의 탐욕과 무지로 인해 동물이나 광물로 치부한 자들은 결국 괴물이 된다. 이 괴물이야말로 우리 사회의 가장 무섭고도 부끄러운 그늘일 것이다. 이 괴물은 우리 사회에 무수한 보통명사로서의 노인을 만들어내는 거대한 힘이며, 우리가 진정 혐오하고 비판해야 할 대상은 고유명사로서의 노인이 아닌 바로 이 괴물일 것이다.

(2018)

제7장

무풀론과 함께 살기

김가경論

1. 『타자의 추방』 이후

한병철의 『타자의 추방』(이재영 역, 문학과지성사, 2017)은 "타자가 존재하던 시대는 지나갔다. 비밀로서의 타자, 유혹으로서의 타자, 에로스로서의 타자, 욕망으로서의 타자, 지옥으로서의 타자, 고통으로서의 타자가 사라진다"는 선언으로 시작된다. 타자가 사라지는 현상은 교환 가치만을 금과옥조로 여기는 현대사회의 본질적 특성에서 비롯된 것이다. 교환가치라는 하나의 기준이 절대적인 힘을 발휘할 때, 이 세상은 울퉁불퉁하고 다양한 여러 가치들이 깨끗하게 마름질된 거대한 쇠우리가 된다. 신자유주의 시대에는 이러한 특징이 더욱 심해져서, 전지구적 차원에서 모든 것을 교환과 비교가 가능한 것으로 만드는 만물의 동질화가 이루어진다. 세계적인 수준에서 이루어지는 '같은 것의 폭력'은 자본의 순환을 방해하는 타자, 단독적인 것, 비교할 수 없는 것을 우리의 삶으로부터 추방한다. 이때 같은 것들 사이에는 어떠한 창조적 긴장도 없기 때문에 이 세상에는 가치와 의미들이 무관심하게 병존할 뿐이다. 다름이나 낯섦이 사라진 세상은 존재론적 무차별성이 지배하며, 결국 우리는 거대한 의미의 생성보다는 작은 의미까지도 모두 잃어버리는 비극과 조우할 수밖에 없는 것이다.

이러한 상황에서는 지금의 세상이 기를 쓰고 쫓아낸 타자야말로 구세주가 된다. 타자만이 우리 자신과 세계에 대한 진정한 인식과 성찰을 가능하게 해주고, 공허와 무의미로부터 우리를 구원해 줄 수 있기 때문이다.

2012년 『서울신문』 신춘문예에 단편 「홍루」가 당선되어 등단했으며, 2016년에는 단편 「첫눈」으로 부산소설문학상을 수상한 김가경의 첫 번째 소설집에 주목하는 이유는 바로 이러한 맥락에서이다. 김가경의 소설은 마름질 된 세상에서 점차 사라져가는 타자를 우리의 감성과 지성 안으로 끌어들인다는 점에서 우리 시대가 간과해서는 안 되는 중요한 작가라고 할 수 있다. 더군다나 그러한 타자는 무풀론이나 몰리브를 부는 사내처럼 참신하면서도 호소력 있는 문학적 상상력을 통해 등장하기에 그 의의가 더욱 크다.

2. 닮아가는 사회

김가경은 같은 것만이 강요되는 세계를 날카롭게 응시한다. 일자一者의 전제 속에서 한 개인의 내밀한 트라우마trauma 따위가 섬세하고 진지하게 다루어질 이유는 없다. 고유한 개인의 상처 역시 이미 이 사회에서 통용되는 방식으로 적당하게 포장되면 그만일 뿐이기 때문이다. 일테면 「라인블록」에서 14년 만에 재회하는 부모와 자식을 촬영하는 N케이블 방송국 사람들은 리얼 다큐를 표방하지만 "옷차림만 봐도 캐릭터 확 잡히는데요"나 "아버지 측은 쪽 대본 줬나?"와 같은 말에서 알 수 있듯이, 자기들의 고정관념에 따라 그들을 촬영한다. 특히 "필승씨! 이 장면에서 눈물을 좀 흘리셔야… 그것도 아니면……"이라고 말하는 부분에서 필승의 고유한 상처가 숨 쉴 자리는 없다. 방송국 사람들은 타인에 관심을 갖고 있는 것이 아니라 타인을 통해서 자신들이 원하는 말과 행동을 얻는데 관심이 있을 뿐이다. 매스 미디어를 통해 타인은 우리의 안방까지 다가오지만, 그때의 타인은 이미 타인과는 거리가 멀다.

「배회의 기술」에서는 옥상에 텃밭을 만드는데, 심지어 그곳마저도 교환과 자본의 논리로부터 벗어날 수는 없다. 옥상의 텃밭에는 이랑마다 사원의 이름표가 붙어 있으며 그것은 곧바로 경쟁이나 성과와 연결된다. 「비둘기를 키우는 시간」의 그녀는 허름한 이발소나 선술집에 팔려나갈 모사화模寫畵의 바탕색을 칠하는 일을 한다. 그녀는 작업실 귀퉁이에 딸린 방에 머물며 제대로 월급도 받지 못하는 형편이다. 그녀가 돈이 되는 일과는 거리가 멀게도 모딜리아니의 화첩 속 에퓌테른의 모습을 그리자, 사장은 "주제도 모르고, 여기가 너 같은 병신들 장난하라고 돈 들여 물감 사다놓은 줄 알아!"라며 그림을 가위로 자른다.

「여가를 즐기는 방법」은 여가라는 생산의 잉여 영역마저도 적나라한 세상의 논리에 흡수되어버린 현실을 보여준다. 백주회는 중국에 있는 수정방 양조장을 방문하여 그 심오한 역사를 읊어대는 모습에서 드러나듯이, 겉만 보면 고상하기 그지없는 "교양을 가진, 비교적 사회적 지위가 높은 계층"의 모임이다. 그러나 이 고상한 모임도 여가가 "후기 자본주의 사회에서 유흥은 일의 연장"일 뿐이라는 명제로부터 그리 먼 곳에 있지는 않다. 이들은 수정방 세기전장이라는 그야말로 명품을 즐기는 것과 더불어 알게 모르게 인조성기人造性器를 즐기기도 한다. 백 교수는 그 자위기구마저 그 현란한 입을 통해 "작품으로 승화"시키는 지성(?)을 선보이지만, 이 자위기구는 백주회의 외설스러움을 직접적으로 보여주는 사물에 불과하다. 또한 명주기행 역시 "눈앞의 술이 진짜건 가짜건, 800년 역사가 진짜든 아니든 중요한 것은 아니었다. 백주회 회원들이 800년 역사를 근사하게 마셨다고 생각한다면 명주기행은 성공이었다"고 얘기하는 것처럼, 그 자체로 허위와 위선으로 점철된 것이기도 하다. 이들에게 세상의 논리와 구별되는 자신만의 가치나 의미는 별다른 의미가 없다.

「첫눈」에서 병원의 사무장 역시 동질화의 상징이 되기에 충분하다. 사무장은 병원장의 사위이고 이태리에서 성악을 전공한 테너 가수로 연미복에 집착한다. 사무장은 사실 무대에 오르지도 않으면서, 연미복을 세탁소에 정기적으로 맡긴다. 사무장은 '자신이 연미복을 입고 무대에 오르는 것'보다, '자신이 연미복을 입고 무대에 오른다고 사람들이 생각하는 것'을 더욱 중요하게 여기는 것이다. 세탁소에서 일하는 주인공이 사람들 앞에서 입지 않은 옷을 드라이하고 돈을 받을 수 없다고 이야기하자, 사무장은 버럭 화를 내며 앞으로 다른 곳에 세탁을 맡기겠다고 위협한다. 사무장은 허세로 버티는 속물형 인간인 것이다. 이러한 사무장이 돈 많은 처가 식구들에게 온전한 사람 대우를 받지 못하면서도, 그것에 싱내지 않는 것도 어찌 보면 당연한 일이다. 사무장은 세상에 의해 가치가 이루어지는 상징적 기호에 자신의 정체성까지 저당 잡힌 존재라고 할 수 있다. 이처럼 김가경의 소설에서 많은 사람들은 이 세상의 논리에 지배당하고 있으며, 그 지배당함의 절반은 세상으로부터 그리고 다른 절반은 등장인물 자신들로부터 비롯된다.

3. 가족마저 예외일 수는 없는

김가경의 소설에는 가족으로부터 상처를 받은 인물들이 많이 등장한다. 그러한 상처 역시 세상이 자본의 논리 하나로 마름질되어 가는 것과 무관하지 않다. 「라인블록」에서 '나'는 백화점 광장에서 터번을 쓰고 카니발 퍼레이드용 장난감 기차를 운전한다. 지역 케이블 TV의 리얼 다큐 프로그램에서 헤어진 아들을 만나는 모습을 찍으려고 하자, 갑자기 아버지가 14년 만에 '나'를 찾아온다. 집이 파산하고 어머니마저 가출하자 아버지는 '나'를 버렸고, 이로 인해 '나'는 고아원에서 "다

같이 길을 잃은 녀석들이 섞여 있어도 부모 손을 놓쳤다고 생각하는 녀석들은 나보다 뭔가를 하나 더 가진 것 같"다며 부러워해야만 했다. '나'는 고아원을 나온 뒤 전단지 돌리기부터 노래방 삐끼까지 몸으로 하는 웬만한 알바는 모두 경험하였다. 그럼에도 아버지는 14년이 지나서 방송 출연료 몇 푼을 벌기 위해 '나'를 찾고 있는 것이다. '나'의 친구인 주리도 어린 시절에 받은 상처로 인해 부모와 엇나가는 관계를 맺고 있다. 주리는 자신의 어머니를 빨강 아줌마라 부르고, 용돈을 달라고 하면 자신이 "꿀린다"며 어머니의 지갑을 훔치고는 한다. 「라인블록」에서는 삼바 카니발이 열리는 리우역만 하나의 이벤트이자 가상이 아니라, 인간의 가장 내밀한 인간관계라고 할 수 있는 가족마저도 하나의 가상일 수 있음을 보여준다.

「몰리모를 부는 화요일」의 나도 아버지로부터 학대를 당하고 있다. 아버지는 불법 대출 사건으로 인해 새마을금고에서 쫓겨났고, 이후 엄마에게 빌붙어 살았다. 이후 엄마가 떠난 후에는 너가 힘들게 벌어오는 돈으로 먹고 산다. 너에게 아버지는 차라리 "깡패"에 가깝다. 너의 남자친구 정모는 삼류 배우로서 허세와 허영만이 덕지덕지 붙어 있으며, 너를 학대하는 일에서는 아버지의 라이벌이라고 부를 만한 인물이다. 결국 아버지와 정모는 너의 돈을 차지하기 위해 난투극을 벌이기도 한다.

「비둘기를 키우는 시간」의 여자는 난장이라는 이유로 다른 작품 속 인물들처럼 가족들에게 심한 학대를 받는다. 나아가 사람들의 수군거리는 소리는 불쑥불쑥 날아오는 오빠의 주먹과 함께 여자의 일상이 된다. 결혼을 앞둔 오빠는 눈에 거슬리는 물건을 치우듯 하루빨리 여자를 치워버리고 싶어 안달이고, "너만 없으면"을 입버릇처럼 달고 살던 엄마 역시 여자를 모든 불행의 원천으로 생각할 뿐이다.

이러한 폭력은 일종의 연쇄고리를 형성하기도 한다. 「다이아몬드 브릿지」에서 개조련사인 그는 초등학교 2학년 꼬마의 의뢰로 해피라는 개를 조련한다. 개의 주인인 초등학교 2학년 꼬마의 등 자락에는 퍼런 매 자국이 보인다. 그것은 아빠의 학대로 생긴 것이고, 꼬마는 자신이 받은 학대를 고스란히 자신이 기르는 해피에게 돌려준다. 그 꼬마는 해피에게 말을 듣지 않으면 "천벌을 받는다니까!"와 같은 괴상한 말을 던지고, 결국 해피는 복종성 배뇨 증상과 피오줌을 보이다가 죽는다.

「회생 수련기」는 가족마저도 사회의 지배논리에 완전히 장악된 세상, 동일자만이 남아 폭력이 무한연쇄적으로 반복되는 세상에서 살아가는 우리의 삶이 근본적으로 잘못된 것일 수도 있음을 드러내는 작품이다. 오늘날 회생回生이란 주로 경제적인 관점에서 사용된다. '나' 역시 개인회생위원회 중재위원으로서, 회생은 자신과 거리가 먼 말이라고 생각했다. 늘 타인의 사생활을 묻는 위치에서 "파산 지경에 이른 재산과 뿔뿔이 흩어지는 가족들, 파산과 파탄의 혼란한 틈을 타 어김없이 끼어드는 불륜과 패륜, 그 사이 금전의 행적을 챙기는 것" 등을 주업무로 했던 자신은 사람들의 회생을 조망하고 관리하는 사람이지 그 자신이 회생의 당사자일 수는 없다고 생각했던 것이다. 그러나 '나'는 사업에 실패한 후 치매에 걸린 노모와 빚만 남은 P의 개인회생 업무를 하다가, P가 다니는 명상센터까지 방문한 후 자신의 삶을 되돌아보게 된다. '내'가 경제적 회생 여부를 판단한다면, 센터는 "영혼의 회생 여부를 가늠하는 역할"을 한다고 할 수 있다. "무의식과 의식 사이에 얽혀 있는 트라우마에서 진정한 자신을 찾게 하는" 명상센터에서, '나'는 경제적 영역이 아닌, 영적인 영역에서 자신 역시 회생이 절실하게 필요한 사람임을 깨닫는다. 실제로 '나'는 이혼한 전처와 함께 살던 딸이 미국에서 18년 만에 찾아오자, 딸에게 묘한 욕정을 느끼는 문제적 인간이다. 김가경의 작품 속에 등장하는 가족은 세상의 논리를 가장 크게 반향反響하는 하나의 공명판에 불과하다.

4. 타자의 환기

그렇다면 이러한 현실로부터 벗어나는 것은 가능할까? 「라인블록」에서는 모든 것을 획일화하고 고유성을 삭제하는 이 지상의 세계와는 다른 새로운 곳이 등장한다. 그곳은 주리와 '내'가 즐겨 하던 테트리스의 배경 화면에 등장하는 성 바실리 성당이다. 그들은 성 바실리 성당이 "세계에서 가장 아름다운 건축물"이라고 생각하며 그곳에 가고자 하는데, 사실 이 생각은 그들이 어린 시절 즐기던 테트리스 게임에 의해 주입된 것에 불과하다.

그러나 상상적 이상향보다 더욱 중요한 것은 우리 사회에 '없는 자'로 간주되는 수많은 타자들을 불러내는 방식이다. 김가경이 즐겨 설정하는 소설의 배경은 허름한 바닷가의 모텔(「다이아몬드 브릿지」), "꼬질꼬질한 여인숙"(「보리수 여인숙」) 혹은 사라져 가는 기지촌(「홍루」) 등이다. 이처럼 허름하고 외진 공간은 타자의 환기라는 주제의식과 긴밀하게 맞닿아 있다.

등장인물들도 이 사회의 교환논리로부터 한 발짝 벗어나 있기는 마찬가지이다. 「다이아몬드 브릿지」의 그는 경찰견 조련사로 일하며 세퍼트를 조련하다 자신을 지키기 위해 할 수 없이 짱돌로 세퍼트를 내리찍다가 그 모습이 인터넷에 퍼져 직장을 잃는다. 조련 생활 10여년 만에 동물학대죄로 조련협회에서 세명까시 당한다. 현재는 개조련사로서 아르바이트 자리라도 구하기 위해 온 동네에 방문조련이라는 스티커를 붙이고 다닌다. 그는 나중에 자신이 조련한 개를 죽게 만들었다는 누명을 뒤집어쓴다.

「홍루」는 이국적인 제목처럼, 우리 사회의 동일자와는 거리가 있는 타자들의 이미지로 가득한 작품이다. '홍루紅樓'는 늙은 기생의 방이라는 뜻으로 주인공 명자와 닮아 있다. 명자는 P시의 외국인 거리에서 외국인을 상대하는 클럽로즈에서 일한다. 예전에는 미군들이 클럽로즈를 드나들었고, 미군들이 떠난 이후에는 러시아 선원과 상인들이 주로 드나든다. '나'는 미군이 철수한 후 거리의 젊은 여자들이 떠난 후에도, 이 거리에 남아 "미군 대신 러시아선원을, 맥주 대신 보드카를, 영어 대신 러시아어"를 몸에 익히며 살아남았다. 한때 이 바닥에서 "알아줬던" 명자는 그렇게 조금씩 늙어가는 것이다. 명자는 우리 사회의 교환 체계에서는 그 가치를 인정받기 어려운 존재이다.

이 작품에는 명자의 연인인 이반, 명자와 함께 일하는 나타샤, 홍루의 중국음식 요리사 등 이국적인 인물들이 많이 등장한다. 이것 역시도 우리와 다른 존재들에 대한 관심을 크게 환기시킨다. 「홍루」에서 이반이 남겨놓은 뱀이 없어지자 명자는 어린 시절 휘파람을 불면 뱀이 나온다는 어른들의 말에 따라, 뱀이 나타나기를 바라며 휘파람을 분다. 그러나 이반은 휘파람을 불면 모든 것이 텅 비게 된다는 생각을 가지고 있었다. 명자와 이반의 상반된 신념은 인간의 삶이 결코 하나의 입장으로 단일화될 수 없음을 드러내는 하나의 에피소드로 새겨볼 수도 있다.

「몰리모를 부는 화요일」의 남자는 드물게도 단독성을 체현한 존재이며, 어떠한 비교로부터도 벗어난 일종의 아토포스atopos(어떤 장소에 고정되지 않은 것, 정체를 알 수 없는 것, 특정 지을 수 없는 것)에 해당한다. 그는 강태공姜太公과 같은 사람으로, 야시장에서 짝이 맞지 않는 신발을 판다. 메타쉐쾨이어 나무 아래에서 남자가 팔고 있는 짝짝이 신발은 아프리카 여행 중에 본 것으로서, 그때 짝짝이 신발을 이상하게 생각하는 남자를 향해 아프리카인은 "왜 당신 것만 당연하다고 생각하느냐고 되" 물었던 것이다. 남자의 주위에는 돈과 착취가 평범한 것이 되어 버린 세상과는 다른 기호들이 가득하다. 일례로 피그미족들이 숲의 정령을 위로할 때 분다는 몰리모는 신자유주의의 교환 체계에서는 그 의미를 얻기 어려운 것이다. 피그미족들은 이방인을 받아들일 때 그들의 재산이나 권력 등이 아니라, 걷는 모습을 통해 판단한다고 한다. 결국 너는 남자가 연주하는 몰리모에서 벚꽃 잎 날리는 것을 보는 소설의 마지막 장면에서 드러나듯이, 남자를 통해 딸이나 연인보다도 돈을 소중하게 생각하는 사람들과는 다른 세상을 발견한다. 이 작품의 여러 타자적 기호들, 피그미족, 몰리모, 짝짝이 신발, 남자 등은 시대의 지배적인 가치를 내면화한 사람들의 저항과는 다른 그 자체로 선명한 타자성의 실체라는 점에서 그 의미가 더욱 크다.

모두가 닮아 있는 세상에서 우리는 수십억의 사람을 만나더라도 결국 자기만을 확인할 수 있을 뿐이다. 그 속에서 우리는 우울과 불안에 시달리다 끊임없는 자기 소모와 자기 소멸을 향해 전속력으로 달려간다. 그것으로부터 벗어나기 위해서는 타자를 불러들여 새로운 변증법적 긴장을 창조해낼 필요가 있다. 이러한 필요에 응답할 수 있는 인류의 가장 위대한 발명품은 다름 아닌 사랑이다. 「첫눈」은 김가경식 사랑이 무엇인지를 보여주는 작품이자, 추방된 타자가 다시 우리의 삶에 내속되는 감동의 순간을 보여주는 작품이기도 하다.

「첫눈」은 앞에서 말한 모든 특징이 집대성된 김가경 소설의 한 절창이다. 이 작품에는 세탁소에서 일하는 그와 산후조리원에서 영양사로 일하는 그녀가 등장한다. 둘은 모두 어린 시절의 상처를 지니고 있다. 그것은 첫눈의 이미지로 감각화되는데, 이때의 첫눈은 세상의 고통스러움에 눈뜨는 첫 번째 통과제의를 의미한다. 그에게는 어린 시절 형만이 유일한 피붙이였는데, 그 형마저 그가 4학년일 때 교통사고로 죽는다. 형사가 그에게 형의 죽음을 알리던 날 첫눈이 내린다. 그녀 역시 어린 시절 학대와 방치를 일삼던 철없는 어린 부모가 그녀를 버리고 잠적하는 바람에, 지하방에서 아사 직전에 발견된다. 그녀가 발견된 날에도 첫눈이 내렸다.

병원 직원들의 유니폼과 위생복을 세탁하면서 둘의 인연은 시작된다. 그는 병원 직원들의 유니폼과 위생복의 시접까지 빠짐없이 찾아 다릴 정도로 성실하며, 그녀 역시 영양사로서 누구보다 성실하게 일한다. 이 작품의 마지막에는 또 다시 첫눈이 내린다. 이때의 첫눈은 어린 시절에 내리던 첫눈과는 완전히 다른 느낌으로 충만하다. 어린 시절의 첫눈이 세상의 비정함으로 가득했다면, 지금 내리는 첫눈은 "님의 앞날에

축복과 행운이 첫 눈처럼 소복소복하게 쌓이기를 영운토록 기원하겠소"라는 온정의 메시지와 함께 내린다. 이 첫눈 속에는 타인을 받아들인 자만이 누릴 수 있는 아름다운 희망의 속삭임이 담겨 있는 것이다.

5. 동물과의 연계

김가경 소설의 가장 독특한 점을 꼽자면, 동물이 빈번하게 등장한다는 사실이다. 이러한 동물은 서로 닮아 가는 세상의 강력한 힘을 증명하기도 하지만, 때로는 닮아 가는 세상의 새로운 탈주선으로 기능하기도 한다.

동물이 이 가공할 폭력적 세상과 맞닿아 있다는 것은 「비둘기를 키우는 시간」에서 확인할 수 있다. 그녀가 마술사와 동거하며 보게 된 비둘기들의 모습은 이 시대의 인간들과 크게 다르지 않다. 마술사의 집에는 비둘기가 많다. 비둘기는 마술사의 공연에 사용되기 위한 것이기도 하지만, 공연에 사용될 비둘기의 먹이로도 필요하다. 삶은 비둘기의 간을 뽑아내어서 다른 비둘기의 먹이로 삼는 장면은 이 소설집에서 삶의 끔찍함을 나타내는 최고의 강렬도를 드러낸다. 날개의 셋째 마디가 잘려져 마술사의 방을 벗어날 수 없는 비둘기는 '닮음의 쇠우리'를 벗어날 수 없는 우리 시대 인간들의 초상이기도 하다.

「홍루」에도 밀크스네이크 종의 뱀이 중요한 자리를 차지하고 있다.

한때 명자가 자기 삶의 정착지가 될 것이라고 기대했던 러시아인 이반은 뱀을 명자에게 남기고 떠난다. 이 뱀의 먹이는 새끼 쥐로서, 탈피를 하기 위해서는 냉동 먹이가 아닌 살아 있는 쥐를 먹어야만 한다. 이러한 뱀의 생리는 약육강식의 인간 사회와 그다지 멀어 보이지 않는다. 「첫눈」에서도 사무장이 엽총으로 쏘아 숲으로 떨어진 비둘기는 그녀와 동일시되어 세상의 무서운 폭력성을 드러낸다.

그러나 「배회의 기술」에서는 무풀론이라는 동물을 통하여 우리와는 다른 얼굴, 감각, 사유를 자연스럽게 떠올리도록 한다. '나'는 "그저 끝없이 펼쳐진 초원을 망아지처럼 한 번 뛰어 보고 싶"은 마음에 목장에 가고, 거기서 알몸으로 뛰다가 무풀론을 만난다. 그곳에서 '나'는 60대의 남자를 만나 그와 알몸으로 초원 위에 눕기도 하는데, 그곳은 "나침반이 흔들리고 시계가 뒤섞이는 지점"이다. 그렇다면 무풀론은 바로 그 현재의 시공을 뒤흔드는 또 다른 시공에 대한 하나의 상징적 기호라고도 볼 수 있다. 무풀론은 "모든 걸 버리고서야" 친해질 수 있는 동물로서, '모든 걸 버린다는 것'은 자신의 "불알을 보여주"는 일이기도 하다.

이 무풀론은 치와와도 무서워 할 정도로 순하고 여린 존재로 등장한다. 이러한 무풀론은 우리 사회 어디에서도 환영받지 못한다. 아내는 무풀론을 집에 받아들이지 않으려 하며, 동네 사람들은 공동텃밭을 엉망으로 만들었다며 무풀론을 욕하고, 회사에서도 아무런 효용도 없는 무풀론을 비난할 뿐이다. 과연 이 무풀론은 무용지물이기만 한 걸까?

지금까지 우리는 김가경의 소설을 통해 자본의 논리만이 지배하는 이 세상의 폭력과 고통을 찬찬히 지켜보았다. 「배회의 기술」만 보더라도 일자一者의 독재로부터 벗어날 공간은 어디에도 없다. 옥상의 조그만 텃밭마저도 성과와 경쟁의 장이 되어 버리는 것이다. 이러한 쇠우리에 자그마한 균열의 흠이라도 내기 위해서는 타자의 존재가 무엇보다 절실하다. 그것은 현대 사회에 필요한 최소한의 숨구멍이자, 새로운 세상을 앞당기는 "고수레 이랑"(멧돼지 같은 유해동물들을 위해 방치하여 탄생하는 이랑)이 될 수도 있다. 다행스럽게도 무풀론과 친해지고 싶어 하는 신입사원을 통해 무풀론이 지닌 무용지용無用之用의 가능성이 암시되며 작품은 끝난다.

김가경은 단일한 가치만이 존재하는 무미하고 무의미한 이 세상에 윤기와 온기를 불러오고자 한다. 그것은 이 시대가 멀리 멀리 쫓아버린 "비밀로서의 타자, 유혹으로서의 타자, 에로스로서의 타자, 욕망으로서의 타자, 지옥으로서의 타자, 고통으로서의 타자"를 다시 불러오는 일이기도 하다. 김가경이 창조해 낸 그 서늘한 감미로움 속에 떠오르는 여러 존재들은 바로 그 타자의 문학적 재현이라고 할 수 있다. 이제 한국소설은 새로운 빛이 될 수 있는 또 하나의 아름다운 그늘을 가지게 되었다고 말할 수도 있을 것이다.

(2017)

제8장

이미 가득한 행복

구자인혜論

『동물농장』으로 유명한 조지 오웰George Orwell(1903~1950)은 산문 「나는 왜 쓰는가Why I write」에서 글을 쓰는 동기를 크게 순전한 이기심, 미학적 열정, 역사적 충동, 정치적 목적으로 나눈다. 그러나 조지 오웰은 매우 정치하고 논리적인 논의를 펼친 후에, 앞의 선명한 논의와는 다르게 "글 쓰는 동기의 맨 밑바닥은 미스테리로 남아 있다"며, 글쓰기는 "거역할 수도 이해할 수도 없는 어떤 귀신에게 끌려다니지 않는 한 절대 할 수 없는 작업"[1] 이라고 고백한다. 조지 오웰의 말에 따를 때, 작가는 자신을 그토록 고통스러운 원고지 앞에 앉게 만드는 '귀신' 하나씩을 자기 안에 가지고 있는 존재들이라고 할 수 있다.

2008년 『월간문학』에 소설 「어머니의 정원」을 발표하며 등단한 후, 첫 번째 소설집 『은합을 열다』를 출간하는 구자인혜를 글쓰기라는 형벌의 길에 계속 머물게 하는 그만의 '귀신'이 있다면 그것은 아마도 행

1 조지 오웰, 이한중 역, 『나는 왜 쓰는가』, 한겨레출판, 2010, 300쪽.

복에 대한 갈망이라고 할 수 있다. 구자인혜가 원고지 위에 심혈을 기울여 만들어 낸 인물들처럼 행복을 향해 전심전력을 기울이는 사람들도 드물다. '행복해야 한다는 것', 그것은 구자인혜 월드에 존재하는 사람들이 받들어야 할 정언명령定言命令, categorical imperative에 해당한다.

행복을 위한 첫 번째 조건은 자유이다. 그러한 자유는 지금 서 있는 삶의 터전을 떠나는 것에 의해서 성취될 수도 있고, 반대로 지금의 삶터에 더욱 깊이 뿌리내리는 것을 통해 성취되기도 한다. 그러나 결국 진정한 삶터는 우리의 마음속에 존재한다는 점에서, 정착과 이주 그 자체가 자유의 기본 조건일 수는 없다.

「표본 만드는 여자」에는 구속으로부터 벗어나는 결단을 통해 자유를 획득하는 모습이 인상적으로 그려져 있다. 이 작품에는 가장 아름다운 상태의 나비를 말려 표본으로 만드는 특이한 부부가 등장한다. 이들 부부는 "서로를 나비라고 생각"하는 것에서 알 수 있듯이, 서로가 서로를 구속한다. 특히 '내'가 남편으로부터 받는 구속은 너무나 크다. 남편은 "나비로 표본을 만들고 그것들을 당신의 분신처럼 생각"할 정도이다. 남편은 움직이지도 못하고 판에 박힌 표본처럼 자기 옆에 '내'가 고정되어 있는 것을 즐기는 것이다. 그러나 이것은 남편만의 욕망은 아니다. '나' 역시 나비 표본을 만드는 것처럼, 자기 방식대로 남편을 감금하기 때문이다. 둘은 진정한 부부관계와는 다르게, "상처만 주면서도 함께 살지 않을 수 없는 이상한 공동체"를 이루고 있다. 결국 '나'는 표본 만들기를 포기하는 결단을 내리고, "나비가 한 계절을 온전히 살도록 내버려두겠"다고 다짐한다. 그것은 곧 스스로가 자유롭게 훨훨 날아보겠다는 의지를 표현한 것이기도 하다. 자유를 통한 행복에의 도약은 이렇게 시작되는 것이다.

「표본 만드는 여자」가 자신을 구속하는 현실에서 벗어나는 결단을 통해 행복을 향한 발걸음을 시작한다면, 「어머니의 정원」에서는 자신의 존재가 뿌리 내린 대지를 향한 확고한 애정을 통해 행복을 향해 나아가는 모습을 보여준다. 어머니는 평생 살던 시골집을 떠나 자식이 살던 서울에 머물게 된다. 그러나 전답을 마을의 육촌형에게 처분하고 집으로 온 어머니는 서울 생활에 전혀 적응하지 못한다. 어머니는 그나마 공터를 텃밭으로 바꾸며 서울 생활에 정을 붙이려고 하지만, 땅 주인이 어머니의 텃밭을 갈아 엎으면서 그 작은 가능성마저 사라져 버린다. 결국 어머니는 치매에 걸려 '나'를 아버지로 착각하거나, 아내의 정원을 파헤치기도 한다. 어머니는 자신의 본래 집이 있던 해남으로 돌아가서야 "나는 저 땅이 내 남편이고 내 자석이구만, 저것들만 내 곁에 있으면 하나도 외롭지 않구만"이라는 말을 건넬 정도로 안정을 찾는다. 서울생활에의 부적응은 어머니의 발바닥에 극심한 가려움증을 안겨줬지만, 그녀가 자신의 삶 전체를 뿌리 내린 해남에서 그러한 가려움증은 결코 나타나지 않을 것이다.

조금 거창하게 말하자면, 「숨비소리」는 「표본 만드는 여자」와 「어머니의 정원」에서 나타난 떠남과 정착이라는 삶의 자세가 변증법적 종합을 보여주는 작품이라고 할 수 있다. 제목이기도 한 숨비소리는 해녀들이 물질을 마치고 물 밖으로 올라와 가쁘게 내쉬는 숨소리를 의미한다. 그것은 이 작품에서 어머니의 고단한 삶(고향)을 의미한다. 「숨비소리」는 탄탄한 이항대립에 바탕해 작품의 주제를 형성해간다. '스페인' 대 '한국'이라는 공간의 이분법이 설정되고, 각각의 항에는 각각 '아버지'

대 '어머니'라는 인물의 이분법이 겹쳐지는 것이다. 직장을 오가며 늘 계획된 범위 내에서 생활하던 영인에게 "일탈"이란 단어는 그 자체로 하나의 "전설"이다. 어머니는 힘겹게 물질을 하며 남편 없이 홀로 영인을 기르며 살아왔던 것이다. 영인은 그런 어머니를 떠나 어린 시절 자신을 떠난 아버지가 있으며, 사랑하는 그와 시간을 보낼 수 있는 스페인으로 떠난다. 그러나 스페인에서 '그'와 '그의 가방'과 '자신의 가방'을 모두 잃어버린 영인은 어머니가 내던 숨비소리를 흉내 낸 휘파람 소리를 내며 관광객들의 돈을 받아 살아간다. 이 순간 스페인은 어머니가 있는 한국의 바닷가가 되고, 영인은 비로소 어머니가 됨으로써 새로운 삶을 시작하게 되는 것이다. 「숨비소리」는 '고향/타향', '조국/외국'이라는 이분법의 무의미함을 이야기하고 있다. 오직 자신이 발딛고 선 곳에서 참된 삶의 가치를 구현할 수 있다면, 그곳이 바로 조국이고 고향일 수도 있다는 너른 삶의 자세를 보여주는 것이다. 고향도 타향도 자유도 구속도 결국에는 마음에 달린 문제라고 할 수 있다.

구자인혜 소설에서 행복은 자유와 같은 조건을 통해서 얻어지는 것이기도 하지만, 그것은 때로 무조건적인 그리하여 때로는 강박적인 성격을 지니기도 한다. 「클라리넷」의 김지선은 수요일마다 정기적으로 여성클리닉에 가서 자신의 은밀한 곳을 진찰받으면서 위로를 얻는 특이한 여성이다. 그녀가 그토록 기이한 행동을 할 수밖에 없는 이유로는 "메마른 황무지를 개척하는 느낌"의 결혼생활을 들 수 있다. 의사로부터도 배척을 받는 상황이지만, 김지선은 행복을 향한 노력을 결코 포기하지 않는다. 그녀는 카페 클라리넷의 꽁지머리 주인이 해준 말, 즉 설령 깊게 뿌리를 내리지 못한 씨앗일지라도 바람의 신 아이오로스는 씨앗이 세상을 나와 마음껏 여행을 하도록 도와준다는 말에서 큰 위안을 받기도 한다. 이 여행을 통해 뿌리 내리지 못한 씨앗은 언젠가 푸른 숲을 이룰 수 있으며, 이 푸른 숲의 이미지 속에는 작가 구자인혜가 꿈꾸는 이상적인 삶의 가능성이 담겨 있는 것이다.

「우리는 오늘 캘리포니아로 간다」의 민철은 오피스텔에서 우연히 만난 정희의 사진을 찍기 시작한다. 경제난으로 신문사에서 해고된 이후 청년 실업자가 된 민철은 지금 파파라치로 간신히 생계를 이어가고 있다. 정희를 관찰하는 이유는 정희의 "건조한 모습"에서 자신과의 공통점을 발견했기 때문이다. 따라서 민철이 정희를 관찰하는 일은 자기 자신을 성찰하는 일이기도 하다. 또 한 명의 주인공인 달수는 성인용품에 짝퉁시계를 끼어 방문 판매하는 일을 하고 있다. 희망이나 행복을 쉽게 떠올리기 힘든 삶이지만, 우리 시대의 장삼이사들이 함께 탄 택시 안에서는 "Such a lovely place, such a lovely place, such a lovely place……."라는 가사가 인상적인 〈Hotel California〉가 울려 퍼진다. 이들의 삶이 비루하면 할수록, 행복을 향한 간절한 바램은 더욱 절실하게 다가온다. 행복을 향한 강박은 카페를 운영하는 주인공이 아버지의 상喪을 당한 남자를 우연히 만나 여러 가지 번민과 생각을 하다가, 결국 "You so sweet"이라는 말을 남자에게 하고 싶어 하는 「네 번째 서랍」에서도 확인할 수 있다.

소설은 결코 하나의 목소리나 메시지만이 울려퍼지는 독백적인 장르가 아니다. 이것은 아무리 위대한 사상이나 이념이더라도 소설 속에서는 결코 별다른 고민 없이 절대화될 수는 없다는 말이기도 하다. 찬란한 빛 속에 감춰진 그늘이나 어둠에도 시선을 둘 수 있을 때, 소설은 비로소 자신의 고유한 역할을 발휘할 수 있는 것이다. 행복이 하나의 정언명령이라하더라도 그것만이 절대시될 때, 발생할 수 있는 여러 문제들을 직접적으로 드러낸 작품들이 「시간의 문門」과 「그녀의 순장」이다.

「시간의 문」에서 '나'는 8년 만에 죽음을 앞둔 아버지와 대면한다. '나'는 책, 음악, 도박, 연애 등에만 관심을 기울이며 가족에게는 관심이 없던 아버지를 증오한다. 그럴 만도 한 것이, 아버지로 인해 어머니는 가출하였고, 지금은 치매에 걸려 요양원을 전전하는 중이다. 아버지와 어떤 공감의 채널도 만들지 못하던 '나'는 겨우 기르던 강아지 벼리의 병을 통해 "아버지가 겪어내고 있을 시간의 무게감"을 느낀다. "체감되지 않던 아버지의 죽음이 벼리를 통해 비로소 전달"되는 것이다. 작품은 '내'가 동물병원 의사가 벼리를 안락사 시키라는 이야기를 듣고, 의사가 권유한 그 방법을 바로 자신의 아버지를 향해 사용하는 것으로 끝난다.

「그녀의 순장」에서 김영인의 고조부는 유명한 서책을 남겼고, 그 서책은 지금 문화재로 지정받으려 한다. 이때 김영인은 고조부의 친구였던 이순명의 후손으로부터 연락을 받는다. 연락을 한 사람이 가지고 있는 편지는 김영인의 고조부가 이순명에게 보낸 것이다. 그 편지에는 김영인의 고조부가 남긴 서책이, 사실은 이순명의 것을 도용한 것이라는 내용이 담겨 있다. 그 편지가 공개된다면 이제까지의 신의와 명망을 모두 내려놓아야 하며, "그동안 서첩의 필체를 연구하며 쌓아놓은 실적이 모두 의미가 없"어진다. 이 작품에서 김영인이 100년이 훨씬 지나 알게 된 편지는 옛날 권력자와 함께 순장된 소녀에 비유된다. '나'는 "순장당한 열여섯 살의 소녀가 자신의 가족 품으로 돌아가기를 바란다"고 글을 쓰기도 하지만, 그 이상으로 "오히려 소녀는 순장의 형태로 무덤에 있는 것이 낫지 않을까"라고 생각하기도 한다. 「시간의 문」과 「그녀의 순장」에서는 행복을 절대시할 때 치러야 할 비도덕적인 삶의 부정적 양상이 선명하게 드러나는 것이다. 이를 통해 독자들은 행복에의 지향이 갖추어야 할 필수적인 조건들을 떠올리게 된다.

표제작이기도 한 「은합을 열다」는 구자인혜가 노닐한 문학적 사유의 진경이라고 할 수 있다. 이 작품에는 정언명령으로서의 행복이 의미하는 참된 본래면목本來面目이 적절한 문학적 향내와 더불어 온전하게 자리 잡고 있는 것이다. 천년고찰 천은사에는 세상에 알려지지 않은 석탑이 있고, 그 안에는 진신사리가 모셔져 있다는 소문이 나기 시작한다. 석탑 해체를 전공한 '나'에게는 이 석탑과 진신사리의 존재가 무엇보다 큰 관심의 대상일 수밖에 없다. 이 작품에서 천년 고찰의 석탑에서 진신사리가 담긴 은합을 꺼내는 일은 천은사에 머무는 젊은 여인이 자신의 기억을 회복하는 일과 병행한다. 이 젊은이는 뉴욕에서 건축학을 전공한 재원이지만, 네 살 때 천은사에서 미아가 된 후에 해외에 입양된 상처가 있다. 사리에 대한 믿음은 이 젊은이가 부모를 다시 만날 수 있다는 믿음에 해당하는 것이기도 하다.

드디어 석탑은 해체되고 은합이 열리지만, 그 안에는 진신사리가 없다. 이로 인해 절에는 큰 소동이 벌어진다. 젊은 여인도 아버지를 찾지만, 은합 안에 사리가 들어있지 않았던 것과 마찬가지로 아버지는 자신이 생각하던 모습과는 매우 거리가 멀다. 공양주 보살은 기단부 밑에 사리함이 하나 더 있었다는 식으로 사람들을 속여서 문제를 처리하자는 의견을 낸다. 그러나 결국 스님은 사람들을 속이지 않고, 절의 중축도 다른 사람들의 몫으로 돌릴 것을 결정한다. 이러한 일련의 과정을 거치며 '나'는 다음과 같은 깨달음에 이른다.

> 부증불감이라고 했던가. 실제로는 없어지는 것도 없고 늘어나는 것도 없다 했다.
>
> 마음에서는 무엇인가 상이 나타나면 새로운 상이 따라 나오고 조금 전의 마음은 자취를 감췄다. 모두 어디에서 나와 어디로 사라지는 건가. 그것들이 횡으로 종으로 이어진 세계는 어떤 세계이며 나와는 어떻게 연결될까. 은합을 열어 무엇이 보이면 어떻고 무엇이 보이지 않으면 또 어떻단 말인가. 스님의 말처럼 있음과 없음, 나타남과 나타나지 않음은 차이가 없을 수도 있다. 근원은 구분이 없고 본래가 모두 하나일지도 몰랐다. 실체와 마음은 헤아리고 분별하는 순간에 생기는 경계일지도 모르겠다.

이것은 그야말로 '색불이공 공불이색 색즉시공 공즉시색色不異空 空不異色 色卽是空 空卽是色'의 세계이자 '불생불멸 불구부정 부증불감不生不滅 不垢不淨 不增不減'의 세계에 해당한다고 할 수 있다. 마하반야바라밀다심경摩訶般若波羅蜜多心經의 세계에서 바라보았을 때, 행복과 불행을 논한다거나 혹은 있음과 없음을 논한다는 것은 하나의 환상에 불과하다. 그러한 환상은 사막과도 같은 삶의 실재를 그럴듯하게 감싸주는 커튼일 뿐이기 때문이다. 우리는 그 커튼이 사실은 얇디 얇은 비단조각에 불과하다는 사실을 모르거나 혹은 모르는 채하며 힘겹게 하루하루를 살아가는 것이다. 은합 안에 사리가 있다고 굳게 믿었던 사람들처럼 말이다.

구자인혜는 「은합을 열다」에서 일체의 분별지分別智를 벗어난 자리, 모든 환상의 환상다움을 꿰뚫은 자리에 도달했다고 말할 수 있다. 그러나 '색불이공'인 동시에 곧 '공불이색'이라는 진실을 잊어서는 안 된다. 이러한 동시적 깨달음이야말로 종교와 구별되는 문학의 자리이기 때문이다. 구자인혜의 끊임없는 창작은 그가 결코 이러한 문학의 참된 자리를 잊지 않았나는 증거라고 볼 수 있다. 존재의 참된 자리에 설 때만 가능한 행복이라는 점에서 구자인혜가 형상화한 행복은 참으로 기쁘고 가득하다.

(2016)

제9장

화해의 서사

윤이주論

"어릴 적 제 이불 속에는 옛날 이야기가 그득했어요. 왜 이불을 덮고 누워 사람들은 얘기를 할까요? 할머니나 엄마만 그런 건 아니었나 봐요. 나 혼자 이불을 쓰고 누워있으면 그 누구에게서도 듣지 않은 얘기들이 들려오는 거에요. 침대는 결국 버렸지만 이불은 아직도 버리지 못했어요. 언젠가 그 이불을 쓰고 누워 누군가에게 이야기를 들려줄 거에요. 내 이야기를 듣는 이가 내 목숨과 바꾸는 이야기에 하품을 할 때, 난 잠에 빠져들겠지요…… 보관함에 이불이 있는 줄 누가 알겠어요? 비밀인데요. 그 이불이 보관함에서 나오는 날엔 온 천지에 말이 떠다닐 거고. 그 떠다니는 말들이 날카로운 반월도가 되어 사람들 목을 베고 다닌대요. 어떤 사람들은 자기 말을 찾아 땅속으로 꺼지게 된대요. 그들이 바로 새로운 지하인류가 된다고 그러대요. 그런데 그들은 깜깜 어둠에 갇혀 결국 말을 잃어버린대요. 그 이불이 세상에 어느 구석에서라도 펼쳐지지 않게 지키는 게 제 임무에요. 그러나 난 내 이불을 꺼내 덮을 수가 없죠. 세상을 위해 열쇠를 꼭꼭 숨겼거든요. 아무도 그 보관함을 열 수 없을 거예요."

위의 인용은 「하트 오브 도그」에서 아랫층에 사는 여자가 '나'에게 하는 말이다. 소설에서 내내 침묵하던 여자는 그 오랜 침묵에 보상이라도 하듯이, 그럴듯한 서사론을 펼치고 있다. 그녀의 말 속에는 윤이주의 소설이 겨냥하는 바와 그 의의가 비교적 선명하게 드러나 있다.

이불 속에 가득 담겨 있는 이야기란, 그녀의 소설이 아주 가까운 우리네 삶의 표피 속에서 발아하는 것임을 암시한다. 그러나 그 이야기는 결코 가볍지 않다. 그것은 "내 목숨과 바꾸는" 무게를 지닌 것이다. 또한 그 이야기는 무척이나 치명적이어서, 세상에 나오는 날 "반월도가 되어 사람들 목을 베고" 다닐 정도이다. 이러한 날카로움 때문에 이야기를 읽은 이들은 자기 말을 찾아 긴 여정을 떠나고, 신인류가 된다. 이 인류는 지하인류라는 말에서 드러나듯이, 새로운 가치와 질서를 담보한 존재이기도 하지만 현존재로서의 존재근거를 상실할 위험성도 지닌다. 그처럼 치명적인 날카로움과 매혹을 지녔기에 그녀의 이야기는 깊이 숨겨져야 하고, 누구도 그 보관함을 열 수 없어야 한다. '일상의 작은 표피에서 발아한다는 점', '치명적인 무게를 지니고 있다는 점', '독자들의 삶 자체를 쇄신한다는 점', '쉽게 열고 들어갈 수 없다는 점' 등은 윤이주의 소설에도 어느 정도 적용되는 특징이다.

독한 매력을 지닌 그녀의 소설을 열고 들어갔을 때, 가장 먼저 눈에 띄는 것은 서사 구조의 단단함이다. 그것은 단절과 화해, 혹은 상처와 치유라는 단어로 정리해 볼 수 있다. 그러한 화해는 삶의 거의 전 영역에 걸쳐 치밀하게 이루어진다. 이러한 특징은 작가에게 내재한 욕망의 세공과 왜곡이 가장 적은 등단작에서부터 선명하게 드러난다. 등단작인 「양파와 달팽이」(『내일을 여는 작가』, 2003.겨울)의 '나'는 결혼과 더불어 십오 년 동안 주말 부부로 지내온 남편과 별거를 하고 있다. 결혼 이후 줄곧 남편은 고시공부를 해왔고, '나' 역시 직장일에 매달려왔다. 딱 그만큼의 몰입에 따른 결과로 둘은 "방향을 잃고 서성이"는 것이다. 남편은 가출과 출가의 중간 형태로 절에 들어갔고, '나'는 현재 "기억과 기억 사이, 과거와 현재 사이, 당신에 대한 증오와 아이를 향한 모성 사이에서" 몸부림을 치고 있다.

이 사잇길에서 그녀는 한 사내가 사는 '산방'을 찾는다. 평생 '사람공부'를 해 온 사내는 그녀에게 양파의 안과 밖의 경계지점은 "바로 향기가 푸르륵 솟아나는 그 순간"이라고 조언한다. 이 순간은 나중 달팽이가 오랜 가뭄 끝에 단비를 만나 그 느린 몸을 드러내는 때로 변형되기도 한다. 이 순간에는 존재가 질적으로 전환되는 것이다. 그것은 동시에 단절감과 허무감에 시달리던 두 부부가 이전보다 더욱 단단한 하나가 되는 찰나로 서사화된다.

사내가 어머니를 만나기 위해 마을로 내려온 날, 남편 역시 그녀와 아이 곁으로 돌아온다. 그녀는 사내와 만찬을 즐기며 즐거운 시간을 보내지만, 결국 사내가 살았던 집은 폐가였음이 드러난다. 그곳에는 이미 스무 해 전에 죽은 노인네가 살았을 뿐이다. 사내는 남편과의 권태가 불러온 헛것이었던 것이다. 그러나 이 헛것은 둘을 다시 연결하는 계기가 된다. 마을 사람들의 수군거림을 받게 된 아내를 보호해주는 과정에서 아내는 남편의 진심을 확인한다. 그동안 남편은 밤마다 걸려온 전화에 아내와 아이를 찾아왔던 것이다. 나중에는 산방 자체가 헛것이었음이 드러난다. 헛것의 연쇄 속에서 둘은 양파 껍질의 밖에서 안으로 넘어가는 임계점을 드디어 넘어서게 된 것이다.

그런데 작품의 마지막에 그녀는 한 사내를 마을에서 본다. 이 사내는 새로 등장한 것일까? 아니면 그녀가 새롭게 발견한 것일까? 그 사내의 행색이 '헛것으로서의 사내'와 유사하다는 점에서 후자 쪽에 가까움을 알 수 있다. 산방에서 비롯된 헛것의 연쇄는 비루한 타인을 발견하게끔 해 주었던 것이다. 마지막에 내리는 오랜 가뭄 끝의 장맛비는 그러한 발견의 긍정적 의의를 드러내기에 모자람이 없다. 현실적인 결별, 그리고 화해, 그것을 매개하는 것으로서의 헛것은 이번 소설집을 관통하는 아름다운 만다라曼荼羅의 공식이다.

「먼 곳, 아득이」는 그러한 화해의 서사가 얼마나 아름다울 수 있으며, 심오한 존재론적 깊이를 거느릴 수 있는지 보여주는 작품이다. 정자는 불귀의 객이 된 연 씨를 대신하여 네 해째 칠성제를 지내고 있다. 이 소설은 현재와 과거를 수시로 오가며 진행된다. 과거에는 열여덟의 미자, 운전기사인 스물넷의 종구, 이제 막 스물이 된 정자가 머물며, 현재에는 홀로 남아 수몰마을인 아득이를 지키는 마흔여섯의 정자가 산다. 과거 속 미자는 아득이를 한없이 "지겨워"하며 서울로 가기를 원한다. 그 옆에서 정자는 소리 없이 종구를 좋아하며 아득이를 견뎌내고 있다. 아득이는 지명인 동시에 우리가 잃어버린 과거 혹은 순수의 기표이기도 하다. 그것은 현재 사람들이 '아득이'를 '끝말'이라는 부르는 것에서도 드러난다. 그러나 현재의 '아득이'는 시공의 명확한 지표 속에서 인식되는 하나의 지명으로 그 의미가 한없이 축소되어 버리고 만 것이다. 그러나 정자는 여전히 아득이를 산다. "스무 살에서 한 치도 나아가지 못한 자신처럼 미자와 종구는 정자 기억에 붙잡혀 나이를 먹지 않"고 있는 것이다. 그러한 고착은 미자가 종구를 차지함으로써 정자의 가슴에 대못을 박아놓은 것에서 비롯된다.

현재의 끝말에 한 아가씨가 찾아든다. 그 아가씨는 미자와 종구의 딸로서, 종구의 골분을 가져 온 것이다. 사랑하는 이의 자식이기도 한 동시에 원수의 자식이기도 한 사람의 출현 앞에서, 정자가 택하는 것은 화해이다. 그 화해는 종구의 골분을 과거의 추억이 응축되어 있는 강물에 뿌리는 것으로 구체화된다. 과거와 현재 사이에서, 사랑과 미움 사이에서 이루어지는 화해는 "어둡고 깊었다"라고 밖에 표현될 수 없을 만큼 깊고 서늘한 쪽빛이다.

「폭설」은 이혼남인 승수와 옛날 초등학교 제자였던 영서의 결합과정을 기본 골격으로 하고 있다. 이러한 과정은 남성성과 여성성을 잃어버린 두 남녀가 온전한 인간성을 회복하는 과정이기도 하다. 승수는 동료교사인 아내 전미숙으로부터 이혼통고를 받고서는 빈 몸이 되어 산골로 들어간다. 혼자 사는 그곳에 유방암으로 가슴 한 쪽을 잘라낸 영서가 찾아온다. 승수와 영서는 32년 전 초등학생과 선생으로 만난 인연을 지니고 있다. 승수는 치매에 걸린 노모와 힘들게 살아가고 있었는데, 5학년밖에 되지 않은 영서는 승수 노모의 빨래를 해주려고 했다. 그 순간 승수는 "우주에서 유일한 두 존재가 마주 섰다는 그 느낌을. 마주 섰던 것이 아니라 덜컥 안으로 들어와 버린 그 기이한 체험을" 하게 된다. 이 체험은 평생토록 승수를 허하게 만들어 버린다. 결말은 성인이 된 제자와 그 어린 제자를 사랑했던 선생이 육체적으로 하나가 되는 것으로 끝난다. 인간의 성장과 오랜 갈망의 성취는 폭설 속에서 그렇게 간신히 이루어진다.

이처럼 정이주의 소설은 화해라는 행복한 결말을 보여주고는 한다. 그것은 인간과 삶에 대한 처절한 낙관인 동시에 삶의 깊이를 가슴 아프게 응시한 자만이 보여줄 수 있는 희망이다. 그러한 화해는 사회적 역사적 차원으로 확장되는 것이 아니라 개인의 내면으로 깊이 파고들어 환상과 무의식의 매개를 통해 이루어진다는 점에서 매우 독특하다. 정이주 소설에서 특이한 것은, 화해에 이르는 과정에 반드시 헛것이 개입한다는 점이다. 「양파와 달팽이」에서의 사내, 「아득이」에서의 아가씨 등이 그 구체적인 사례이다. 이러한 헛것은 「어느 소설 문장의 기원」과 「하트 오브 도그」에서 본격화된다. 특히 「어느 소설 문장의 기원」은 윤이주 소설에서 환상이 차지하는 비중과 의의가 비교적 선명하게 드러난 일종의 메타픽션적 성격을 지니고 있다.

「어느 소설 문장의 기원」은 연극의 대화가 그대로 차용되는 실험성을 지니고 있다. 아내와 남편의 대화가 그것인데, 아내는 소설가이고 남편은 평론가이다. 따라서 이러한 둘의 관계는 작품의 창작과 해석이라는 문학의 본질적인 문제를 건드리게 된다. 아내는 잠만 자면 꿈속에서 별의별 소설가들을 만나고, 남편은 지청구의 형식으로 아내의 꿈에 대해서도 논평하기를 그치지 않는다. '아내—꿈—소설'과 '남편—해몽—평론'의 구도가 성립하는 것이다.

작가의 다른 소설이 그러하듯이 처음에 둘은 날카롭게 대립한다. 아내의 소설에 대한 남편의 평은 "문장이 자주 지긋지긋하게 낡았다는 거야", "겁도 없이 무턱대고 쓴다는 거지", "울어서 될 일이면 실컷 울어"와 같은 것으로, 남편의 말은 차라리 칼날이 되어 아내의 가슴을 후벼 판다. 아내의 꿈 혹은 소설과 소통하기에, 남편과 아내가 느끼는 단절감은 칼날의 예리함만큼이나 심원하다. 그런데 남편은 어느 날 환상 체험을 한다. 군인들이 마을에 내려와 총으로 사람을 겨누는 것과 같은 폭력적인 모습을 경험하는 것이다. 그러한 환상적 체험을 통해 남편은 비로소 아내의 소설을 이해하게 된다. 아내의 소설은 심리적 실재로서의 환상을 활용하여, 논리가 아닌 공감을 통해 접근할 수 있는 하나의 꿈이었던 것이다.

> 아내의 말 그대로였다. 방이 살아있었다. 아내 소설의 한 대목을 이렇게 문득 대면하게 될 줄은 몰랐다. 친숙한 냄새, 조청항아리, 방이 살아있다던 아내, 아내의 말투까지 나는 단박에 알아채고 만 것이었다. 나를 이곳으로 끌어들인 게 바로 아내였다는 걸 알았다.
>
> 나는 소설의 그 대목이 맘에 들면서도 또 맘에 들지 않았었다. 당신은 그러니까 늘 판타지라고 욕먹는 거야. 방이 살아있다, 이런 표현 말이야, 오버 아니야? 성을 내며 면박을 주었다. 그랬다. 내 생각에 아내의 소설은 정통적이기보다는 변칙적이었다.

이 부분은 남편이 아내의 소설을 이해하는 대목인 동시에 독자들이 윤이주 소설로 들어갈 수 있는 한 통로이기도 하다. 이처럼 윤이주의 소설은 결코 논리와 합리에 바탕한 근대소설의 규율에 따라 독해되어서는 안 된다. 그렇게 될 경우에는 남편이 그러했듯이 면박밖에는 그 소설을 향해 되돌려 줄 것이 없다. "방이 살아있다"는 소설 문장은 직접 그것을 경험하는 자에게는 그 어떠한 사실보다도 분명한 실재인 것이다. 그제서야 남편은 "고백"을 시작한다. "나는 변칙이 큰 힘을 얻지 못하는 곳, 변칙 스스로 늘 새롭게 변모되는 곳, 그리하여 주류의 안전함에 빠지지 않는 곳, 그곳이야말로 진정한 변칙의 세계라고 믿었다. 그런 곳을 꿈꾸었다"고 말하는 것이다. 그동안 단절되어 있던 아내와 남편은 환상과 꿈을 통하여 달콤하게 "잠이 든다". 그 잠 속에서 현실보다도 더 리얼한 꿈을 꾸게 될, 둘이 아닌 하나를 상상하는 것은 너무나도 당연하다.

이제하의 초기 소설들을 연상시키는 「하트 오브 도그」는 작품의 한 구성 요소로서의 환상이나 꿈이 아닌 서사의 기본 구조가 환상적 성격을 지니고 있다는 점에서 토도로프가 말한 환상 소설the fantastic에 해당한다. 전화의 혼선으로 시작되는 이 소설은, 주인공 '나'와 아래층 남자의 만남과 뒤이은 혼란을 암시한다. 개가 말을 하는 이 소설에서 끝까지 여자의 존재는 해명되지 않으며, 허구와 실제 사이의 줄타기는 끝까지 유지된다. 이 속에서 관계와 진실의 문제는 서사의 진행과 함께 계속해서 독자의 가슴 속에 메아리로 남게 된다. 「저, 어리고 야위고 창백하고 부드럽고 수줍고 가냘픈」은 일본 영화 〈라쇼몽〉을 연상시키는 작품이다. 모니카라는 한 인간의 삶을, 여러 명의 화자가 나름대로 풀어내고 있는 이 소설에서 진실에 대한 물음은 차라리 심문에 가까워지고, 모두는 저마다의 방에서 끝내 나오지 못한다. 그러나 마지막에 공개되는 모니카의 편지는 그러한 각자의 방이 사실은 더욱 넓게 열린 광장일 수도 있다는 역설적 진실이 드러난 것으로 볼 수도 있다.

윤이주는 인간의 불화를 이야기하지만, 그와 같은 비중으로 희망에 대해서도 이야기한다. 그리고 그 불화와 희망을 연결하는 끈은 너무나 오래되고 손쉬운 방식이 아니라 매 순간 힘겨운 고투를 통해 간신히 얻을 수 있는 그녀만의 고유한 방식을 보여준다. 그녀의 소설은 「어느 소설 문장의 기원」에서 남편이 말하듯이, '변칙'의 세계이다. 그러나 그 변칙의 세계는 "스스로 늘 새롭게 변모되는 곳, 그리하여 주류의 안전함에 빠지지 않는 곳"을 의미한다. 거기에다 그녀의 작품은 남편의 우려처럼 결코 "후로꾸"가 아니다. 그것은 매 순간 긴장으로 한 걸음 내디딜 때마다 손바닥의 땀을 닦아야 하는 처절한 고투의 현장이기 때문이다. 그 고투 속에서 윤이주의 문학은 '먼 곳, 아득이'를 향해 조금씩 전진해 나아갈 것이다.

(2008)

제4부

제1장

닫는 세상, 여는 시인

정현종論

1. 사물을 향한 기도

정현종은 1964년 『현대문학』에 「화음和音」, 「주검에게」가 다음해 3월과 8월에 「독무獨舞」와 「여름과 겨울의 노래」가 추천을 완료하면서 등단한 이후, 무려 8권의 시집과 5권의 시선집, 그리고 3권의 산문집을 발표했다. 등단 초기부터 문단의 커다란 주목을 받았던 정현종은 그야말로 "문장이라는 실이여 / 끊어지면 생명도 끊어지느니"(「문장이라는 실이여」)라는 최근의 시에서처럼 자신의 생명을 이어가듯이 그렇게 끊임없이 시의 가닥을 뽑아오고 있다.

그동안 정현종 시에 대해서는 많은 평론가들에 의하여 다채로운 논의가 이어져 왔다. 그의 시가 보여주는 현란한 이미지에 대한 연구, 언어적 특성에 대한 연구, 그의 시 속에 드러나는 철학에 대한 연구 등이 그것이다. 그러나 숱한 말의 성찬 속에서도 정현종 시의 다채로운 변화를 추동

해 내는 근원적인 동력에 대한 고찰은 상대적으로 소략했던 것으로 보인다. 이 글에서는 이미지와 언어와 철학의 현란한 외양 뒤에 숨겨진 시인의 근원적인 문제의식을 살펴보고자 한다. 그럴 때만이 산만하게까지 보이는 그의 40년에 걸친 시작이 설득력 있게 해명될 수 있기 때문이다.

정현종 시의 맨 밑바닥에 놓여 있는 큰 의문표가 향하는 대상은 바로 사물이다. 그것이야말로 그의 시세계를 일이관지하는 하나의 화두라고 할 수 있다. 이때의 사물은 세계 혹은 존재자Seiendes 모두를 총칭하는 의미로 사용된 것이다. 그의 시가 보여주는 다채로운 변화 양상 속에도 이러한 사물에 대한 탐구는 상수로 존재한다. 사물 탐구가 어떠한 원리와 배경에 의하여 이루어지는지, 그리고 그러한 관계 맺기의 결과는 어떻게 나타나는가를 살펴봄으로써, 정현종 시세계의 중심에 한층 가까이 다가설 수 있기를 기대해 본다.

2. 사물의 본질에 다가가는 행위

> 사물은 각각 그들 자신의 거울을 가지고 있다. 내가 나의 거울을 가지고 있듯이. 나와 사물은 서로 비밀이 없이 지내는 듯하여 각자의 가장 작은 소리까지도 각자의 거울에 비친다. 비밀이 없음은 그러나

서로의 비밀을, 비밀의 많고 끝없음을 알고 사랑함이다. 우리의 거울이 흔히 바뀌어 있는 것을 발견한다. 거울 속으로 파고든다. 내 모든 감각 속에 숨어 있는 거울이 어디서 왔는지 나는 모른다. 사물을 빨아들이는 거울. 사물의 피와 숨소리를 긇게 하는 입술식 거울. 사랑할 줄 아는 거울. 빌어먹을, 나는 아마 시인이 될 모양이다. (「거울」)

자기를 통해서 모든 다른 것들을 보여준다. 자기는 거의 부재에 가깝다. 부재를 통해 모든 있는 것들을 비추는 하느님과 같다. 이 넓이 속에 들어오지 않는 거란 없다. 하늘과, 그 품에서 잘 노는 천체들과, 공중에 뿌리내린 새들, 자꾸자꾸 땅들을 새로 낳는 바다와, 땅 위의 가장 낡은 크고 작은 보나파르트들과…… 눈들이 자기를 통해 다른 것들을 바라보지 않을 때 외로워하는 이건 한없이 투명하고 넓다. 성자를 비추는 하느님과 같다. (「창(窓)」)

「거울」이라는 시에서 화자는 "나는 아마 시인이 될 모양이다"라고 말한다. 자신이 시인이 될 모양이라고 생각하는 근거로는 자신의 감각 안에 사물의 가장 작은 소리까지도 들을 수 있는 거울을 가지고 있다는 점이 제시되고 있다. 이러한 거울의 이미지는 「창」이라는 시에서 창의 이미지로 이어지는데, 여기서 창은 자기의 부재를 통해 모든 것들을 비추게 하는 역할을 한다. 그런데 거울이나 창은 단순히 사물을 비추는 차원에서 한 걸음 더 나아가 사물을 빨아들이고, 사물의 피와 숨소리마저 긇게 하는 역할을 한다. 이로 볼 때, 정현종은 사물의 본질에 다가가, 그것의 본질을 드러나게 하는 데에 시인의 역할이 있다고 본 것으로 판단할 수 있다. 정현종에게 있어 시는, 사상事象 자체를 인간이 임의로 왜곡해서 드러내지 않고 그것을 있는 그대로 드러나게 하는 일종의 현상학적 탐구Zu den Sachen Selbst인 것이다.

그런데 시인이 사상事象 그 자체 혹은 존재Sein 그 자체에 다가가는 존재라면, 그러한 행위에 수반되는 것은 무엇일까? 그것은 바로 기다림이다.

> 그대 별의 반짝이는 살 속으로 걸어들어가
> "나는 반짝인다"고 노래할 수 있을 때까지
> 기다려야지 (「그대는 별인가 – 시인을 위하여」)
>
> 우리의 고향 저 原始가 보이는
> 걸어다니는 窓인 저 살들의 번쩍임이
> 풀무질해 키우는 한 기운의
> 소용돌이가 결국 피워내는 생살
> 한 꽃송이(시)를 예감하노니…… (「한 꽃송이」)
>
> 나는 시를 쓰려고 한다기보다는 시라는 것을 태어나게 하는 그 힘들과 신호들의 소용돌이 속에 항상 있고 싶을 따름이며, 만일 내 속에서 시가 움튼다면 그 發芽는 마땅히 예의 그 소용돌이의 고요한 중심으로부터 피어나는 것이기를 …… (「저 날 소용돌이」)
>
> 돌연 한없는 꽃밭

코를 찌르는 향기

큰 숨결 한바탕

밀려오는 게 무엇이냐

막힌 것들을 뚫으며

길이란 길은 다 열어놓으며

무한 變身을 춤추며

밀려오는 게 무엇이냐

오 詩야 너 아니냐. (「밀려오는 게 무엇이냐」)

정현종은 '시인을 위하여'라는 부제가 붙은 「그대는 별인가」에서 "나는 반짝인다"고 노래하기 위해서는 '별의 반짝이는 살 속'으로 걸어 들어가 기다려야 한다고 노래한다. 「한 꽃송이」와 「저 날 소용돌이」와 「밀려오는 게 무엇이냐」에서는 시라는 것이 시인의 의식적인 조작이나 노력에 의해서 탄생하는 것이 아니라 기다림에 의해 시인에게 다가오는 것으로 그려지고 있다. 시란 "한 기운의 소용돌이"가 피워내는 꽃송이이며, "힘들과 신호들의 소용돌이 속"에서 발아發芽하며, 막힌 모든 것들을 뚫는 무한 생명력으로 어딘가에서 "밀려오는" 것이다. 「광채 나는 목소리로 풀잎은」에서는 직접적으로 "흔들리는 풀잎이 내게 / 시 한 구절을 준다"고 밝히고 있다.

이 대목에서 정현종은 하이데거와 만난다. 하이데거는 존재자Seiendes의 본질 내지 존재는 감각적 지각의 대상처럼 지각되는 것이 아니라, 존재자 스스로 자신을 열면서aufgehen 우리에게 와닿는angehen 것이라고 말했다. 내가 존재자의 본질을 파악하는 것이 아니라, 오히려 내 자신이 이러한 본질에 의해서 말걸어지고angesprochen werden, 사로잡힌다angegangen werden는 것이다.

이 경우 인간에게 요구되는 태도는 존재자의 본질을 정확히 파악하려는 지적인 긴장이 아니라 존재자들의 나타남에 자신을 여는 개방의 자세이다. 이 경우 존재자의 진리는 인간에 의해서 형성되는 표상이 아니라 존재자 자신이 직접 보여주는 것이 된다. 정현종이 생각하는 시창작의 비밀도 이와 다르지 않다.

> 내 머뭇거리는 소리보다는
> 어디 냇물에 가서 산 고기 한 마리를
> 무엇보다도 살아 있는 걸
> 확실히 손에 쥐어보란 말야
> (…중략…)
> 그리하여 네가 만져본
> 꽃과 피와 나무와 물고기와 참외와 새와 애인과 푸른 하늘이
> 네 살에서 피어나고 피에서 헤엄치며
> 몸은 멍들고 숨결은 날아올라
> 사랑하는 거와 한 몸으로 낳은 푸른 하늘로
> 세상 위에 밤낮 펴져 있거라. (「시창작 교실」)

'시창작 교실'이란 시창작법을 교육이라는 제도를 통해 논리적으로 가르치는 수업을 말한다. 그런데 시인은 「시창작 교실」에서 그러한 교

육법을 근본적으로 부정하고 있다. 즉 시창작에서는 이론화되고 논리화된 시창작 교수의 말보다는 직접 "직접 시퍼런 소리"를 듣거나 "살아있는 걸 확실히 손에 쥐어"보는 것이 더 낫다는 것이다. 자연을 향한 개방이 오히려 존재자의 본질에 다가가는 길이 되며, 그러한 경험이야말로 시창작에 도움이 되는 것이다.

그러나 세계의 본질에 다가가는 정현종의 태도는 단순히 현상학적 존재론에 머무는 것이 아니다. 그는 더 나아가 완전한 물아일체의 상태를 꿈꾸며, 그 속에서 사물은 더욱 속내 깊은 진상을 열어 보인다. 「시골 국민학교」는 그러한 사례들 중 하나이다.

> 아, 시골 국민학교,
> 全景이 그 품속에 나를 안는다.
> 그 품속에 나는 안긴다,
> 안기고 또 안긴다 (「시골 국민학교」)

「시골 국민학교」의 전반부에는 화자가 풍경에 안기는 모습이 그려지고, 후반부에는 그러한 상태에서 바라본 시골 국민학교의 진상이 "신성 평화여 / 시간의 꽃이여 / 꿈꾸는 메아리여 / 막무가내의 정결이여 / 우주의 신성 수렴이여"라고 표현된다. 이것은 사물과 완전히 동화되어 사물의 진상을 알고자 하는 시인의 시작 태도와 일치하는 것으로서, "나는 구름을 들이받는 염소 / 나는 미풍에 흔들리는 풀잎"(「자기 자신의 노래 2」) 혹은 "별아 나를 삼촌이라 불러다오 // 바람아 나를 서방이라고 불러다오"(「나는 별아저씨」)와 같은 시에서도 나타난다. 특히 '안긴다,

안기고 또 안긴다'와 같은 표현에서 나타나는 반복은 시인이 얼마만큼 사물의 심층에 깊이 들어가고자 열망하는지를 보여준다고 할 수 있다.

이러한 물아일체의 상상력은, 자아의 강한 감정이 일방적으로 사물에 투영된 상상력이 아닌 사물과 나의 마음이 대등하게 만나는 데서 이루어지는 동양적 상상력이라고 할 수 있다. 『장자』의 「추수秋水」편에는 물物을 바라보는 관점으로 '이도관지以道觀之', '이물관지以物觀之', '이속관지以俗觀之', '이차관지以差觀之', '이공관지以功觀之'[1] 등이 나오는데, 이것은 다시 '이물관지'와 '이도관지'로 대별된다고 할 수 있다. 전자의 태도는 상대적이며 자아중심적(인간중심적)인 입장에 사로잡혀 사물을 판단하는 태도이고, 후자의 태도는 절대적이며 탈자아중심적(탈인간중심적)인 입장에서 사물을 판단하는 태도이다. 즉 이도관지의 입장은 도통위일道通爲一[2]의 관점에서 전우주의 모든 존재를 차별 없는 일체적 시각으로 파악하는 것이다. 정현종의 시에 나타난 동양적 상상력은 바로 이러한 도가적 상상력과 맥락이 닿아 있다. 이러한 사물인식 태도는 모두 인식 주체로서의 사람이 대상인 사물보다 우위에 있지도 않고 아래에 있지도 않으면서 사물의 입장이 되어 사물과 대등한 관계에서 사물을 인식하는 방법이라는 공통점을 지닌다. 위의 시에 나온 안긴다는 표현은 인간들 사이에 그것도 서로간의 우애와 사랑이 가득했을 때만이 나올 수 있는 행동이다. 이것은 시인이 사물을 바라보는 태도가 결코 자아중심적인 것이 아님을 보여주는 것이라 할 수 있다.

1 以道觀之, 物無貴賤. 以物觀之, 自貴而相賤. 以俗觀之, 貴賤不在己. 以差觀之, 因其所大而大之. 則萬物莫不大. 因其所小而小之, 則萬物莫不小. (『莊子』「秋水」)

2 故爲是擧梃, 厲與西施. 恢恑憰怪, 道通爲一. 其分也, 成也. 其成也, 毁也. 凡物無成與毁, 復通爲一. (『莊子』「齊物論」)

정현종에게 있어 시란 사물의 본질에 다가가는 행위이다. 시를 바라보는 시인의 이와 같은 입장은 두 가지의 시적 특징을 낳는데, 하나는 '잠김'과 '열림'의 이미지 속에 응축된 긴장 관계이고, 다른 하나는 탈인간주의를 통한 생명의 발견이다.

3. 잠김과 열림의 이미지

시를 사물의 본질에 다가가는 것으로 생각하는 정현종에게 '잠김'과 그에 대비되는 '열림'의 이미지는 본질을 드러내지 않고 있는 사물과 사물의 순수한 본질에 다가가는 행위의 긴장관계를 보여준다. 세상이 잠겨 있을 때, 시인은 고뇌에 빠지며, 동시에 시인은 그것을 열어야 한다는 열망에 들린다.

> 누가 춤을 잠근다
>
> 피어나는 꽃을 잠그고
>
> 바람을 잠그고
>
> 흐르는 물을 잠근다
>
> 저 의구한 산천을
>
> 새소리를 잠그고

사자와 호랑이를 잠근다
날개를 잠그고
노래를 잠그고
숨을 잠근다

숨을 잠그면?
꽃을 잠그면?
춤을 잠그고
노래를 잠그면?

그러나 잠그는 이에게
자연도 웃음짓지 않고
운명도 미소하지 않으니, 오
누가 그걸 잠글 수 있으리오! (「꽃을 잠그면?」)

실은
이 열쇠로 나는
나무를 열고 싶다
사다리 같은 걸 열고
가령 강 같은 걸 열고 싶다
이 열쇠로

우리의 本然 헐벗음

시간의 나체를 열고

길들을 열고

아, 들판을 열고

(들판을 여는 손이 보이지?)

허공을 열고…… (「이 열쇠로」)

「꽃을 잠그면」은 세 개의 연이 순서대로 '누군가가 세상을 잠근다 / 누군가가 세상을 잠근다면? / 누구도 세상을 잠글 수 없다'라는 의미소를 지니고 있으며, 각각의 연은 그러한 의미를 다양한 이미지를 통해 변주하고 있다. 세계를 잠그는 일은 '웃음'이나 '미소'와는 거리가 먼 일로서, 시인은 결코 있어서는 안 되는 일이라고 생각한다. 「이 열쇠로」는 "모두 무슨 재산이 딸려 있"는 열쇠를 보며, 정말로 열쇠로 열어야 할 것은 일상적 부귀가 아닌 존재의 본질임을 참신한 이미지로 그려 보이고 있다. 이 시에서는 모든 존재자의 본질이 아직 잠겨 있는 것으로 그려지며, 시인은 나무, 사다리, 강, 시간, 들판, 허공을 열쇠로 여는 환상적 이미지를 통해 존재의 본질로 육박해 들어가고자 하는 열망을 표현한다.

이처럼 세상은 언제나 자신의 본질을 활짝 개방해 놓은 것이 아니기에, 잠겨 있거나 잠길지도 모르는 상태이다. 우리 주위에 도道를 말하는 사람들은 수없이 많지만, 직접 도에 다가간 사람은 드문 것처럼, 사물의 순수한 존재 상태를 만난다는 것은 결코 쉬운 일이 아닌 것이다. 시인이 사물의 본질에 다가가고자 하는 열망이 크면 클수록 그것을 막고 있는 두꺼운 벽은 시인에게 더욱 생생하게 다가온다.

> 내 귀에 밝게 와서 닿는
> 눈에 들어와서 어지럽게 흐르는
> 저 물질의 꼬불꼬불한 끝없는 미로들,
> 아무것도 그리워하지 않으려고 애쓰는
> 능청스런 치열한 철면피한 물질! (「철면피한 물질」)
>
> 내 평생 노래를 한들
> 저 산에서 생각난 듯이 들리는,
> 생명 바다 깊은 심연을 문득 열어제치는
> 꿩 소리 근처에나 갈까. (「생명의 아지랑이」)

「철면피한 물질」에서 물질은 "꼬불꼬불한 끝없는 미로"로 시인의 눈을 어지럽게 할 뿐이다. 앞에서 살펴본 것처럼 존재자의 진리는 인간에 의해서 형성되는 표상이 아니라 존재자 자신이 직접 자신을 보여줄 때, 비로소 드러나는 것이다. 그럼에도 물질은 두꺼운 외피를 뒤집어쓴 채, 조금도 자신을 열려고 하지 않는다. 그것은 "아무것도 그리워하지 않으려고 애쓰는" 철면피이기 때문이다. 사정이 이러하기에 정현종은 「생명의 아지랑이」에서 자신의 시가 근본적으로 "생명 바다 깊은 심연을" 열어제치지 못할지도 모른다는 불안에 빠진다. 시인의 최근 시에서까지도 이러한 불안과 고통은 계속되는데, 「달맞이꽃」에서는 1연과 2연을 통해 달맞이꽃이 가지는 빛의 이미지를 한껏 노래한 후에도, 결론적으로 "色深淵이여 / 닿을 길이 없구나"라며 탄식한다.

존재자의 본질에 다가갈 수 없는데서 오는 고통과 괴로움은 인간 스스로에게서 비롯된다. 사물을 단지 인간을 위한 도구로서만 여기며, 그것을 언제든지 교체가 가능한 소모품으로만 여기는데 익숙한 현대인들에게, 세계는 계산을 통해 덫을 씌우고 습격하고 정복할 대상에 불과한 것이다. 따라서 시인이 사상事象 자체에로 나아가기 위해서는 기존의 모든 일상적 편견이나 주관, 이념, 경험을 배제하여 의식을 순수한 상태로 환원시키는 것이 무엇보다 중요하다.

> 주고받음이 한 줄기
> 바람 같아라
> 마음을 버리지 않으면
> 차지 않는 이 마음. (「마음을 버리지 않으면」)
>
> 빈 건 무릇 胎이니
> 책과 종교와 性을 섞어서
> 폭발시킨다 해도 미치지 못할
> 우주적인 숨
> 이 땅의 기억의 짐을 별로 지고 있지 않은
> 새로운 인간의 얼굴과 피와 내장의 숨결

인간 해방?

책에서 해방돼야지

말에서 해방돼야지

이 책에서 저 책으로는 해방 없고

이 말에서 저 말로는 해방 없고

하여간

혓바닥이란 대저 키스할 때 제일 쓸모 있는 것! (「빈방」)

「마음을 버리지 않으면」은 표면적인 의미만 살펴볼 경우, "마음을 버리지 않으면" 마음이 차지 않는다는 일종의 역설을 보여준다. 그러나 속뜻을 살펴보면, 앞의 마음은 기존의 통념과 오해에 찬 마음을 의미하고, 뒤의 마음은 진정한 존재론적 이해로 가득 찬 마음을 의미한다. 「빈방」에서도 태胎라는 이미지를 통해, 빈 것이 실제로는 더욱 많은 생명력과 힘을 가지고 있음을 역설한다. 즉 책과 말과 종교에서 해방되었을 때, 진정한 '인간 해방'에 가 닿을 수 있다는 것이다. 두 시는 사물의 올바른 진상을 파악하기 위해서, 무엇보다 우리가 가지고 있는 기존의 선입견이나 편견을 버려야 함을 강조한다.

그러나 우리가 현상학적 환원을 이루는 것은 결코 쉬운 일이 아니다. 그것은 일종의 재생을 의미하는 것이며, 재생은 지금의 삶에 대한 균열 혹은 지우기를 의미하기 때문이다. 그러하기에 존재의 '잠김'과 '열림'이라는 대립적인 상태에서 비롯되는 긴장 관계는 '생채기' 혹은 '죽음'과 같은 무겁고 어두운 이미지로 이어진다.

숲에 가서 나무 가시에 긁혔다. 돌아와서 그걸 들여다본다. 순간. 선연하게 신선하다. (숲 냄새, 초록 공기의 폭발, 깊은 나무들, 싱글거리는 흙, 메아리와도 같은 하늘……) 우리가 살다가, 어떻든, 무슨 생채기는 날 일이다. 팔이든 다리이든 가슴이든 생채기가 난 데로 열리는 서늘한 팽창…… 지평선의 숨결, 둥글게 피어나는 땅, 초록 세계관, 생바람결……

생채기는 말한다
네 속에도 피가 흐르고 있다 관습이여
네 속에도 피가 흐르고 있다 잔인의 굴레여
피가 흐르고 있다 모든 다람쥐 쳇바퀴여

그렇다면 시의 언어는 우리의 생채기이니
그건 실로 우주적 풀무가 아니겠느냐 (「생채기」)

「생채기」에서 시의 언어는 곧 생채기이다. 이것은 "지평선의 숨결"과 "생바람결" 등을 불러오는 생채기로서, 세계와 자아 사이의 연결 통로를 만들어 우주적 생명력을 불어다주는 상처이다. 이 생채기는 흔히 다람쥐 쳇바퀴로 비유되는 일상에 '피가 흐르고 있음'을, 즉 그것이 불완전하며 상처받은 것임을 깨우쳐 주는 것이다. 생채기, 즉 시는 관습과 일상에 균열을 가함으로써 존재의 진실에 다가가는 길을 열어준다. 이러한 생채기의 이미지는 죽음으로까지 이어진다.

사물을 캄캄한 죽음으로부터 건져내면서

거듭 죽고 (「시인」)

네 눈을 '눈'이라고 번역하고

네 얼굴을 '얼굴'이라고 번역하고

(…중략…)

그리고 네 기쁨을 '기쁨'이라 번역하고

네 슬픔을 '슬픔'

네가 있으면 '있다'고 하고

네가 없으면 '없다'고 하고

너무 좋아서

나는 너를 번역하기 시작한다

메아리와도 같은 숨쉬는 문장이여

내 죽음도 아직

마침표를 찍지 않으리. (「너무 좋아서」)

「시인」이라는 시에서 시인은 사물을 캄캄한 죽음으로부터 건져내기 위해서 거듭 죽어야 하는 존재이다. 시인과 사물의 관계에 있어 둘 중의 하나가 살기 위해서 다른 하나가 죽어야 한다는 것은, 존재의 열림에 있어 시인 스스로가 기존의 관념과 주관으로부터 벗어나는 것이 얼마나 어려운지를 보여준다. 「너무 좋아서」의 전반부는 정현종이 생각하는 시의 본질(존재 그 자체를 드러내는 것)이 동어반복의 수법으로 표현되어 있다. 그런데 사물을 '번역'하기 시작始作하는 것은 곧 자신의 죽음에 '마침표'를 찍지 않는 행동과 동일선상에서 이루어진다. 이것은 시작詩作이 곧 시인의 '죽음', 즉 의식의 현상학적 환원을 수반함을 보여주는 것이라고 할 수 있다.

4. '나' 안의 사물, 사물 안의 '나'

앞에서 우리는 정현종의 시가 존재의 심연에 이르기 위한 현상학적 태도를 보이고 있으며, 더 나아가 그의 시는 인간이 완전히 사물 속에 용해되는 물아일체적 상상력에까지 연결됨을 확인할 수 있었다. 이러한 시인의 태도는 필연적으로 인간 혹은 이성을 중심에 놓고 사고하는 인간중심주의를 뛰어넘어 생명 전체에 무한한 관심을 갖는 태도로 이어진다. 이러한 태도는 현상학적 환원이 한 개체의 차원이 아닌 인간이라는 종 전체의 차원에서 이루어진 결과라고 말할 수도 있다. 그것은 인간을 포함한 모든 존재가 궁극적인 차원에서는 유기적으로 연결되어 있으며, 모든 존재는 절대 평등하다는 노장老莊적 입장과 동일한 태도이다. 존재의 본질을 파악하겠다는 인식론적 욕망에서 출발한 시인의 사유는 모든 존재는 평등하다는 존재론적 깨달음에 이르르고 있는 것이다.

> 그 구멍으로는 참으로 구원과도 같은
> 法悅이 드나들고 神法조차도 도무지
> 마땅찮은 공기가 드나든다!
> 오호라
> 나는 모든 담에 구멍을 뚫으리라
> 다람쥐와 더불어
> 아이들과 더불어 (「담에 뚫린 구멍을 보면」)

'모든 담에 구멍을 뚫'는 행위는 이 편과 저 편을 가르는 인식의 장막을 넘어 존재론적 진실에 다가가고자 하는 작가의 열망을 드러낸 표현이다. 그리고 그 구멍 속으로는 모든 생명의 숨결이라고 할 수 있는 공기가 넘나든다. 그런데, 여기서 눈여겨보아야 할 것은 구멍을 "다람쥐와 더불어 / 아이들과 더불어" 뚫는다는 사실이다. 이것은 벽을 넘어 진정한 존재의 이해에 다가가는 길은 자연을 배제한 인간과 동심을 잃어버린 성인의 시각만으로는 이루어지지 않으며, 오히려 자연과 동심의 동참이 요구됨을 드러낸다고 할 수 있다. 진정한 존재 인식에 이르기 위해서는 필연적으로 인간중심적인 시각에서 벗어날 수밖에 없는 것이다. 다음의 시들은 인간중심주의에서 벗어나려는 시인의 욕망이 얼마나 강렬한가를 잘 보여준다.

> 새는 날아다니는 자요

나무는 서 있는 자이며

물고기는 헤엄치는 자이다

세상 만물 중에 실로

자 아닌 게 어디 있으랴

……

스스로 자인 줄 모르니

참 좋은 자요

스스론 잴 줄을 모르니

더없는 자이다

人工은 자가 될 수 없다

……

자연만이 자이다

사람이여, 그대가 만일 자연이거든

사람의 일들을 재라 (「자(尺)」)

헤게모니는 꽃이

잡아야 하는 거 아니에요?

헤게모니는 저 바람과 햇빛이

흐르는 물이

잡아야 하는 거 아니에요? (「헤게모니」)

개들은 말한다

나쁜 개를 보면 말한다
저런 사람 같은 놈.
이리들은 여우들은 뱀들은
말한다 지네 동족이 나쁘면
저런 사람 같으니라구. (「개들은 말한다」)

세 편의 시는 모두 인간중심주의를 부정하는 차원을 넘어 그것을 전복시키고 있다. 「자」와 「헤게모니」에서는 인간을 만물의 척도尺度로 여기는 것을 완전히 뒤집어서는 "자연만이 자이다"와 "헤게모니는 꽃이 / 잡아야 하는 거 아니에요?"라고 선언한다. 세상의 모든 것들은 자기만의 본원적인 성질을 가지고 있으며, 그것이 결코 인간이라는 한 종의 판단이나 행위에 의해서만 규정되어서는 안 된다는 것을 역설하는 것이다. 「개들은 말한다」에서는 인간들이 흔히 쓰는 욕인 '* 같은 놈'을 '사람 같은 놈'으로 바꾸어 표현하는 언어유희를 통해 인간중심주의를 비판한다.

이처럼 강렬한 인공人工 혹은 인간중심주의에 대한 반발은 전 우주적인 차원의 생명에 대한 외경과 관심으로 이어진다. 이러한 외경과 관심은 너무나 강렬한 것이어서 "내 필생의 꿈은 / 저 새들 중 암놈과 잠을 자 / 위는 새요 아래는 사람인 / 半人半鳥 하나 낳는 일!"(「숲에서」)이라는 시를 낳기도 한다. 정현종에게 「진정한 나」란 말하자면 내가 사물 속에 수렴되고 사물들이 내 속에 수렴되는 상태인 것이다.

늦 겨울 눈 오는 날
날은 푸근하고 눈은 부드러워
새살인 듯 덮인 숲 속으로
남녀 발자국 한 쌍이 올라가더니
골짜기에 온통 입김을 풀어놓으며
밤나무에 기대서 그짓을 하는 바람에
예년보다 빨리 온 올 봄 그 밤나무는
여러 날 피울 꽃을 얼떨결에
한나절에 다 피워놓고 서 있었습니다. (「좋은 풍경」)

「좋은 풍경」의 두 남녀는 "날은 푸근하고 부드러운" 눈이 내리는 날 "밤나무에 기대서" 새로운 생명의 탄생으로 이어질 수도 있는 사랑의 행위를 나눈다. 그 결과 그 밤나무는 "여러 날 피울 꽃을 얼떨결에 / 한나절에 다 피워놓"는다. 즉 인간이 나눈 사랑의 행위가 밤나무에게까지 그대로 이어지는 것이다. 이러한 풍경을 바라보는 시인의 태도는 지극히 객관적인 듯하지만 「좋은 풍경」이라는 제목이 암시하듯이, 우호적이며 긍정적이다. 이러한 따뜻한 시선은 인간이나 나무를 뛰어넘어 모든 생명체가 가지기 마련인 강렬한 생명력에 대한 관심과 옹호를 의미한다. 이 시는 성이라는 관능적인 장면을 통해 전 우주적 통일성을 강렬하게 환기시키는 것이다.

정현종의 시에서는 세계가 하나로 연결되어 있다는 상상력이 도처에서 발견된다. "처녀야 / 네가 서 있으면 / 달도 서 있고 / 네가 가면 /

달도 간다"(「달 따라 데굴데굴」), "밤하늘에 반짝이는 내 뼈여 / 밤하늘에 반짝이는 내 피"(「밤하늘에 반짝이는 내 피여」), "구름은 실로 우리 살의 씨앗 / 우리 피의 씨앗이니까요.…… 저 밑도끝도없는 시간 속에서 / 우리는 플랑크톤 아니에요? / 풀 아니에요? / 구름 아니에요?"(「구름의 씨앗」), "나무는 구름을 낳고 구름은 / 강물을 낳고 강물은 새들을 낳고 / 새들은 바람을 낳고 바람은 / 나무를 낳고 ……"(「이슬」), "홀연 구름은 목련이고 목련은 / 구름이며 사람은 / 구름이고 뿌리깊은 / 구름이고 구름은 / 목련이며……"(「아무도 말해주지 않는 인생」)와 같은 표현들이 그것이다. 이러한 시에서 우리는 사물의 본질에 대한 인식을 뛰어 넘어, 이미 사물과 하나가 되어 버린 한 시인의 모습을 확인할 수 있다.

5. 존재론적 깨달음에 이른 인식론적 욕망

정현종에게 시란 "사물을 가장 잘 아는 법"에 해당한다. 이러한 현상학적 태도는 동양의 물아일체적 상상력으로 이어지기도 한다. 시를 사물의 본질에 다가가는 것으로 생각하는 정현종에게 '잠김'과 그에 대비되는 '열림'의 이미지는 본질을 드러내지 않고 있는 사물과 사물의 순수한 본질에 다가가는 행위의 긴장 관계를 보여준다. 이러한 긴장 관계는 '생채기' 혹은 '죽음'과 같은 무겁고 어두운 이미지로 형상화되기도 한다. 정현종의 시에서 존재의 심연에 이르기 위한 현상학적 환원은 시인이라는 한 개체의 차원을 넘어, 인간 혹은 이성이라는 더 큰 차원에서도 이루어진다. 인간중심주의를 뛰어 넘어 사물의 본질에 다가가려고 하는 시인의 태도는, 생명 전체에 대한 관심과 외경을 불러일으키는 것이다. 그것은 인간을 포함한 모든 존재가 궁극적인 차원에서는 유기적으로 연결되어 있으며, 모든 존재는 절대 평등하다는 인식이라고 할 수 있다. 존재의 본질을 파악하겠다는 인식론적 욕망에서 출발한 시인의 사유는 모든 존재는 평등하다는 존재론적 깨달음에까지 도달한 것이다.

(2009)

제2장

동물과 정념

김윤식論

1. 우주적 연금술이 펼쳐지는 한 밤의 독방

김윤식 시인(1947~)이 서 있는 곳은 이 지상의 어떤 끝, 혹은 어딘가의 모서리이다. 시인의 모든 상상력이 출발하는 공간적 원형은 "책 읽던 독방"(「북어 대가리 · 3」)이라고 부를 수 있을 것이다. 최근의 시집들인 『옥탑방으로 이사하다』(학산문학사, 2006)나 『길에서 잠들다』(학산문학사, 2007)의 기본적인 상상력이 이 곳이 아닌 저 먼 곳으로의 이주라는 상상력을 기본으로 삼았다는 점에 비춰본다면, 이러한 특징은 무척이나 새로운 면모라고 할 수 있다. 시인이 세상의 중심으로부터 밀려난 처소는 공간상으로는 한 칸의 빈 방이지만 시간상으로는 노년의 삶 한 자락이다. "생애는 청춘의 길을 돌아와 달빛 아래 눕고"(「귀뚜라미」), 가을마저도 "이제 죽음 앞에 사소한 계절"(「날벌레들」)이 되어 버렸다. 고양이의 눈동자를 보며 시인은 "다 망가진 인생이 비치는 듯"(「고양이 때문에」)하다고 쓸쓸하게 고백한다. 시인은 어느새 "面刀를 하다 거울 속에서 슬프게도 낯익은 얼굴"을 보는 "예순 일곱"(「옛날 원숭이」)이 된 것이다.

최근 시에는 유독 밤의 이미지가 많이 등장한다. 이러한 밤의 이미지 역시 시인이 처한 현재 상황을 가장 잘 나타내 주는 시간적 배경이라고 할 수 있다. 소쩍새가 "밤새도록"(「소쩍새 – 정읍을 지나며」) 우는 밤은, 밤 중의 밤이라고 할 수 있는 '그믐'이다. 「사슴벌레」에서도 "밤은 그믐"이었고, 「고양이 때문에」에서 고양이는 "그믐달빛"처럼 지붕을 넘어온다. 「고래」를 보며 시인은 "마음마저 캄캄하고 몸집이 큰 그믐밤"이 되기도 한다. 그러나 그 밤은 끝나지도 않아 "아직 달밤은 멀"(「늑대의 정의(定義)」)기만 하다. 「여우울음」에서 여우는 "무엇이 분하고 원통하고 또 가슴 쓰라린 의문이 남아 있다는 뜻"으로 밤새 울고는 하는데, 그 울음의 의미는 "그믐 그 긴긴 暗夜"로 표현된다.

물론 시인의 절절한 고독이 그믐과 같은 무거운 상상력으로만 이어지는 것은 아니다. 「소금쟁이」에서는 그러한 외로움이 결코 고통만은 아니며 오히려 시인이 추구하는 경쾌한 삶의 기본 조건일 수도 있다는 의식을 드러내고 있다. 이 작품에서는 봄볕마저 "이토록 눈부시고 가뿐"한데, 가볍고도 경쾌한 가뿐함은 다름 아닌 소금쟁이가 "혼자 물위에 놀기 때문"에 가능한 것이다. 그럼에도 이 시집에서 고독이 가볍고 밝은 상상력과 연결되는 것은 「소금쟁이」가 거의 유일하다고 말할 수 있다.

이 고독이야말로 이번 시집에서 시인이 동물들과 깊은 교감과 소통을 나눌 수 있는 기본 조건이 된다. 시인은 "천 길 낭떠러지 같은 울음

소리"를 비로소 "알아듣"(「귀뚜라미」)게 된 것이다. 그러하기에 노년의 시인이 앉아 있는 독방은 우주적 연금술이 펼쳐지는 시의 실험장이다. 김윤식의 이번 시집에서 시인과 동물의 관계는 감정이입을 넘어서, 흡사 사람과 사람 사이의 관계에서만 가능한 공감sympathy의 상태로까지 이어지기도 한다. 때로 시인은 동물과 문자 그대로 친구가 되기도 하는 것이다. 「김제金堤의 까마귀」에서 까마귀와 시인은 둘이 아니다. 시인은 "나뭇가지에 혼자 앉아 있었다 계약이 끝나 돌아오는 김제 벌 둑길에서 까마귀가 짖어 울리는 쉰 목소리의 고요를 들었다 그런 적요寂寥가 이미 가슴 안에 있었다"고 고백한다. 「말이 죽다」에서 상처喪妻하고 자식도 없는 아저씨는 말을 잘하지 않는 사람이며, "그의 어깨가 한겨울 새벽만큼 춥고 외로워" 보인다. 춥고 외로운 아저씨가 죽자 "며칠 후 말도 뒤이어 죽"는다.

시인이 동물들과 가장 많이 나누는 감정은 다름 아닌 외로움이다. 시인에게 고독은 하나의 숙명으로, 「개구리」에서 개구리가 부여 땅이 떠나가도록 밤새 우는 이유는 다름 아닌 "孤寂" 때문이다. 반가사유상처럼 사색에 빠져 있는 박쥐는 "자신의 내부가 텅 빈 廢鑛 동굴"(「박쥐」)이라는 것을 안다. 「가고 있는 달팽이의 행동 분석」에서 달팽이는 집이 아닌 다른 목적지를 향하여 "혼자" 간다. 이러한 고적감은 깊은 회한conscientioe의 정서와 밀접하게 연결되어 있다. 시인은 근본적으로 무엇인가를 상실한 존재 혹은 상처받은 존재로서 자신을 인식하는 것이다. 그것은 "내 몸뚱이에는 몇 개의 깃털이 빠져 있다"거나 "내 옆구리에는 화살 자국이 남아 있다 전생의 일이다"(「전생(前生)의 꿩」)라고 말하는 대목 등에서 확인할 수 있다. 시인은 "육십 년이 지나도 / 아직 가치 없고 하찮은 것들 속에서 헤엄치고 있는"(「송사리 떼」) 모습에 자신을 비유하기도 한다.

그러한 회한은 기름진 욕망을 소진한 자만이 느낄 수 있는 삶의 근원적 공동空洞을 응시하는 담담함의 정서로 나타나는 경우도 있다. 개, 알렉스는 "이미 사람의 일을 다 알아버렸다는 듯 / 그래서 심심하다는 듯"이 "그냥 먼 데를 바라보고 있"(「개」)다. 최근 시(총 56편) 중에서 거의 유일하게 동물이 나오지 않는 「졸던 남자」의 '남자'야말로 이러한 정서를 체화한 존재이다. 이 시에 등장하는 남자는 "年俸 같은 것은 없는 사람"으로서, 낯선 종점에 내렸다가 "삶이 아무것도 잘못되지 않았다는 듯한 얼굴로 텅 빈 버스에 올라 터덜터덜 다시 왔던 길로 돌아"가려고 한다. '삶이 아무것도 잘못되지 않았다는 듯한 얼굴'에는 더욱 강렬하게 지난 날의 희망과는 어긋나게 살아온 과거의 삶에 대한 아쉬움이 묻어 있다. 「닭전廛에서」에 등장하는 닭은 "부리가 없다 두 다리도 없다 머리에 붉은 벼슬을 얹은 새였는데 홰를 쳐 목청껏 未明을 우짖던 새였는데 날지 못하면서 다 잃어버렸다"고 이야기된다. 좁은 곳에 갇힌 채 과거의 모든 영광을 잃어버린 닭의 모습을 보며 깊은 회한을 느끼지 않기는 힘들다.

고독과 회한에 빠져 있는 시인의 모습을 가장 잘 보여주는 것은 다름 아닌 염소이다. 「염소에게 설문設問하노니」에는 아예 "나는 아무리 생각해도 늙은 염소만 같다"는 시인의 말이 붙어 있을 정도이다.

> 염소는 本貫이 없다 그래도 과거 지체 높은 댁 어르신 같다 머리

위의 위엄도 턱밑의 권위도 그러나 가끔 눈이 빨개서 바다를 바라볼 때는 쓸쓸하다 고독한 사람처럼

하루 종일 그가 하는 일은 섬을 뜯어 풀밭에 평등하게 배설하는 일 엊그제까지 염소는 5m×5m×3.14만한 영토에서 되풀이 원을 그리며 살았다 늙은 幾何 선생님처럼

염소에게 設問하노니 지금 우울한지 고향은 어딘지 여자 생각이 나는지 첼로를 즐겨 듣는지 술은 잘 마시는지 폐렴에 걸린 적이 있는지 뭍으로 가면 居處는 있는지…… (「염소에게 설문하노니」)

염소는 머리 위의 위엄도 턱밑의 권위도 "과거 지체 높은 댁 어르신" 같다. 그랬던 염소는 지금 쓸쓸하고 고독하며, 거처를 걱정해야 할 처지이다. 이 깊은 페이소스는 김윤식의 이번 시집을 촉촉하게 만드는 핵심적인 물기이다. 과거와 현재의 그 이분법은 「사슴벌레」에서도 반복되고 있다.

유리 상자 안에 엎드려 있는 모습이라니 낯설다
어느 王國이 아니었던가
머리에 쓴 심상치 않은 冠을 보아서는 어딘가 옥좌가 있을 법한데
허나 그의 밤은 초 한 자루 켜지 않았다

그가 입은 것은 龍袍가 아니라 캄캄한 칠흙이고 (「사슴벌레」 중에서)

'王國/유리상자', '冠/밤', '龍袍/칠흙' 등의 이분법은 현재와 과거를 채우는 핵심적인 의미소들이다. 한자와 한글의 문자적 대비를 통해서 더욱 두드러지는 이러한 이분법은 진한 회한을 불러일으키는 핵심적인 정서적 토대이며, 때로 이러한 회한은 "징그럽게 고독하게 평화롭게 처연할 것 없이 마당을 기어가다 남긴 한 줄 말라붙은 진흙 자국 같은 것"(「지렁이」)이나 "나는 흐르지 않는다"(「악어는 흐르지 않는다」)처럼 어떠한 생명의 에너지도 잃어버린 죽음과 정지의 이미지로까지 이어진다.

이토록 절절한 회한을 만들어낸 근본적 원천이라 할 수 있는 과거의 희망은, 지금도 여전히 엄청난 욕망이나 충동이 되어 시인을 뜨겁게 감싸 안는다. 아마 이런 밤이 시인은 그 어느 때보다 괴로울지도 모른다. 그러나 그 욕망이나 충동은 지금은 결코 소유할 수 없는 것을 대상으로 하기에 동경desiderium의 정념을 형성한다. 「호랑이」에서 시인은 "날카로운 송곳니"를 간직한 호랑이를 보고 싶다고 하다가 돌연 "밤새 어둠 속을 헤매던 한 사내의 허망한 꿈!"이라고 주춤한다. 그러나 다시 시인은 "심장에 박힐 사나운 발톱을 보고 싶다"며 "빈속으로 그와 함께 밤새 어느 산천을 헤맨들 무엇이 서럽겠는가"라고 정신의 날을 세운다. 호랑이의 '날카로운 송곳니'와 '사나운 발톱'이야말로 사내의 꿈인 동시에 시인의 꿈인 것이다.

다른 할 말은 없다

그가 여전히 높게 날고
날카로운 눈빛과
발톱과
때때로 지상으로 내려와
나뭇가지에 앉는 침묵의 자세
그대로이기를

가슴 깊은 곳에서부터
사나운 새가 되고 싶었던
그 마음
그대로이기를 (「말뚱가리에 대해」)

위의 시에서 다시 한번 반복되는 '날카로운 눈빛과 발톱', '침묵의 자세', '사나운 새가 되고 싶었던 그 마음' 등이야말로 시인이 늘 지향하던 동경의 대상이었음에 분명하다. '날카로운', '사나운', '발톱' 등의 이미지에서는 깨어 있는 예리한 정신으로 이 세상을 마주하고자 한 시인의 치열한 자의식을 엿볼 수 있다. 이러한 자의식이 진창같은 삶을 헤쳐나가야 하는 지상의 시인을 얼마나 힘들게 했을지는 막연하게 짐작만 해볼 수 있을 뿐이다. 이러한 동경의 대상에 비한다면 다른 것들은 "할 말"조차 없는 헛것들에 지나지 않는다.

2. 시인과 동물의 거리

시인과 동물의 관계는 감정이입과 공감을 넘어서 일정한 관찰의 거리를 형성하는 경우도 있다. 「공벌레」라는 시에서 천정에 사는 공벌레는 시인이 사는 방으로 내려오고는 한다. "땅에 사는 자와 천정 위에 사는 자가 親和할 수는 없어"서, 시인은 공벌레의 지상을 향한 행로를 볼펜 끝으로 막기도 하지만 곧 "그렇다고 지금 굳이 그의 降臨을 반대할 생각은 없다"고 말한다. 이 거리 속에서 시인과 동물의 관계는 성립하며 그 거리는 동물을 통해 시인을, 시인을 통해 동물을 바라볼 수 있는 새로운 시각 하나를 마련해 준다. 「얼룩말」에서 시인은 얼룩말을 보며 "저물녘 장마 빗줄기처럼 반복되는 삶을 밟고 가면서 / 나는 얼룩얼룩한가 스스로 묻는 이 지루한 관념의 습관"을 떠올리는데, 동물은 시인에게 사유를 강요하는 하나의 기호이기도 한 것이다. 동물에 대한 시인의 인식이 객관적인 거리를 형성하여 미적효과를 발휘하는 것은 「하마여」와 같은 시에서이다.

> 밤이면 마시고 취해 걸었다 입을 쩍 벌려 공중의 달이라도 물어버리고 싶었다 머릿속은 온통 아프리카 자유여 더 먼 나라의 무더운 전쟁이여 밀렵이여 그리웠다 소매치기 여자여 어두운 길이여 저기압의 일기예보 오줌을 흩뿌리면서 어금니를 물었다 끝내 몇 만 톤짜리 밤의 웅덩이를 다 마셔버린 채 걷는 무거운 하마여 (「하마여」)

위 시에서 하마는 결코 시인은 아니지만 시인까지를 포함한 인간 일반의 모습을 응축한 보편적 삶의 형상으로 형상화된다. 아주 드물지만 동물이 부정적인 속성을 지닌 것으로 등장하는 경우도 있다. 이번 시집에서 그 적의의 대상으로 등장하는 동물은 바로 뱀과 돼지이다.

> 갈라진 혓바닥을 날름거리는 침묵이 징그럽다 敵意인지 平靜인지 얼어붙은 듯 싸늘하게 붙박인 눈초리다 꽃처럼 화사한 무늬를 몸에 쓴 채 蛇行하는 爬蟲의 모습이 이내 눅눅한 낙엽 사이로 미끄러진다 다시 고개를 세운다 태양이라도 땅 위에 끌어내려 친친 감아 조이려는 자세라면 차라리 이 대낮이 독니처럼 무섭다 지리산 봄 전체가 죄지은 듯 두렵다 어서 가라 저 철쭉 그늘로 (「뱀」)
>
> 萬年이 지나도 두 발로 서지는 못할 것이다 짧고 꼬부라진 꼬리를 감출 수도 없을 것이다 자다가 깨어나 장마당에 엎드려 참외껍질을 씹고 있다 그의 살찐 太平이 부럽다 소탈한 잠버릇이 부럽다 몇 만 년이 지나도 크게 눈을 뜨지는 못할 것이다 막막한 그의 앞날이 부럽다 (「돼지」)

시인은 뱀의 "갈라진 혓바닥을 날름거리는 침묵"이 징그럽다고 말한다. 혓바닥을 날름거리는 것은 그 자체로 침묵과는 거리가 멀다. 하물며 갈라진 혓바닥이라면 그것은 더욱더 침묵과는 거리가 멀며, 오히려 달변의 이미지에 가깝다고 할 수 있다. 그런데도 시인은 그것이 '침묵'이라고 단언한다. 이것은 뱀의 "얼어붙은 듯 싸늘하게 붙박인 눈초리"

에서도 드러나듯이, 그 화려한 언변이 진정한 소통과는 거리가 멀기 때문일 것이다. 뱀이 가진 말은 관계가 들어설 수 없이 오직 자기만의 독단과 욕망으로 가득찬 소음이기에, 시인은 적극적으로 "어서 가라 저 철쭉 그늘로"라며 뱀을 내쫓는 모습까지 보이고 있다. 「돼지」라는 시에서 시인은 "그의 살찐 太平"과 "소탈한 잠버릇"이, 나아가 "그의 앞날이 부럽다"고 말한다. 그러나 이러한 시인의 고백 속에서 조롱기를 느끼지 않기는 힘들다. 오히려 시인은 돼지의 눈을 뜨지 못한 비루한 삶을 차갑게 바라보는 것이다. 돼지의 삶이 아무리 편안할지라도 그것은 어디까지나 "막막한" 것일 수밖에 없다. 시인이 진정으로 원하는 것은 참외껍질의 배부름이나 잠자리의 달콤함이 아닌 '크게 눈을 뜬 삶'이다.

3. 우리가 행복해지기까지는

시인이 현재를 온통 과거의 영광이나 꿈에 대한 생각만으로 소비하는 것은 아니다. 시인은 나름의 방식을 통해 현재를 의미로 가득한 행복의 성소聖所로 만들어 나간다. 그것은 다름 아닌 '사랑'을 통해 가능해진다. 그것은 이번 시집의 첫 번째 시인 「풍뎅이 두 마리가 사랑하고 있다」에 강렬한 합일의 이미지를 통해 드러나고 있다.

몸을 포갠 저것들 아주 훈훈할 것이다 목숨은 외로운 것이 아니라는 듯 위에 있는 놈이 밑의 놈을 꽉 껴안고 있다 분명 기쁨의 소리도 주고받을 것이다 눈에 잘 띄지 않는 곳으로 가려는지 밑의 놈이 자꾸 버둥거리며 나아간다 몸을 붙여 서로 사랑하는 일 하늘 아래 참으로 환하고 부끄럽다 풍뎅이 두 마리가 사랑하고 있다 (「풍뎅이 두 마리가 사랑하고 있다」)

몸이 훈훈해지는 사랑을 통해 시인은 비로소 "목숨은 외로운 것이 아니라"며 그토록 자신을 괴롭게 하던 외로움에서 벗어난다. 그렇기에 "몸을 붙여 서로 사랑하는 일"은 진실로 "하늘 아래 참으로 환하"게 느껴지는 일이다. 「기린이 말을 한다고?－모딜리아니」에서 마지막까지 아껴가며 기린이 하고자 한 마지막 말은 다름 아닌 "사랑"이다.

시인이 행복을 이야기하는 순간도 있다. 그 순간은 이 세상의 낮은 것들을 향할 때이다. 시인이 "나는 안다 절름발이와 소경과 곰배팔이와 벙어리와 함께 나는 진실로 낮고 행복하다"(「광어의 복음서」)라고 할 때, 시인이 진정으로 사랑하는 대상은 "절름발이와 소경과 곰배팔이와 벙어리"이다. 그러고 보면 이번 시집에서 가장 큰 상찬의 대상이 되는 동물은 우리에게 너무나 익숙하고 정겨운 소이다.

맑은 워낭소리와 前生으로부터 산등성이 하나를 지고 이리로 온 것처럼 느릿한

걸음걸이

뿔은 靑春처럼 고독했을 것이다

오랜 날 몸에 붙인 침묵과 긴긴 詛嚼과

남의 마음을 들여다보는 것 같은 깊은 눈망울

日月을 헤아리지 않고

꽃을 쳐다보지 않고

그저 순하게 걷다가 죽을 줄 아는 커다란 가죽 몸통

王陵 같다 (「소」)

깊은 눈망울과 느릿한 걸음걸이로 고독을 견뎌내며 그저 순하게 걷기만 한 소에게 시인은 "王陵"의 이미지를 선사한다. 이러한 소의 이미지는 엉덩이에 채찍을 맞으며, "육신은 거기 어둑한 슬픔에 가 닿을"(「나귀를 바라보는 감정—중국 계림에서」) 나귀에로 이어진다.

"나는 진실로 낮고 행복하다"고 선언하는 시인이기에, 낮다는 것이 곧 행복으로 연결되는 순심의 시인이기에, 이 시집의 근본적인 관계라고 할 수 있는 인간과 동물 사이에서 시인은 다시 한번 인간의 통념을 냉철하게 바라볼 것을 요구한다. 인간과 동물 사이에서 인간은 근대 이후 늘 폭력의 편에 서 있었으며, 그렇기에 이 시에 등장하는 동물들은 그 자체로 약소자의 한 상징이 되기에 충분하다. 「제비 몰러 나간다」에서 이제 높은 아파트가 들어선 마을에는 더 이상 제비가 오지 않는다. 3연으로 이루어진 「쥐」에서 시인은 인간만이 이 지구상에 존재하는 유일한 혹은 유일하게 가치 있는 생명체는 아닐 수도 있다는 의식을 보여준다. 1연과 2연에서는 각각 "인간이 쥐를 지독히 敵對하는 표현"과 "쥐를 몹쓸 짐승으로 혐오하는 인간의 말"이 객관적인 보고체로 기술된다. 그러나 마지막 3연의 "그 많던 쥐들이 보이지 않는다 보꾹 위에서 솔지르고 달리고 하던 쥐들이 보이지 않는다 벽을 타고 조심스럽게 부뚜막에 내려서기도 하던…… 3천 6백만 년 전 인간보다 훨씬 먼저 地球에 온 쥐들이 이제 떠나간다"고 하여, 이러한 적대나 혐오의 이유가 참으로 인간중심적인 관견에 불과하다는 깨달음을 드러내고 있다.

인간이 동물을 대하는 폭력적인 태도는 그대로 인간 내부의 약소자를 향하기도 한다. 「피조개」에서 이씨는 엽기적으로 핏물이 고인 피조개를 "이거 몸에 좋은 겁니다"라며 자신의 입에 집어 넣는다. 이 씨와 피조개 사이에는 어떠한 감정의 교류나 공감도 존재하지 않는다. 피조개는 단지 이 씨의 건강을 위한 목적에 소용되는 하나의 도구에 지나지 않는다. 둘의 관계가 지닌 일방적인 폭력성은 이 씨의 입가를 피로 붉게 물들인다. 그리고 그 관계의 성격은 인간과 인간 사이에서도 그대로 드러날 수밖에 없기에, 격투 선수의 입술은 피로 붉게 물들어 있다.

4. 체온이 올라가는 밤

언어를 시로 만드는 것에는 여러 가지가 있을 것이다. 주로 리듬, 이미지, 은유, 상징, 역설, 아이러니 등이 그러한 역할을 한다. 김윤식 시인의 시에서 위에 언급한 시의 여러 요소가 벌이는 미의 축제를 발견하는 것은 매우 쉬운 일이다. 한글과 한자, 운문체와 산문체, 진지함과 가벼움, 엄숙함과 익살스러움 등을 자유자재로 구사하는 시인은 거의 모든 시편에서 언어의 진경을 펼쳐 놓는다. 그러나 진정 김윤식 시인의 시를 읽는 참된 맛은 무엇보다도 격정적으로 때로는 조용하게 표출되는 정념의 그 고유한 무늬를 더듬는데서 찾아야 할 것이다.

김윤식의 최근 시에서 우리는 고독, 회한, 동경, 사랑, 적의 등의 정념을 확인할 수 있다. 그러나 그것들은 시인만의 고유한 삶이 뒷받침된 뜨거운 진정성으로 읽는 이의 마음을 고유한 진동으로 오랫동안 울린다. 김윤식 시인의 시를 읽는 일은 세상 끝에 다다른 자의 허허로움을 느끼는 일이기도 하지만, 동시에 맨발로 시베리아 벌판이라도 달리고 싶은 벅찬 호흡을 느끼는 일이기도 하다. 그렇기에 김윤식의 시를 읽는 밤은 나의 체온이 늘 36.5도 이상으로 올라가는 축제의 순간이다.

(2014)

제3장

날것의 아름다움

김서은論

1. 탈구축deconstruction의 세계

2006년 『시와 세계』 여름호로 등단한 김서은의 시는 철저한 탈구축의 세계이다. 그 세계는 꽃이나 나무 등을 상정하고 그것을 새롭게 인식하는 고전적 규율과는 거리가 먼 새로운 시학을 보여준다. 탈구축의 대상은 그야말로 전방위적이다. 도시, 기호, 산, 대화, 농담, 동네, 혀, 시간, 우울 등이 모두 탈구축의 대상으로서 새롭게 조형된다. 김서은은 철저하게 감각에 의지하는 시인이다. 그의 시를 읽는 일은 그가 탈구축해 낸 새로운 감각을 체험하는 일이기도 하다. 이때의 체험이란 추체험이나 재체험과는 무관하다. 그것은 김서은에 의해서 창조된 그야말로 날 것이다.

시는 정념과 이성의 조화에 의해서 탄생한다. 시는 이성이 정념에 질서를 부여하거나, 정념이 이성에 파토스를 부여할 때 비로소 그 모습을 드러낸다. 둘 사이의 균형이 깨어졌을 때 시는 탄생할 수 없다. 정념이 독주할 때, 그것은 하나의 외침이 된다. 이성이 독주할 때, 그것은 철학이나 종교가 된다. 그리하여 하나의 말덩어리가 시이고자 한다면, 정념과 이성의 조화와 균형을 유지하기 위해 몸부림을 쳐야만 한다. 이제 그 현기증 나는 조화와 균형 속으로 여행을 시작해 보자.

2. 위압적인 기호

먼저 「기호에 관한 또 다른 오해」를 살펴보자. 이 시를 먼저 살펴보는 이유는 김서은 시 중에서 이 시가 최고봉이라거나 특별히 아름다워서가 아니다. 이 시에는 그가 생각하는 기호, 언어, 시에 대한 입장이 압축되어 있다.

> 그들은 한패거리죠 한 어깨씩 한다고 할까요 어디서 출발했는지는 알 수 없어요 눈자위를 번뜩이며 무엇을 찾는지도, 골목 어귀에서 멍하니 하늘을 보기도 하고 바람의 끝자락을 붙잡기도 하지요 그들은 마구 뒤엉켜 있는 듯 보이지만 혼자서도 혼자 놀기에 진수를 보이죠 시도 때도 없이 펀치를 날리면서 잠깐씩 무표정했다가는 단순하게 마침표를 찍기도 해요 세 번째 문장 끝에서 오랫동안 눈물을 글썽이던 까닭을

아직도 모르겠어요 어디까지나 우리는 사적인 관계이니까요

패거리들이 내 손발을 묶어놓으려 했어요 온갖 것들로 널브러진 내 안과 밖은 너무 복잡했으니까요 처음이자 맨 나중 인사법을 늘 중얼거리고 있었답니다 한때는 패거리들과 뒤엉켜 허공에서 허공을 연결하는 신종 바이러스에 감염된 한 몸이라고 생각했어요 꼼지락거리는 발가락이나 오물거리는 입술을 어디에 숨겨야 하는 걸까요 번번이 그 패거리들을 지겨워했지만 사로잡히길 원한 적도 있어요 기우뚱 쏟아지는 말의 꼬리들을 어떻게 붙잡겠어요 (「기호에 관한 또 다른 오해」)

1연에서 기호들은 독자와의 관계 속에서 조명을 받는다. 이때의 기호들은 일종의 폭력배에 비유된다. 그것은 무엇이라고 규정지을 수 없는 힘을 지닌 채 세상을 질주한다. 그것의 원초적 힘은 대단하여 "시도 때도 없이 펀치를 날"린다. 이것은 김서은이 생각하는 시의 이상에 근접한 것이기도 하다. 그가 구사하는 언어는 쉽사리 재현과 표상의 그물에 걸리지 않기 때문이다. 그것들은 "혼자 놀기에 진수를 보이"는 기호들이다. 그 기호는 공적인 관계를 거부한다. 모든 독자들의 호흡 속에서 그때 그때 새롭게 탄생하기를 열망할 뿐이다.

2연에서 기호들은 시인과의 사이에서 힘겨운 싸움을 벌이는 존재로 부각된다. 시인에게 있어서도 기호는 그렇게 만만한 대상이 아니다. 기호들은 "내 손발을 묶어놓으려" 하며, 이로 인해 화자는 "말의 꼬리들을 어떻게 붙잡겠어요"라며 절망의 몸짓을 취할 수밖에 없다. 이처럼

김서은 시인에게 기호는 시인과 독자 모두에게 쉽게 포획될 수 없는 무정형의 흐름인 것이다. 이때의 기호는 언어와 시로 확대될 수 있다. 김서은은 언어의 그 물신화된 힘을 깊이 자각하며, 그의 시들 역시 결코 단일한 의미로 포획되지 않는다. 김서은 시인의 시를 제대로 감상하는 방법은 그녀가 애써서 탈구축한 이미지들의 정교함과 그것이 가끔 던져주는 정념에 가만히 몸을 싣는 것이다. 그녀는 분명 이렇게 말할 것이다. 독자들이여! 그저 읽어라. 느껴라. 그리고 단호하게 떠나라.

3. 산 그림자를 거느린 도시의 검은 태양

김서은의 시는 자연과 농촌에 기반한 전통적인 서정시와는 그 모태가 다르다. 그녀의 시는 대체로 도시를 배경으로 하고 있다. 이때의 도시는 「광합성 도시」라는 시처럼 암울한 통제사회를 연상케 한다.

그래 오늘
이 골목을 습격하리라
말랑한 구름이 딱딱한 밥 같이 굳어가는

불 꺼진 상점들이 일그러진 얼굴로 날아오르곤 하지 나는 갈갈거리

다 갑자기 숙연해지기도 해 달아오른 열기 속으로 취한 목소리들이
흘러다니고 삐걱거리는 계단을 꼬리를 문 그림자들이 뜯어먹기도 해
도시는 점점 뾰족해졌어 흐릿해진 풍경 속으로 고장난 시계가 제 몸을
콜라쥬처럼 뜯어 던질 때마다 공중에서 폭파되는 머리통들, 헬륨풍선
같았지 검게 탄 햇빛 밖에서 미래의 홀로그램이 켜졌어 붉은 벨벳이
펼쳐지곤 했어 미래의 나를 생포하기 위한 프로그램이 작동 중이었던
거야 간절한 눈빛 하나씩 목매달아 놓고 말이지 나는 나로부터 탈출을
해야 했어 그런데 눈빛 선명한 저 비상벨을, 비상벨을 어디에 감춰야
할까 껌 딱지 들러붙은 골목 끝에서 몇 번씩 얼굴을 바꾸면서
털 빠진 개같이 검은 햇빛 속으로 미끌어져 볼까나 (「광합성 도시」)

이 시는 제목이 담고 있는 생명의 느낌과 실제 시가 담고 있는 종말의식이 묘한 대비를 이루며, 주제의식을 비교적 분명하게 드러내고 있다. "습격", "일그러진 얼굴", "삐걱거리는 계단", "고장난 시계", "폭파되는 머리통들", "털 빠진 개" 등은 이 도시의 어둡고 절망적인 느낌을 뒷받침하는 구체적 표현들이다. 이 시에서 더욱 인상적인 것은 "미래의 나를 생포하기 위한 플그램이 작동 중이었던 거야"라는 표현이다. 이 표현에서 나타나는 것처럼 주체는 완벽한 판옵티콘Panopticon의 강력한 감옥에 갇혀 있다. 탈주를 향한 강렬한 욕망에도 불구하고, 도시의 바깥은 없다. 동시에 「광합성 도시」에는 내일도 없다. 철저한 통제 속에서 화자는 그저 하루하루를 살아갈 뿐이다. 이러한 통제와 억압 속에서 화자는 결국 "털 빠진 개같이 검은 햇빛 속으로 미끌어져 볼까나"라며,

탈출 대신 절망적인 한탄으로 시의 출구를 닫는다. 이 시 속의 '검은 햇빛'은 광합성이 환기시키는 생명력 넘치는 세상을 한순간 잿빛으로 만들어 버린다. 이러한 절망의 파토스는 김서은 시의 주조를 형성한다고 해도 과언이 아니다.

다시 한번 말하건대 김서은의 시는 도시를 그 모태로 하여 창작되고 있다. 그러나 이것이 뭐 대수란 말인가? 아스팔트에서 태어나, 아스팔트에서 술과 담배를 배우고, 아스팔트에서 사랑과 이별을 한 세대에게 이는 하나마나한 이야기이다. 김서은의 '도시'가 특별한 것은, 그것이 영성 가득한 과거의 산그림자를 아우르고 있기 때문이다. 위에 사용된 '산그림자'라는 단어를 읽는 방법은 '산'이 아니라 '그림자'에 방점을 찍으며 읽는 것이다. 그녀의 시에서 산은 전통적인 서정과 상상력의 세계에서 상상되는 우주의 근원 혹은 생명의 온축蘊蓄 등과는 거리가 멀기 때문이다. 「그 산이 거기 있다」는 자연의 존재방식과 그것과 관계 맺는 시인의 고유한 특징을 보여준다.

> 산이 우는 걸 본 사람이 있다 그의 눈자위 늘 붉다 빗소리 차오르는 방 어둠을 한 겹씩 입는 손끝이 어눌하다 모르스 부호 같은 사막을 건너왔을까 바튼 숨소리가 모래 폭풍 속으로 흩어진다 웅크렸다 편 손바닥엔 한 뼘 우주가 또아리 틀고 있다 길이 가물거린다 깊게 패인 웅덩이 속에 거꾸로 누워있는 아버지의 산, 아이의 발목을 아슬아슬 잡고 있다 (「그 산이 거기 있다」)

이 시에서 산은 "우는" 존재이다. 위의 시에서 산은 의인화되어 표현되고 있다. 이 산은 과거와 현재, 초월과 일상의 중간적 존재이다. "모르스 부호 같은 사막을 건너왔을까"나 "손바닥엔 한 뼘 우주가 또아릴 틀고 있다"와 같은 표현에서 우주의 중심으로서의 산의 원형적 이미지와 의미는 생생하게 살아 있다. 그렇다면 이 산은 왜 눈자위가 붉도록 울어야만 하는 것일까? 그것은 그 산을 둘러싼 현재의 조건 때문이다. 현재 산은 "깊게 패인 웅덩이 속에 거꾸로 누워있는 아버지의 산, 아이의 발목을 아슬아슬 잡고 있다"고 묘사된다. 우주를 손바닥 안에 쥐고 있는 신성한 산은 과거의 산, 즉 아버지의 산일 뿐이다. 이토록 숭고한 과거와 달리 오늘의 산은 아이의 발목을 잡은 애처로운 형상이다. 그것도 아슬아슬하게. 김서은의 시가 깊이를 확보하는 것은 이러한 대목에서이다. 단순하게 도시적 풍광과 그 어둠을 응시하고 나열하는 수준에서 벗어나 그것이 담고 있는 과거로부터의 메시지까지 읽어낼 때, 도시적 어둠은 더욱더 섬세한 하나의 결을 형성하게 된다.

4. 우울증에 걸린 너스레와 농담

이처럼 '산'의 잔영만이 남아 있는 황폐한 도시에서 인간들은 어떻게 서로 관계를 맺으며 살아갈까? 그 산을 대신할 만한 무언가가 김서은에게는 준비된 것일까? 이와 관련해 시인은 너무나도 천진난만하며, 동시에 그만큼 절망적이다. 이와 관련해 김서은이 선택한 전략은 목소리를 높이는 계몽주의자의 근엄한 포즈가 아니라 자신의 온 몸에 상처를 입혀 궁극에는 세상을 깨우치는 매저키즘Masochism의 방식이다. 그것은 작품 속 인간들의 관계맺기 방식에 압축되어 있다. 사람들은 분명 만나고, 말을 하고, 손을 내민다. 그런데 그들이 하는 말은 '너스레'와 '농담'이다. 수다스럽게 떠벌려 늘어놓는 말이나 실없이 놀리거나 장난으로 하는 말이나 행동을 주고받는 것이야말로 사람들이 서로를 대하는 기본적인 방식인 것이다.

> 너스레를
> 너스레를 떨고 있는 지금
> 이 순간에도 1월의 폭설은 쌓이고
> 세상의 모든 오른손들이 화툿장을
> 뒤집듯이 어제와 어제 사이를 부인하지
> 입으론 진실을 말한다지만
> 네 눈은 허공을 딛고 있어 (「너스레 공방전」)
>
> 한 다발의 꽃을 안고 간다 햇빛과 어둠이 내 몸을 통과하는 동안 휘감는 바람 갈기를 밀어내면서 잠깐씩 무표정하거나 비관적 포스로 무릎을 꿇으며 꽃을 던진다 툭, 터지는 폭소들 양은냄비 속에 끓는 면발 같다 창밖으로 우리들의 오후가 킁킁거리고 즉흥적으로 쏟아내는 당신의 립싱크가 흘러가고 있다 우리는 갑자기 냉담해졌다 한때는
>
> (「농담, 우리들의 식탁에 대하여」)

화툿장을 뒤집듯이 어제를 부인하며, 거짓으로 가득찬 진실만을 말하는 사람들. 그것이 김서은이 바라본 지금 세상의 사람들이다. 그리하여 그들의 말은 진심과는 거리가 먼 "립싱크"일 수밖에 없다. 사람들이 서로를 속이며 거짓을 연출할 때, 그리하여 서로에게 서로는 황량한 사막으로 현상된다.

> 잠들지 못하는 나의 노래를 들려주려 하네 오후 3시에서 5시 사이 바람이 많아지고 그대의 사막을 건너려 하네 이름 없는 꽃들이 속눈썹을 적셨겠지 컵을 흘러넘치는 저 물알갱이들은 어디로부터 몰려왔을까 몰려온 골짜기 협곡마다 깃털을 접으며, 한때는 우리가 아름답게 헝클어졌다고 생각했지 아무곳에도 내려놓지 못하는 나를, 집중적인 소모의 방식으로 달려가는 나를, 검은새는 날아오르고 꿈에서처럼 오늘의 세계는 한 페이지 저물어가고 있었네 내 이마는 한 겹 얇아지고 슈가 프리 라떼를 홀짝거렸던가 책을 펼치고 마티니를 마셨던 가 위그르 사막 어디쯤일까 뜨거운 행간 속으로 모래폭풍이 휘몰아쳤어 해답을 읽을 수 없는 도발적인 그대의 무심한 곡조 같이 머리칼 흩날리고 나 지금 광활한 그대의 사막을 건너려하네 (「오후 3시에서 5시 사이 바람이 많아지고」)

시적 화자는 한때 당신과 "아름답게 헝클어졌다"고 생각한 적도 있다. 그러나 그것은 하나의 착각일 뿐이고, 아직 그대가 가진 비의秘意의 끝자락조차 잡은 적이 없다. 화자는 다만 조심스럽게 머리칼을 흩날리며, 아직도 황량하게 남아 있는 사막을 건너려 할 뿐이다. 「혀의 이동

경로」에서 서로 엇갈리는 인간관계는 "그가 오른손을 내밀 때 난 왼손을 감춘 채 목 인사만 했을 뿐이다"라는 표현으로 나타나고 있다. 이것은 이상의 「거울」에 등장하는 "거울속의나는왼손잡이오 / 내악수를받을줄모르는―악수를모르는왼손잡이오"라는 표현의 패러디이다. 소통불가에서 오는 정념이 너무나도 완강하게 주체를 압도했기에 시적인 질서가 외부에서 도입되는 것이다. 이 시에서 그는 "오호츠크 해협을 건너왔다"고도 하고 "마른 안개 잡목 숲을 헤치며 왔다고도 했"다. 이토록 어렵게 이루어진 만남이지만, 결코 그들은 두 손을 마주잡지 못한다. 그와 손을 잡기에 '나'가 바라보는 세상은 너무나 암울하고, 나 역시 무엇 하나에도 의지할 수 없다. 이제 김서은은 아래의 인용처럼 우울과 절망으로 자연스럽게 넘어간다.

> body blues*
>
> 거기, 안개 숲이 있다 아니, 없다 그 숲속에 바람이 솟구친다 나는 거기 없다 아니, 있다 이리저리 붙잡힌 발목들만 나뒹군다
>
> 거기, 안개 숲이 있다 안개 숲속에 머리카락이 솟구친다 하얀 비가 쏟아진다 회오리가 덮친다 하얀 안개비가 걸어온다 뱀 같은 길, 주름투성이 얼굴들이 고개를 빼죽거린다 하얀 뿌리를 더듬으며 날개를 퍼덕인다

숲을 가둔다

안개를 가둔다

비를 가둔다

머리카락을 풀어놓았다

검은 자루가 미끌어졌다

축축한 몸뚱이가 흐물흐물 흘러내렸다

* 저자 마리 아넷 브라운의 호르몬의 변화로 몸이 슬픔에 빠진 현상

김서은은 재현보다는 탈구축을, 서정보다는 감각을, 희망보다는 절망을 노래하는 시인이다. 엄밀히 말해 그녀는 노래하지 않는다. 다만 그것을 살아갈 뿐이다. 그러하기에 그녀의 시와 한 몸이 되었다고 생각하거나, 그녀가 쏟아놓은 말의 꼬리를 붙잡았다고 생각하는 것은 어림 반 푼어치도 없는 소리다. 그런 면에서 김서은은 언어의 파괴자라고 부를 수 있다. 그녀의 폭력은 분명 아름답고, 윤리적인 그리하여 너무나도 오래되고 너무나도 당연한 것들을 향해 파괴의 바이러스가 되고 있다. 힌두교의 세 주신 가운데 하나인 시바Śiva는 역설적으로도 파괴와 생식을 동시에 관장한다. 어찌 시바만이 그러하겠는가? 모든 파괴와 모든 탄생은 본래 하나일 수밖에 없다. 김서은이 앞으로 보여줄 탈구축, 감각, 절망의 세계가 기대된다.

(2010)

제4장

잠 못 이루는 슈퍼맨

고명철論

뜬금없이 웬 슈퍼맨? 이 의문에 대한 해답은 산문집 『잠 못 이루는 리얼리스트』(삶이보이는창, 2010)의 뒷날개에 빼곡히 적혀 있는 고명철의 저서 목록을 나열하는 것으로 대신하고자 한다. 열권이 훌쩍 넘는 공저와 편저를 제외하고, 그의 단독저서만 정리해보아도 다음과 같다.

『지독한 사랑』(2010, 문화체육관광부 우수교양도서), 『뻐꽃이 피다』(2009, 문화체육관광부 우수교양도서), 『순간, 시마에 들리다』(2006, 한국문화예술위원회 우수문학도서), 『논쟁, 비평의 응전』(2006), 『칼날 위에 서다』(2005, 제11회 고석규비평문학상, 한국문화예술위원회 우수문학도서), 『비평의 잉걸불』(2002), 『1970년대의 유신체제를 넘는 민족문학론』(2002, 문화관광부 우수학술도서), 『'쓰다'의 정치학』(2001, 제15회 성균문학상)

그렇다고 고명철을 원고지에 둘러싸여 골방에서 씨름하는 냉철한 지식인으로 안다면, 그건 엄청난 착각이다. 문단에 조금만 관심을 가진 사람이라면 누구나 아는 것처럼, 고명철만큼 문학현장 나아가 사회현장에 적극적으로 개입고자 애쓰는 비평가도 흔하지 않다. 책의 앞날개에 적힌 그의 직위만 보아도 그러한 사실은 증명되고도 남는다. '한국작가회의 산하 민족문학연구소 연구원', '광운대학교 교양학부 교수', '계간 『실천문학』, 『리토피아』, 반년 간 『리얼리스트』의 편집위원'. 이것이 그의 공식적인 직함이다. 그토록 많은 글을 써내며, 그토록 정력적인 활동을 하는 그를 슈퍼맨이라는 호칭으로 부른다고, 어느 누가 문제삼겠는가? 오히려 그에게 슈퍼맨이라는 호칭을 붙이지 않는 것이 이상하지 않을까?

고명철의 이러한 정력적 활동을 감당케 하는 원초적 힘은 바로 제주도이다. 고명철에게 제주도는 생명의 뿌리인 동시에, 그의 문학정신의 발원지이고, 그가 궁극적으로 가닿을 세계의 실체이기도 하다. 고명철에게 이러한 제주도의 정신을 문학적으로 구현한 최고의 작가는 현기영이다. 동시에 현기영은 고명철의 비평에서 가장 중요한 대상으로 등장하는 작가이기도 하다. 여러 글에서 언급되는 「순이삼촌」은 말할 것도 없고, 「누란」, 「바다와 술잔」 등이 모두 고명철에게는 객관적인 텍스트 이전에 소중한 가르침의 모음집이다.

제주도가 몸에 새겨주고, 현기영이 머리에 새겨준 제주도의 정신은 '탈중심의 변방성'이라는 명제로서 정리할 수 있다. '탈중심의 변방성'은 고명철 비평의 핵심가치이다. 그것은 '중심의 변방성'도 아니고 '변방의 중심성'도 아닌 '탈중심의 변방성'이다. 이것은 음미하면 할수록 깊은 맛이 우러난다. 이 명제는 '중심의 변방성'을 내세워 중심성을 은폐하는 위선적인 행동과도 거리가 멀며, 언제든지 중심이 되기만을 오매불망하는 르상티망으로 가득한 변방성과도 무관하다. 그것은 언제까지나 새로운 가능성과 미래를 향해 활짝 열려 있는 '탈중심'에서 발원하는 '변방성'인 것이다. 영구혁명永久革命으로서의 문학, 영구혁명가永久革命家로서의 비평가상을 이보다 더 깔끔하게 정리하기는 힘들 것이다.

'탈중심의 변방성'이 겨냥하는 가장 큰 적은 경제제일주의, 성장제일주의, 맹목적 개발주의 등이다. 이 책에 실린 많은 글들은 현 사회의 가장 큰 문제로 이러한 경제논리를 들고 있다. 그것은 자본주의의 마술魔術로부터 자신의 삶을 구원하는 것이기도 하다. 다음으로 중요한 적은 분단체제이다. 한국전쟁, 4·19, 5·18과 같이 한국사회의 커다란 문제들은 모두 "남과 북의 분단 문제에 그 뿌리를 두고 있"[1]는 까닭이다. 이러한 문제의식은 곳곳에서 찾아볼 수 있으며, 그렇기에 남북교류야말로 한반도의 평화를 가져올 수 있는 가장 확실한 방법으로 제시된다. 지금 그가 추구하는 '탈중심의 변방성'은 지구적 규모로 확장되고 있다. 베트남, 연변 등과의 교류를 넘어 그는 지금 비서구 작가들의 연대를 위해 성큼성큼 나아가는 중이다. 슈퍼맨에게는 이 지구 자체가 자신의 관심사일 수밖에 없다. 그는 비서구 문학의 교류를 통하여 "서구 중심주의 혹은 백인 우월주의에 기반한 인류의 문명사가 다시 씌어"(174)지기를 열망한다.

슈퍼맨은 흔들리지 않는다. 그처럼 비평적 신념을 일관되게 유지하는 평론가도 드물다. 그것은 굴절과 혼돈으로 가득 찼던 한국의 현대사와 문학사에 비춰볼 때, 매우 드문 일이다. 초지일관하는 그의 비평관은 성균문학상 수상 소감에서 밝힌 다음의 인용 부분을 통해 확인할 수 있다.

1 고명철, 「분단체제의 껍데기는 가라」, 『잠 못 이루는 리얼리스트』, 삶이보이는창, 2010, 149쪽. 앞으로 본문 중에 이 책을 인용할 때는 쪽수만 표시하기로 한다.

우리들의 삶 속에서 꺼져 들어가는 소중한 삶의 가치를 다시 발견하고, 그 가치를 다시 복원함으로써 아무리 비루한 삶일지언정 그래도 삶은 살 만한 것이다, 라는 진실의 언어를 포착하고 싶습니다. 그럴 때마다 저는 화려하고 세련된 비평의 언어가 아니라, 비록 투박하고 거칠지만 지금, 여기의 우리들이 발 딛고 있는 현실에 밀착한 언어가 무엇일까, 하고 고민해봅니다. 과거의 아픈 기억을 망각하지 않는 글쓰기, 과거의 기억을 자신 있게 기억하며 그 상처를 치유하는 글쓰기, 그러면서 현재의 문제를 외면하지 않는 글쓰기, 그 과정 속에서 자연스럽게 미래를 내다볼 수 있는 글쓰기에 대한 비평적 실천이야말로 제 비평의 과제입니다. (184)

리얼리스트, 게다가 불면不眠의 리얼리스트답게 그가 이 시대 문학과 작가를 평가하는 최종심급은 '현실'이고 '실천'이다. 그 원칙을 향한 지극한 순심과 정성으로 고명철은 한국문학사를 가르고 나누고 묶는다. 그가 주목하는 작가들은 "'현실'과 맞장 뜨는 산문정신의 소유자들"(132)이다. 그들은 복잡다변한 "'현실'에 대한 '미적 포즈'가 아닌 참된 '미적 대응'을 위해 '지금, 이곳'에서 여전히 분투"(132)하는 이들이다. 한창 활발하게 글을 쓰는 작가들을 대할 때도 그 원칙에는 변함이 없다. 모두가 박수치는 김애란을 염려할 때도, 2000년대가 낳은 문제적 작가 김훈의 「개」를 비판할 때도, 윤성희의 두 번째 소설집 『거기 어때?』에 묻어나는 허무와 냉소에 대한 유혹을 걱정할 때도 그러하다. 그러한 시각은 대가들을 향할 때도 마찬가지이다. 이승훈의 비평 작업이 김수영 문학이 놓여진 현실적 맥락을 외면한다고 보는 것도, 김현처럼 고인이 된 문학적 대가를 연구할 때 중요한 것은 지금-이곳에서 김현문학이 지닌 맥락과 의미라고 주장하는 것도 고명철의 비평정신에서 비롯되는 것이다.

중요한 것은 고명철에게 실천은 문학적 차원을 넘어 사회적 정치적 행위이기도 하다는 점이다. 대표적으로 고명철은 지난 정권에서 누구보다 앞장서 남북문학교류에 나섰고, 지금은 누구보다 앞장서 교류를 복원해야 한다고 목소리를 높인다.

슈퍼맨은 참고하지 않는다. 고명철 비평이 다른 비평과 가장 크게 구별되는 점은, 절대로 서구 최신 이론에 의지하지 않는다는 것이다. 이 산문집에는 요즘 평론가들의 글에 한두 번쯤은 언급될법한 라캉, 지젝, 들뢰즈, 바디우, 아감벤 등의 서구 사상가들을 발견할 수 없다. 그는 오직 평론가로서의 단독자적 감각과 지식으로 지금의 문학과 세계와 맞짱뜨기를 즐긴다. 현란한 서구 이론의 빈 자리를 채우는 것은 하방下放의 상상력과 의지이다. 하방이란 현실과의 부딪침이며, 삶 속으로의 기투행위를 통해 새롭게 문학의 가능성을 사유하는 일이다. 이를 통해 그는 촛불집회에서 21세기 문화적 패러다임에 부합하는 모성의 언어와 우애의 언어를 발견해낸다.

슈퍼맨은 장식할 줄 모른다. 그의 비평 언어는 구부리거나 꾸미지 않는다. 직설이며 직정이다. 그는 감각과 이성 이전에 마음과 의지로 원고지를 채운다. 그에게 중요한 것은 좁쌀 같은 백면서생의 꼬장꼬장함이 아니라, 이 세상을 한순간에 뒤흔들어 버리는 벼락같은 한 칼이다. 그러하기에 이 짧은 분량의 산문들은 그의 주장과 의지를 흠뻑 받아내기에도 늘 숨이 벅차다. 하루키의 『1Q84』를 옹호하는 비평을 읽을 때,

현실의 중력으로부터 벗어나는 작품을 읽을 때, 거장의 허술한 장편소설들을 읽을 때, 실천의 시각이 결여된 해석의 시각을 대할 때, 그러한 특징은 선명하게 드러난다. 그럼에도 그가 비평가의 기본이라 할 수 있는 날카로운 언어감각을 의식할 때가 있다. 그것은 주로 그의 강고한 사회의식을 건드릴 때이다. 일테면 한 원로작가의 '광주사태'라는 언명에서, "퇴행적 역사 인식의 또 다른 준거를 제공해준 것이나 다름이 없"(279)는 정치적 의미를 파악해내는 것 등이 단적인 사례이다.

고명철은 이번 산문집에서 리얼리스트로서의 고민과 의식을 남김없이 쏟아붓고 있다. 흥미로운 것은 이번 산문집의 머리말이다. 이 글은 강렬한 생명의식으로 가득하다. 산문집에 실린 글들이 직접적으로 생태의식을 전달하지 않았다는 것을 생각할 때, 이것은 앞으로의 다짐을 드러낸 것으로 보인다. 문명과 문화의 아름다운 가치를 잃어버린 인간의 파괴적 행위에 깃든 인간적 행태야말로 우리가 가장 두려워해야 할 것이라고 심각한 우려를 표하는 것이다. 이러한 우려에 대한 해결책으로 "우주의 존재들에 대한 겸허한 관계 맺기, 그로부터 자연스레 샘솟는 '신성한 교감'을 통해 인간의 삶의 가치를 성찰하는 것"(5)을 제시하고 있다. 이제 그의 비평정신이라 할 수 있는, '변방의 비주변성'은 생명 가진 모든 것들에게까지 퍼져나가고 있다. 영화 속 '슈퍼맨'은 고작해야 미국적 가치의 수호자에 머물렀다. 고명철은 억압받고 괴로운 이들, 남과 북의 민중들, 아시아의 고통받는 이주노동자들, 비서구 문학의 진정성을 위해 그동안 고투해왔다. 이제 그의 관심 영역은 생명 가진 뭇존재들을 향하고 있다.

(2011)

제5장

지知의 향연에서 맛보는 보람

황정아 편, 『다시 소설이론을 읽는다 — 세계의 소설론과 미학의 쟁점들』

표제에 등장하는 '다시'는 두 가지 의미가 있는 것으로 판단된다. 첫 번째는 한국문학계에 오래전부터 너무도 익숙하게 받아들여져 이제 그 이론적 날카로움이 교양의 수준으로 무뎌진 소설론을 재검토한다는 의미이고, 두 번째는 미학적으로나 철학적으로 그 가치가 충분하지만 한국문학계에 충분히 알려지지 않은 소설론을 새롭게 소개한다는 의미이다. 물론 이 책에 수록된 모든 글들에서 둘 사이의 경계가 뚜렷한 것은 아니다. 이 책은 문학 비평과 이론이 늘 관심을 가져왔고 또 그래야 마땅한 주제인 소설에 대한 외국 이론가들의 논의를 "촘촘하고 두텁게 읽어내는데 초점"[1]을 맞춘 글들이다. 그것은 필자 중의 한 명인 김성호가 "이 글에서 염원하는 바는 들뢰즈가 더 풍요롭게, 더 열린 광장에서, 더

1 황정아 편, 『다시 소설이론을 읽는다 — 세계의 소설론과 미학의 쟁점들』, 창비, 2015, 5쪽. 앞으로 본문 중에 이 책을 인용할 때는 쪽수만 표시하기로 한다.

많은 이질적 이론들과 '접속'되는 가운데 논의되는 것"(137)이라는 바램과도 통하는 사항일 것이다.

동시에 이 저서는 이론의 소개에만 그치는 것이 아니라 "한국문학의 담론장에 적극적으로 참여할 의도를 품고"(5) 있는 것이기도 하다. 엮은이는 이 책이 겨냥하는 '한국문학의 담론장'의 대표적인 사례로 '근대문학 종언론'과 '문학과 정치 논의'를 들고 있다. 동시에 서론에서 이러한 작업이 나름의 성과를 거두었다고 자평하는데, 이것은 "글 하나하나가 담론의 현재성에 연루된 긴장을 예민하게 의식하고 팽팽하게 지속"(6)했기에 가능한 일이었다고 판단된다. 요컨대 이 저서는 "외국 담론에 대한 비판적 재해석의 층위를 충실히 유지"(7)하면서 동시에 "한국 문학 및 문화를 둘러싼 담론장에 일정하게 개입하고 참여"(7)한 글들의 모음집인 것이다.

'외국 담론에 대한 비판적 재해석'이라는 첫 번째 층위에서 이 저서는 비교하기 힘든 성과를 산출했다고 생각한다. 게오르크 루카치, 장 폴 사르트르, 미하일 바흐찐, 유리 로트만, 질 들뢰즈, 자끄 랑시에르, 프랭크 레이몬드 리비스, 마이클 벨의 소설론을 250페이지 분량으로 '촘촘하고도 두텁게' 읽어내는 일은 그야말로 전무후무한 일임에 분명하다. '한국 문학 및 문화를 둘러싼 담론장에의 개입과 참여'라는 측면에서 서평자는 '근대문학 종언론'이나 '문학과 정치 논의'와 같은 당대성이 강한 담론들뿐만 아니라 좀 더 시기와 테마를 넓게 잡아서 한국 현대문학사 전체와의 관련 양상을 살펴보고자 한다. 이 책에 실린 소설론들은 해방 이후 한국 현대문학이 자양분을 얻어온 원천들이라고 해도 과언이 아니기 때문이다.

김경식의 「루카치 장편소설론의 역사성과 현재성」은 리얼리즘론의 구축과정과 맞물린 중기 장편소설론을 중심으로 루카치의 맑스주의적 장편소설론의 윤곽과 기본적인 구성요소를 살펴본 글이다. 한 사회의 본질적 규정들, 본질적 연관관계들에 대한 깊고 포괄적인 인식이 작중 인물이 펼치는 '행위Handlung'에 내속되어 있을 때 진정한 문학적 형상화가 이루어진다는 루카치의 핵심적인 견해를 간명하게 정리하고 있다. 흥미로운 것은 이 시기 루카치의 문학이론적 사유에서 장편소설이 근거하는 기본적인 사회・지리적 단위가 국민국가로 설정되어 있다는 것과 후기 루카치의 저작들에서는 국민국가를 상대화하는 사유가 대두한다는 점이다. 또한 본격적인 논의가 이루어진 것은 아니지만 후기 장편소설론에서 펼쳐지는 '비유기적 총체성'이나 '몽따주적 총체성'에 대한 개념은 루카치의 장편소설론이 가진 폭과 깊이가 속화된 일반인들의 상식을 훨씬 뛰어넘는 것일 수도 있음을 암시한다.

루카치는 1930년대 후반에 임화, 김남천, 서인식 등에 의해 수용된 이후 한국 현대문학에 가장 큰 영향을 준 이론가라고 해도 과언은 아니다. 특히 리얼리즘이 문학 정신의 주류로 부각되었던 1970~80년대 루카치의 영향력은 압도적이었다. 1990년대 중반 이후부터 루카치는 조금씩 비판과 성찰의 거리를 동반한 채 연구사적 맥락에서만 다루어지는 형편이다. 이것은 루카치가 행사했던 지나친 영향력에 대한 일정한 반작용의 결과로 이해해도 무방할 것이다. 하나의 사례를 들자면 유승환의 「박태원 역사소설 연구의 현황과 전망」(『구보학보』 9, 2013)을 들 수 있다. 이 논문에서 유승환은 박태원의 역사소설이 가진 다채롭고 고유한 특징이 루카치의 역사소설론, 즉 '과거의 전사로서의 역사를 다루어야 할 필요성'이나 '총체적인 사회적 갈등을 담지할 수 있는 중도적 인물의 필요성'과 같은 기준에 의해 제대로 조명되지 않았다고 주장한다. 최근에는 다시 루카치 이론의 긍정적인 가능성을 재조명하는 논의도 이루어지고 있다. 황정아의 「리얼리즘과 함께 사라진 것들」(『창작과비평』, 2014.여름)이 그 대표적인 사례로서, 황정아는 총체성 개념을 중심으로 하여 논의를 펼치고 있다. '총체성=전체주의'라는 고약한 등식을 버리고, "총체성은 완결된 것으로 성립하기가 분명 불가능하지만, 다른 의미에서는 이 불가능 자체가 총체성을 통해, 더 정확히 말하면 총체성을 포착하려는 사유의 효과로 비로소 나타난다"(226)고 주장한다.

윤정임은 「싸르트르의 소설론」에서 사르트르가 소설을 그만두고 '소설 같은' 전기비평에 몰두하게 된 과정과 그 의의를 차분하게 풀어 나가고 있다. 이 글에서는 참여적 실존주의자로 알려진 사르트르가 일생에 걸쳐 보여준 소설을 둘러싼 고심의 흔적이 한 편의 드라마처럼 흥미롭게 펼쳐진다. 1950년대 문학계는 실존주의의 시대라고 할 만큼 창작과 비평 양 측면에서 실존주의가 커다란 영향을 미쳤으며, 그 중심에는 늘 사르트르가 있었다. 사르트르의 영향은 1960년대까지 이어져 1966년 창간된 『창작과비평』은 사르트르의 『현대』 창간사를 번역해 수록하였으며, 백낙청의 권두 논문에도 사르트르의 지식인 개념은 중요한 자리를 차지하고 있다. 이후 사르트르는 이전에 비해 영향력은 줄어들었으나, 김학균의 「김성한 단편소설에 나타난 도덕성 회복 의지 고찰」(『현대문학의 연구』 44, 2011)과 같은 경우에서 볼 수 있듯이 문학사적 연구의 대상으로 소환되고는 한다.

변현태의 「바흐찐의 소설이론과 그 현재적 의미」는 필자 자신이 '한국 문학 및 문화를 둘러싼 담론장에의 개입과 참여'라는 층위를 가장 많이 의식하며 쓴 글이라고 할 수 있다. 최근 한국문학의 장편소설 논의를 20세기 초반 러시아문학의 상황과 연결시키며 시작하는 이 글은, 다성악적 소설, 카니발, 그로테스크 리얼리즘처럼 널리 알려지지 않은 새로운 바흐친의 소설론을 논의한다. 필자의 입장은 소설의 언어가 기본적으로 "형상화하면서 형상화되는 말"(83)로서 다문체적이라는 것이다. 나아가 근대소설은 허구적인 상상의 공동체를 만들어내는 국민국가의 문법에서 일탈하는 것이며, 이 일탈은 예술의 자율성에 기대는 것이 아니라 소설의 '삶-되기'에 근거한다고 주장한다. 소설이 국민국가와의 연관이 어느 나라보다 뚜렷한 한국의 경우에 근대소설이 국민국가의 문법에서 일탈하는 것이라는 주장은 무엇보다도 새롭게 느껴진다.

바흐친에 대한 논의는 루카치를 중심으로 한 변혁적인 소설 이론이 관심의 중심에서 비껴나기 시작한 직후에, 그 빈자리를 메울 수 있는 대안으로서 1990년대 중후반에 큰 관심을 불러일으켰다. 그 이후에도 바흐찐의 이론은 다성성, 카니발, 그로테스크 등의 핵심 개념을 중심으로 하여 주요한 방법론으로 활용되고는 하였다. 최근에도 바흐찐에 대한 논의는 활발하지는 않지만 지속적으로 이어져 오고 있다. 오창은은 「분단 상처와 치유의 상상력—하근찬 소설을 중심으로」(『우리말글』 52, 2011)에서 하근찬의 소설들이 바흐친이 제시한 민중문화적 전통 속에서 전쟁과 분단의 상처를 치유해나가는 과정에 주목하고 있다. 이장욱은 「소설, 아이러니, 리얼리즘—바흐친의 소설미학을 중심으로」(『비평문학』 59, 2016)에서 바흐친의 대화주의는 일원적 이데올로기에 대한 비판으로 간주할 수 있지만, 그렇다고 무차별적 다원주의나 의견들의 고립을 지향하는 것으로 받아들여서는 안 된다고 주장한다. 바흐친의 소설이론은 아이러니가 발생시키는 내적 이질성의 소용돌이를 제 안에 품고 인간의 역사를 유유히 흘러가는 '커다란 시간'을 강조하는 개념으로 받아들여야 한다는 것이다.

김수환의 「"책에 따라 살기"」는 단순한 소설론을 넘어 러시아 문화의 핵심적인 특징을 유리 로트만의 논의와 함께 살펴보고 있는 글이다. 현실을 기준으로 이상을 조정하는 것이 아니라 이상을 기준으로 현실을 변혁하려는 지향을 지니는 이 특정한 구조를 로트만은 이원적 모델이라 불렀으며, 필자는 이 모델에 나타난 강박의 불가피성과 그것의 포기할 수 없는 가치에 관해서 더 많이 더 깊게 이야기할 필요성을 주장하고 있다. 이러한 주장은 최근 비평에서 중요하게 언급되고 있는 파국이나 유토피아의 상상력과 긴밀하게 연결시켜 보았을 때 그 의의가 더욱 크게 다가온다.

김성호는 「들뢰즈의 강렬도 미학과 장편소설론」에서 들뢰즈는 예술적 표현을 실재의 재현이나 재인recognition이 아니라 실재의 발생적 전개로 이해했다고 설명한다. 이것은 표현이 실재에 대해 단지 이차적인 것이 아니라 그 자체로 실재적인 동시에 현재적인 사건이며, 이러한 맥락에서 필자는 들뢰즈의 미학을 '강렬도 미학'으로 통칭한다. 강렬도적인 형식은 영토성과 탈영토화 사이의, 의미와 무의미 사이의, 이데올로기와 정서 사이의 길항 형식인 것이다. 이어서 강렬도의 미학이 카프카의 소설언어와 만나 탄생한 소수문학의 정치성과 장편소설론을 살펴본 후, 최종적으로 "소설적 언표들이 주관적 상상이 아니라 실재에서 출발한다는 사실, 그러나 어디까지나 실재의 연장이지 반복이 아니라는 사실, 바로 여기에 '표현적 재현'의 가능성이 있"(160)다는 결론을 내린다.

들뢰즈는 「한국문학과 들뢰즈」(임환모, 『국어국문학』 158, 2011)라는 수

용사에 대한 연구논문이 쓰여질 만큼 1990년대 이후 한국문학계에 커다란 영향을 끼쳤다. 1992년 들뢰즈의 소수문학론이 『소수 집단의 문학을 위하여』라는 제목으로 조한경에 의해 번역되었고, 2002년에는 들뢰즈 문학론에 바탕한 논문집인 『들뢰즈와 문학-기계』(소명출판, 2002)가 국내 학자들에 의해 출판되기도 하였다. 이후에도 들뢰즈는 문학을 바라보는 기본적인 시각으로 연구와 비평 모두에서 널리 활용되고 있다. 하나의 사례만 든다면 류희식은 「장용학 소설언어의 탈영토성 연구」(『현대문학연구』 55, 2014)에서 전후의 대표작가인 장용학의 독특한 국한문혼용체가 단순하게 한글 언어 능력의 부재에서 비롯된 것이 아니라 들뢰즈의 소수언어적 관점에서 논의되어야 할 문제임을 주장하고 있다. 이처럼 들뢰즈는 평단의 비평언어를 넘어 문학연구의 주요한 방법론으로까지 널리 활용되고 있는 실정이다.

황정아의 「사실주의 소설의 정치성」은 최근 '문학과 정치'를 둘러싼 논의의 중심에 있는 자크 랑시에르의 소설론을 살펴보고 있는 글이다. 랑시에르의 플로베르론을 주요한 논의의 대상으로 삼고 있는 이 글은 명시적으로 드러내고 있지는 않지만, 최근 한국문학계에서 이루어지는 랑시에르 이해의 수준에 대한 날카로운 비판을 논의의 밑바탕에 깔고 있다. 황정아가 비판하고자 하는 지금의 비평적 담론은 문학의 정치성을 지나치게 포괄적이고 임의적으로 규정하기 위해 랑시에르를 오용하는 것이다. 필자는 랑시에르가 말한 사실주의의 정치성은 반反재현의 논리일 수는 없으며, 재현의 해방을 통해 구현될 수 있다고 날카롭게 지적한다. 나아가 이 글은 랑시에르의 소설론이 재현의 해방과 감각체험의 평등이 반복된 자기긍정에 그치는 것을 지적하며, "해방된 재현은 왜 각기 다른 재현에 내포되기 마련인 위계들 간의 각축을 더 자유롭게 묘사하는 것으로 나아가면 안 되는가. 평등한 감각체험이 왜 저마다 진실을 주장하는 감각들의 충돌을 통해 삶의 더 나은 진실을 탐험하면 안 되는가"(182)라는 질문을 던진다. 이것은 랑시에르가 열어 제친 '문학의 정치'가 나아갈 방향에 대한 필자의 제안이라고 볼 수 있다.

랑시에르의 한국적 수용은 진은영의 「감각적인 것의 분배—2000년대 시에 대하여」(『창작과비평』, 2008.겨울)에서 시작되었다고 해도 과언이 아니다. 이 글을 통해 우리는 '문학과 정치'가 아닌 '문학의 정치'로서의 새로운 문제의식을 가질 수 있게 되었다. 즉 문학을 비롯한 예술은 '감각적인 것의 분배'와 관련되며, 이러한 측면에서 예술은 감성적 혁명과 직결되어 있는 '정치'와 연결될 수밖에 없다는 새로운 인식을 접한 것이다. 이후 수많은 비평적 논의들이 이루어졌으며, 이제는 문학평론은 물론이고 전문적인 학술논문에서까지 랑시에르가 주요한 이론으로 활용되고 있는 상황이다. 일례로 황종연은 「플로베르, 염상섭, 문학 정치—한국 근대문학에 대한 랑시에르적 사유의 시도」(『한국 현대문학연구』 47, 2015)에서 랑시에르가 플로베르의 『마담 보바리』를 읽은 방식을 참조하여 염상섭의 『사랑과 죄』(『동아일보』, 1927.8.15~1928.5.4)를 고찰하고 있다. 이러한 다양한 사례들은 랑시에르의 소설론이 지닌 창조적 생산성을 증명하는 사례이면서, 동시에 랑시에르에 대한 보다 치밀하고 지속적인 관심이 요구되는 이유라고도 할 수 있다.

김영희의 「F. R. 리비스와 소설, 그 사유의 모험」은 문학주의적 발상과 꼼꼼히 읽기라는 구태의연한 비평방법 정도로만 알려진 리비스 소설이론의 참된 가치를 선명하게 제시하고 있는 글이다. 이를 통해 리비스가 보여준 작품에 대한 관심은 단순히 문학적 가치 평가에 머문 것이 아니라 문학을 통해서만 가능한 근대문명에 대한 비판적 대응과 밀접하게 관련된 것임을 설득력 있게 보여주고 있다. 리비스의 소설론이 근대문명 전체에 대한 성찰이자 이 문명이 제기하는 근원적 삶과 예술의 문제, 사유와 창조성의 문제에 대한 천착으로서 끊임없는 모험의 도정에 있었음을 주목해야 한다는 것이다.

유희석은 「마이클 벨의 소설론과 비평」에서 감성과 이성이 하나로 통합된 상태를 지칭하는 '센티멘트'라는 개념을 제시한 마이클 벨의 소설론과 비평을 살펴보고 있다. 마이클 벨은 모든 세계관들의 상대성을 투철하게 인식하면서도 '삶'을 절대적인 것으로서 살아내고, 그런 삶의 유동적 지평을 창의적인 작품으로 확대 심화한 20세기 초반 일군의 작가들을 모더니즘으로 묶어내었다고 설명한다. 마이클 벨이 주장하는 모더니즘의 핵심적인 공통 분모는 자아성찰적 신화만들기self-concious mythopoeia라고 할 수 있다.

한 명의 연구자가 자신의 학문적 생애를 다 걸어도 충분히 이해했다고 말하기 쉽지 않은 우리 시대의 대표 이론가들을 이렇게 한 자리에서 만나본다는 것은 축복이라고 해도 과언은 아닐 것이다. 여러 명의 이론가들을 만나볼 수 있다는 것보다 더욱 중요한 사실은, 견줄 대상을 찾아보기 어려울 정도인 논의의 깊이와 예리함이다. 이러한 성과를 낳은 글들이 대부분 2013년에서 2014년에 걸쳐 한 계간지에 게재되었다는 사실은, 한국문학이 그동안 성취한 보람의 두께를 증명하는 구체적인 사례라고 볼 수도 있다.

(2016)